Erlöser der Toten

Eine LitRPG-Apokalypse

Buch 2 der System-Apokalypse

Von

Tao Wong

Copyright

Ein Starlit-Publishing-Buch
Veröffentlicht durch Tao Wong
69 Teslin Rd
Whitehorse, YT
Y1A 3M5
Kanada

Übersetzung: Frank Dietz
Lektorat: Olivia Brechbühl

www.starlitpublishing.com

E-Buch ISBN: 9781989458990
Taschenbuch ISBN: 9781989994009
Gebundenes Buch ISBN: 9781989994016

Bücher im System-Apokalypse-Universum

Haupthandlung

Das Leben im Norden

Erlöser der Toten

Der Preis des Überlebens

Städte in Ketten

Die brennende Küste

Die befreite Welt

Stars Awoken

Rebel Star

Stars Asunder

Broken Council

Forbidden Zone

System Finale

Anthologien

System-Apokalpyse Kurzgeschichten-Anthologie Band 1

Comic-Serie

Die System-Apokalypse

Inhalt

Kapitel 1

„Diese Idee ist idiotisch.“ Ali, mein sechzig Zentimeter großer Begleitergeist, schwebt neben mir und starrt auf den Höhleneingang in der Flanke des vom Fluss gegrabenen Canyons.

Ich gehe in die Hocke, so dass das eisige Wasser meine gepanzerten Beine umfließt. Die Sommersonne lässt das Smaragdgrün und das Blau des Flusses hell funkeln. „Natürlich. Was war während der letzten vier Monate denn schon eine gute Idee? Einen Salamander zu reizen? Einen Drachling zu jagen? Einen Monster-Schlupfwinkel zu säubern? Seit der Aktivierung des Systems folgt eine katastrophale Idee der anderen. Die Frage ist nur, wie schlecht wir sie umsetzen.“

Ich sehe mir die Werte Sabres, meines Persönlichen Kampffahrzeugs (PKF), an. Unter normalen Umständen hätte man es als Aktivpanzerung oder Mech bezeichnet. Schließlich war es vor einer halben Stunde noch ein Motorrad. Ich habe Sabre fast ganz zu Beginn erhalten, als das System – der vom Galaktischen Rat installierte Gesamtmechanismus – aktiviert wurde. Dem Rat zufolge hatte das „Mana“ auf der Erde mittlerweile einen ausreichend hohen Wert für die Systemaktivierung erreicht. Das System und die Anreicherung der Welt mit Mana führten zur Zerstörung sämtlicher elektronischer Geräte, zu Mutationen im Ökosystem der Erde und dem Erscheinen mythischer Monster. Mit dem Zerfall der Zivilisation begann auch die Apokalypse.

Und jetzt streiten Ali und ich uns wegen des schwebenden blauen Systemfensters, das meinen Sichtbereich dominiert.

Dungeon entdeckt!

Warnung! Dieser Dungeon wurde aufgrund von Systembeschränkungen noch nicht kategorisiert. Sämtliche EP-Belohnungen werden verdoppelt. Falls ein im System registriertes Individuum den Dungeon erfolgreich abschließt, werden dadurch bessere Belohnungen erzeugt.

„Du sagtest es doch. Das wird hier ziemlich fette Belohnungen geben.“ Ich starre in die Dunkelheit und hebe meinen rechten Arm, in dessen Panzerung ich kürzlich eine Projektilwaffe einbauen ließ. So sehr ich mein Strahlengewehr auch mag, haben Waffen mit soliden Projektilen bestimmte Vorteile. Dazu gehört die Auswahl verschiedener Munitionstypen, je nach Situation.

„Die Idee ist immer noch bescheuert, Junge. Dort drin könnten einige extrem hochstufige Monster lauern“, sagt Ali, der nun vor lauter Aufregung im Kreis wirbelt.

„Ja, ja. Dann hauen wir eben ab. Der QSM ist immer noch voll aufgeladen.“

Der Quanten-Status-Manipulator (QSM) war eines der ersten Spielzeuge, die ich vor vier Monaten bei der Systemaktivierung erhielt, nachdem die Apokalypse sämtliche komplexen elektronischen Geräte der Erde außer Kraft setzte. Nach dem Einschalten des QSM erreiche ich per Phasenverschiebung eine andere Dimension – extrem hilfreich im Fall einer Flucht. Allerdings hat der QSM gewisse Nachteile. Dazu gehören eine lange Nachladezeit, eine kurze Einsatzdauer sowie die Tatsache, dass hohe Energiezustände – also Explosionen – auf die andere Dimension einwirken. Dennoch hat der QSM mir ziemlich oft das Leben gerettet.

„Na gut, na gut. Licht an“, murmelt Ali. Ich richte den Gewehrlauf grinsend auf den Höhleneingang.

Ich wechsle die Munition und eröffne dann das Feuer, so dass drei helle Lichtquellen gegen die Höhlenwände geschossen werden. Ich habe meine Lektion gelernt, als ich vor einem Monat eine finstere Höhle betrat. Trotz Restlichtverstärkung durch Sabre und meinen Helm ist eine beleuchtete Umgebung immer noch die bessere Option.

Beim Eingang der Höhle sehe ich nichts Neues, aber Vorsicht zahlt sich aus. Ich starte eine meiner Drohnen, um mich umzusehen. Diese steuere ich dann knapp unter die Decke, wo sie nach potenziellen Bedrohungen sucht, bevor ich sie weiterschicke und einige Dutzend Meter vor mir im Schwebeflug warten lasse. Danach betrete ich die Höhle und verkleinere das Videofenster, so dass ich es gleichzeitig mit meiner Umgebung im Auge behalten kann. Außerdem behalte ich die Mini-Karte im Blick. Mein Geist und die Fertigkeit Größere Entdeckung aktualisieren die Karte, während ich mich bemühe, verborgen zu bleiben. Eigentlich bin ich im Anschleichen ganz gut, aber vermutlich haben die Leuchtprojektile die Überraschung etwas verdorben. Man tut eben, was man kann.

In der ersten Höhle finde ich nichts Gefährlicheres als einige mutierte Pilze. Na ja. Egal. Sie schleudern mir Sporen entgegen, die vermutlich giftig sind. Da ich aber in einem abgedichteten Panzeranzug mit integriertem Sauerstoffvorrat stecke, lautet das Ergebnis John 1, Dungeon 0. Mir läuft der Schweiß den Rücken hinunter – ein kalter Schweiß, mit dem nicht einmal Sabres Klimaanlage fertig wird. Ich bin ängstlich, aber auch aufgeregt.

Ja, ich habe nicht mehr alle Tassen im Schrank. Das war schon vor Beginn des Systems so und hat sich in der Zwischenzeit vermutlich noch verschlimmert. Es gefällt mir sogar, mein Leben zu riskieren und auf Messers Schneide zu tanzen. Das Risiko versetzt mich in einen hellwachen Zustand und spornt mich an wie nichts anderes zuvor. Ich muss zugeben, dass ich Risiken eingehe, die jeder andere vermeiden würde. Der Augenblick, wenn alles auf der Kippe steht – wenn es um Leben oder Tod geht, das ist der Moment, in dem ich mich wirklich lebendig fühle. Dann gibt es keine Mauern mehr, keine weggesteckten und unterdrückten Emotionen. Nur noch Augenblicke perfekter Kontrolle inmitten des Chaos.

Verrückt. Wie ich ja sagte.

„Ich entdecke zwei. Nein. Drei", murmelt Ali.

Einen Augenblick später spüre ich sie selbst. Verdammt, selbst jetzt noch kann er das besser als ich. Andererseits hätte ich es als Geldverschwendung betrachtet, wenn der Geist nicht dazu in der Lage wäre. Obwohl ich ihm ja kein Gehalt zahle – zumindest nicht direkt. Er ist ein Bonus der Stufe I, den ich dafür erhielt, zur falschen Zeit am falschen Ort zu sein. Das System kommt für seinen Unterhalt auf. Ansonsten hätte er meine Mana-Regeneration noch mehr verlangsamt, und ich habe bereits genug Fertigkeiten mit diesem Effekt.

Ich übertrage eine Reihe weiterer Befehle an die Drohne, so dass sie höher zur Decke fliegt und nach neuen Bedrohungen sucht, während ich zusätzliche Leuchtkugeln abfeuere. Ich frage mich, was ich diesmal entdecken werde.

Die Antwort lautet – ganz, ganz eklige Monster. Vierbeinige Kreaturen, deren Gesichter mutierten Ratten ähneln, mit stachligen Körpern und peitschenähnlichen Schwänzen, von denen Säure tropft. Diese Wesen sind dunkelgrün mit schwarzen Flecken auf dem Körper, eine exzellente Tarnung in der Dunkelheit der Höhle.

Kongora (Level 28)

HP: 480/480

Statuseffekte: Keine

Ich beobachte sie noch einige Minuten lang über die Videoverbindung, da die Kreaturen die Drohne nicht bemerken. Sie bewegen sich lediglich in seltsamen Kreisen vor mir durch die Höhle. Manchmal stoßen sie zusammen und raufen sich. Nachdem ich sie lange genug beobachtet habe, schleiche ich weiter und feuere eine Leuchtkugel in diese Höhle.

Als sie überrascht herumwirbeln, um die Kugel zu betrachten, nutze ich die Gelegenheit, ihnen einige Kugeln zu verpassen. Ich habe die Patronen innerhalb der Kammer abgewechselt, so dass ich nacheinander Sprengpatronen, panzerbrechende und normale Munition verwende. Dann feuere ich auf jeden Gegner eine davon ab. Die Sprengpatrone zerfetzt das Rückgrat des von mir anvisierten Kongora. Die panzerbrechende Patrone durchschlägt seinen Körper und die normale trifft das Monster zwar, dringt jedoch nicht ins Fleisch. Daher wähle ich die panzerbrechende Munition.

Noch während ich die Munitionszuführung wechsle, erwidern die überlebenden Kongoras mit ihren Stacheln das Feuer. Ich ducke mich hinter einen Felsvorsprung, aber die Stacheln fliegen derart schnell und decken ein so großes Gebiet ab, dass ich von einigen getroffen werde. Sie durchbohren die nahen Wände, den Vorsprung und meine Panzerung, so dass ihr mit Mana angereichertes Gift in meinen Körper eindringt. Ich stöhne, als ich die Benachrichtigung über die Giftwirkung sehe. Allerdings spüre ich keine Schmerzen, sondern nur eine sanfte Benommenheit, die sich allmählich ausbreitet.

Ein leiser Signalton zeigt mir, dass mein Gewehr schussbereit ist. Ich umrunde die Ecke des Vorsprungs und eröffne das Feuer, wobei ich ein Monster mit drei Kugeln treffe. Jede der Kugeln durchschlägt das Wesen und lässt Blut spritzen. Dann ducke ich mich erneut hinter den Felsen, der mir kaum Deckung bietet. Glücklicherweise gelingt es den Stacheln nicht, meine Rüstung zu durchdringen, nachdem sie sich bereits durch den Fels gebohrt haben.

„Mich kriegt ihr nicht“, ruft Ali und tanzt in der Luft schwebend vor den Kongoras herum, die ihn zu töten versuchen. Er ist zwar sichtbar, jedoch nicht körperlich präsent. Daher stellt er eine ausgezeichnete Ablenkung dar.

Ich grinse in meinen Helm hinein und stürme auf den abgelenkten Kongora zu. Danach vollführe ich mit dem herbeibeschworenen Schwert einen nach unten geführten Hieb. Meine persönliche Waffe mag nicht besonders gefährlich wirken, aber dank meiner fortgeschrittenen Klassen-Fertigkeiten schlägt sie dem Monster mühelos den Kopf ab.

Level-28-Monster sind für mich ein Kinderspiel. Obwohl mein eigener Level nur 23 beträgt, habe ich eine fortgeschrittene Klasse, daher ist mein „echter" Level ungefähr doppelt so hoch. *Ungefähr*, denn wie Ali erklärt hat, ist die Berechnung alles andere als eine exakte Wissenschaft. Die Tatsache, dass ich ohne einfache Klasse direkt in eine fortgeschrittene Klasse gesprungen bin, verlieh mir eine Reihe von sekundären Vorteilen. Darunter ein verbesserter Widerstand gegen die meisten Effekte – wie Vergiftungen.

Nachdem die Monster nun tot sind, sehe ich mich nach möglichen weiteren Überraschungen um, bevor ich langsam zu Boden sinke. Mein Körper zittert leicht, während er gegen das Gift ankämpft. Ich spüre, wie eine Hitzewelle gegen die Benommenheit anbrandet. Ich lecke mir die Lippen und schmecke meinen eigenen salzigen Schweiß, während ich darauf warte, dass die Giftwirkung nachlässt. Es dauert nicht lange, bis ich wieder auf den Beinen bin. Danach gehe ich zu den Monsterleichen, stecke die vom System erzeugte Beute in mein Inventar und die Leichen in meinen Veränderten Raum. Die Fertigkeit Veränderter Raum erzeugt eine Ablage in einer anderen Dimension, die es mir erlaubt, Objekte dort zu verstauen. Eine nette kleine Klassen-Fertigkeit, die mich mehr Beute und Leichen lagern lässt als ganze Gruppen, die ohne diesen Skill auskommen müssen.

Na ja, das war gar nicht mal so übel. Wenn ich es nur mit diesen Gegnern zu tun bekomme, dürfte die Dungeonhatz ein Kinderspiel werden.

***

„Ali, dieses Höhlensystem scheint riesengroß zu sein“, brummle ich und schiebe das letzte Opfer von meiner Klinge. Ich bin seit über einer Stunde hier unten und habe unzählige Kongoras getötet. Aber eigentlich ist die Existenz eines derart weitläufigen Höhlensystems im Canyon unmöglich. Schon rein physikalisch betrachtet ist es Unsinn. Wenn ich hier noch länger herumtrapsen möchte, fange ich besser mal mit dem Nachladen meines Strahlengewehrs an. Immerhin ist es nun meine primäre Fernkampfwaffe.

„Dungeon“, antwortet Ali.

„Das ist keine richtige Antwort.“

„Doch. Das System hat das Höhlensystem als Dungeon markiert und so den physischen Raum verändert. Dadurch wurde das Innere des Dungeons größer.“ Ali schweigt und wartet auf meine Reaktion. Als diese ausbleibt, murmelt er: „Gottverdammter Muggel.“

„Ich glaube, du hast mir besser gefallen, als du dir ständig Realityshows angeschaut hast“, knurre ich und stoße tiefer in die Höhle vor.

Normalerweise bietet meine Fertigkeit mir eine bessere Vorwarnung vor potentiellen Problemen. Aber die erhöhte Manadichte in diesem Dungeon erschwert meine Früherkennung, so dass ich Bedrohungen lediglich in zehn Metern Entfernung entdecke. Ali bekommt das zwar besser hin, dennoch müssen wir vorsichtig sein.

Die Fledermaus lässt sich von der Decke fallen, und ich spüre ihre Anwesenheit nur kurz vor dem Aufprall. Ich verrenke mich, wirble herum und beschwöre mein Schwert, um die Giftfledermaus damit in Stücke zu hacken. Zwar ist dies nicht der wahre Name der Kreatur, aber nach meiner ersten Begegnung mit einer Kreatur dieser Sorte sowie einer kurzen Besprechung war ich gezwungen, meinen Sauerstofftank zu deaktivieren. Sie verbergen sich extrem gut, stinken aber zum Himmel – so sehr, dass man sie selbst durch die Umweltfilter am schnellsten über den Geruchssinn entdeckt. Zieht man die angebliche Stärke des Filtersystems in Betracht, ist es absolut unsinnig, dass ich sie trotzdem rieche. Aber eigentlich muss nichts einen Sinn ergeben. Schon gar nicht, wenn das System beschließt, gegen die Regeln zu verstoßen. Schon wieder.

Ich entnehme der Giftfledermaus meine Beute, stecke die Leiche jedoch nicht in meinen Veränderten Raum. Ich möchte die Kontaminierung meiner sonstigen Besitztümer vermeiden. Allerdings habe ich keine Ahnung, ob die Fledermaus diesen Effekt hätte. Meiner Theorie zufolge bricht das System unzählige Naturgesetze, da es sich um die Herstellung eines Gleichgewichts zwischen Technologie, Magie und Skills bemüht. Wenn es einem Monster also einen umweltbedingten Vorteil verleiht, hat das etwas zu bedeuten. Daher bricht das System andere Regeln, damit die hier funktionieren. Aber dank meiner Fähigkeit, Mauern zu durchschlagen, ohne dabei mit den Füßen ein Loch im Boden zu erzeugen, akzeptiere ich gelegentlich auftretende, bizarre Situationen. Schließlich bleibt mir keine Wahl. Das System ist das System.

Nach einem Marsch von einer weiteren halben Stunde erreiche ich schließlich das Ende des ersten Stockwerks. Ich spreche von einem Stockwerk, da ich eine nach unten führende Rampe entdecke, die anscheinend direkt zu einer weiteren Ebene führt. Scheiße.

„Wie viele Stockwerke hat ein Dungeon?“ Ich runzle die Stirn. Eigentlich bin ich relativ optimistisch gestimmt, aber falls es ein Dutzend davon gibt ...

„Wie lange ist der Schwanz der Ätherschlange?“

Ich richte mein Gewehr nach unten und feuere eine weitere Leuchtkugel ab. Dann rufe ich meine Drohne zurück, um sie aufzuladen, während ich die zweite nach unten entsende. Hoffentlich gibt es nur diese beiden Ebenen – ich bin auf zwei Drohnen beschränkt, und das Aufladen ihrer Akkus dauert ewig.

***

Wir gehen nach unten, immer tiefer nach unten. Und wohin wir auch gehen, töten wir. Das reimt sich nicht, oder? Schön, versuch du mal, dir einen Reim auszudenken, während du Rudel von Stachelmonstern bekämpfst. Hier werde ich warten. Ah, nein, besser nicht, wenn ich es mit Kongoras zu tun habe.

Ich ducke mich, packe einen Kongora und hebe ihn mit Unterstützung meiner Aktivpanzerung hoch. Dann missbrauche ich die Kreatur als Schild, um die Stacheln ihrer Artgenossen abzublocken. Ich schiebe den Lauf meines Gewehrs am zuckenden Körper vorbei und nutze die integrierte Kamera, um ein Ziel zu erfassen und zu feuern. Nach dem warnenden Piepton schicke ich das Gewehr ins Inventar zurück. Danach setze ich meinen improvisierten Schild ein und folge ihm zum letzten der überlebenden Monster, dem ich einen Stich in den Kopf versetze.

Nach dem Ableben der Monster gehe ich in die Hocke, da sich vor meinen Augen nun alles dreht. Ich zittere, während mein Körper das Gift bekämpft und mir die Kontrolle über meine Gliedmaßen zurückgibt. Ich wirke einen schwachen Heilzauber, was meinen Zustand geringfügig verbessert, daher wiederhole ich ihn.

Die zweite Ebene zieht sich ewig hin. Die Kongoras bilden hier unten größere Rudel und haben zudem Freunde bei sich – dreibeinige Kreaturen, die den Boden entlanghuschen und Lichtstrahlen abfeuern, denen ich ausweichen muss. Glücklicherweise ist ihre Anzahl begrenzt. Aber angesichts der zunehmenden Giftmenge und der größeren Schwärme muss ich zwischen den Gefechten immer längere Pausen einlegen.

„John, bis du dir sicher, dass du das schaffst?“, fragt Ali schon wieder.

Ich nicke entschlossen, stehe langsam auf und bewege meine Schulter und die Knie, um den Fortschritt meiner Genesung zu überprüfen. Dann werfe ich einen Blick auf meine Munition und stelle fest, dass ich noch weniger als zwei Dutzend panzerbrechende Patronen besitze. Danach werde ich die Sprengpatronen einsetzen, die ich aber nie in größeren Mengen gekauft habe – ich bin etwas knauserig und Sprengpatronen sind teuer. Jetzt bereue ich meine Sparsamkeit. Noch etwas, das ich meinem Vater vorwerfen würde.

Diese Monster kann ich nicht einfach per Frontalangriff erledigen. Entweder lasse ich mir etwas Neues einfallen, oder ich trete den Rückzug an. Ich verziehe das Gesicht, als mein Körper von einer neuen Welle erschüttert wird. Ich kann die Monster nicht aus der Distanz abknallen, da mir die Sichtlinie fehlt. Und da die Monster Rudel bilden, ist es auch nicht möglich, versprengte Einzelgänger zu jagen. Also ...

***

„Das ist erniedrigend!“, beschwert sich Ali.

Ich kichere und betrachte die von mir veränderte Höhle. Wenn ich sie schon nicht einzeln töten kann, locke ich sie eben in eine Killzone, wo ich jeweils nur kleine Gruppen von ihnen bekämpfe. Ich habe einige Stalagmiten und Stalaktiten abgebrochen, aufgestapelt und mithilfe meiner mitgeführten Schnellzement-Granaten einen Engpass gebildet. Auf dieser improvisierten Mauer habe ich mir eine kleine, leicht gepolsterte Schützenposition eingerichtet, die es mir erlaubt, aus relativer Sicherheit auf die Monster zu schießen. Zudem habe ich die Lichtkugeln weit verstreut, um meine Sicht zu verbessern. Nun geht es nur noch darum, Ali den Köder spielen zu lassen.

„Ja, ja, jetzt mach schon, Kleiner." Ich grinse, lehne mich zurück und werfe erneut einen Blick auf die Karte.

„Arschloch." Ali schwebt zur nächsten Gruppe auf der Karte, perfekt sichtbar und schwach leuchtend.

Die Killzone ist fast zu effektiv – Monster zu einer vorbestimmten Position zu locken und auf sie zu feuern, führt dazu, dass ich noch vor dem Eintreffen des Schwarms eines oder zwei von ihnen erledige. Danach versucht die Mehrheit von ihnen es mit einem Langstreckenduell. Nach der Feststellung, dass es mit dieser Taktik nicht klappt, stürmen sie durch die Öffnung, die ich ihnen gelassen habe. Die ist so eng, dass sich die Monster hindurchzwängen müssen – wodurch mir mehr als genügend Zeit bleibt, ihre Anzahl zu dezimieren. Die Monster sind so blindwütig und dumm, dass sie weiter angreifen, da sie eine geringe Chance sehen, mich zu erledigen.

Nach jeder Gruppe gesteht mir Ali einige Minuten Pause zu, um mich auszuruhen und die Beute einzusammeln. Dann beginnt das Ganze wieder von vorne. Jede Pause dauert länger, da er in zunehmender Distanz zu mir suchen muss, um Monster zu mir zu locken. Die T'kichik sind die schwierigsten Gegner, da sie ein begrenztes Verständnis von Deckung und dem Schießen aus weiter Distanz haben. Zu ihrem Leidwesen verfüge ich über Magie und setze gerne wiederholt meinen verbesserten Manapfeil (II) ein, bis sie tot umkippen.

Als Ali schließlich den Kongora-Alpha entdeckt, habe ich fast schon Mitleid mit der Kreatur. Der Alpha stürmt von Wachen umringt auf mich zu. Ich begrüße die Gruppe mit zwei in rascher Abfolge geworfenen Plasma-Granaten. Die Explosionen zerstören einen Großteil meiner improvisierten Mauer, aber nach den Granaten und meinem Blitzschlag-Zauber ist von den

Wachen nur noch knuspriges Fleisch geblieben. Der Kampf mit dem Alpha, der lediglich eine größere Version der Kongoras darstellt, ist danach ein Kinderspiel. Mit Ausnahme der Benommenheit in meinem Körper, die mich verlangsamt und mir das Gefühl gibt, mich unter Wasser zu bewegen, ist das Töten extrem einfach. Ich muss mich nur ducken, zuschlagen und auf das Monster schießen, bis es umkippt. Nachdem ich fertig bin, sehe ich endlich das gewünschte Ergebnis.

Herzlichen Glückwunsch! Dungeon gesäubert
+5.000 EP

Bonus für die erste Säuberung
Da du den Dungeon zum ersten Mal gesäubert hast, erhältst du zusätzlich +5.000 EP + 1.000 Credits. Der Bonus für den ersten Erforscher beträgt +5.000 EP und +5.000 Credits.

Ingles Canyon Dungeon klassifiziert als Level 20+

Verdammt. Das war ein echter Erfolg. Der Erfahrungszuwachs ist enorm, vor allem auf meinem Level. Dank der beiden Boni befinde ich mich schon beinahe auf halben Weg zur nächsten Stufe. Ich plündere die letzte Leiche und werfe die Beute in meinen Veränderten Raum.

Dann schürze ich die Lippen und inspiziere meine Umgebung. Mir war stets bewusst, dass wir eine zunehmende Anzahl Dungeons entdecken würden – schließlich wurden wir vom Galaktischen Rat und dem System als „Dungeonwelt" klassifiziert. Da ich nun endlich einen davon bis zum Ende durchgearbeitet habe, erkenne ich, dass sie zu einem echten Problem erwachsen werden. Ein Dungeon auf der Hälfte meines „wahren" Levels hat dazu geführt, dass ich fast keine Munition mehr habe, erschöpft bin und mir übel ist. Es ist wohl an der Zeit, Feierabend zu machen und nach Hause zu fahren. Trautes Heim ...

Kapitel 2

Mein Heim ist ein zweistöckiges Blockhaus an der Abzweigung des Klondike Highway, die entweder nach Carcross oder Teslin führt. Das Gebäude, das früher ein Restaurant mit Lebensmittelgeschäft enthielt, besitzt ein freies Schussfeld von fünfzig Metern über den kiesbedeckten Parkplatz hinweg, da die Bäume durch das System entfernt wurden. Während der letzten Wochen habe ich für systemverstärkte Mauern, Fenster und Türen bezahlt, um die Gebäudesicherheit zu erhöhen. Zudem besitze ich nun eine einfache Kommandozentrale mit einem vom System bereitgestellten Verfolgungssystem für intelligente Wesen und systemkompatiblen Dienstprogrammen. Das zuvor noch verlassene Haus wirkt nun recht wohnlich, wenn auch abgeschieden.

Ich hatte ja ein Haus in Whitehorse. Na gut, in Riverdale, aber von dort aus erreicht selbst ein langsamer Spaziergänger die Innenstadt in fünfzehn Minuten. Eigentlich gehört es mir immer noch, obwohl ich dort seit einer Weile nicht mehr nach dem Rechten gesehen habe. Hier draußen, gute dreißig Minuten Fahrt auf dem Motorrad entfernt, ist es ausgesprochen friedlich. Das System zerstörte bei seinem Erscheinen sämtliche Geräte, die Elektronik oder empfindliche Mechanismen enthielten. Seitdem haben die Mechaniker in Whitehorse Autos und Pickups modifiziert, um sie systemtauglich zu machen. Dennoch sieht man nur selten ein Fahrzeug auf der Straße. Niemand fährt nur zum Vergnügen herum.

Eines Tages ziehe ich vielleicht wieder nach Whitehorse. Aber momentan wohnt meine ehemalige Gruppe in meinem Haus, kümmert sich darum und verhindert, dass Monster einziehen. Whitehorse hat immer noch nicht den Schwellenwert für eine sichere Zone erreicht. Danach würde sich der Manastrom in der Umgebung stabilisieren und verhindern, dass sich Monster innerhalb der Stadtgrenzen entwickeln und spawnen. Soweit ich weiß, müssen bis zum Erreichen dieses Status noch circa dreißig Prozent der

Gebäude in der Stadt aufgekauft werden. Ich möchte mir nicht einmal vorstellen, wie lange es dauern würde, eine Stadt wie New York komplett zu stabilisieren.

Während ich mich dem Haus auf Sabre nähere, ertappe ich mich dabei, wie ich leise ächze und mich strecke. Dabei denke ich unwillkürlich an die heiße Dusche, die im Haus auf mich wartet. Aus diesem Grund bemerke ich auch die riesige gepanzerte Hand nicht, die mich packt und nach oben reißt, bevor es mir gelingt, sie aufzuhalten. Meine kampferprobten Reflexe werden sofort aktiv. Ich stoße die Hand von mir und rufe mein Schwert herbei. Bevor ich einen Treffer erziele, wird die Hand mit einem eisernen Griff gegen meine Seite gedrückt. Da ich keine Chance habe, diesen Griff zu brechen, mache ich mir nicht die Mühe eines Versuchs. Stattdessen wickle ich meinen Körper um den mich umklammernden Arm und trete mit voller Kraft nach dem Feind. Die Wucht reißt mich vom Arm weg. Ich rolle mich reflexartig ab und springe hoch, während mein Gehirn sich endlich fragt, was zum Teufel hier los ist.

„Halt!"

Ich erstarre, als ich die vielen, vielen Gewehre wahrnehme, die auf mich gerichtet sind. Um mich herum erschienen langsam gepanzerte Angreifer, die ihre Tarnmodule deaktivieren. Alle von ihnen sind großgewachsen, haben Stoßzähne und tragen eine schwarzgrüne, futuristische Körperpanzerung.

Hakarta-Leutnant (Level 31 Brennende Narbe)

HP: 4890/4890

Statuseffekte: Keine

„Bei den Eiern des Gremlins! Das ist ein kompletter Elite-Trupp, John. Und das nicht einmal mit der üblichen Aufstellung!“ Ali schreit mich beinahe an, während er Informationen aufruft und Daten über meinen Angreifern erscheinen lässt.

Ein Leutnant, zwei Unteroffiziere, vier Gefreite und ein Major. Die Gefreiten haben die niedrigste Stufe, und bereits die sind auf Level 17 der Fortgeschrittenen Klasse.

Ich habe noch nie eine derartige Panik aus Alis Stimme herausgehört – nicht einmal damals, als ich einen Salamander reizte, bis er mir kilometerweit durch den Wald folgte. Mein Magen fühlt sich eiskalt an, als ich Alis Angst bemerke und ich muss dieses Gefühl ebenfalls unterdrücken. Was den Level angeht, bin ich ihnen so weit unterlegen, dass es nicht einmal mehr lustig ist. Das Gebäude an der Abzweigung ist ein vom System markiertes Fort, was bedeutet, dass es bezüglich Standort und Platzierung eine gewisse Bedeutung hat. Als ich vor einigen Monaten zum ersten Mal daran vorbeifuhr, schossen diese Typen – die Hakarta – auf mich. Diese Weltraum-Söldner ähneln unserer Vorstellung von Orcs, aber ihre Körperpanzerung, Taktik und Laserwaffen scheinen SF-Filmen zu entspringen. Zudem waren sie mit allerhand brutal aussehenden Nahkampfwaffen ausgerüstet.

„Sind Sie der Eigentümer dieses Forts?“, fragt der Major, und ich muss mich ein Stück weit drehen, um ihn anzusehen.

Ich behalte meinen ursprünglichen Angreifer im Auge und bemerke, dass er sich vorwärts lehnt und die Fäuste abwechselnd öffnet und wieder zusammenballt. Der wird mir noch Ärger machen. Die Stimme des Majors klingt tief, mehr ein Knurren als eine Sprache, aber erinnert an einen britischen Oberschichtenakzent wie aus den Fernsehserien über die viktorianische Zeit, die ich mir früher so gerne angesehen habe. Ich habe bereits festgestellt, dass das Erlernen einer Sprache mit Hilfe des Systems zu ausgesprochen amüsanten Ergebnissen führen kann. Ich würde gerne lachen, glaube aber nicht, dass sie den Witz verstehen würden.

„Ja", antworte ich. Meine Hände zittern leicht, als einer der Hakarta das Schwert aufhebt, das ich aufgrund meines abgeblockten Angriffs fallen ließ.

Ich zucke zusammen, als einer der Gefreiten meine Pistole an sich nimmt. Dann aber zwinge ich mich dazu, mich zu entspannen, da die Gewehrläufe jeder meiner Bewegungen verfolgen. Scheiße. Sie machen sich nicht einmal die Mühe, Hand an Sabre zu legen. Wahrscheinlich ist ihnen klar, dass das Fahrzeug ohne umfangreiches Hacking nicht benutzbar wäre. Allerdings nehmen sie mir das Strahlengewehr weg, das in einem an Sabre befestigten Holster steckt.

„Was ist mit meinen Männern passiert?", fragte der Major.

„Äh ..."

Noch während ich zögere, tritt der Leutnant nach vorn und schlägt zu. Ich sehe den Schlag kommen und könnte mich vielleicht noch wegducken, aber da ihre Gewehre auf mich gerichtet sind, stecke ich ihn ein. Seine Faust trifft mich in den Magen, so dass ich mich vor Schmerzen zusammenkrümme und der Atem aus meiner Lunge entweicht. Selbstverständlich trage ich unterhalb meiner Kleidung Körperpanzerung, aber der Mistkerl schlägt zu wie Mike Tyson. Oder meine Vorstellung von Mike Tyson.

„Nehmen Sie den Helm ab. Diesmal aber flott", sagt der Major.

Ich gehorche ihm, nehme den Helm ab und sehe mich um. „*Ali, Glitzerball auf meinem Befehl*", sage ich telepathisch zu ihm, während ich dem Major antworte. „Sie sind tot."

„Sie haben sie getötet?", fragt der Major.

Ich werde einfach nicht aus ihm schlau. Was nicht nur an der fremdartigen Körpersprache oder der Körperpanzerung liegt – er lässt sich nicht in die Karten blicken. Ich überlege mir kurz, ihn anzulügen, entscheide mich dann aber schnell dagegen. Die Yerick und Roxley haben Methoden, um Lügen zu entdecken. Ich wette, der Major besitzt diese Fähigkeit ebenfalls.

„Ja. Aus Notwehr", antworte ich und bereite mich darauf vor, Ali den Befehl zur Aktivierung meines QSM zu geben. Bei meinem letzten Kampf gegen diese Typen hatten sie Quantengranaten, die mir selbst im phasenverschobenen Zustand Verletzungen zufügten. Aber selbst eine geringe Chance ist besser als gar keine.

Der Major sieht mich einen Augenblick lang an und nickt dann dem Leutnant zu, der einen Schritt zurück und von mir weg macht. „Erklären Sie mir, was vorgefallen ist. Und zwar ausführlich."

Ich keuche und reibe mir den Bauch. Da der Leutnant mir anscheinend einen neuen Schlag versetzen möchte, beschreibe ich ausführlich, wie ich nach dem Erscheinen des Systems nach Überlebenden suchte. Wie ich beim Vorbeifahren angegriffen wurde, meine Taktik und schließlich das Ende des Gefechts. Danach herrscht eine Weile lang Schweigen.

Der Major lässt seinen Helm verschwinden, woraufhin alle seiner Männer seinem Beispiel folgen. „Sie haben sich in der Kommandozentrale versteckt?"

Ich nicke, und aus meiner Angst wird allmählich ein brennender Zorn. Ich ziehe meine Handmuskeln zusammen und blicke mich wieder um. Dabei versuche ich, eine Kampftaktik zu identifizieren, mit der ich überleben würde. Allerdings fällt mir nichts ein, und dann verzieht der Major das Gesicht und spuckt auf den Boden. Kurz darauf folgen die anderen Hakarta seinem Beispiel. Interessanterweise ist der Hakarta-Speichel grün.

„Ich bin Labashi Ruka, Major der 63. Division. Es freut mich, Sie kennenzulernen, Krieger", sagt Labashi ausdruckslos.

Der Leutnant zuckt erneut und kneift wütend die lilafarbenen Augen zusammen.

Ich starre den Leutnant einen Augenblick lang an und wende mich dann Labashi zu. Erst greifen sie mich an, dann verprügeln sie mich und danach folgt eine Vorstellungsrunde? Die Orcs scheinen etwas andere Manieren zu haben. Oder vielleicht sind sie total verrückt. Na schön, nehmen wir mal an, dass sie verrückt sind. „John Lee. Heißt das, dass Sie mich nun nicht mehr umbringen möchten?"

„Da bin ich mir noch nicht sicher", erwidert der Major. „Aufgrund Ihrer Handlungen hat die 63. Division einen beträchtlichen Zusatzbonus verloren."

Bei seiner beiläufigen Erwähnung meines Todes muss ich über das ganze Gesicht grinsen. Wie schön. Ich versuche, in einem neutralen Ton zu sprechen, während ich mir Zeit erkaufe, um einen Ausweg zu finden. „Zusatzbonus?"

„Es wurden Informationen über die Stadt Whitehorse angefordert. Da diese Informationen keinen Teil des ursprünglichen Vertrags darstellten, war es ein zusätzlicher Bonus. Allerdings eine beträchtliche Summe." Labashi steht einfach da und starrt mich an.

„Ach so ..." Ich erwidere seinen Blick und schiele dann kurz zu Ali. *„Deutet er an, ich soll ihm diese Informationen besorgen?"*

„JA!" Ali hüpft auf und ab und nickt. *„Und wenn du es nicht tust, kümmere ich mich darum!"*

„Also, vielleicht könnte ich in dieser Hinsicht behilflich sein." Mein Lächeln wird noch breiter und ich zeige meine Zähne. Mal sehen, wie dieser Tanz abläuft. „Was wollen Sie denn wissen?"

Labashi grinst ebenso breit zurück und blickt dann in Richtung seines Leutnants. Der lässt mit einer knappen Handbewegung einen blauen

Bildschirm vor mir erscheinen, auf dem die gewünschten Informationen erschienen. Momentaner Eigentümer, politische Situation, Machthaber, bedeutende Gruppierungen, Abwehrstellungen ...

Ich schüttle den Kopf, während ich mir die Liste durchlese. „Ich kenne mich mit einigen dieser Dinge aus, aber während der letzten paar Wochen hatte ich kaum Verbindungen zur Stadt."

„Verbindungen?" Labashi schnaubt leicht, und seine riesigen grünen Nasenflügel beben oberhalb der Stoßzähne.

„Äh ... in Kontakt. Ich bin vor einigen Wochen hierher gezogen und habe mich nicht mehr so oft mit den Leuten unterhalten", erkläre ich.

Labashi nickt. „Das wäre akzeptabel. Sagen Sie uns, was Sie wissen."

„Tja, schauen wir mal. Momentan ist Lord Roxley der Landbesitzer. Dann gibt es den Stadtrat der Menschen, der bezüglich der Verwaltung der Stadt mehr oder weniger mit ihm kooperiert. Vor ein paar Monaten erschienen dann einige Yerick und sind hier eingezogen. Außer Lord Roxley und der Ersten Faust der Yerick gibt es keine wirklich bedeutenden Personen. Alle anderen sind im Vergleich zu Ihnen niedrigstufig. Die Stadt hat immer noch keinen stabilen Manastrom, daher sind nur die Gebäude sichere Zonen. Die Menschenbevölkerung liegt bei etwas mehr als viertausend, wenn ich mich richtig erinnere." Vor der Apokalypse waren es beinahe dreißigtausend gewesen.

Labashi nickt und ich rede weiter, wobei ich in Gedanken nach den gewünschten Informationen suche. Ich liefere ihm eine Liste von Fakten, die er sich auch im System kaufen könnte, wenn sie ihm wirklich wichtig wären. Nichts davon ist „geheim", deshalb wären die Kosten überschaubar. Meine Güte, mit ihren Tarnfähigkeiten würden sie es innerhalb weniger Tage selbst herausfinden.

„Teil der Schutzmaßnahmen sind Torwachen, eine Steinmauer und vermutlich technologische Abschirmungen an den Mauern – wobei ich die noch nicht in Aktion gesehen habe. Zu den Wachen gehören selbstverständlich Lord Roxleys Männer und einige Menschen."

„Gut. Erzählen Sie mir mehr von Lord Roxleys Männern", sagt Labashi.

Ich verziehe das Gesicht, rede aber weiter und liefere ihm Details über Personen, an die ich mich erinnere. Allerdings erwähne ich deren Level nicht. Er braucht nicht unbedingt zu wissen, dass ich die Level erkenne, und freiwillig werde ich es ihm nicht verraten. Die Befragung scheint sich stundenlang hinzuziehen. Sobald sie merken, dass ich bereitwillig Auskunft gebe, entspannen sich die Wachen etwas. Später sitzen wir dann auf meiner Veranda, trinken und essen eine Kleinigkeit. Ich gebe dem Major Schokolade, und er scheint von diesem neuen Geschmackserlebnis ganz begeistert zu sein. Er wiederum bietet mir ein Fruchtgetränk seiner Heimatwelt an.

Es ist ein freundliches Verhör, aber dennoch ein Verhör, und er holt eine Unmenge Informationen aus mir heraus. Ich lasse ihn die Fragen stellen und biete ihm nie mehr an, als er verlangt. Wenn es aber darum geht, Dinge aus mir herauszuquetschen, ist er gut, sehr gut. Dabei stand der Leutnant die ganze Zeit hinter mir, und wenn Blicke töten könnten, wäre ich nun eine von Laserstrahlen durchlöcherte Leiche.

Allerdings verlief der Informationsfluss nicht ausschließlich in eine Richtung. Da wir uns nun in einer entspannten Umgebung unterhalten, habe ich ebenfalls die Möglichkeit, Fragen zu stellen. Vorsichtig. So erfahre ich, warum sie erst jetzt beim Fort vorbeigeschaut haben. Anscheinend ist ihr Arbeitgeber ein ziemlicher Geizhals, und da jeder bestätigte Hakarta-Tod einen Blutpreis erfordert, konnte er sich um die letzte Zahlung drücken, solange sie noch als „vermisst“ gemeldet waren. Dieser kleine Ausflug ist eigentlich inoffiziell und Labashi wird nicht dafür bezahlt.

„Diese belgischen Pralinen schmecken mir am besten.“ Labashi wirft sich noch eine in den Mund und steht dann auf. „Allerdings muss ich jetzt zu meiner Division zurück. Wollen Sie die Klinge oder den Strahl?“

Ich stehe ebenfalls auf und strecke die Hand aus. Als mein Gehirn seine Worte dann endlich registriert, starre ich den Riesenkerl vor mir an. Ach du Scheiße ...

„John?“, fragt Labashi erneut mit ruhiger Stimme.

Aus dem Augenwinkel sehe ich, dass der Leutnant seine Klinge bereits gezogen hat. Ich schüttle den Kopf und spreche dann schließlich. „Warum?“

„Blut muss mit Blut bezahlt werden“, antwortet Labashi, und als ich das höre, muss ich schlucken.

„Bockmist!“ Plötzlich erscheint Ali, um ihn wütend anzustarren. Er hatte sich die ganze Zeit über ruhig verhalten, war unsichtbar geblieben und arbeitete während unserer Gespräche hektisch an den eigenen Bildschirmen.

„Aha, jetzt erscheint also der Geist.“ Labashis Lippen verziehen sich, was mit sehr viel Wohlwollen als Grinsen bezeichnet werden könnte. „Und warum würde ein Bock Mist machen?“

„Was soll der Quatsch, Sie wollen doch nur etwas von dem Jungen hier. Raus mit der Sprache!“ Ali tappt mit dem Fuß. „Sie sind ja gar nicht so blutrünstig, und das damals war ein fairer Kampf, also existiert keine Blutschuld.“

Labashi grinst weiter, starrt Ali an und nickt dann lachend. „Na schön, Geist. Ich werde den Abenteurer nicht mehr auf den Arm nehmen. Wir erhalten mehr Credits, wenn wir laufend Informationen über den Ort Whitehorse abliefern. Ich möchte, dass John mir diese Informationen bringt.“

Ich stöhne laut. Mein Herz klopft nicht mehr so heftig, und die Situation ergibt endlich Sinn. Und aufgrund der Fragen, die er mir während des Verhörs stellte, war ich mir ziemlich sicher, dass er so etwas von mir wollte – obwohl die Gewaltandrohung unerwartet kam. Andererseits hätte man so etwas wohl als Erpressung bezeichnet. Und wenn ich an dieses Wort denke, steigt mir wieder langsam die Wut auf, die ausbrechen möchte, seit ich in meinem eigenen Haus angegriffen wurde. Ich kann es wirklich, wirklich nicht ausstehen, herumkommandiert zu werden. „Wird gemacht."

Labashi grinst erneut, klopft mir auf die Schulter und winkt seine Leute herbei. „Wir werden Ihnen eine Liste dessen geben, was wir brauchen."

Ich nicke und warte, bis sich die Gruppe einige Schritte entfernt hat. Dann rufe ich: „Und wieviel bekomme ich dafür?"

Die ganze Gruppe dreht sich um, und selbst Ali wirbelt herum und starrt mich an.

Labashi öffnet den Mund, aber ich fahre fort. „Sparen Sie sich die Drohungen. Wenn Sie mich töten, bekommen Sie gar nichts, also wäre das keine Lösung. Natürlich wäre ich dann tot, aber das würde Ihnen auch nicht helfen."

Der Leutnant bewegt sich auf mich zu, aber ich schüttle nur den Kopf. „Letzte Warnung, versuchen Sie es gar nicht erst."

„Kyroc", raunt Labashi, und der Leutnant zieht sich zurück. Straffe Disziplin. „Glauben Sie, Sie könnten uns besiegen?"

„Nein, aber ich bin ein ziemlich flinker Läufer. Ich brauche nur etwas Vorsprung." Ich lächle kurz und deute dort hin, wo sie sich befinden. Dabei lasse ich meine Wut kurz in meinen Augen aufblitzen. „Das wäre ungefähr genug."

„Ich verstehe ... und was wollen Sie denn?", antwortete Labashi, dessen scharfe Zähne zunehmend sichtbar werden, während er mich ansieht.

„Geld natürlich. Sie wollen also, dass ich zum Spion werde? Spione verdienen Geld.“ Ich zucke mit den Achseln. „Sagen wir mal, na ja ... zwanzig Prozent des Systempreises. Und eine Garantie, dass eine Unterhaltung wie die hier nie mehr stattfindet.“

„Unmöglich! Zwanzig Prozent ist viel zu hoch.“

Ich blicke Ali an, der stockstill bleibt. „Wie lautet dann Ihr Angebot?“

„Zehn Prozent.“

„Fünfundzwanzig.“

„So verhandelt man nicht“, erwidert Labashi und kneift die Augen zusammen.

„So verhandle ich, wenn das Anfangsangebot viel zu niedrig ist.“ Das klingt idiotisch, geht aber schon in Ordnung. Ich bin mir zu circa fünfzig Prozent sicher, dass ich fliehen könnte, bevor sie mich umbringen. Und wenn nicht ... Scheiß drauf. Ich hätte bereits vor drei Monaten abkratzen sollen. „Sollen wir noch höher gehen?“

„Fünfundzwanzig“, antwortet Labashi und nickt.

„Und eine garantierte strafrechtliche Immunität von den Hakarta“, füge ich hinzu.

„Diese Garantie kann ich nur für meine Division abgeben“, sagte Labashi.

„Das genügt.“

„Dann haben wir eine Abmachung.“

„Noch etwas – ich kann nicht garantieren, dass ich alle Informationen liefern kann, die Sie haben wollen“, sagte ich.

„Die Vereinbarung ist ungültig, wenn Sie uns nicht fair behandeln und nicht versuchen, die benötigten Informationen in Erfahrung zu bringen“, meint Labashi mit einem breiten Grinsen. „Und dann werde ich Sie finden und Ihnen zeigen, was wir von Vertragsbrechern halten.“

„Na gut." Ich lächle ihn an, obwohl in meinem Inneren immer noch die Wut hochkocht.

„Dann haben wir eine Vereinbarung", wiederholt Labashi.

Sein Tonfall verleiht dem Ganzen einen rituellen Klang, daher wiederhole ich den Satz.

Vertrag, vereinbart und verhandelt von Labashi Ruka und John Lee.

Weitere Details? (J/N)

Ich blinzle und betrachte den Orc aus leicht zusammengekniffenen Augen. Er wirft mir ein strahlendes Lächeln zu, bevor er sich den Helm wieder aufsetzt. Dann dreht sich die Gruppe um und marschiert davon. Ich sehe ihnen dabei zu, sammle meine Waffen ein und lasse mein Schwert verschwinden. Irgendwie habe ich das Gefühl, ich wäre ausmanövriert worden ...

***

„Das hat ja echt Spaß gemacht." Als ich mir sicher bin, dass sie wirklich weg sind, hocke ich mich neben der Tür hin und atme tief aus.

„Was zum Teufel?", murmelt Ali und schüttelt den Kopf. „War es wirklich notwendig, ihn herauszufordern?"

„Ich lasse mich nicht gern unter Druck setzen."

„Dummkopf! Und jetzt bist du ihm vertraglich verpflichtet. Bist du dir sicher, dass du das hinkriegst, Junge?"

„Warum nicht? Sagst du nicht immer, dass im System alles seinen Preis hat? Wenn sie es wirklich erfahren wollen, könnten sie sich die Daten ja kaufen. Also kann ich genauso gut etwas davon abkriegen“, sage ich mit einem Anflug von Verbitterung. „Außerdem habe ich nie behauptet, es den anderen zu verschweigen.“

„Du spielst also ein doppeltes Spiel, was?“, sagte Ali und ich zucke mit den Schultern.

„Möglicherweise. So wissen wir wenigstens, hinter welchen Daten sie her sind. Es ist doch besser, den Informationsfluss zu kontrollieren.“ Ich reibe mir die Schläfen, bevor ich den Kopf drehe und Ali anblicke. „Ich frage mich, wer ihr Auftraggeber ist.“

„Das könntest du ja herausfinden.“

Ich denke darüber nach, schüttle aber dann den Kopf. Ich habe wirklich keine Lust, gutes Geld zu verschwenden. Ich betrachte meine Hände. Die zittern nun nicht mehr, und aus irgendeinem Grund befindet sich in einer davon ein Stück Schokolade. Ich wickle es aus und stecke es mir in den Mund. Dann lehne ich mich gegen die Wand und genieße den Geschmack. Bei allen Göttern, das war ja knapp.

„Hätte ich entkommen können?“, frage ich mich laut.

„Keine Ahnung. Wahrscheinlich nicht“, meint Ali und schüttelt den Kopf. „Man wird kein Major, ohne ein paar Trümpfe in der Hinterhand zu haben.“

„Ja ...“ Ich schließe die Augen und schüttle den Kopf. Wenigstens stellen die Hakarta jetzt eine bekannte Bedrohung dar. Ich werde später darüber nachdenken, wie ich gegebenenfalls mit ihnen umgehe. „Kannst du mir erklären, wie Verträge funktionieren?“

„Das ist ein Skill.“ Ali runzelt die Stirn. „Es ist nicht gerade überraschend, dass Söldner darüber verfügen, aber ich hätte dich warnen sollen. Mir war einfach nicht klar, dass er diese Fertigkeit besaß. Dadurch werden der Benutzer und andere Parteien an die vereinbarte Abmachung gebunden. Wenn du deine Seite des Vertrags nicht erfüllst, erhält er eine Nachricht, und du wirst vom System bestraft. Hauptsächlich geht es um eine Mana-Steuer, und der Benutzer kann dich verfolgen. Und diese Daten sind übertragbar. Kopfgeldjäger verdienen einen Großteil ihres Einkommens mit der Jagd auf Vertragsbrüchige."

Ich nicke langsam und verziehe das Gesicht. Echt toll. Und die Vereinbarung unterliegt keiner zeitlichen Beschränkung. Der einzige Vorteil liegt darin, dass dies eine permanente Modifikation innerhalb des Systems ist, was bedeutet, dass der Major für den Vertrag mit Mana bezahlt. Deshalb möchte er ihn wohl nicht langfristig behalten.

„Also Junge, jetzt aber los. Du musst mal wieder baden", sagte Ali, nachdem ich eine Weile herumgehockt bin.

„Ich ..." Ich runzle die Stirn und schüttle dann den Kopf. „Nein. Gehen wir zurück. Ich glaube ... ich glaube, ich brauche Gesellschaft."

Ich stehe langsam auf und sehe mir das Fort an. Gesellschaft, Sicherheit, vielleicht ein Ort zum Schlafen. Die Hakarta werden vermutlich nicht zurückkehren, aber ... heute übernachte ich in meinem Haus in Whitehorse.

Kapitel 3

„John!“, zwitschert Xev und wedelt mit den Klauen in meine Richtung.

Ich setze ein Lächeln für Xev auf und sehe mir das zusammengekauerte Spinnenwesen an. Mit sechs Beinen und einem Paar dreifingriger Hände an einem schwarzen, haarigen Körper mit wulstigem Ober- und Unterleib gleicht Xev einer schwarzen Riesenspinne mit Händen. Was etwas befremdlich ist, und als ich das Wesen das erste Mal sah, musste ich mich extrem bemühen, nicht zu schießen. Und das, obwohl ich eigentlich keine Angst vor Spinnen habe. Kein Wunder, dass Xev sich meistens im Laden versteckt.

„Ist Sabre in Ordnung?“

„Nichts Schlimmes, nur geringe strukturelle Schäden.“ Ich deute auf das Motorrad, während ich es auf dem Parkplatz vor Xevs Werkstatt abstelle.

Xev zwitschert aufgebracht und scheucht mich weg, bevor sie auf Sabre herumstochert. Während Xev beim Motorrad herumkriecht und verschiedene Kabel in diverse Buchsen steckt, berührt sie eine der Aufhängungspunkte der Panzerung und entfernt diesen mit ihren Werkzeugen. Dann starrt sie ins Innere des Motorrads. „Das geht mir langsam auf die Nerven! Du solltest Sabre nächstes Mal früher vorbeibringen. Auch wenn das Naniten-Upgrade die Panzerung repariert, bestehen immer noch strukturelle Schäden.“

„Sorry“, sage ich automatisch.

Der Strukturschaden war wirklich so minimal, dass er nicht ins Gewicht zu fallen schien. All die Investitionen in das *Omnitrom Klasse II Naniten-Panzerungs-Upgrade* hat mir eine Menge Reparaturen erspart, auch wenn die Panzerungsklasse nicht angestiegen ist. Während Xev vor sich hin murmelt, muss ich mich räuspern, um ihre Aufmerksamkeit auf mich zu lenken.

Nach einer kurzen Diskussion lasse ich Sabre für den Abend hier und gehe zum Schlachthof. Der Schlachthof befindet sich im früheren

Feuerwehrhaus, einem geräumigen, einstöckigen Gebäude mit breiten Toren neben den Gleisen der alten Goldsucherbahn. Die Gleise führen nun ins Nirgendwo und dienten vor der Apokalypse hauptsächlich dazu, den Touristen im Sommer das Geld aus der Tasche zu ziehen. Der gesamte Bereich vom Feuerwehrhaus bis zum alten Bahnhof ist nun Teil des Schlachthofs, wobei die neu aufgeschütteten Komposthaufen den dritten Teil des übelriechenden Dreiecks neben dem Fluss bilden.

Glücklicherweise erzeugen niedrigstufige Zauber einen zum Fluss wehenden Wind, so dass der Gestank der zerteilten und verfaulenden Tierkörper von der Innenstadt von Whitehorse ferngehalten wird. Gelegentlich kommt ein Magier vorbei und wirkt einen Krankheits-Läuterungszauber, damit es hier einigermaßen hygienisch bleibt. Oder so hygienisch, wie es eben möglich ist. Natürlich entstehen auch Probleme, wenn wir diese lieblichen Gerüche über den Fluss wehen lassen. In letzter Zeit mussten wir Wachen am anderen Flussufer aufstellen, um die steigende Zahl von Monstern dort zu reduzieren.

Im Schlachthof folge ich den Anweisungen und sehe zu, wie die Leichen aus meinem Veränderten Raum zerlegt und gewogen werden. Dann werden Körperteile sowohl für Sally, die führende Alchemistin der Stadt, als auch für Xev abgetrennt. Wie üblich erhalte ich eine Benachrichtigung über den Abschluss der Quest und Credits für das Abliefern von Fleisch, was ein Grund dafür ist, warum ich es tue. Der andere ist, dass wir zwar momentan genug zu essen haben, der Winter aber dann die Nahrungssuche deutlich erschweren dürfte. Selbst jetzt versucht die Stadt verzweifelt, Vorräte für den Winter einzulagern, da wir aus dem Süden keine Lieferungen mehr erhalten. Ich frage mich, wie es dort wohl aussehen mag.

Aber dann schüttle ich den Kopf und schiebe diesen Gedanken beiseite. Das ist echt nicht mein Problem. Ich sehe zu, wie die Männer und Frauen um die Leichen herumwimmeln, Körperteile entfernen und sie in Wagen werfen. Dabei bewegen sie sich mit einer Grazie und Stärke, die selbst vor einigen Monaten noch unmöglich gewesen wäre. Als ich mich abwende, fällt mein Auge auf die futuristische, hochaufragende Monstrosität des Bürogebäudes mitten im Stadtzentrum. Seine silbern verspiegelte Fassade bildet einen scharfen Kontrast zu den altmodischen zwei- und dreistöckigen Gewerbegebäuden aus den 20er Jahren des 20. Jahrhunderts im Rest der Stadt. Ich kenne diesen Turm sehr gut – dort befindet sich der Shop und dort wohnt auch Lord Roxley, der über uns alle herrscht. Früher habe ich ihn oft besucht, bis alles in Scherben fiel. Früher einmal ...

Ich schüttle den Kopf, da ich nicht mehr daran denken möchte. Als ich durch die Main Street gehe, bemerke ich, dass mehr und mehr Gebäude wieder benutzt werden. Wir haben ein Lebensmittelgeschäft mit örtlich produzierter Feinkost, einen Waffenmeister mit lokal hergestellten niedrigstufigen Rüstungen, ein paar konkurrierende Alchemisten, drei Textilgeschäfte, die gekauften Hotels und natürlich die einzige geöffnete Kneipe der Stadt.

Und wie immer ist die Kneipe proppenvoll. Was für Abenteurer wären wir denn ohne eine Kneipe? Es ist ja nicht so, dass die Region Yukon den höchsten Alkoholverbrauch pro Kopf in ganz Kanada hätte. Oder die örtliche Brauerei bereits vor zwei Wochen als eines der ersten Privatunternehmen gegründet worden wäre.

Ich muss fast lächeln, als ich mir das Lokal ansehe, wobei ironischer Humor und Ärger in meinem Kopf miteinander konkurrieren. Ich weiß nicht einmal, warum ich wütend bin ... aber ich ignoriere dieses Gefühl, unterdrücke meine Wut wieder und betrete das Lokal. Im Inneren des Nugget findet man dunkles Holzimitat und abgenutztes, nicht aufeinander abgestimmtes Mobiliar. Die Apokalypse brach derart unerwartet über uns herein, dass wütende Monster und verängstigte Menschen die alten Möbelsets zerstörten. Dann behalf man sich eben mit dem, was man beschaffen konnte.

Um acht Uhr abends ist das Nugget voll und lärmig, weil die Leute sich nach einem langen Arbeitstag etwas Ruhe, Essen und Getränke wünschen. Jagdgruppen sitzen beieinander und beherrschen mit ihrer Präsenz den Raum. Einige Handwerker bilden eigene Gruppen. Serviert wird vor allem von knapp bekleideten jungen Frauen, die Bier, Steaks und Fish and Chips in großzügigen Mengen herbeischaffen. Als ich mir den Raum ansehe, bemerke ich, dass eine Hand mir zuwinkt: Jason, ein magerer, schmächtiger Teenager, der für eine derartige Kneipe eigentlich zu jung wirkt.

Einen Augenblick lang überlege ich mir, ob ich überhaupt zu ihm gehen soll. Allerdings hat Jason mir schließlich nichts getan und ich möchte sehen, wie es dem Jungen geht. Ich gehe auf ihn zu, wobei ich mir seine Begleiter betrachte. Richard, rothaarig und schick, mit einer neuen jungen Frau am Arm und Shadow, ein Husky von der Größe eines Ponys, der zu seinen Füßen liegt. Mikito, deren allgegenwärtige Naginata hinter ihr an der Wand lehnt, blickt mit einem Ausdruck strapazierter Geduld um sich. Da ist Constable Mike Gadsby mit seinem Metallarm und den müden Augen. Die ersten beiden waren früher Teil meiner Gruppe, während der letzte zur Führungsschicht von Carcross gehört.

Jason Cope (Level 38 Elementarist)
HP: 230/230

Constable Mike Gadsby (Level 37 Wächter)
HP: 940/940

Mikito Sato (Level 32 Samurai)
HP: 530/530

Richard Pearson (Level 31 Tierbändiger)
HP: 250/250

Ich blicke mich um und kneife die Augen zusammen, als ich Rachel bei den Wolfsbrüdern sehe, einer Gruppe von Teenagern der First Nations. Hat sie sich nun denen angeschlossen, oder ...?

Ich schüttle den Kopf, als Jason einen Stuhl zum Tisch zieht und ihn zwischen zwei andere quetscht, damit ich einen Sitzplatz habe. Ich sitze mit dem Rücken zur Tür, was mich leicht nervös macht. Aber da ich als Letzter gekommen bin, bleibt mir keine Wahl. „Guten Abend."

„John, wir wollten Ali etwas fragen", sagt Jason sofort, ohne mich auch nur zu begrüßen.

Eine vorbeikommende Kellnerin stellt ein Bier auf den Tisch, da sie annimmt, dass ich eines will. Hier wird man nicht groß gefragt, was man trinken möchte – es gibt Wasser oder Bier, und Wasser trinke ich auf keinen Fall.

„Fragen kosten fünf Credits, Antworten zehn", sagt Ali, der einer der Kellnerinnen hinterherschwebt. „Schätzchen, ich brauche auch einen Drink."

Einen Moment lang blitzt Ärger auf dem Gesicht der Kellnerin auf, dann beherrscht sie sich wieder. Sie kommt zu uns zurück, nimmt ein Glas von ihrem Tablett und stellt es auf den Tisch. Dann eilt sie zur Bar zurück, wo der Barkeeper sich fieberhaft bemüht, den nie enden wollenden Bestellungen nachzukommen.

„Du trinkst?" Ich starre Ali an, als er die Halbe hebt und auf Ex trinkt.

„Jetzt schon." Ali grinst mit offensichtlichem Stolz auf sich selbst.

Jason blinzelt Ali an und schüttelt dann den Kopf. „Es geht um Statistik, Mann. Wir haben darüber gesprochen und ich habe das Wachstum aufgezeichnet. Es ergibt einfach keinen Sinn. Ich habe jetzt beispielsweise eine Stärke von 20. Heißt das, ich bin jetzt doppelt so stark wie ein normaler Mensch oder doppelt so stark wie ein Spitzenathlet? Das zweite sicher nicht."

„Und weißt du, was totale Kacke ist? Die nicht-physischen Werte sind absolut bizarr. Ich bin intelligenter als vorher, entdecke aber auch nicht gerade neue Gesetze der Quantenphysik. Richard ist extrem sexy und rammelt wie ein Karnickel, aber dasselbe trifft auch auf Mike zu. Nichts für ungut, Alter. Aufgrund seiner Werte sollte ich auf Richard scharf sein, aber das bin ich nicht. Wie gesagt, nichts für ungut."

„Schon gut. Ich bin nicht an Kindern interessiert", erwidert Richard, und die Blondine mit Kurzhaarschnitt neben ihm verzieht das Gesicht und richtet den Blick erst auf Richard, dann Jason.

„Was zum Teufel? Ich kapiere diesen Scheiß einfach nicht", sagt Jason.

„Ali, ich erledige das", sage ich telepathisch zu meinem Freund. Als die Kellnerin zurückkehrt, deute ich auf die Tafel mit der Speisekarte. „Eine Portion von allem."

Nach einer angemessen langen Wartezeit blicke ich grinsend zu Jason, wobei ich mich irgendwie fies fühle. „Erstens hörst du auf, solche ordinären Ausdrücke zu verwenden. Was deiner Mutter überhaupt nicht gefallen würde. Zweitens, bist du wirklich alt genug, um hier zu trinken?"

„Ha, ha. Sehr komisch. Ich habe mit Ali geredet." Jason berührt sich an der Nase, um eine nicht vorhandene Brille hochzuschieben.

Ich kichere, lehne mich zurück und hole mir einen Schokoriegel aus dem Inventar. „Aber im Ernst, ich kann's erklären. Ganz einfach – es ist das System."

Richard stöhnt und Mikito prustet und nippt dann an ihrem Bier. Die anderen wirken einfach nur verwirrt, da sie den Privatwitz nicht verstehen.

Ich liefere die Erklärung dazu. „Das System ist das System. Es bringt nichts, es verstehen zu wollen. Es ergibt einfach keinen Sinn."

„Ach komm schon! Ich weiß, du hast gesagt, das wäre kein Spiel. Aber wir müssen es trotzdem verstehen!"

Ich schneide eine Grimasse und richte den Blick auf Ali. Dieser seufzt und stellt sein drittes Bier hin, das noch halb voll ist. Er rülpst laut, bevor er mit den Fingern wedelt und einen leuchtend blauen Bildschirm erscheinen lässt. Dieser ist voller Symbole – Kreise, Linien und Punkte in bestimmten Gruppierungen, die an ägyptische Hieroglyphen erinnern. „Na gut, Einführung in die Grundlagen des Systems. Hundert Credits. Und ich werde diesen Vortrag kein zweites Mal halten."

„Hundert!", stottert Jason und starrt Ali an. Dieser nickt, woraufhin Jason nachgibt und den entsprechenden Betrag überweist.

„Guter Mann. Siehst du das? Das hier ist die eigentliche Definition der Stärke. Im System", sagte Ali und deutet darauf. „Die wird dann folgendermaßen übersetzt ..." Die Bildschirmanzeige ändert sich, und die Sprache besteht nun aus einer Reihe von Kritzeleien. „Das ist die galaktische Schrift. Die anschließend in die jeweilige Menschensprache übersetzt wird. Wie du dir vorstellen kannst, ist die Übersetzung eigentlich deutlich komplizierter."

„Bei einer Veränderung deines Stärkeattributs wird all das angepasst. Die Änderung modifiziert sogar die Art, wie du Mana im System verwaltest. Nehmen wir mal Gadsby als Beispiel. Du hast dein Glas so grob auf den

Tisch gehauen, dass dabei eigentlich der Tisch und das Glas zerbrechen sollten. Momentan würdest du es wahrscheinlich fertigbringen, eine Stahlplatte zu zerbrechen. Allerdings stammt deine Stärke aus dem System. Das System verändert also die Dichte und Widerstandsfähigkeit der Dinge, mit denen du interagierst. Dadurch zerbrechen Tische nicht, und der Boden kann deinen Bewegungen bei hohem Tempo widerstehen. Oh Mann, Mikito biegt sogar Strahlenwaffen leicht, wenn sie ihnen ausweicht. Das System ‚hilft' euch allen, ohne dass ihr es wirklich bemerken würdet."

Jason öffnet den Mund und schließt ihn dann wieder, während Gadsby und die Blondine voller Interesse zusehen. Richard und Mikito wirken gelangweilt, weil sie die Erklärung bereits gehört haben. Ich? Ich stürze mich auf mein Essen, sobald der erste Teller ankommt. Das ist das Seltsame am Abenteurerleben – man futtert eine Menge.

„Deine Punkte bilden also keine gerade Linie. Sie sind in Wirklichkeit nur ein ungefähres Werkzeug, mit dessen Hilfe du das System besser verstehst. Der Rat hat all das aus eurem Verständnis des Systems und seiner Auswirkungen zusammengeschustert."

„Was die Intelligenz und andere zusätzliche Faktoren betrifft, habe ich John vor langer Zeit gesagt, dass eine höhere Intelligenz einen nicht unbedingt schlauer macht. Physisch betrachtet wird dein Gehirn dadurch minimal verändert. Aber du kannst keine Probleme der Quantenphysik lösen, weil dir das Grundlagenwissen fehlt. Deine neuralen Prozesse laufen schneller ab, aber wenn du nur kämpfst, helfen diese neuen Neuralverbindungen dir lediglich dabei, im Kampf schneller zu denken und zu reagieren. Und vergiss nicht, dass ein Großteil dieser Steigerungen und Veränderungen dich dabei unterstützen werden, das Mana selbst zu kontrollieren." Ali zuckt mit den Schultern. „Ich habe gehört, dass einige

Leute durch die Steigerung ihrer Intelligenz zu Super-Genies wurden. Aber die meisten von ihnen waren schon vorher hochintelligent."

Jason schüttelt den Kopf und versucht, all das zu verdauen. „Was meinst du damit? Dass Intelligenz nicht gleich Intelligenz ist? Dass sie nur den Manapool vergrößert?"

„Ja. „Nein. Vielleicht", antwortet Ali. „Stell es dir wie bei euren Computern auf der Erde vor. Du hast ein Mainboard – deinen Körper. Eine Steigerung der Intelligenz hilft dabei, das Mainboard und das RAM anzupassen und beides zu erhöhen. Manchmal handelt es sich um ein Upgrade deines Mainboards, manchmal ein RAM-Upgrade. Gelegentlich fügt der Prozess eine neue Grafikkarte hinzu, oder Steckplätze für weitere Dinge wie psionische Kräfte. Allerdings musst du immer noch die richtigen Programme ausführen, damit dein Computer funktioniert. Was bedeutet, dass du die richtigen Skills benötigst. Es ist egal, wie gut dein Computer ist – wenn du 1+1 berechnen lässt, ist das immer noch 1+1."

Jason verzieht das Gesicht und macht den Mund auf, schließt ihn dann aber wieder. Der Junge möchte das System manipulieren, wie er es bereits ganz zu Beginn getan hat. Aber die Tatsache, dass er etwas zugenommen hat und nicht mehr so aussieht, als ob eine steife Brise ihn umblasen würde, zeigt, dass er wahrscheinlich nicht alle Punkte in Intelligenz investiert hat. Was ja ganz gut ist.

„Wie sieht es mit dem Charisma aus? Schlafe ich mit Richard, weil ich es will, weil er es will oder ist das System dafür verantwortlich?", fragt die Blondine und runzelt die Stirn.

Ich schiebe meinen Teller beiseite und stürze mich auf den nächsten – eine Portion Spareribs in einer wirklich leckeren Barbecuesauce. Aber selbst während des Essens lausche ich seiner Antwort. Ich weiß, dass ich mit dieser Fähigkeit ... Schwierigkeiten habe. Was einer der Gründe dafür ist, warum ich Roxley zurückgewiesen habe. Und Lana. Mir widerstrebt die Idee, dass man mich dazu bringt, jemanden zu mögen.

„Gewissermaßen." Ali zuckt mit den Schultern und öffnet die Hand. „Die Antwort ist identisch. Ja, dank seiner Charisma-Fähigkeit findest du ihn attraktiver, und seine Pheromone wirken stärker und verführerischer. Nein, es hat keinen direkten Einfluss auf deine Emotionen oder Gedanken. Dafür müsste man eine Fertigkeit verwenden." Was er nicht erwähnt, ist die Tatsache, dass ein erfolgreicher Skill-Einsatz bei derartigen sozialen Fertigkeiten keinerlei Spuren hinterlassen würde. „Möglicherweise beeinflusst das System derartige Dinge in einem gewissen Maß. Andererseits würde ich nicht nein sagen, wenn Claudia Schiffer vorbeikäme."

Das Mädchen öffnet den Mund, schweigt dann aber und sieht stattdessen Richard und Ali an. Dabei entfernt sie sich unwillkürlich von Richard und erhöht den Abstand zwischen ihnen.

Richard rollt mit den Augen, als er Ali anschaut und seine Lippen formen das Wort „Danke", während er sich zurücklehnt und die Arme verschränkt.

Mike hingegen verzieht das Gesicht und reibt sich das Kinn. Ich vermute, dass die Frage der Zustimmung ihn angesichts seines früheren Berufs besonders stark betrifft. Es kann nicht leicht sein, einer der zwei einzigen überlebenden Polizisten in mehreren hundert Kilometern Umkreis zu sein.

Ich schiebe meinen zweiten Teller von mir und mache mich an die letzte Portion, eine Schüssel mit Eintopf. Die Auswahl ist momentan noch begrenzt, das Essen aber gut. Während die anderen nun Details diskutieren und Ali zwingen, Beschreibungen aufzurufen und Zeile um Zeile durchzugehen, folge ich meinen eigenen Gedanken. Dabei erwähne ich nicht, dass es durchaus möglich ist, dass die Erschaffer des Systems die

Intelligenz absichtlich abgeschwächt haben. Ich wette, die Schöpfer wollen nicht, dass überall ein Haufen superintelligenter Wesen herumläuft. Wenn wir zu clever werden, könnten wir ja herausfinden, wie wir ohne das System überleben. Und das wäre sicher nicht im Sinn der Schöpfer. Ich habe das gesamte System bereits als Betrug bezeichnet, und je mehr ich lese und erfahre, umso sicherer bin ich mir, dass diese Beschreibung tatsächlich zutrifft. Das ist wie eines dieser dubiosen Multi-Level-Marketingprogramme, bei dem man nach dem ersten Kauf immer mehr Sachen erwerben muss.

„Kommst du morgen?", fragt Mikito, als es ihr gelingt, Blickkontakt herzustellen.

Ich blinzle nur und hebe eine Augenbraue, woraufhin sie seufzt.

„Die Bossangriffe?"

„Ich habe keine Ahnung, was du meinst", sage ich.

Sie verzieht das Gesicht und blickt Richard an, der sich nun an der Diskussion beteiligt. „Deshalb sind Jason und Mike doch hier. Wir bilden eine Gruppe, um einige der Bosse zu erledigen. Du hättest eine Einladung bekommen sollen." Ihre Stimme klingt besorgt.

„Ich bin hier ja nicht gerade extrem beliebt."

„Ist mir egal. Kommst du mit?"

Ich zucke mit den Achseln. „Keine Ahnung." Ich lehne mich zurück und schiebe meinen Eintopf von mir. Dann wische ich mir das Gesicht ab, bevor ich mir einen Schluck Bier genehmige. „Vielleicht. Aber ihr schafft das wahrscheinlich alleine."

„Das wäre gut für dich. Für uns." Sie seufzt hörbar. „Na schön, du *Baka*."

Ja ... aber ich sehe wirklich nicht, was das bringen soll. Ich bin der Stadt nichts mehr schuldig, nicht jetzt. Und was auch immer sie meint, würde meine Anwesenheit wohl eher Probleme erzeugen als zu helfen. Sie schweigt und zieht sich wieder in ihren Sitz zurück, während ich der Unterhaltung lausche. Zum Glück geht es nicht mehr ums System, sondern um Klatsch und Tratsch, und ich höre aufmerksam zu. Schließlich weiß man nie, was man auf diese Weise erfährt, und immerhin werde ich nun dafür bezahlt. Glaube ich zumindest.

***

„Lana", begrüßte ich die attraktive Rothaarige, als ich mein Haus betrete.

Sie hat sich in der Küche verkrochen und wedelt vor Bildschirmen herum, die nur für sie sichtbar sind. Richard und Mikito hatten die Kneipe vor Stunden verlassen und waren heimgegangen, um sich vor dem morgigen großen Tag noch etwas auszuruhen. Ich muss zugeben, dass ich froh war, als sie gingen. Auch wenn ich ihnen gegenüber nicht gerade feindselig eingestellt bin, ist die frühere Kameradschaft nun stark belastet. Als ich dann beschloss zu gehen, warf mir das müde Kneipenpersonal bereits wütende Blicke zu. Die Leute waren am Aufräumen und wollten bald schließen.

Lana hebt den Kopf, und wie immer, wenn ich Richards Schwester ansehe, verschlägt es mir den Atem. Stechende blaue Augen, die je nach Beleuchtung auch grün und lila wirken. Und ihre Version einer Uniform – eine einfache Bluse und Jeans – kann ihre üppigen Kurven nicht verbergen. In diesem Leben existieren Menschen, mit denen man im Glücksfall das unerklärliche „Es" erlebt. Man kann sagen, dass der Funke überspringt, dass ein biologischer Drang existiert. Man könnte es sogar Liebe nennen, aber es entsteht eine sofortige Anziehung. Als Lana mich anlächelt, muss ich daran denken, dass ich nur dank des Weltuntergangs nicht ein derartiges Individuum, sondern verdammt noch mal zwei zur gleichen Zeit getroffen habe. Natürlich konnte ich einem Truinnar wie Roxley erst nach dem Ende der Welt begegnen. Was insgesamt zu dem Pech passt, dass mich schon mein ganzes Leben lang verfolgt.

Sie wischt mit der Hand die Systembildschirme beiseite und sagt: „John."

„Du bist noch so spät auf?" Ich betrete die Küche und fühle mich wie eine Motte, die von einer Flamme angezogen wird. Beim Näherkommen bemerke ich Ringe unter ihren Augen, und ihre Schultern wirken so verkrampft, wie ich es nie zuvor erlebt habe.

„Nur die Arbeit." Ihre Augen huschen ebenfalls still und abschätzend über meinen Körper hinweg. „Stimmt was nicht?"

„Ist das nicht mein Spruch?"

„Haha! Ich bin nicht die Person, die dauernd in die Klemme gerät. Ich wühle mich nur durch den Papierkram", sagt sie und schüttelt dabei den Kopf. „Aber im Ernst, John, was ist los?"

„Nicht viel." Ich lege meine Hände auf den Tisch, vor allem um zu wissen, wo sie sind, während ich ihr gegenüber sitze. Ich muss zugeben, dass es mich etwas nervt, so durchschaut zu werden – was wahrscheinlich nicht einmal meinem Vater so gut gelungen ist. Allerdings hat er mir auch kaum Aufmerksamkeit geschenkt ... aber ich unterdrücke diese bitteren Erinnerungen.

„John ...", sagt Lana, deren Stimme nun einen strengeren Klang annimmt.

„Ich hatte ein paar Besucher. Die Hakarta." Ich zucke mit den Achseln, und als ich ihren verwirrten Gesichtsausdruck sehe, sage ich: „Die Weltraum-Orcs."

„Oh." Sie presst die Lippen zusammen und schüttelt dann den Kopf, da sie anscheinend ihre eigenen Schlüsse zieht. Vermutlich von der gewalttätigen Art.

„Und welchen Papierkram hast du da?"

„Das Übliche. Angebote. Bitten um Stundung eines Kredits. Berichte und Cashflow-Prognosen." Sie schüttelt den Kopf und reibt sich dann die Schläfen.

Lana verwaltete den größten Investitionsfonds in Whitehorse. Anfangs wurde er noch durch meine Beute mitfinanziert, aber inzwischen trägt er sich mehr oder weniger selbst. Soweit ich mich erinnere, ist sie an praktisch allen wichtigen Privatfirmen beteiligt, die seit dem Erscheinen des Systems gegründet wurden. Allerdings habe ich noch keinen Credit Gewinn gesehen – alles wird direkt wieder in die Stadt und den Fonds investiert. Trotzdem ist es ganz nett, hier über ein wachsendes finanzielles Polster zu verfügen.

„Besorg dir eine KI, Schätzchen", sagt Ali, der auf dem Tisch neben ihr erscheint und sie angrinst.

„Ali."

Als ich sehe, wie Lana den Geist anlächelt, steigt mir die Wut hoch und ich bin gezwungen, meine Emotionen zu unterdrücken. Nur, weil die beiden sich nähergekommen sind, seit sie mich letzten Monat gerettet haben, muss ich nicht gleich eifersüchtig werden. Keineswegs.

„Sind die nicht furchtbar teuer?", fragt sie.

„Nur, wenn du sie als Begleiter verwendest. Die massengefertigten sind ziemlich billig. Ein einfaches Modell dürfte kaum etwas kosten. Aber du solltest dir auf jeden Fall ein Hochsicherheitsmodell zulegen. Auf keinen Fall einen Geist. Kein Geist, der etwas auf sich hält, möchte ein hochgejubelter Sekretär sein."

Lana nickt und streicht sich über das Kinn. „Ich weiß nicht, ich habe nicht viele Credits übrig ..."

„Nimm den Betrag aus dem Fonds", rufe ich. „Das fällt unter die Geschäftskosten."

„Ich glaube nicht, dass das zulässig wäre", sagte Lana und verzieht das Gesicht.

„Wer sagt das?" Ich grinse und winke dann ab. „Schließlich kann das Finanzamt keine Steuern mehr einziehen. Solange du den Einkauf im Shop tätigst, bekommt Roxley seinen Anteil. So, wie ich das sehe, gibt es kein Problem."

„Kann schon sein ..." Sie reibt sich erneut die Schläfen und spricht dann mit leiser Stimme. „John, wir müssen uns über etwas unterhalten ..."

„Ja." Ich blinzle und neige den Kopf. Dabei unterdrücke ich meinen Fluchtimpuls, auch wenn mir dieser vernünftig erscheint.

„Mikito sagt, dass du morgen nicht mit uns kommst", meint Lana.

Mein Gehirn legt eine Vollbremsung hin und meine Gedanken müssen sich neu gruppieren. Oh, also handelt es sich hierbei nicht um *das Gespräch* über unsere Beziehung. Es ist nur ein Gespräch. Gut, das kriege ich hin. „Ja, ich wollte nicht ... warte mal. Mit uns?" Ich beuge mich nach vorn und spüre meine steigende Nervosität.

„Ich gehe ebenfalls. Die Bosse müssen eliminiert werden."

„Natürlich müssen sie das. Aber warum kommst du mit?"

„Aus Notwendigkeit", antwortet sie mit einem mürrischen Blick in meine Richtung.

„Klar, klar. Aber du bist ..." Ich möchte weiterreden, halte dann aber den Mund, da Ali vor mir den Kopf schüttelt. Verdammte Scheiße.

„Was bin ich eigentlich, John?" Lanas Stimme wird lauter und sie starrt mich an. „Eine Bürokratin? Ein Mädchen?"

„Nein, das ist es nicht. Aber du weißt, dass du nicht wirklich ..."

Sie macht ein schnaubendes Geräusch. „Falls es dir nicht aufgefallen ist, bin ich mit Mikito und Richard hierher gekommen. Und ich begleite sie immer noch ab und zu. Lana steht auf. „Vor einem Monat habe ich dich gerettet, du undankbares Arschloch. Ich kann auf mich selbst aufpassen."

Ich öffne den Mund und möchte ihr sagen, dass sie mich wohl gleich bitten wird, auf ihren höherstufigen Bruder aufzupassen – so, wie ich sie kenne. Aber als mir Ali ein telepathisches *NEIN* zuschreit, ziehe ich es vor, die Klappe zu halten.

Na gut. So werde ich sie garantiert nicht überzeugen. Während mir all das noch durch den Kopf geht, stapft Lana davon und ich kann ihr nur mit einer Grimasse hinterherblicken.

„Gut gemacht, Jungchen." Ali klatscht sarkastisch von seinem Sitz aus.

„Du kannst mich mal."

***

Spät nachts starre ich die Zimmerdecke an und überlege mir, was schiefgelaufen ist. Ich war wochenlang weg und habe versucht, mit mir selbst ins Reine zu kommen. Mit der Wut tief in mir und mit der Welt, in der wir leben. Und bereits ein paar Stunden nach meiner Rückkehr habe ich mich mit Lana gestritten und bin schon wieder komplett verwirrt.

Ich weiß echt nicht, was sie von mir wollen. Und bei allen Göttern, was ich selber will, ist mir erst recht ein Rätsel. Klar, ich möchte überleben. Durch den Tag kommen, ein wenig stärker und besser werden. Kämpfen, weil ich es kann? Wenn ich es ausspreche oder vor mich hindenke, kommt es mir so albern vor.

Ich atme langsam aus und konzentriere mich einige Augenblicke lang nur auf meine Atemzüge. Ich weiß nicht, was ich mir für mich selbst oder Lana wünsche. Mir ist nur klar, dass sie nicht sterben soll. Ich möchte nicht, dass sonst jemand stirbt, den ich vielleicht retten könnte. Ehrlich gesagt wäre ich unabhängig von meiner Antwort Mikito gegenüber wahrscheinlich mitgekommen und hätte auf die Gruppe aufgepasst. Aber da Lana geht, bin ich garantiert dabei. Ich kann mir keinen weiteren Geist leisten, der mir auf dem Gewissen liegt – von denen habe ich schon genug.

Kapitel 4

„Was hast du gemacht?“, murmelt Richard, als er mich am folgenden Morgen am Arm packt und beiseite zieht.

Die Jägergruppen haben sich bereits beim Heckraddampfer in der Nähe des Rotary Park versammelt. Bei meiner verspäteten Anfahrt bemerkt mich Richard sofort und marschiert zu mir.

„Meine Schwester ist schon den ganzen Morgen auf dem Kriegspfad!“, knurrt Richard und hält meinen Arm fest. „Sie hat darauf bestanden, Teil eines der Hauptteams zu werden, statt zur Reserve zu gehören.“

„Wieso glaubst du, ich hätte etwas getan?“, frage ich mit unschuldiger Stimme und blicke ihn unter meinem Helm mit großen Augen an.

„Weil sie nur so fuchsteufelswild wird, wenn es etwas mit dir zu tun hat!“ Richard lässt meinen Arm los und starrt mich wütend an. „Wenn ihr etwas zustößt ...“

„Dann lässt du mich durch deine Hunde in Stücke reißen. Kapiert“, antworte ich ironisch und schüttle den Kopf. Die beiden ...

Als Richard den Mund aufmacht und zu einer Antwort ansetzt, wird er von einem kurzgewachsenen, zornigen Mann in einem Anzug unterbrochen. Ein Anzug, heutzutage! Und das in Whitehorse, wo das beste Karohemd und saubere Jeans als Gesellschaftskleidung gelten.

Mit lauter werdender Stimme sagt der Wicht: „Was macht er denn hier?“

Ich grinse Eric Roth alias Mr. Lakai an. „Ich mache nur einen Spaziergang. Wie geht es denn?“

„Du! Raus hier. Das ist ein offizielles Unternehmen des Stadtrats von Whitehorse und du bist nicht eingeladen“, faucht Mr. Lakai und tritt vor Wut bebend näher.

Er erinnert mich an einen kleinen Kläffer. Als ich daran denke, verziehe ich einen Mundwinkel und er bleibt erst stehen und tritt dann den Rückzug an.

„Glaub mir, ich bin nicht deinetwegen hier", sage ich langsam und hebe eine Hand. Mr. Lakai zuckt leicht zusammen. Wahrscheinlich erinnert er sich daran, wie meine Hand seinen Hals packte. Ich vollführe eine leichte Handbewegung, um ihn zu verscheuchen. „Kümmere dich um deinen eigenen Dreck."

Mr. Lakai starrt mich an und öffnet den Mund für eine Antwort, aber dann unterbricht ihn ein tiefes Dröhnen.

„Sollen wir anfangen, Stadtrat Roth? Ich werde stundenweise bezahlt." Beim Sprecher handelt es sich um einen zwei Meter siebzig großen Bullen-Mensch-Hybriden, einen echten Minotauren aus den Legenden, aber in futuristischer Körperpanzerung. Der Minotaur besitzt sogar eine Axt, obwohl das Rohr in der Mitte darauf verweist, dass es sich nicht nur um eine Nahkampfwaffe handelt.

Die Yerick – wie die Minotauren eigentlich heißen – bilden die bisher einzige Einwanderergruppe in Whitehorse. Sie wurden nicht gerade optimal empfangen, und noch schlägt ihnen eine deutliche Animosität entgegen. Die von Capstan Ulrik, ihrer Ersten Faust (was auch immer das bedeuten mag) angeführten Yerick sind ein Stamm professioneller Abenteurer. Werden sie eingeladen und ich nicht, dann wird deutlich, wie weit unten ich auf der Popularitätsskala stehe.

Danach eilt Mr. Lakai mit einem herablassenden Blick zu den Anführern der Gruppe, wo Lana und Mikito stehen. Lana wirft mir einen Blick zu, der Wasser zum Gefrierpunkt bringen würde.

Richard steht neben mir und murmelt: „Du musst aufhören, den Mann so zu ärgern."

„Es ist doch besser, ihn zu verarschen als ihn zu töten", antworte ich und balle meine Hand zur Faust.

„Manchmal bin ich mir nicht ganz sicher, ob du einen Witz machst", sagte Richard.

Ich erwähne nicht, dass ich mir ebenfalls nicht sicher bin. Mr. Lakai hat beinahe direkt zugegeben, die Gebäude der Yerick abgebrannt zu haben. Dennoch ist er frei und kommandiert alle herum, während ich hier nicht gern gesehen bin. Na schön, ihn am helllichten Tag fast zu erwürgen war wohl eine Überreaktion auf meinen Gesichtsverlust vor Roxley und Capstan. Aber selbst jetzt noch steigt mir bei dem Gedanken an diesen Verrat die Wut hoch. Ich atme aus und zwinge mich, das alles beiseite zu schieben. Schließlich ist die Vergangenheit vorbei. Es ist an der Zeit, nicht mehr darüber zu klagen. Was ist, das ist.

Ich schüttle leicht den Kopf und stelle fest, dass Richard verschwunden ist, während ich meinen Gedanken nachhing. Und obwohl ich glaube, dass Mr. Lakai hinter den Brandstiftungen steckt, habe ich keinen Beweis dafür. Er hat es nie zugegeben, und die tatsächlichen Täter wurden geschnappt und vor Gericht gestellt. Jetzt arbeiten sie ihre Schulden in dem Gebäudekomplex ab, den die Yerick anstelle der Brandruinen errichtet haben. In den Augen der Stadt ist der Fall damit zu den Akten gelegt. Es bestehen weiterhin starke Spannungen zwischen den Rassen, aber angesichts der nun zahlreichen Überwachungsdrohnen und nachdem die Yerick einige Leute extrem öffentlich und brutal verprügelten, haben die direkten Angriffe aufgehört.

Während ich allein dastehe und zusehe, wie Mr. Lakai zu den Gruppen spricht, finde ich durch mein Lippenlesen heraus, wohin er alle entsendet. Ali ist mir behilflich, indem er sein Systemfenster modifiziert und es mir zeigt. Er fügt dort Anmerkungen hinzu, während jede Gruppe einen anderen Boss zugewiesen bekommt. Ich frage mich, wo Fred – unser ehemaliger

Bürgermeister – wohl stecken mag. Aber dann erinnere ich mich daran, dass er die tatsächliche Arbeit durch seine Untergebenen erledigen lässt.

Wenn ich Mr. Lakai in einer Hinsicht loben müsste, dann für sein Organisationstalent. Zehn Minuten später verschwinden die Gruppen und hatten sogar noch Zeit, Fragen zu stellen. Ich sehe mir jede Gruppe noch einmal an und bemerke, dass Capstan einige seiner Männer zu anderen Teams entsendet. Die Aufstellung ist gar nicht mal so schlecht mit Ausnahme der Tatsache, dass Mr. Lakai nur ein Reserveteam einsetzen möchte – die Chaos Hands. Bei einem erneuten Blick auf ihre Levels zucke ich zusammen, da keiner mehr als 25 erreicht hat. Wir sind immer noch zu niedrigstufig für diese Gegend.

Als ich die Gruppe erneut betrachte, wird mir klar, dass hier die Vorsichtigen, die Glückspilze und die Verrückten versammelt sind. Die Tapferen, die Vernünftigen und die Pechvögel sind tot, da sie generell während der ersten Tage des Systems umkamen. Rettungskräfte, die RCMP, die kommenden Helden – sie alle unterlagen während der ersten Szenen der Apokalypse im Kampf gegen deutlich mächtigere Kreaturen. Nur dank der Gnade der Götter und der Anwesenheit von Lord Roxley haben wir so lange überlebt.

„*Also, Junge, folgen wir dem Mädchen?*“, sagte Ali telepathisch zu mir und ich nicke. „*Du weißt aber schon, dass sie stinksauer sein wird, ja?*“

„*Lieber stinksauer als tot. Wir halten uns aber etwas zurück.*“

***

Seit der Überflutung der Welt durch Mana und der Geburt des Systems sind auf der ganzen Erde Monster erschienen. Es gibt zwei Arten davon – solche, die sich aus irdischen Gattungen entwickelt haben und andere, die über das

System in die Welt „importiert“ wurden. Gelegentlich sind diese Monster besonders brutal und werden vom System als Boss bezeichnet. Oder vielleicht sind sie bereits Bosse und das System markiert sie nur entsprechend. Auf jeden Fall sind sie stark und zäh, und ihre Anwesenheit zeigt, dass sich eine bestimmte Monstergruppe schneller als üblich vermehren wird. Werden sie lange genug in Ruhe gelassen, entstehen permanente Monsterschwärme in einer Region, die dann nach außen strömen. Hat man wirkliches Pech, entdecken sie einen Ort mit hoher Manadichte und bleiben dort, was schließlich einen Dungeon hervorbringt.

Da die gesamte Erde als Dungeonwelt klassifiziert wurde und wir den Manaüberschuss jeder anderen Welt unter der Kontrolle des Systems erhalten, ist die hohe Anzahl unserer Dungeons und Bosse nicht überraschend. Das heutige Ziel ist aber recht einfach – so, wie wir früher die Zahl der Wildtiere regulierten, werden wir nun die Monsterpopulation verringern. Wir eliminieren die Bosse wie Bullen, die getötet werden, um die Herde zu verkleinern. Natürlich erledigen wir dabei auch eine Unzahl normaler Monster, aber so läuft das nun einmal.

Während ich weit hinter Lanas Gruppe her trabe, bleibt mir viel Zeit zum Nachdenken. Gelegentlich treffe ich auf Monster, die sie übersehen haben und andere, die versuchen, sich anzuschleichen – aber die stellen kein Problem dar. Ich lasse mich von Ali in ihren Funkkanal einklinken. So höre ich mit, während Ali neben mir schwebt für den Fall, dass etwas Bedeutendes passiert. Meistens aber folgten wir zwei ihnen nur. Mit etwas Glück ist meine Einmischung unnötig.

Eine Stunde später bleibe ich stehen, als Lanas Gruppe die Grenze ihres Zielgebiets erreicht. Ich rufe meine Mini-Karte auf und konzentriere mich auf die grünen Punkte.

Ritterkäfer (Level 29)
HP: 180/180

Ali ruft Informationen für mich auf und schiebt mir das Systemfenster zu. Ich entspanne mich etwas, während ich die Monster-Informationen lese. Die Käfer sind lila und grau, etwa 75 Zentimeter lang und 30 Zentimeter hoch mit einem Insektenpanzer, der ihnen den Namen verleiht. Sie sind ausgesprochen robust und treten oft in Schwärmen auf. Allerdings wird Lanas aus fünf Menschen bestehende Gruppe noch durch ihre drei übergroßen Huskys und einen mutierten Fuchs verstärkt. Auch wenn Lana die anderen nicht oft begleitet, weiß sie doch ihre Tiere unter Kontrolle zu halten. Die Geschwindigkeit, mit der die roten Punkte der niedrigstufigen Feinde auf meiner Mini-Karte verschwinden, zeigt mir, dass sie dabei ausgesprochen gekonnt vorgeht.

Ich reibe mir über den Nacken, wobei meine Finger gegen die Panzerung stoßen und ich das Gesicht verziehe. Eine Körperpanzerung ist ja ganz nett, bis man versucht, sich zu massieren, während man sie trägt. Ich seufze und gebe den Versuch auf, meine Anspannung auf diese Weise loszuwerden. Stattdessen knabbere ich während des Wartens an einem Schokoriegel. Ali neigt den Kopf, da er offensichtlich einer Meldung lauscht. Dann knurrt er laut.

„John ... du magst doch Jim, oder?“

„Gibt es Ärger?“ Ich suche nach Jims Position und erkenne, dass er nur wenige Kilometer von uns entfernt ist.

„Noch nicht. Ich glaube aber nicht, dass es seine Gruppe mit dem aufnehmen kann, was auf sie zukommt“, meint Ali. „Gehen wir dann mal los?“

Ich zögere und werfe einen Blick zurück auf die Stelle, wo Lana kämpft. Sie hat noch keinen Treffer gegen den Boss erzielt, und solche Dinge verändern potenziell den Verlauf der kompletten Schlacht. Andererseits ... ich beiße mir auf die Lippe, drehe mich in Richtung des Symbols für Jims Boss und renne los. Ich hoffe, die richtige Entscheidung getroffen zu haben.

„Was ist denn so gefährlich, dass Jim es nicht schaffen würde?“, frage ich, während ich querfeldein trabe. Die Aktivpanzerung ermöglicht mir ein flottes Tempo. Ich zerschmettere Steine und gelegentlich einen gestürzten Baum, weil ich mir bewusst bin, dass mir kaum noch Zeit bleibt. Sein Boss war nicht viel weiter entfernt als Lanas. Aber Jim ist ein großer Junge – der führende Jäger der Stadt und ein zäher alter Kerl.

„Blitzhörnchen.“ Ali schwebt mühelos neben mir, während ich Tausend Schritte aktiviere – eine Fertigkeit, die meine Bewegungen beschleunigt. „Das sind mutierte Erdhörnchen. Einzeln betrachtet sind sie niedrigstufig. Aber sie treten in Schwärmen auf. Jedes davon wird durch die Gegenwart der anderen gestärkt, und es gibt *viel* mehr von ihnen, als Mr. Lakai ahnt.“

Während wir laufen, wird meine Karte durch kleine, graue Punkte aktualisiert. Sie sind wirklich niedrigstufig. Ich sehe, wie diese Punkte vor den eigenen blauen Punkten verschwinden, die Jims Gruppe darstellen. Es ist nicht überraschend, dass sie diese Feinde aus der Ferne eliminieren – sein komplettes Team besteht aus Gewehrschützen. Was ihrer Aufmerksamkeit leider entgeht ist der Schwarm grauer Punkte, der sich nun allmählich auf sie zubewegt.

Als der Schwarm näher kommt, sehe ich, wie ein blauer Punkt aufflackert und verschwindet. Ich beiße die Zähne zusammen, während die blauen Punkte sich einigermaßen geordnet zurückziehen. Aber es gelingt ihnen nicht, sich vom Feind abzusetzen. Jetzt sehe ich die elektrischen Blitze mit eigenen Augen. Die nie endenden Lichtbögen haben das Unterholz in

Brand gesetzt. Strahlenwaffen schießen aus der bedrängten Gruppe heraus, und es ertönen Gewehrschüsse, die einzelne Blitzhörnchen töten. Gelegentlich entsteht sogar eine Explosion, die aber meine Kartendarstellung nicht zu verändern scheint.

Ich habe selbst das Feuer eröffnet und beschränkte mich bei der Bekämpfung der Blitzhörnchen auf normale Kugeln. Jeder Schuss zerfetzt eine der kleinen Kreaturen und verwandelt sie in einen roten Nebel. Gelegentlich treffe ich sogar mehrere mit einer Patrone.

„Das bringt nichts!", rufe ich und stürme vorwärts.

Aus dieser Entfernung fühlt sich der gelegentlich auftretende Blitzbogen durch die Panzerung wie statische Elektrizität an, aber wir rennen direkt ins Zentrum des Schwarms und die Auswirkungen werden sich noch deutlich verschlimmern. Ich atme tief ein und lasse das Schießen und Rennen wie auf Autopilot ablaufen. In der Zwischenzeit konzentriere ich mich auf meine Verbindung zur Elementaren Affinität in meinem Inneren und stoße diese nach außen, so dass sie mich umhüllt. Beim nächsten Treffer eines Blitzschlags verwende ich diese Gabe dazu, den Blitz um mich und Sabre herumzuleiten, so dass er uns nicht durchdringt. Danach dauert es einen Moment, bevor ich meinen nächsten Zauber wirken kann. Die Größere Regeneration steigert meine natürliche Heilgeschwindigkeit, so dass ich mit dem fertig werde, was noch durchdringt. Ein Gedanke zeigt die Auswirkungen jedes Treffers auf mich auf.

-13 HP (78 % abgewehrt)

„Ich habe einen Plan", ruft Ali, während ich feuere. „Folge einfach dem hüpfenden Ball!"

Ich fauche und haste weiter, wobei ich dem hüpfenden Ball folge, der bei jedem Schuss auf meinem Display erscheint. Gelegentlich läuft mir ein glückloses Blitzhörnchen über den Weg, das ich entweder ersteche oder zerstampfe. Um mich herum baut sich Elektrizität auf, und wir sind fast ununterbrochen von Blitzen umgeben. Ali schweigt und sein Gesicht drückt grimmige Entschlossenheit aus, während er neben mir schwebt. Meine Kinnlade schmerzt, weil ich den Kiefer fest zusammenbeiße, während der Blitz durch mich fährt und langsam an meiner Gesundheit zehrt. Die allmählich sinkenden Werte am Rand meines Sichtfelds machen deutlich, dass es Sabre auch nicht viel besser ergeht.

„*Okay, mein Junge. Pack mich, sobald du mich erreichst und leihe mir dein Mana und deine Stärke!*“, sagt Ali, während er vorwärts rast – genau zu der Stelle, an der der hüpfende Ball landet. Er erscheint eine Sekunde lang und hebt die Hände, als der Blitz durch ihn fließt.

Ich erweitere meine Wahrnehmung und Affinität und erkenne nun, was Ali tut. Er verbindet einen Faden mit allem, was ihn trifft und leitet diesen in die Körper der Blitzhörnchen. Ich lege eine Hand auf Ali und spüre, wie der Blitz durch mich fegt und das Mana mit sich reißt.

Der Schmerz erfüllt meine Welt, überwältigt mich und ich kann nichts anderes tun, als mich von dieser Welle tragen zu lassen. Meine Muskeln ziehen sich zusammen und zucken, mein Herz schlägt unregelmäßig und ich bin mir sicher, dass sich irgendwann mein Darm entleeren wird. Trotzdem halte ich mich hartnäckig weiter an Ali fest. Schmerz, Wut und Sturheit – die Stützen meines Lebens.

Ein Teil von mir sieht zu, wie Ali diese Fäden schneller und immer schneller verbindet, bis alles mit ihm verknüpft ist. Ali knurrt und dreht die Hände. Ich spüre die Veränderung, als die Manafäden, die er mit Hilfe der Blitze verbunden hat, an den Blitzhörnchen ziehen. Das ist nur eine kleine, winzige Veränderung ihrer Atome, aber eine, die in Lichtgeschwindigkeit abläuft. Elektronen lösen sich aus ihren Hüllen. Eine minimale Veränderung an jedem Atom wird um das Tausend- oder Millionenfache multipliziert.

Der Blitz explodiert. Die Blitzhörnchen können diese Flut nicht mehr eindämmen oder lenken, daher erhitzen sie sich – wir erhitzen uns – und mir ist bewusst, dass ich schreie. In einem Moment befinden wir uns in der Mitte eines Mahlstroms, dann ist er plötzlich verschwunden. Einige Blitzbögen springen noch um uns herum, aber der Boden besteht nun aus geschmolzenem Glas. Ich stolpere davon und bewege Sabre mit brachialer Gewalt, da sich mein Mech nach all dem erlittenen Schaden noch im Neustartmodus befindet. Ich stürze kopfüber auf den rauchenden, aschfarbenen Boden, während Ali langsam nach unten schwebt, wobei seine Augen glitzern.

„Das war echt scharf!", sagt Ali, hebt eine Hand und wedelt mit olivfarbenen Fingern, die vor Elektrizität sprühen. „Mannomann! Eine Riesenmenge an Benachrichtigungen – warte mal kurz!"

Ich starre in den Himmel und meine Muskeln zucken noch gelegentlich aufgrund der Nachwirkungen. Schließlich setze ich eine meiner im Shop gekauften Fertigkeiten ein und werfe Sabre direkt in mein Inventar. Es ist ganz nützlich, sämtliche vom System registrierten Objekte direkt in mein Inventar zu verschieben, indem ich sie einfach berühre. Mein Körper stürzt auf die verbrannte Erde und ich rolle mich stöhnend zusammen, als die Hitze in meinen hautengen gepanzerten Overall eindringt. Ich möchte nicht wissen, wie viel Sabres Reparatur mich kosten wird. Die Überlebenden von Jims Gruppe, einschließlich eines zusätzlichen goldbraunen Minotauren, stolpern herbei und starren mit großen Augen die rauchenden Leichen der Blitzhörnchen an, die um mich herum liegen.

Als ich mich kurz umblicke, sehe ich das rauchende Gras, gelegentliche glasige Bereiche und Hunderte von Leichen sowie einige brennende Bäume. Dann stelle ich fest, dass ich nun im wahren Leben postapokalyptische Visionen vor mir habe. Hey, dabei bin ich nicht einmal an dieser hier schuld.

„John?“, stammelt Jim, der großgewachsene Älteste der First Nations, als er zu mir humpelt.

„Ja?“ Ich richte den Blick auf Ali, der weiterhin herumschwebt und vor sich hin murmelt. „Ich dachte schon, dass du Hilfe gebrauchen könntest.“

„Ach du Scheiße, da hast du recht.“ Obwohl Jim versucht, ruhig zu bleiben, hebt und senkt sich das Timbre seiner Stimme. „Das sollte ein relativ einfacher Kampf werden, nur eine Gruppe von Erdhörnchen. Ich habe die Hälfte meiner Männer verloren ...“

„Entschuldigung.“ Ich blicke mich um und seufze. „Das ist verdammt viel Beute.“

Die Gruppenmitglieder nicken abrupt und gehen zu den entsprechenden leuchtenden Leichen. Das wunderbare System erlaubt uns nur, die Beute selbst erlegter Tiere an uns zu nehmen. Die Ausnahme davon bilden Mitglieder einer Gruppe, und ich habe mich ihrer nie formell angeschlossen. Eigentlich möchte ich die Beute nicht teilen – Sabres Reparatur wird kostspielig genug.

Nachdem ich einige Minuten später wieder stehen kann und mir Lanas Gruppe auf der Karte angesehen habe, beginne ich, die Beute einzusammeln. Anscheinend haben sie es geschafft, auch ohne mich zu überleben. Kurz darauf wird Ali endlich aktiv und schiebt eine Reihe von Systemfenstern zu mir.

Levelaufstieg!

Du hast Level 22 als Erethra-Ehrengarde erreicht. Wertepunkte werden automatisch verteilt. Du darfst 3 Gratis-Attributpunkte und 4 Klassen-Fertigkeiten verteilen.

Widerstand verbessert: Elektrizität +10 % (50 % insgesamt)

Das war ja interessant. Ich bin dankbar, mir nicht den kompletten Text über all die von mir getöteten Monster durchlesen zu müssen. Ich blicke zu Ali und deute auf die Leichen, während ich meine Informationen aufrufe, um mehr über meinen Status zu erfahren. Er murmelt beim Einsammeln der Beute etwas darüber, stets die Drecksarbeit machen zu müssen, aber ich ignoriere ihn. Eigentlich würde ich mir Sorgen machen, dass er krank sein könnte, würde er sich nicht beschweren. Können Geister krank werden?

Statusmonitor			
Name	John Lee	Klasse	Erethra-Ehrengarde
Volk	Mensch (M)	Level	22
Titel			
Monsterschreck, Erlöser der Toten			
Gesundheit	1070	Ausdauer	1070
Mana	840	Mana-Regeneration	70/Minute

Attribute			
Stärke	66	Beweglichkeit	102
Konstitution	107	Wahrnehmung	42
Intelligenz	84	Willenskraft	90
Charisma	16	Glück	20
Klassen-Fertigkeiten			
Manaklinge	1	Klingenhieb	2
Tausend Schritte	1	Veränderter Raum	1
Zwei sind Eins	1	Entschlossenheit des Körpers	1
Größere Entdeckung	1	Sofort-Inventar*	1
Spalten*	1		
Zaubersprüche			
Verbesserter schwacher Heilzauber (II)		Größere Regeneration	
Verbesserter Manapfeil (IV)		Zunder	
Verbesserter Blitzschlag			

Ich nicke kurz und sehe mir den Hauptbildschirm an. Ich muss Ali noch mitteilen, er solle einen Abschnitt über Widerstände hinzufügen, aber ohne meine Skills sieht das alles deutlich ordentlicher aus. Mit denen war die

Übersicht eher unübersichtlich, und wie Ali sagt – was bringt es schon, sie aufzulisten? Entweder beherrsche ich etwas, oder ich beherrsche es nicht.

Hier ist eine Idee – ich sollte mir einen weiteren Flächenzauber kaufen, der nicht auf Blitzschaden basiert. Vielleicht einen Feuerball oder so etwas, wobei es den vielleicht auch als Fertigkeit gibt. Andererseits sind alle wirklich nützlichen Fertigkeiten teuer. Das trifft zwar auch auf Zauber zu, aber bin ich nicht eigentlich nur mitgekommen, um auf Lana aufzupassen? Wie zum Teufel bin ich schon wieder in diese Situation geraten?

Ich starre Ali an, der mir immerhin beim Beuteeinsammeln und der Lagerung der Leichen hilft. Das wird zwar ewig dauern, aber jeder Credit zählt.

Kapitel 5

Es dauert Stunden, bis alles eingesammelt und verstaut ist. Während dieser Stunden sammeln wir Leichen ein und ich sehe mir immer wieder die Karte an, um sicherzustellen, dass den anderen keine Gefahr droht. Nur einmal bleibt Ali stehen, runzelt die Stirn und schüttelt dann den Kopf. Später sagt er mir, es wäre nur um das Reserve-Team gegangen, das eine andere Gruppe unterstützen sollte, die auf eine größere Monsterhorde gestoßen war als erwartet. Da die ursprüngliche Gruppe die Situation vor dem Angriff ausgekundschaftet hatte, lief alles recht problemlos ab.

Bei meiner Rückkehr hat die Mehrheit der Gruppen bereits Meldung erstattet und der Tag neigt sich dem Ende zu. Ohne Aktivpanzerung zu laufen ist echt nervig, aber immerhin bleibt mir dadurch genügend Zeit, um zusätzliche Monster zu töten. Ich liefere Sabre bei Xev ab, und das Spinnenwesen verspricht mir, später noch einen Kostenvoranschlag zu liefern. Aber so, wie es sich anhört, gehe ich lieber sofort zum Shop und zum Schlachthof. Nachdem ich Hunderte von Blitzhörnchenleichen und Pelzen und diverse andere Beute abgegeben habe, bleibt mir vielleicht gerade genug, um einige Tage lang Mahlzeiten zu kaufen. Bei den Göttern, das war enttäuschend.

Beim Verlassen des Shops wartet ein goldgelber Yerick auf mich, der Jims unglücklichem Team angehört hatte. Er ist knapp zwei Meter siebzig groß und trägt eine dicke Panzerweste sowie einen einfachen, verstärkten Overall. An seiner Schulter entdecke ich ein Gewehr, zusätzlich hat er sich eine Pistole ans Bein geschnallt. Mehrere Granaten hängen an seinem Gürtel. Mit Ausnahme der fehlenden Nahkampfwaffe handelt es sich hierbei meiner Erfahrung nach um relativ typische Yerick-Ausrüstung.

Aron Hauser (Level 38 Axtbruder)

HP: 1240 / 1240

„Monsterschreck Lee“, grüßt er mich mit einer leichten Verbeugung. „Ich bin Aron Hauser. Ich möchte Ihnen für die heute geleistete Hilfe danken.“

„Nichts zu danken.“ Ich lächle ihn an und neige dann den Kopf. „Geht es Jim und den anderen gut?“

„Ältester Calbery spricht gerade mit Ratsmitglied Roth. Er lässt ebenfalls seinen Dank ausrichten.“

„Gern geschehen“, murmle ich und gehe an ihm vorbei.

Aron nickt kurz und sieht zu, wie ich davonstapfe. Danke. Haha! Ein Dankeschön begleicht weder meine Rechnung bei Xev, noch bekomme ich dafür ein neues Motorrad. Als ich in die Stadt marschiere, mustere ich wütend meine Umgebung und nehme Kurs auf mein Haus.

Während ich das Haus anstarre, schimpfe ich vor mich hin. Ohne Sabre, ohne eine ausreichende Menge Credits für eine richtige Reparatur und ohne Transportmittel stecke ich während der kommenden Wochen in Whitehorse fest. Auch wenn ich von dem Mech begeistert bin, entwickeln sich die Reparaturkosten nach jeder Beschädigung zur finanziellen Belastung.

„John! Alles in Ordnung?“, fragt Richard und betrachtet mich und den schwebenden, schweigenden Ali.

„Schon gut. Alles in Ordnung“, raunze ich und trabe rasch nach unten.

Ich schließe die Tür – wobei ich mich zwingen muss, sie nicht zuzuknallen – und lasse mich aufs Bett fallen. Warum zum Teufel habe ich diesen Leuten eigentlich geholfen? Ich starrte die Zimmerdecke an. Immer, wenn ich glaube, ein Problem unter Kontrolle zu haben – die Yerick, die Hakarta, meine Wut – erscheint etwas anderes und versetzt mir einen Arschtritt.

***

„Guten Morgen, John“, sagt Lana, als ich am nächsten Tag die Treppe hochkrieche.

Mikito und Richard nicken mir zu, und der ganze Raum scheint vor Spannung zu knistern. Als ich Mr. Lakai in aller Öffentlichkeit würgte, haben Mikito und Richard mich ziemlich rabiat daran gehindert. Man könnte sagen, dass ich damals keine große Lust hatte, ihnen zuzuhören. Seitdem habe ich mich von ihnen ferngehalten und mich in meinem Fort versteckt, während die anderen in meinem Haus blieben. Ich brauchte Zeit, um mit all den Emotionen in meinem Gehirn klarzukommen. Und obwohl wir seitdem flüchtigen Kontakt hatten, ist jetzt alles anders.

„Wo ist Rachel?“ Ich neige den Kopf und blicke mich in der Küche um.

„Sie, na ja ... sie ist jetzt bei den Wolfsbrüdern“, antwortet Richard.

Mikito nickt und legt sich noch ein Stück gebratenen Fisch in ihre Reisschüssel. Ich seufze und setze mich an den für mich gedeckten Platz. Als Lana mir einen Stapel Pfannkuchen auf den Teller schiebt und sich dann setzt, nicke ich ihr dankbar zu.

Lana lächelt kurz und streckt sich, so dass meine Augen zu ihrer üppigen Oberweite wandern, bevor sie das Wort ergreift. „Wie ich hörte, hattest du gestern Schwierigkeiten.“

„Nicht ich. Jim“, antworte ich mit vollem Mund.

„Wirklich? Ich habe gehört, dass du zu Fuß nach Hause gekommen bist“, sagt Lana, wobei ihr Gesicht völlig gelassen bleibt.

„Sabre wurde beschädigt.“ Ich verenge die Augen zu Schlitzen und gieße noch mehr Ahornsirup auf die Pfannkuchen. Eigentlich sollte ich ein schlechtes Gewissen haben, weil wir so viel besser essen als die allgemeine Bevölkerung, aber schließlich kommen wir selbst dafür auf. Die meisten von uns verbringen unsere Zeit damit, zusätzliche Lebensmittel und Credits für die Stadt zu besorgen – daher sollte es sich nicht so schlecht anfühlen, unser eigenes Geld für Luxuswaren auszugeben, oder? Klar.

„Mmm ... also gab es Ärger." Lana nippt an ihrem Saft, bevor sie fortfährt. „Und jemand hat sich um mein Wohlergehen gesorgt."

Ich seufze, da ich endlich kapiere, was hier läuft. „All das, nur um ‚ich hab's dir ja gesagt' von mir zu hören?"

Lana lächelt unschuldig und schneidet langsam ihren Pfannkuchen in Stücke. „Das habe ich nie gesagt."

„Ach ja." Ich knurre und bin versucht ihr zu erklären, dass sie genauso viel Ärger wie Jim bekommen hätte, wäre es gegen die Blitzhörnchen gegangen. Aber ich bin schlau genug, mich auf mein eigenes Frühstück zu konzentrieren. Manche Dinge spricht man nun einmal nicht aus.

Als ich auf dem nächsten Bissen herumkaue, sehe ich, wie Mikito leicht lächelt, während Richard Shadow viel zu viel Aufmerksamkeit schenkt. Ich seufze und beschließe, mich nicht weiter ins Gespräch verwickeln zu lassen, während Lana den Rest ihres Frühstücks verzehrt.

Als ich dann mit dem Essen fertig bin, erscheint plötzlich Ali neben mir. „Na, Jungchen, wohin gehen wir jetzt?"

„John?", unterbricht uns Richard und lehnt sich nach vorn. „Wir könnten deine Hilfe gebrauchen. Es gibt nämlich einen Monster-Schlupfwinkel zu säubern."

Ich knurre nur und schüttle den Kopf. „Nein. Ich komme schon zurecht."

Mikito öffnet den Mund, schweigt dann aber. Stattdessen starrt sie mich an, seufzt und ergreift schließlich ihre Naginata. Richard nickt ebenfalls und folgt Mikito nach draußen. Ich sehe ihnen dabei zu und ein Teil von mir fragt sich, ob sie versuchen würden, den Schlupfwinkel im Alleingang anzugreifen.

„Willst du ihnen ewig die kalte Schulter zeigen?“, fragt Lana, als sie die Teller wegräumt und sich gegen die Theke lehnt.

„Was?“

„Du weißt schon, was ich meine.“ Sie deutet auf mich. „Du brauchst eine Mitfahrgelegenheit, weigerst dich aber, mit ihnen zu gehen? Warum eigentlich? Bist du zu stolz dafür?“

„Ich gehe lieber allein auf die Jagd“, murmle ich, ohne ihr in die Augen zu blicken. „Die schaffen das schon ohne mich. Ich jage gern allein.“

Lana hört auf, die Arme zu verschränken und schüttelt nun den Kopf. „Die schaffen das schon? Rachel hat uns deinetwegen verlassen. Richard und Mikito holen sich jeden, der gerade Zeit hat und tun eben, was sie können. Deshalb steigen sie auch nicht besonders schnell im Level auf.“ Ich starre weiter meinen leeren Teller an. Lana seufzt und schüttelt den Kopf. „Du könntest wenigstens zugeben, dass du immer noch sauer auf sie bist, weißt du.“

„Das bin ich nicht“, protestiere ich. Als ich den Blick auf sie richte, steigt wieder die Wut in mir auf.

„Wirklich?“ Lana verschränkt erneut die Arme, durchbohrt mich mit Blicken und schüttelt nochmals den Kopf. „Na gut. Du sturer Bock.“

„Das bin ich nicht.“ Ich werfe ihr einen Blick hinterher und seufze laut. Irgendwann werden wir über all das ein Gespräch führen müssen. Aber wir sind uns wohl beide bewusst, dass das, was dann ausgesprochen werden wird, nicht mehr zurückgenommen werden kann. Ich schüttle den Kopf, da ich nicht mehr daran denken möchte. Dann sehe ich Ali an. „Ich bin nicht stur. Ich jage nur gern allein.“

„Ach ja. Klar. Sicher.“ Ali nickt. „Auf nach Süden. Den Daten zufolge wurde das Gebiet dort seit einigen Wochen nicht mehr gesäubert. Wenn wir uns beeilen, sollte es uns auch gelingen, in eine höherstufige Zone vorzustoßen."

„Kapiert."

***

Die ersten paar Stunden sind kinderleicht. Sobald ich den Waldrand hinter dem Haus erreiche, aktiviere ich Tausend Schritte und bewege mich von einem Punkt zum nächsten. Keines der Monster stellt eine Herausforderung dar – die Kämpfe sind sogar so einfach, dass sie mir fast trivial erscheinen. In Bergwäldern voller Espen, Kiefern und Fichten sind unter dem Einfluss von Mana Mutationen aufgetreten. Manche Stämme wurden lediglich dicker und härter. Andere Bäume haben neue Abwehrmittel entwickelt – ein silbriger Glanz auf einem, Stacheln an einem anderen, säurehaltiger oder giftiger Blütenstaub, neuerdings essbare Früchte. Ich weiche den bekannten Gefahren aus, atme tief durch, wenn ich die Gelegenheit dazu habe und merke mir beiläufig die Veränderungen. Der Wald wandelt sich, wie auch der Rest der Gegend. Uns bleibt nichts anderes übrig als abzuwarten, bis sich alles klärt, und uns anzupassen.

Da ich einem Zickzackkurs folge, verbringe ich mehr Zeit in der niedrigstufigen Zone bei Whitehorse, als mir lieb ist. Später werde ich Ali um eine Auswertung bitten müssen. Dadurch sehe ich dann, ob dieses Vorgehen die Zeit im Vergleich zum Kampf mit höherstufigen Monstern wert ist.

Allerdings sind Monsterzonen nicht besonders stabil, schon gar nicht in einer wachsenden Dungeonwelt. Sie sind eher eine Orientierungshilfe als eine feste Regel, deshalb bewege ich mich langsamer vorwärts, sobald ich eine Zone mit Level 30+ erreiche. Man kann nie wissen, ob man hier draußen auf ein wirklich starkes Monster trifft. Ohne Sabre bin ich mir nicht ganz sicher, ob ich etwas über Level 50 angreifen könnte, ohne schwere Wunden zu erleiden. Natürlich heilen wir innerhalb weniger Minuten. Wenn einem aber mehrfach die Eingeweide herausgerissen werden, möchte man diese Erfahrung nicht unbedingt wiederholen.

Ohne Sabre werde ich lediglich durch meinen einfachen gepanzerten Overall geschützt, der zwar einige leichte Schäden absorbiert, aber nicht mehr. Was bedeutet, dass ich mich nicht wild in den Kampf stürzen und darauf vertrauen kann, dass der Mech den Schaden blockiert, während ich auf die Monster einhämmere. Stattdessen muss ich wie Mikito kämpfen – Positionen überlegt auswählen, Feinden ausweichen und nur dann zuschlagen, wenn es sicher ist. Das verlangsamt die Kämpfe und zwingt mich dazu, deutlich mehr Mana aufzuwenden, wenn ich dann unvermeidlich Treffer einstecke. Noch schlimmer ist, dass ich mir es als Einzelkämpfer nicht leisten kann, mein Mana komplett aufzubrauchen. Es ist ja möglich, dass ich einem wirklich brutalen Monster begegne. Daher muss ich öfter eine Pause einlegen.

Aber seltsamerweise kümmert mich die reduzierte Mobilität am wenigsten. Selbstverständlich könnte ich mich im Mech-Modus aufgrund der verbesserten Attribute etwas schneller durch den Wald bewegen, aber heutzutage macht das keinen großen Unterschied aus. Damals rentierte sich der Kauf meines Persönlichen Kampffahrzeugs schon aufgrund der Attributverbesserung. Das Fahrzeug hat meine körperlichen Werte um ein Drittel bis die Hälfte erhöht und mich zu einem Zeitpunkt stärker und schneller gemacht, als ich verzweifelt jeden Vorteil gebrauchen konnte. Heute fällt dieser Bonus deutlich geringer aus, obwohl selbst eine Steigerung um zehn Prozent nicht zu verachten ist. Und im Motorradmodus komme ich viel schneller voran. Den leicht zugänglichen Wanderwegen folge ich schon lange nicht mehr, da ich lieber in die ungezähmte Wildnis vorstoße. Dort finde ich aufgrund der verringerten Anzahl der Jäger mehr Monster.

Letztlich erweisen sich alle meine Befürchtungen über gefährliche Monster als unnötig. Ich begegne keinem, das mir vom Level her überlegen wäre, und obwohl die heutige Jagd gemächlicher verläuft als sonst, habe ich keine großen Schwierigkeiten. Ich muss zugeben, dass es sich irgendwie nach Schummeln anfühlt, Monster zu entdecken und zu verfolgen, bevor sie einen überhaupt sehen – vor allem, wenn man die Gelegenheit hat, sie aus weiter Distanz zu eliminieren.

Als ich nach Hause zurückkomme, ist es sechzehn Uhr und ich habe die Jagd nur beendet, weil mir die Inventarplätze ausgegangen sind. Ich möchte einfach keine Leichen herumliegen lassen, statt sie zum Schlachthaus zu bringen. Zwar werden die vielen, vielen neuartigen Insekten, Schädlinge und anderes Ungeziefer die Leichen innerhalb von Tagen beseitigen. Trotzdem erscheint es mir als Verschwendung, die Leichen einfach dort zu lassen. Was nicht unbedingt vernünftig ist, da die Credits, die ich dafür bekomme, kaum einen Unterschied ausmachen. Aber so bin ich nun einmal.

In Whitehorse angekommen eile ich sofort zum Schlachthof und dann zum Shop, um meine Systembeute zu verkaufen. Als ich den Shop verlasse, geht ein Mann an mir vorbei, dessen Kleidung zwei Nummern zu groß erscheint. Der Mann bewegt sich gebeugt und marschiert mit geballten Fäusten und verzerrtem Gesicht weiter. Ich muss abrupt stehenbleiben, um nicht mit ihm zu kollidieren. Ich bin versucht ihn anzuschreien, aber irgendetwas hindert mich daran. Ich runzle die Stirn und starre hinter ihm her, während ein sechster Sinn mir etwas mitteilen möchte. Irgendwas. Etwas stimmt da nicht, und ich versuche, den Grund dafür zu bestimmen.

Ich beobachte ihn, während er die Straße entlang zu einem neuen Laden geht. Dann wird es mir klar. Seine rechte Hand – sie erscheint größer als die Linke, weil seine Finger um eine Granate gewickelt sind.

Ich schreie ihn an, aber er wirft die Handgranate bereits in den Laden und brüllt dabei: *„Ich habe euch gewarnt!“*

Ich aktiviere Tausend Schritte, während ich zu ihm renne. Dabei drehe ich den Kopf, um zu sehen, wer sich im Laden befindet. Ich erspähe die Verkäuferin und nutze ohne zu zögern meine andere Fertigkeit – Zwei sind Eins. Ich sehe ihren verwirrten Blick, als die Handgranate explodiert und meine Sichtlinie durch eine Explosion aus Flammen und Glas blockiert. Es fühlt sich an, als würde ich bei lebendigem Leib geröstet, als die plötzliche Hitzewelle meinen Overall durchdringt, bevor die Detonation dann selbst mich erreicht und nach hinten schleudert.

Ich stehe mühsam auf, aber der Schmerz lässt bereits nach. Der Angreifer rollt von der Schockwelle getroffen auf dem Boden herum und die Verkäuferin ist tot, obwohl ich Zwei sind Eins eingesetzt habe. Ich zwinge mich, mir die verwundeten Opfer der Explosion anzusehen und stolpere zum ersten verletzten Körper, den ich erreiche. Dort wirke ich meinen schwachen Heilzauber.

Nach einer erstaunlich kurzen Zeit hat sich alles wieder beruhigt. Ein in der Nähe befindlicher Magier schleudert eine Regenwolke in den brennenden Laden, während die Nachbarn die Wände ihrer Läden reparieren, indem sie sich Upgrades im Shop kaufen. Die Körper werden entweder durch Zaubersprüche oder aus eigener Kraft geheilt, und die Überlebenden stolpern davon. Zwei in Silber und Grau gekleidete Wachen schleppen den Angreifer in Roxleys Gebäudekomplex. Fred Curteneau, unser ehemaliger Bürgermeister, tritt aus dem Rathaus und spricht während einiger Minuten mit den Leuten. Er geht umher und begrüßt sie mit seinem breiten, schmierigen Lächeln, was auf die Bürger irgendwie beruhigend wirkt. Sie kehren die Glas- und Stahlsplitter von der Straße, dann ist es vorbei. Zumindest für die Mehrheit von ihnen.

„Amelia?“ Ich gehe zu ihr, während sie einer der Wachen befiehlt, die Leiche der Verkäuferin in einen Leichensack zu stecken.

„John.“ Die ehemalige Polizistin nickt mir zu und stützt eine Hand auf ihre breite Hüfte. Sie trägt wieder ihre RCMP-Uniform, obwohl diese anscheinend wegen ihrer nun breiteren Schultern modifiziert wurde. Amelias Stimme klingt kühl und sachlich, aber in ihren Augen macht sich eine gewisse Nervosität bemerkbar. Ich beneide sie nicht im Geringsten. Sie ist der einzige Mensch in Roxleys Wache und daher die Zielscheibe unserer Kritik an ihm.

„Was zum Teufel ist hier passiert?“ Ich sehe mir die Überreste des Ladens an und schüttle den Kopf.

Sie spitzt die Lippen und schüttelt kurz darauf ebenfalls den Kopf. „Zu einer laufenden Untersuchung kann ich nichts sagen.“

„Was für eine Untersuchung? Ich habe es gesehen. Eine ganze Gruppe hat gesehen, wie er die Handgranate geworfen hat. Er hat sie ermordet!“ Ich fauche sie an und die Wut kocht in mir hoch.

„John, darüber kann ich momentan nicht reden“, raunzt sie und plötzlich erscheint Vir neben mir.

Der Trick, andere einzuschüchtern, indem man auf sie hinabblickt, hat bei mir nie funktioniert – nicht einmal in der Zeit vor dem System, als ich gut zehn Zentimeter kleiner war als die meisten Leute europäischer Abstammung. Und da wir nun fast gleich groß sind, klappt es nicht einmal ansatzweise. Ich erwidere den Blick des schwarzhäutigen und weißhaarigen Dunkelelfs.

Amelia sagt gereizt: „Dazu bestehen Vorschriften, verdammt noch mal. Ich weiß, dass ihr Leute meint, es würde keine geben, aber diese Richtlinien existieren aus gutem Grund."

„Ihr Leute?", knurre ich und balle meine Hand zur Faust. Natürlich gleiche ich seit der Genombehandlung eher Keanu Reeves als Jet Li, habe aber die Anspielungen und Beleidigungen nicht vergessen, die ich mir ein Leben lang anhören musste. Ich erinnere mich auch daran, wie man mir zurief, ich solle doch nach China zurückkehren, obwohl ich in Vancouver aufgewachsen bin.

„Ihr Jäger", sagt Amelia und deutet auf mich. „Ihr stolziert mit euren Waffen und euren Kräften herum und haltet euch für so schlau. Es gibt Regeln, die ich verdammt noch mal nicht brechen werde, nur um deine Neugier zu befriedigen."

„*Hör schon auf, Junge, die Frau ist beschäftigt*", wirft Ali ein.

Ich beiße die Zähne zusammen und mustere die beiden, bevor ich abrupt zustimmend nicke. Was kann ich schon tun? Die beiden verprügeln, weil sie meine Frage nicht beantworten? Ich stapfe davon und knurre vor mich hin, immer noch nicht schlauer als vorher. Was zum Teufel steckt da dahinter?

***

„Er wollte seinen Laden zurückhaben", erklärt mir Lana später an diesem Abend. Ich habe sie hinter dem Haus angetroffen, wo sie mit ihren Tieren spielte und stellte ihr unzählige Fragen, während die Kinder im Wohnzimmer lachten und herumtollten. „Vor dem Erscheinen des Systems hat der Laden seiner Familie gehört. Ja, und dann hat Holly dem System den Laden abgekauft und ihn eingerichtet. Er wollte, dass sie geht und behauptete, sie wäre nicht der rechtmäßige Eigentümer. Sie hat sich geweigert. Die Wachen wurden schon einmal gerufen und haben Holly unterstützt ...“

„Und deshalb hat er sie umgebracht?“, murmle ich.

Lana schnaubt nur und vergräbt ihr Gesicht im Fell des Hundes. „Du hast versucht, Eric zu töten.“

Rufus wimmert leise, da er Lanas Nervosität spürt. Dann dreht der Hund sich unter ihrer Hand und leckt ihr das Gesicht.

„Das ... das habe ich vielleicht“, gebe ich zu und schüttle zögernd den Kopf. Ich hatte meine Gründe, aber er vermutlich auch. Wir stehen alle enorm unter Stress, und unsere ganze vertraute Welt ist verschwunden. „Scheiße.“

„Ja“, antwortet Lana und umarmt Rufus. Sie lässt das Schweigen über uns hängen, während ich verärgert über die Parallelen zwischen den beiden Ereignissen nachsinne. Schließlich meldet sie sich mit leiser Stimme erneut zu Wort. „Das ist nicht der einzige derartige Fall. Es gibt andere, vielleicht nicht identisch, aber ähnlich. Leute, die in Häuser einziehen, die ihnen nicht gehören. Leute, die Autos aus Parkplätzen abschleppen und reparieren lassen. Die Arbeiter der Brauerei ärgern sich darüber, dass wir sie nicht einstellen – weil wir sie nicht brauchen.“

„Es war mir nicht bewusst, dass es so schlimm steht.“

„Schlimm? Das sind nur die kleinen Probleme. Wem gehört was, ganz einfache Frage!“ Ihr Lachen hat einen beinahe hysterischen Klang. „Wir haben Kinder ohne Eltern, Eltern ohne Kinder. Wir haben Väter, die nicht bezahlen oder bei der Erziehung ihrer Kinder mithelfen möchten. Wir haben Arschlöcher, die sich für so verdammt wichtig halten, weil sie eine Kampfklasse besitzen. Sie markieren den starken Mann und geben groß an.

Und weil alle – *alle* – wichtigen Leute draußen auf der Jagd sind, spielen sie nun einmal eine wichtige Rolle.“

„Weißt du, warum wir die Brauerei eröffnet haben? Weißt du das?“ Mit einer raschen Handbewegung holt sie eine kleine Ampulle hervor und reicht sie mir. „Aarak-Blut. Für Menschen die berauschendste Substanz, die im gesamten System erhältlich ist. Angeblich besser als Meth. Die Leute haben dieses Zeug gekauft und verteilt, weil es keinen Alkohol mehr gab. Und sie haben es geschluckt, weil sie irgendwie dieses Leben vergessen wollten. Daher haben wir stattdessen die Brauerei eröffnet, um ihnen eine Gelegenheit zu bieten, sich zu betrinken. Was natürlich zu einem interessanten Gespräch mit Jim führte.“

„Und wie reagiert Roxley darauf?“, sage ich und verziehe das Gesicht.

„Roxley? Fehlanzeige. Er meint, wir Menschen sollen unsere eigenen Probleme lösen, zumindest laut Vir. Ausgenommen, seine Wachen sind irgendwie darin verwickelt. Dann müssen die Unruhestifter eine Geldbuße zahlen. Eine Geldbuße!“ Sie schüttelt den Kopf. „Ihm scheint es wirklich nur um die Credits zu gehen.“

Ich schüttelte den Kopf und frage mich, warum Roxley so etwas tun würde. Dieses Verhalten passt nicht zu dem Mann, an den ich mich erinnere. Weil ich nicht weiß, was ich sonst sagen soll, murmle ich nur: „Tut mir leid.“

„Nein, es tut mir leid. Das ist nicht deine Angelegenheit. Du musst dich wirklich nicht darum kümmern, okay?“ Lana reibt sich über das Gesicht und wischt ihre Tränen weg.

„Lana ...“

„Schon gut. Es ist nicht deine Stadt. Und daher auch nicht dein Problem. Aber ... danke, dass du mir zugehört hast.“ Sie steht auf, zieht Rufus mit sich und geht.

Ich öffne den Mund, sage dann aber nichts und werfe ihr einen Blick hinterher. Sie hat ja recht – ich bin weggegangen. Ich habe ja selbst beschlossen, nicht mitzumachen, nicht daran teilzuhaben. Verdammt noch mal, ich spiele sogar ein doppeltes Spiel mit den Hakarta, nur um zu sehen, was passieren könnte. Das war meine Wahl, also darf ich mich jetzt nicht darüber beschweren.

***

„Ali?" Ich starre in die Ferne und streichle gedankenverloren einen der Huskys, der neben mir liegt.

„Ja, Jungchen?"

„Ist es überall so?"

„Mmm ... du meinst die anderen Städte?" Er schüttelt den Kopf und hebt eine Hand. „Nein. Ihr hattet Glück. Je nachdem, wie man Glück definiert. An den meisten Orten gibt es nicht genug Leute für eine funktionsfähige Verwaltung, geschweige denn Konflikte darüber, was wem gehört. Die Großstädte hat es besonders schwer getroffen. Niemand bekam einen großen oder kleinen Bonus, daher konnten sich die Menschen auch nicht wehren. Außerdem gab es eine Menge höherstufiger Monster. Und du weiß ja, dass auch Monster im Level aufsteigen, oder? Ja, stell dir vor, was sogar aus niedrigstufigen Monstern geworden ist, nachdem sie Hunderte oder Tausende von Menschen getötet haben."

„Ihr hattet ein Riesenglück, dass Roxley mit seinen Wachen ankam. Und das System beschloss, hier einen Shop zu platzieren. Zwar verliert ihr hier und da einige Leute, aber das ist verdammt viel besser als früher, als es Dutzende oder Hunderte waren."

Ich verziehe das Gesicht und nicke langsam. „Sind wir die einzige große, organisierte Gruppe, die es noch gibt?"

„Was soll denn das jetzt? Natürlich nicht." Ali rollt mit den Augen. „Es gab einige Armeen, die auf Manöver oder im Gefecht waren, und die verfügten über voll geladene Waffen. Es gibt auch überlebende Städte wie Carcross, die immer noch durchhalten. Zudem ist Roxley nicht der Einzige. Eine ganze Menge anderer haben die Chance genutzt, Kleinstädte und Dörfer aufzukaufen und den Grundherrn zu spielen."

„Ehrlich gesagt hätte man in einer Großstadt wie New York eine höhere Bevölkerungszahl als hier, wenn man alle Überlebenden zählt. Allerdings sind die momentan über die ganze Stadt verstreut. Aber im Verlauf der Zeit werdet ihr hier nur zu einer kleinen, weit abgelegenen Gruppe."

Ich knurre und lächle dabei etwas. Das ist gut. Das ist sehr gut. „Kannst du eine Zahl nennen?"

„Was für eine?"

„Überlebende."

„Ungefähr zwölf Prozent." Ich zucke zusammen und Ali seufzt. „Manche Orte, manche Städte hatten beim Erscheinen des Systems nicht so viel Glück. Santiago verschwand, als ein Luftelementar sowohl das Mana als auch die Luft in der Gegend aufsaugte. Bangalore erlebte einen Schwarm von Liminir-Heuschrecken, fleischfressenden Insekten, die überall eindringen. New Orleans wurde überflutet, als ein Leviathan in der Nähe auftauchte und die Marine auf ihn feuerte. Wie gesagt, ihr hattet Glück."

Ich schüttle mich und starre mit glasigen Augen in die Ferne, während ich mir vorstelle, wie es wohl in einer dieser Städte aussehen muss. Ihr Götter. „Glück."

Kapitel 6

Ich halte eine Klaue in der Hand, die ich einem mutierten Bärenmarder abgeschlagen habe, dazu ein Exemplar eines Crilik-Gestaltwandlers. Ich lege beide zu Vergleichszwecken vor mich hin, gemeinsam mit meinem seelengebundenen Schwert. Ich erweitere meine Sinne und spüre das Mana im Inneren dieser Gegenstände, während ich sie schweigend anstarre. Damit beschäftige ich mich bereits seit einigen Stunden und kann nun endlich, endlich die Unterschiede spüren – die Art, wie sich das Mana verändert.

Ich lege die Klaue des Crilik-Gestaltwandlers langsam hin und ergreife eine ausgemusterte Panzerplatte von Sabre, in die ich zuvor ein Loch gebohrt habe. Ich ertaste vorsichtig das Mana, von dem die Platte erfüllt wird und berühre sie dann mit der Bärenmarder-Klaue.

Na also. Genau da. Ganz am Rand meiner Wahrnehmung, wo die beiden Objekte einen Kontakt herstellen, spüre ich, wie das Mana der Klaue und das der Panzerplatte interagieren. Wie sie sich gegeneinander schieben, statt sich zu vereinen. Ich übe einen etwas stärkeren Druck aus und spüre die winzigen Veränderungen, bis die Klaue unter dem Druck zersplittert. Ich räuspere mich, werfe die zerbrochene Klaue weg und hebe die des Gestaltwandlers.

Auch diesmal erhöhe ich den Druck nur langsam, spüre aber fast sofort einen Unterschied. Die Klaue des Crilik-Gestaltwandlers weist eine deutlich dichtere Manasignatur auf. Wenn ich sie also gegen die Panzerplatte drücke, erzeugt sie fast sofort ein Loch, da die dichtere Manasignatur gegen die schwächere Signatur der Platte drückt.

Gleichzeitig spüre ich eine Veränderung in der elektromagnetischen Kraft der Panzerplatte. Von der Klaue absorbiertes Mana schwächt die atomaren Bindungen der Platte direkt und erleichtert es der Klaue somit, ein Loch hineinzuschlagen. Als ich das Experiment mit meinem Schwert wiederhole, gleitet es so mühelos durch die Platte wie durch Butter und trennt Späne ab.

Als ich schließlich fertig bin, stehe ich auf und strecke mich aus reiner Gewohnheit. Ich gebe es ja nur ungern zu, aber Mr. Haarknoten – Aiden – hatte doch recht. Es geht ganz um die Wahrnehmung, und der verdammte Pseudo-Hippie und Hipster hat ein höheres Verständnis dafür als alle anderen Bewohner der Stadt. Alles, absolut alles um uns herum ist von Mana durchdrungen. Je höher der Level einer Kreatur oder eines Objekts ist, umso höher die darin enthaltene Manadichte. Wir alle interagieren ständig mit Mana und formen es nach unserem Willen, selbst wenn uns dies im Moment nicht bewusst ist. Aus diesem Grund zerbrechen wir keine Türklinken mit einer einzigen Berührung. Daher kann ein Riese eine Holzbrücke überqueren, die nicht für sein Gewicht ausgelegt ist und ich renne mit hoher Geschwindigkeit, ohne deutlich sichtbare Furchen im Boden zu erzeugen.

Wir formen das Mana unserer Umgebung um und passen dadurch die Welt unseren vorgefassten Vorstellungen an. Die von uns verwendeten Klassen und Fertigkeiten stellen lediglich ein vom System angebotenes Schnellverfahren dar. Die Affen drücken diese Tasten, um das Mana zu nutzen – aber wenn man will und sich darum bemüht, ist es auch möglich, das Mana direkt zu beeinflussen. Genau das tun die meisten Magierklassen ohne Affinität, auch wenn sie sich dessen nicht bewusst sind. Diejenigen mit einer Elementaraffinität manipulieren stattdessen das Element selbst, was eine ganz andere Sache ist. Ich selbst beherrsche diese Technik noch nicht so ganz, mache aber langsam Fortschritte.

Ich grinse, strecke meine Muskeln und rufe meine Benachrichtigungen auf, die ich bisher minimiert hatte.

Fertigkeit verbessert

Mana-Manipulation Level 4!

Fertigkeit erhalten

Manasinn (Level 1)

Die Fähigkeit, Mana in Personen und Objekten zu spüren, ist für Magier und Manabenutzer extrem wichtig. Die momentane Reichweite ist auf die direkte Berührung begrenzt und verbessert sich im Verlauf der Ausbildung.

Quest-Update – Das System

Mit der Verbesserung deines Manasinns hast du einen weiteren Schritt zur Enthüllung der Geheimnisse des Systems getan.

Belohnung: +500 EP

Gut, nun habe ich mir meine Statuswerte lange genug angesehen. Auch wenn die Hakarta in nächster Zeit keine Nachrichten von mir erwarten, muss ich doch etwas herausfinden. Ich bin mir nicht sicher, ob es ausreichen würde, ihnen lediglich „Menschen sind eben Menschen und fügen sich gegenseitig Schmerzen zu“ zu melden. Zumindest sollte ich auf die Jagd gehen.

***

Allerdings werde ich nicht jagen, zumindest nicht heute. Beim Überqueren der Brücke, welche die Vorstadt Riverdale mit Whitehorse verbindet, blicke ich auf die Uhr am Rand meines Sichtfelds und lege etwas Tempo zu. Ich habe mich verspätet. Auch wenn ich noch nie erlebt habe, dass die Gruppe rechtzeitig losfährt, ist dieses Verhalten dennoch unprofessionell.

Aber als ich die Main Street erreiche, werden die Trucks und Autos der Kolonne nach Carcross immer noch zusammengestellt, was mich nicht überrascht. Ich bin also nicht der einzige, der zu spät gekommen ist. Jason entdeckt mich fast sofort und winkt mich nach vorn. Ich nähere mich und nicke ihm zur Begrüßung zu.

„Immer mit der Ruhe, sie sind noch in der Besprechung." Jason deutet auf das Elijah Smith Building, in das der Rest unserer Stadtverwaltung eingezogen ist. Das niedrige, graue Gebäude steht direkt an der Main Street, gegenüber der hochaufragenden Monstrosität, in der sich das vom System markierte Stadtzentrum und Roxleys Büros befinden.

„Guten Morgen, Kleiner", begrüßt Ali Jason, der laut prustet.

„Guten Morgen, Mr. Overall", erwidert Jason und bietet mir ein Stück Dörrobst an.

Ich nehme es und setze mich neben den Teenager. „Wurdest du rausgeworfen?"

„Ich war nie eingeladen." Jason rollt mit den Augen. „Ich bin zu jung, um bei den Verhandlungen nützlich zu sein. Es geht in Ordnung, dass ich Monster bekämpfe, die Erwachsenen ausbilde und auf den Mauern Dienst leiste – aber den Verhandlungen über unsere Stadt zuhören? Zu jung!"

„Also so was", sage ich mitfühlend und betrachte das Gebäude. „Worum geht es denn bei diesen Verhandlungen? Ich habe das nie so ganz mitbekommen."

„Äh", sagt Jason. „Soweit ich weiß, will Whitehorse, dass wir nicht mehr so viele Einwanderer aufnehmen. Vor allem ihre Handwerker. Sie sind auch nicht gerade glücklich darüber, dass wir ihren Jägern direkt Beute abkaufen. Oder über die Waren, die wir zum Wiederverkauf hereinbringen."

Ich runzle die Stirn und stelle fest, dass all diese Dinge auf Whitehorses Wunschliste stehen. „Was bekommt ihr dafür?"

„Lebensmittel. Credits. Mehr Sicherheit." Jason zuckt mit den Schultern. „Whitehorse hat eine richtige Farm, im Gegensatz zu uns. Wir importieren immer noch Lebensmittel, um alle mit Nahrung zu versorgen. Daher wäre es gut, mehr zu erhalten. Und es wäre auch nicht schlecht, wenn mehr Jäger in der Umgebung von Carcross aktiv würden. Wir müssen immer noch die Hälfte unserer Jäger auf den Mauern einsetzen."

Ich nicke kurz und seufze. „Und ihr wollt immer noch hier bleiben?"

„Aber klar." Jason murmelt nun: „Ich verstehe nicht, wie ihr hier ohne eine sichere Zone leben könnt. Daheim weiß ich wenigstens, dass ich in Sicherheit bin. Bei jedem Besuch in Whitehorse blicke ich immer nervös über meine Schulter."

Ich muss lachen und schüttle den Kopf. „So schlimm ist das nicht. Die Wachen werden immer an potentielle Spawnpunkte geschickt, bevor dort etwas erscheint. Daher müssen wir uns nur wegen der Spontanevolutionen den Kopf zerbrechen."

„Trotzdem finde ich das unheimlich", erwidert Jason. „Jedenfalls haben sie während der letzten Tage all das besprochen, und damit sollten sie jetzt eigentlich fertig sein. Es kommt wohl immer wieder etwas Neues ins Gespräch."

„Etwas Altes. In diesem Fall ist es etwas Altes", antwortet Älteste Andrea Badger und stapft vorwärts. Die alte Dame aus den First Nations und nominelle Bürgermeisterin von Carcross kommt zu uns und begrüßt Ali und mich mit einem Lächeln. „All die Bürokratie hat uns wachgehalten. Aber jetzt sind die Vereinbarungen unterzeichnet."

Jason zuckt mit den Schultern, springt auf die Füße und winkt allen zu. Sobald er ihre Aufmerksamkeit erweckt hat, deutet er auf die Autos und klettert in seines, ohne auch nur auf die anderen zu warten. Hinter ihm rollte der Constable mit den Augen und erteilt Befehle, um alle in Bewegung zu bringen. Ich öffne die Tür für die Älteste und setze mich dann auf den vorderen Sitz. Es ist an der Zeit, auf die Kinder aufzupassen.

Die Rückreise verläuft relativ ereignislos. Es tauchen mehr Monster auf, als es normalerweise der Fall wäre – sechs Gruppen, um genau zu sein – aber Jason, Mike und ich fetzen durch sie hindurch wie ein heißes Messer durch Butter. Gadsby stürzt sich immer noch bevorzugt in den Nahkampf und prügelt mit seinem Knüppel auf die Gegner ein. Allerdings besitzt er nun anscheinend ein Upgrade, das Pfeile aus reinem Mana in die größeren und brutaleren Monster feuert. Jason macht es auf die einfache Tour, indem er mit Pfeilen aus Plasma und Eis Löcher in Monster schießt. Und ich? Ich wechsle selbstverständlich die Taktik und setze das Strahlengewehr für schwächere, einfache Ziele ein, das Schwert für zähere Kontrahenten.

Ich bin mir nicht ganz sicher, warum sie mich überhaupt angeheuert haben. Die beiden anderen werden durchaus mit den Monstern fertig, auf die wir stoßen, und die zusätzlichen Jäger hocken auch nicht nur herum und lösen Kreuzworträtsel. Leider sitze ich nicht neben der Ältesten, sonst würde ich sie nach dem Grund fragen.

Bei unserer Ankunft in der Stadt erhalte ich eine kurze Benachrichtigung, dass die Quest abgeschlossen ist. Carcross hat sich seit meinem letzten Besuch kaum verändert. Die improvisierte Mauer wirkt nun etwas weniger provisorisch, zudem existiert nun eine echte Mauer mit Wachttürmen und automatischen Sensoren überall. Ich weiß, dass die Mauer nur den sichtbarsten Aspekt der Verteidigungssysteme darstellt – es sind auch mehrere Schildsysteme aktiv oder einsatzbereit, die Schutz gegen Boden- und Luftangriffe bieten. Es gibt zahlreiche Fallgruben und sogar einige automatische Geschützstellungen, die nur auf ihre Aktivierung warten. Ich würde sogar sagen, dass Carcross besser verteidigt ist als Whitehorse. Auf jeden Fall verfügen sie über mehr konzentrierte Feuerkraft als wir.

Jedes einstöckige Gebäude in Carcross ist nun systemfähig. Die Älteste winkt mir zum Abschied zu, bevor sie sich zum Kulturzentrum und Hauptquartier begibt. Gadsby folgt ihr, um sich zu melden und Jason wird fast sofort von einer niedlichen Blondine abgeschleppt, so dass ich allein unter Fremden bin. Allerdings sind die Bürger von Carcross eigentlich keine Fremden mehr. Das wird mir klar, als man mich für ein spätes Mittagessen in den Speisesaal bugsiert.

Während Ali und ich dort sitzen, essen, trinken und mit den Einheimischen plaudern, frage ich mich, ob das Ganze von Andrea arrangiert wurde. Vielleicht möchte sie mich daran erinnern, dass die Bevölkerung von Carcross immer noch existiert und dass diese Leute unsere Freunde sind. Ich lache über einen Witz, während ich meine letzte Schüssel mit Eintopf verputze. Dann blicke ich zu Ali, danach auf die Uhrzeit. Es ist erst fünfzehn Uhr, und Jason hatte ein Problem mit den Monstern in der Nähe der Stadt erwähnt. Ich könnte ja hier draußen noch ein bisschen jagen.

Nachdem ich mich von der Gruppe verabschiedet und diverse Hilfsangebote abgelehnt habe, lasse ich mir von Ali die aktuell bekannten Monstergruppen auf der Karte zeigen. Es ist an der Zeit, etwas zu töten. Morgen fahre ich dann nach Whitehorse zurück.

***

Seit meinem Gespräch mit Lana verläuft mein Leben entsprechend einer bestimmten Routine. Ich wache auf, ich meditiere, trainiere ein paar Stunden – manchmal allein, gelegentlich mit Mikito oder Richard und seinen Tieren. Durch das gemeinsame Training durchbrechen wir allmählich die Mauer, die wir zwischen uns errichtet hatten. Das ist nicht perfekt, aber doch besser als nichts. Und es ist einfach albern, mir immer noch vorzuwerfen, ich hätte Mr. Lakai beinahe umgebracht.

Nach dem Training geht es immer auf die Jagd. Ich versuche, die Zahl der Monster zu verringern sowie mir Erfahrung und Credits für Sabres Reparaturen zu verdienen. Den Mech wieder zusammenzubauen – oder weiter zu verbessern – wird teuer werden. Ohne Sabre verbringe ich einen Teil meines Tages damit, Orte der passenden Levelzone zu erreichen, wobei sich aber immerhin meine Lauf-Fertigkeit verbessert. Ich mache bis zum späten Abend weiter oder bis mein Veränderter Raum gefüllt ist – was auch immer zuerst kommt. Dann liefere ich alles in Whitehorse ab. Ist es noch früh genug, ziehe ich erneut auf die Jagd.

Wenn ich in Whitehorse bin, sehe ich die von Lana erwähnten Dinge, und auch einige andere. Auf der Anschlagtafel der Vermissten erscheinen immer wieder neue Gesichter, wenn Leute in den Wäldern verschwinden. Oder die Leichen derer, die sich nicht einmal die Mühe machen, so weit zu gehen, so dass andere ihre sterblichen Überreste aus den Gebäuden schaffen müssen. Bei ihnen handelt es sich um Leute, die einfach aufgeben und diese neue Welt nicht mehr ertragen.

Dann gibt es die Faulpelze, die Inkompetenten und die Schwindler, die sich vor der Arbeit drücken und von der Großzügigkeit der anderen leben. Ich beobachte gelegentlich Raufereien und lautstarke Auseinandersetzungen, die von Amelia und den anderen Wachen beendet werden. Wie zu erwarten war, ärgern sich viele über die mangelnde Unterstützung.

Der Stadtrat hat sogar ein eigenes Gericht geschaffen, das von einem überlasteten pensionierten Richter geleitet wird. Dieser bemüht sich, Streitereien zwischen den Leuten so gut wie möglich zu schlichten. Dabei behandelt er alles, von Eigentums- und Wohnungsproblemen über Sorgerechtsprozesse bis zur Einweisung von Kindern in Pflegefamilien, falls die Notwendigkeit besteht. Gelegentlich hat er es sogar mit echten Verbrechen zu tun – Diebstahl, einige Vergewaltigungen, Schlägereien und Erpressungen, die von Roxleys Wachen übersehen oder diesen nie gemeldet wurden.

Das Schlimmste dabei ist, wie die Kampfklassen und alle anderen sich zu einer Zweiklassengesellschaft entwickeln – den Reichen und den Mittellosen. Die Spannungen steigen zunehmend an, da die neu eröffneten Läden hauptsächlich an die Kampfklassen verkaufen. Das stellt keine große Überraschung dar, da sie die einzigen sind, die Credits besitzen. Alle anderen sparen eifrig, um sich ein eigenes Haus zu kaufen oder etwas mehr Essen und andere Notwendigkeiten zu beschaffen. Das hindert die Leute aber nicht daran, den Mitgliedern der Kampfklassen ihren Reichtum zu missgönnen.

Daran kann ich aber nichts ändern. Nicht wirklich. Stattdessen verlasse ich die Stadt und folge meiner Routine – ich kämpfe und töte und versuche, genügend Credits anzusparen, um Sabre endlich reparieren zu lassen. Was bedeutet, dass ich diese hässliche Bestie umlegen muss.

Bergtroll (Level 52)
HP: 3580/3580

Das Monster ist über drei Meter groß, steingrau und von Warzen bedeckt. Eine überlange Nase, ein Buckel sowie ein Steinknüppel vervollständigen das Ensemble. Nachdem ich die letzten Tage Trolle gejagt habe, weiß ich mehr über ihre Physiologie, als ich je wissen wollte – unter anderem auch, warum sie immer so schlecht gelaunt sind. Ich wäre auch stinksauer, wenn der entsprechende Körperteil bei mir so klein geraten wäre.

Mein erster Schuss trifft sein rechtes Knie, der zweite das linke. Nachdem ich die Kreatur gelähmt habe, bleibe ich in der Hocke und mein

Strahlengewehr schneidet Wunden und kauterisiert diese, während ich mit dem Töten beginne. Allerdings ist das Monster zäh, da sein Energiewiderstand den von mir verursachten Schaden deutlich reduziert. Zudem lässt seine natürliche Regeneration die Treffer meines ersten Angriffs verheilen.

Während der Troll auf allen Vieren in meine Richtung torkelt, wird er zunehmend schneller. Daher werfe ich mein Gewehr ins Inventar zurück. Da meine Hände nun frei sind, wirke ich meinen Verbesserten Manapfeil und erzeuge so vier blau leuchtende Pfeile, die nach vorn schießen, sobald ich eine wischende Handbewegung in Richtung der Kreatur vollführe. Ich sehe mit einem wölfischen Grinsen zu, wie der Troll taumelt, da seine Widerstände gegen die Manapfeile völlig nutzlos sind.

Dann rufe ich vier weitere Pfeile auf und wiederhole das Verfahren. Diesen Prozess wiederhole ich noch zweimal, bevor ich angreife, um den Troll im Nahkampf zu stellen. Als die Entfernung schrumpft, wirke ich Klingenhieb, um das Monster abzufangen, bevor es mich erreicht. Dann ducke ich mich unter seinem ersten Schlag hindurch und schwinge das Schwert nach oben, so dass es Muskeln durchtrennt. Ich wirble herum, als unsere Pfade sich kreuzen und schlitze dem Troll den Rücken auf, bevor es ihm gelingt, sich umzudrehen. Dann kicke ich ihn von mir weg. Da ich nun genügend Platz habe, konzentriere ich mich auf die Fähigkeit Spalten und schlage mit voller Wucht nach unten, wobei die Schwertklinge von einem rotblauen Schimmer umgeben wird. Der Schlag trifft die Kreatur direkt und schneidet von der Schulter bis zur Hüfte. Bevor sie sich davon erholen kann, schwinge ich das Schwert und löse erneut Spalten aus, was ein riesiges, blutiges X auf dem Trollkörper hinterlässt.

Das reicht aber nicht aus, um ihn zu töten. Der Troll schwingt seine Keule und nutzt den Impuls meines Angriffs zu einem Hieb auf mein Bein.

Nur ein Ausweichen in letzter Sekunde verhindert, dass mein Knie zerschmettert wird. Trotzdem stürze ich zu Boden und rutsche mehrere Meter weit durch den Dreck. Ich beiße mir auf die Lippen, als ich den Adrenalinschub in meinem Körper spüre. Bei allen Göttern, das Kämpfen macht Spaß.

Als der Troll mir nahe kommt und zu einem nach unten geführten Schlag ansetzt, rufe ich mein Schwert und stelle sicher, dass es sich dort befindet, wo der Trollarm kurz darauf sein wird, so dass der Troll sich darauf aufspießt. Ich lasse die Klinge in seinem Arm stecken und versetze ihm einen Tritt gegen das Knie, um mich abzustoßen und Schwung zu bekommen. Dann rolle ich mich wieder auf die Beine und greife an.

Unser nächstes Aufeinandertreffen läuft völlig anders ab. Ich versuche nun nicht mehr, die Kreatur zu überwältigen, sondern tanze um sie herum. All die Stunden des Übens und Kämpfens haben mir dabei geholfen, ein tiefes Verständnis des Kampfes zu entwickeln, das der System-Download mir nicht bieten konnte. Ich lenke Hiebe ab, weiche unter oder neben ihnen aus und reduziere andauernd die Gesundheit des Trolls. Wenn mir die Zeit dafür bleibt, schleudere ich ihm eine weitere Gruppe Manapfeile ins Gesicht. Am Ende kippt der Troll mausetot um.

Keuchend hacke ich dem Monster den Kopf ab, nur für alle Fälle, und trete noch einmal nach der Leiche. Ich sammle die Beute ein und werfe den leblosen Körper in meinen Veränderten Raum. Dann strecke ich mich langsam und warte, bis meine gebrochenen Rippen vollständig verheilt sind. Der Schmerz und das Adrenalin sind heutzutage meine ständigen Begleiter. Ich muss grinsen, da ich weiß, dass dieser Troll die von Sally zugewiesene Quest beendet hat. Anscheinend ist Trollblut bei Alchemisten extrem gefragt.

In weiter Entfernung erspähe ich etwas Weißes, das sich gegen den klaren blauen Himmel abzeichnet. Zunächst halte ich es für eine Wolke, aber irgendetwas sagt mir, dass ich genauer hinsehen sollte.

Ali bemerkt meinen aufmerksamen Blick, folgt ihm und stößt dann einen Schrei aus. „Versteck dich!“

Dank des monatelangen Lebens in ständiger Gefahr gelingt es mir, rasch zum nächsten Baum zu springen und mich eng an diesen zu schmiegen. Nachdem ich mich so gut wie möglich versteckt habe, frage ich: „*Was ist denn los?*“

„*Drache.*“

„*Scheiße.*“ Ich möchte telepathisch auf das QSM zugreifen, aber Ali knurrt mich an.

„*Lass es. Das erregt nur seine Aufmerksamkeit. Drachen haben die Fähigkeit, in andere Dimensionen zu blicken.*“

Ich mache große Augen. Ich habe noch nie gehört, dass ein Wesen von Natur aus dazu fähig wäre. Ich stecke vorsichtig den Kopf hinter dem Baumstamm hervor und erhöhe die Vergrößerung meines Helmdisplays. Der Drache erscheint plötzlich größer und ich sehe, dass er schneeweiß ist, mit einem langen Hals und Flügeln, die dem Dreifachen seiner Breite entsprechen. Über dem Kopf schwebt seine Statusleiste.

Drache (Level ???)

HP: ???/???

„*Ali? Sollte das nicht ein Winterdrache oder so etwas sein?*“

„*Mehr Informationen habe ich nicht, mein Junge. Er ist viel zu hochstufig, als dass ich Daten aus dem System abrufen könnte.*“

„Was macht er hier?“ Verdammt. Ich war mir bewusst, dass wir uns in einer hochstufigen Zone aufhalten, aber die Gegend hier ist nicht so schlecht …

„Meine Vermutung? Er ist wahrscheinlich auf der Jagd. Ich bezweifle, dass die Kluane-Eisfelder schon stark bevölkert sind.“

Ich zucke zusammen und nicke langsam. Es überrascht mich nicht, dass es auf den Eisfeldern wirklich ekelhafte Monster gibt – schließlich handelt es sich um das größte Eisfeld außerhalb der Pole. Aber muss das Ding gerade dann auf die Jagd gehen, wenn ich in der Nähe bin?

Ich rolle mich noch enger zusammen und bereite mich auf eine lange Wartezeit vor. Wenigstens hat der Drache mich wohl nicht gesehen, da er so weit entfernt ist. Aber diese Situation ruft mir in Erinnerung, welche enormen Unterschiede zwischen den wahren Mächten und armseligen Anfängern dieser Welt, wie mir, existieren.

***

Stunden später ist der Drache verschwunden und ich trabe von Osten her die andere Flussseite entlang, da ich für alle Fälle beschlossen habe, die lange Route zu wählen. Ich muss den Kopf schütteln, wenn ich daran denke, wie leicht es den Monstern fallen würde, selbst nach Riverdale zu marschieren. Als Vorstadt von Whitehorse verfügt es über keine Mauer und es gibt auch keine geeignete Methode, jemandem den Eintritt zu verwehren. Daher existieren an den in die Stadt führenden Brücken und Straßen Sperrstellungen. Käme es aber je zu einem Schwarmangriff, wären die Bewohner von Riverdale in höchster Gefahr.

Als ich über die Brücke gehe, winke ich gedankenverloren den Anglern zu, die vor Sallys Laden Schlange stehen. Im Laden selbst treffe ich im vorderen Bereich einen Verkäufer an, und als ich mich vorstelle, werde ich in den hinteren Raum gebracht – Sallys Werkstatt. Die ein Meter zwanzig große Gnomfrau benötigt nur einige Sekunden, um den kompletten Troll hochzuhieven und die verschiedenen, für den Aderlass benötigten Röhren anzubringen. Als sie damit fertig ist, grinst sie mir zu und ich erhalte eine Benachrichtigung.

Quest abgeschlossen (Trollblut)

Fülle 40 Liter Trollblut für Sally ab

Belohnung: 2 Gesundheits-Regenerationstränke Stufe II, 2 Mana-Regenerationstränke Stufe II, 2.000 EP

„Danke. Sonst noch Wünsche?", frage ich.

Sie schnaubt nur und schüttelt den Kopf. „Nur, wenn du endlich deine Kräuterkunde verbesserst, du Riesentrampel." Sally wedelt mit dem Finger und betrachtet mich aus funkelnden Augen. „Ich kann es immer noch nicht fassen, dass du mir Jarsikkraut gebracht hast."

„Es hat genau wie das Zeug ausgesehen, das du haben wolltest!", protestiere ich.

„Nur, wenn man blind und dumm ist."

Ich rolle mit den Augen und gebe mich geschlagen. Aber mal im Ernst, es sah genau wie das andere Kraut aus. Allerdings spiele ich nur ungern den Gärtner. Der Tag, an dem ich Kräuter für Sally suchte, erwies sich als eine komplette Zeitverschwendung. Fast neunzig Prozent der Sachen, die ich ihr gebracht habe, waren nutzlos. Dadurch war es mir nicht möglich, die Quest auch nur halbwegs zu erfüllen. Natürlich könnte ich die Fertigkeit im Shop erwerben, aber eigentlich ziehe ich es vor, irgendetwas zu töten. „Na gut. Melde dich, wenn ich etwas für dich umlegen soll."

Sie grinst und schubst mich durch die Tür. „Raus mit dir, ich habe zu tun!"

Die nächste Station ist der Schlachthof, wo ich den Rest meiner Tagesbeute abgebe. Als ich danach die Straße entlanggehe, bemerke ich, dass am Eingang des Rathauses ein Tumult entstanden ist. Ich dränge mich durch die Menge und schnappe vereinzelte Worte auf. Luthien ist wieder da.

Ich hätte um ein Haar den Rückzug angetreten, als ich den Namen meiner Ex-Freundin höre, aber nach kurzem Zögern schiebe ich mich doch vorwärts. Auch wenn ich sie nicht sehen möchte, war der Rabenzirkel unsere höchststufige Gruppe, bevor die Mitglieder nach Dawson aufgebrochen sind. Auf der Reise muss etwas passiert sein, denn aus den geplanten wenigen Tagen sind nun Wochen geworden.

„Jim?" Ich stelle Blickkontakt zu dem Jäger her, der die Menge anstarrt. Seine Anwesenheit reicht aus, um die Mehrheit von ihnen zurückzuhalten.

Das Gesicht des älteren Mannes der First Nations wirkt noch faltiger als sonst, und aus seinen dunklen Augen spricht die Sorge, als er in seiner Jagdkleidung da steht und von einem Bein aufs andere tritt. Seine Ausrüstung besteht aus einer Mischung von alt und neu. Er trägt einen einfachen Overall aus Nanogewebe mit Panzerung an den entsprechenden Stellen unter einer grauen Jagdweste, die ihm Taschen mit Stauraum für zusätzliche Waffen und Geräte bietet. Zudem hat er sein bevorzugtes Gewehr und das Messer dabei. Für die Kampfklassen ist eine solche Ausrüstung heutzutage relativ standardmäßig.

„John", antwortet der Älteste und winkt mich herbei, als er sieht, wie ich die Augenbraue hebe.

Ich entdecke wütende Blicke von einigen Leuten, blende sie jedoch aus. Es ist ganz nett, wenn andere einem ein paar Gefallen schulden. „Luthien ist wieder da?"

„Ja." Jim wirft der uns umgebenden Menge einen finsteren Blick zu und scheint auf ein Stichwort zu warten. Anscheinend denkt er sorgfältig darüber nach, ob er mehr verraten soll, bevor er dann fortfährt. „Sieben Leute sind zurückgekehrt. Vier Fremde und drei Mitglieder des Zirkels."

„Wer?", sage ich leise im Wissen, dass zumindest Nic tot ist. Drei Tage nach der Abreise war sein Haus plötzlich keine sichere Zone mehr. Ab diesem Zeitpunkt wussten wir, dass etwas schiefgelaufen war.

„Luthien, Kevin und Tim." Bevor ich die Chance habe, weitere Fragen zu stellen, sagt er: „Die anderen vier sind alles, was noch von Dawson übrig ist."

Für die Anwesenden fühlen sich diese Worte wie ein Tiefschlag an. Die vorderen Reihen verstummen und beantworten die Fragen der Leute weiter hinten erst nach mehrmaliger Aufforderung. Die Nachricht verbreitet sich wie ein Lauffeuer und führt zu wilden und unterschiedlichen Reaktionen. Manche nicken nur und akzeptieren, was sie wohl bereits befürchtet hatten. Andere weisen die Neuigkeiten zurück und reagieren aufgebracht, während wiederum andere in Tränen ausbrechen.

Einschließlich der Mitglieder des Zirkels hatten sich elf Personen nach Dawson aufgemacht, um zu sehen, wie sie dort helfen könnten. Der Zirkel hatte nach Freiwilligen gesucht, und einige – die Tapferen und die Verzweifelten – schlossen sich dem Unternehmen an. Elf Personen gingen, aber nur drei der Unseren kehrten zurück. Ich schürze die Lippen und Jim, der offenbar dieselbe Rechnung durchgeführt hat, blickt mich an. Leider hatten wir derartige Verluste befürchtet. Das Schlimmste ist, dass wir durch diese idiotische Expedition zwei unserer hochstufigsten Kämpfer verloren haben. Und das nur, weil diese verdammte Frau wieder einmal angeben musste.

Während ich einen tiefen Atemzug nehme, um meine Wut zu unterdrücken, öffnet sich die Tür. Ich drehe mich um und erblicke einen mir unbekannten Mann, der herumstolziert, als würde ihm alles hier gehören. Der Mann ist mittleren Alters und über 2 Meter 10 groß. Mit seinem kantigen Kinn und dem braunen Kurzhaarschnitt wirkt er auf eine bodenständige Art attraktiv – jemand, den man auf der Straße sehen würde, nicht aber in Filmen. Ali verzieht leicht das Gesicht und macht eine knappe Handbewegung, als der Mann erscheint. Nun schweben Informationen über seinem Kopf.

Bill Cross (Level 46 Vollstrecker)
HP: 1400/1400

Interessante Klasse. Hinter ihm dann ein allzu bekanntes Gesicht. Luthien – meine Ex – folgt ihm und ist ihm vielleicht etwas zu nah. Sie ist groß, schlank, blond und hübsch, mit spitzen Ohren. Als sie aus dem Gebäude kommt, folgt mehr als ein bewundernder Blick ihrem Körper. Ich will den Leuten am liebsten zuwinken und „lauft um euer Leben“ rufen, aber das wäre etwas zu dramatisch. Und kleinlich. Luthien trägt eine knallenge, aus Leder gefertigte Hose und eine korsettähnliche Rüstung, die ihren Oberkörper fast vollständig bedeckt.

Luthien Celbrindal (Level 38 Zauberin)
HP: 540/540

Ich verenge die Augen und presse meine Lippen zusammen, während ich den Rest der Gruppe betrachte, die nun nach vorne tritt. Die Leute weichen den Neuankömmlingen aus, während Jim und ich ignoriert werden.

Die Levels der gesamten Gruppe sind unglaublich hoch, in den hohen 30ern und niedrigen 40ern. Da Kevin und Tim am Ende der Gruppe sind, fällt mir auf, dass sie die Schultern hängen lassen, die Lippen zusammenpressen und allgemein deprimiert aussehen. Sie machen nur zögernde Schritte. Zwischen Kevin und Luthien scheint sich ein Abgrund aufgetan zu haben, den es zuvor nicht gab. Ich glaube fast, der Mann wird allmählich schlauer und hat bemerkt, wie gefährlich eine Beziehung zu ihr ist. Fast. Als Tim die Tür durchquert, höre ich, wie einige scharf Luft holen, als sie seine Halbdrachengestalt wahrnehmen. Ich hatte beinahe vergessen, dass er seine Rasse ändern ließ – er war schon so lange weg.

„Wo sind denn alle anderen?“, ruft eine Stimme aus der Menge, als keine weiteren Leute nach draußen kommen.

Die Menge verstummt in Erwartung einer Antwort, hofft trotz allem noch.

„Tut mir leid. Wir sind alles, was von Dawson übrig ist“, sagte Bill mit lauter, klarer Stimme. „Wir sind die einzigen Überlebenden. Und wenn der Zirkel nicht gekommen wäre, wären wir jetzt auch tot.“

Ein Murmeln geht durch die Menge, und einige Leute setzen sich ab.

„Das glaube ich dir nicht! Mein Sohn war in Dawson. Er würde nicht einfach so sterben“, schreit eine Frau und drängt sich nach vorn.

„Ich lüge nicht. In Dawson gibt es keine Überlebenden mehr.“ Bill starrt die Frau einen Augenblick lang wütend an, bevor er den Kopf schüttelt und den Blick abwendet. „Tut mir leid, aber sie sind alle tot. Wir konnten es einfach nicht mit all den Monstern aufnehmen.“

Die Frau schreit weiter, da sie ihm nicht glauben möchte, stürzt sich auf Bill und schlägt mit ihren zu Klauen geformten Fingern nach seinem Gesicht. Bevor sie ihn erreicht, hebt Luthien eine Hand und Luftfesseln halten die Frau fest, während sie schreit und sich windet. Aus der Menge sind aufgebrachte Geräusche zu vernehmen, bevor die von Amelia angeführten Wachen eintreffen.

„Schluss damit, das gilt für alle. Die Show ist vorbei. Zeit, nach Hause zu gehen." Amelia und die anderen Wachen packen Menschen und schubsen sie beiseite. Dabei strahlen sie eine subtile Drohung aus, die ich als Skill erkenne.

Viele der ergriffenen Leute drehen sich um und erkennen den Ausdruck in den Augen der Truinnar-Wachen, bevor sie sich zitternd davonschleichen. Nach Ankunft der Wachen löst sich die Menge in kürzester Zeit auf. Jim tippt Luthiens Arm an und deutet auf die verzweifelte Mutter. Luthien schnaubt verächtlich und macht eine Handbewegung, so dass die Frau in Jims wartende Hände fällt. Sie wehrt sich einen Moment lang, aber da er sie weiter umarmt, gibt sie es auf und weint nur noch.

„Schöne Stadt", sagt Bill leise zu seiner Gruppe. Vermutlich in der Annahme, in diesem Trubel würde ihn niemand sonst verstehen.

Ich aber, der reglos und unbeachtet neben der Mauer steht, höre ihn. Einige in der Gruppe kichern, während Tim verlegen von einem Bein aufs andere tritt, bevor er sich durch die Menge drängt und der Straße folgt.

„Tim!", ruft Kevin im Versuch, seinen Freund zurückzuhalten.

„Lass ihn doch gehen", raunzt Bill. „Solche Schwächlinge können wir hier nicht gebrauchen."

Luthien nickt energisch, während Kevin zögert und sich auf die Lippe beißt. Als ihr Freund sich schließlich umdreht, lächelt Bill Luthien an, die ihren Körper subtil, aber suggestiv bewegt. Dies geschieht so schnell, dass jemand, der nicht darauf geachtet hätte und sie auch nicht kennt, es niemals wahrgenommen hätte.

Oh, du armes Schwein. Einen Moment lang habe ich fast schon Mitleid mit Kevin. Fast. Als die Menge sich weit genug aufgelöst hat, führt Bill die

Gruppe nach draußen und bleibt gerade lange genug stehen, um Amelia zu danken, bevor sie weitergehen.

Das dürfte ja interessant werden.

Kapitel 7

Trotz der schockierenden Nachrichten über Dawson City verlief das Leben bald wieder in geordneten Bahnen. Bill und seine Gruppe zogen ins frühere Haus des Zirkels und kauften es ohne großes Aufheben wieder vom System. Seitdem hatten sie kaum Kontakt zur örtlichen Bevölkerung. Mit Ausnahme von Besuchen der Läden und gelegentlich der Nugget-Kneipe scheint sich die Gruppe ausschließlich auf die Jagd und den Levelaufstieg zu konzentrieren. Natürlich höre ich, dass Spannungen entstehen, da sie sich weigern, Essen an die Kantine zu liefern und Bestandteile direkt an die niedrigstufigen Alchemisten und Sally verkaufen. Wie ich erfahren habe, lehnten sie es ab, der Stadt zu helfen, als Fred sie zu überreden versuchte. Anscheinend finden sie, dass das Zurückschleppen der Leichen zu lange dauert, als dass dies den Aufwand wert wäre. Was ihre hohen Levels zumindest teilweise erklärt. Wenn sie sich komplett auf den Levelaufstieg konzentrieren, ist es kein Wunder, dass sie höherstufiger sind als die Mehrheit von uns.

Ehrlich gesagt habe ich Verständnis dafür. Geh raus, töte, steige im Level auf. Nur so ist und bleibt man sicher. Stärke bedeutet in dieser Welt Macht und Sicherheit, und diese Stärke beruht auf Credits und Levels. Zumindest behauptet das eine zunehmende Anzahl von Jägern. Wohlwollen bringt einen nur bis zu einem bestimmten Punkt, und Jims Jäger haben sich nun in verschiedene Gruppen aufgespalten, von denen einige dem Zirkel folgen und nicht mehr für die Kantine jagen möchten. Viele sagen, es gäbe heutzutage mehr als ausreichendes Essen und erwähnen die Vorräte an Fleisch und Gemüse, die jetzt von den Farmen geliefert werden. Die Tabellen und Erläuterungen des Stadtrats werden ignoriert – allein die Tatsache, dass die Läden für sie sichtbar sind, wirkt überzeugender auf sie. Zudem wissen sie, dass die Stadt im Notfall einfach zusätzliche Lebensmittel direkt vom Shop kaufen könnte.

Wenn ich Mitglieder des Stadtrats sehe – einzeln oder in Gruppen – tun sie mir fast schon leid. Langsam wird die Belastung spürbar und der Druck innerhalb der Verwaltung reißt den Stadtrat allmählich auseinander. Mehr und mehr Menschen machen den Stadtrat dafür verantwortlich, dass Monster immer noch in der Stadt spawnen, auch wenn wir durch diese Angriffe niemanden mehr verlieren. Und zunehmend fragt sich die Bevölkerung, warum sie Credits beisteuern müssen, aber so wenige Ergebnisse sehen.

Roxley hingegen bleibt in seinem Bürogebäude verborgen. Niemand sieht ihn, niemand spricht mit ihm. Die Yerick und seine Wachen müssen den Großteil der wachsenden Feindseligkeit einstecken, die wütenden Blicke und die geflüsterten Beleidigungen. Dennoch wird niemand direkt aktiv, da die Drohung, in die Schuldknechtschaft verkauft zu werden, die Leute einschüchtert. Zumindest momentan.

***

Beim Betreten des Nuggets fällt mir auf, dass die Kneipe voller Abenteurer und Handwerker ist, die nach einem langen Arbeitstag nach Entspannung suchen. Als ich mich umblicke, sehe ich Lana, Mikito und Amelia, die mit einigen andere an einem Tisch sitzen. Ali schwebt neben mir und glotzt lüstern die Kellnerinnen an, während ich mich der Gruppe nähere.

„John“, sagt Lana und wirft mir ein Lächeln zu.

„Meine Damen ...“ Ich blinzle, als mir klar wird, dass die gesamte Gruppe aus Frauen besteht. Oh. Na ja, dann setze ich mich wohl nicht zu ihnen. „Ich wollte nur mal Hallo sagen.“

„Guten Abend“, sagt Mikito noch, als ich hastig den Rückzug antrete.

Es gibt nur noch einen freien Tisch, der viel zu groß für mich ist. Aber was zur Hölle, dann sitze ich eben dort. Ich nehme mir einen Sitz mit Blick auf den Eingang und Ali lässt sich neben mir auf einen Stuhl plumpsen. Aus reiner Neugier werfe ich einen erneuten Blick auf die Gruppe.

„*Nu, Lana ... schlaft ihr schon miteinander?*", sagt Amelia, deren Kopf sich gerade weit genug in meine Richtung dreht, dass ich ihre Lippen lesen kann. Beinahe hätte ich ein schlechtes Gewissen, weil ich sie belausche. Aber die Neugier zwingt mich, weiter hinzusehen.

„*Nein.*" Lana schüttelt den Kopf, um ihre Antwort zu bekräftigen. „*Ich sagte dir doch, dass es zwischen uns nicht so läuft.*"

„*Warum nicht? Wir alle wissen, dass ... auf ihn scharf bist. Nicht ... hätte. Ich meine ... ganz gut aus, wenn er ... wütend wäre ...*", sagte Amelia, wobei ihr gelegentlich Haare ins Gesicht rutschen und meine Sicht blockieren.

„*Das kann man wohl sagen*", murmelt Mikito. „*Ich glaube, er genießt es, wütend zu sein.*"

„*Für uns gibt es keine Zukunft. Eines Tages wird er weggehen, auch wenn es ihm jetzt noch nicht klar ist*", sagt Lana kopfschüttelnd.

„..." sagt ein anderes Mädchen, und die Gruppe lacht.

Ich kneife die Augen zusammen und frage mich, was dort gesagt wurde und als Lana wieder spricht, wird meine Sichtlinie durch eine massive, gepanzerte Gestalt blockiert. Ich knurre kurz und lasse meine Augen nach oben und immer weiter nach oben wandern, bis ich in die ruhigen Augen des drei Meter großen Yerick-Anführers blicke.

„Erste Faust", sage ich und setze ein Lächeln auf.

„Erlöser. Dürfen wir uns zu Ihnen setzen?" Er deutet auf den Tisch und die Bänke, und beim Umsehen stelle ich fest, dass es ansonsten keine freien Plätze mehr gibt.

Ich nicke und Capstan setzt sich vor mich, so dass mein Blick auf die Damen permanent blockiert ist. Seine Gruppe nimmt ebenfalls Platz, und zwischen all den riesigen und leicht muffig riechenden Außerirdischen fühle ich mich plötzlich etwas beengt.

„Erste Faust, ich hätte Sie hier nicht erwartet." Ali drückt seinen Bierkrug eng gegen seinen Körper.

„Wir feiern diesen Tag und hatten gehört, dass das Nugget eine für unsere Zwecke annehmbare Form von Alkohol bietet." Capstan blickt seine Kameraden an, bevor er auf sie deutet. „Erlöser, darf ich meine Begleiter vorstellen – Aron Hauser, Nelia Renar und Tahar Ocasio."

Aron heißt selbstverständlich der Minotaur, der in Jims Gruppe kämpfte. Nelia habe ich bereits zuvor gesehen. Sie ist eine Schamanen-Wahrheitssucherin im Level 48 – was auch immer das sein mag – und bei Tahar scheint es sich um den typischen Yerick-Abenteurer zu handeln.

Ich begrüße sie nacheinander und stelle dann die offensichtliche Frage: „Was für eine Feier?"

„Was für ein Drink?", fügt Ali hinzu.

Alis Frage wird beantwortet, als die Kellnerin eine dunkle, fast schon schwarze Flüssigkeit in großen Bierkrügen bringt. Ich rieche den Alkohol sogar von meinem Stuhl aus.

„Gütige Götter", murmle ich und lehne mich etwas zurück. Aufgrund meiner Konstitution hat das Bier, das ich trinke, kaum Wirkung auf mich, aber das ist auch gut so. In einer nicht gesicherten Stadt betrunken herumzulaufen wäre eine ganz, ganz schlechte Idee. „Was ist das?"

„Ihre Brauerei nennt es Apokalypse-Ale", sagt Capstan und schiebt jedem seiner Begleiter einen Krug zu. „Es ist angenehm stark."

„Und die Feier?", frage ich, während Ali zu einer Kellnerin schwebt und einen Krug Ale für sich bestellt. Ich sehe, wie die Kellnerin ihm zunickt, bevor mein Blick wieder kurz zu den anderen Tischen abschweift. Einige Gäste werfen uns böse Blicke zu, aber niemand möchte einen Kampf vom Zaun brechen, den er garantiert verlieren wird.

„Wir haben einen Dungeon abgeschlossen!", unterbricht uns Aron und beugt sich grinsend über den Tisch. „Level 35 und höher!"

Capstan nickt und verzieht keine Miene, aber ich spüre, wie sehr er auf diese Gruppe stolz ist. Nelia, die eine Robe und eine Kapuze trägt, nickt ebenfalls.

Als Ali mit seinem Bierkrug heranschwebt, hebe ich meinen eigenen. „Ja dann, herzlichen Glückwunsch!" Sie starren das Glas an, das ich hochhalte, und ich lache mit einem Anflug von Verlegenheit. Stimmt, kulturelle Unterschiede. „Äh, Menschen trinken meistens nach dem Glückwunsch."

Die Yerick tauschen Blicke aus und heben dann gleichzeitig ihre Krüge, die sie ohne zu zögern leeren, gefolgt von Ali und mir.

„Ein seltsamer Brauch. Die Yerick genießen lieber ihren Drink", sagte Tahar nun, wobei er traurig seinen leeren Krug betrachtet.

„Ich werd's mir merken." Die Ankunft der Kellnerinnen, die das Essen servieren, bewahrt mich vor weiteren peinlichen Fehltritten. Capstan verzieht das Gesicht, als er meine Mahlzeit sieht. „Stimmt was nicht?"

„Nein", antwortet Capstan sofort mit einem Kopfschütteln, während Tahar den Blick senkt.

„Die Yerick essen kein Fleisch, Junge." Ali schüttelt den Kopf. „Was du eigentlich wissen solltest, wenn sie doch wie Kühe aussehen."

„Wir sind keine Kühe", raunzt Aron. Er verstummt sofort, als Capstan ihn mit Blicken durchbohrt.

„Ali hat es nicht so gemeint." Ich starre den Geist an, der soeben dabei ist, Pommes von einem meiner Teller zu klauen.

„Ja, ja. Sie haben also einen Dungeon abgeschlossen, was? Das haben wir auch, vor eineinhalb Monaten. Aber der Junge hier hat mit der Beschädigung seines Motorrads auch seinen Schneid verloren“, sagt Ali, und ich knurre nur.

„Sie haben ganz alleine einen Dungeon abgeschlossen?“, fragt Capstan.

„Nur einen mit Level 20“, sage ich. „Seither habe ich noch ein paar gefunden, aber aus einem der Dungeons wurde ich verjagt und einen anderen nehme ich mir wohl demnächst vor.“

„Wirklich?“ Capstan lehnt sich nach vorn. „Wie wäre es, wenn wir die geographischen Daten austauschen? Unerforschte Dungeons sind von größter Bedeutung.“

Ich mustere die Yerick einen Augenblick lang intensiv, dann erscheint ein schmales Lächeln auf meinem Gesicht. „Jetzt, wo Sie es erwähnen ...“

***

„Das ist also der Dungeon, den Sie abgeschlossen haben?“ Am nächsten Tag sehe ich mir das enorme Gebäude im verlassenen Dorf an und runzle die Stirn. Im Gegensatz zu den meisten Häusern hier scheint es in gutem Zustand zu sein. „Sieht gar nicht so groß aus.“

„Von außen nicht“, antwortet Capstan und dreht die breiten Schultern, während er seine Ausrüstung anpasst. „Sie bleiben hinten. Setzen Sie Ihre Zaubersprüche und Ihr Gewehr ein und geben Sie uns Rückendeckung. Nelia ist unsere Magierin und Heilerin, daher wird sie vor Ihnen gehen und uns alle unterstützen. Wir drei, na ja, wir sind ganz vorn.“

Ich nicke, drehe mich um und suche nach Ali. Der Geist schwebt in der Luft und starrt die verlassenen Gebäude an. Ich lasse meinen Blick über die Überreste der kleinen Siedlung schweifen, wo vor dem Erscheinen des

Systems vielleicht hundert Menschen wohnten. Und glücklich gelebt haben, wie ich annehme. Zumindest so glücklich, wie man es an einem solchen Ort sein kann. Hier gibt es kaum Leichen, nur einige verstreute Knochen, heruntergekommene Häuser und Autos. All das ist verlassen und wird langsam überwuchert. Ein Teil von mir fragt sich, ob ich mehr Leichen aufspüren würde, wenn ich danach suche. Aber letztlich beschließe ich, besser nicht nachzusehen.

„Alles in Ordnung, Jungchen?", fragt Ali und deutet zum Gebäude, das die anderen nun bereits betreten.

„Los geht's", antworte ich und folge den Yerick.

***

Denkt man an einen Dungeon, stellt man sich Steinmauern, Höhlen oder vielleicht eine Burg vor. Man würde kaum ein altes Bürogebäude erwarten, dass sich endlos immer weiter erstreckt. Korridore, die zu Räumen führen, die wiederum in den Korridor münden und nie zu enden scheinen. Mattweiße Wände mit einer Neonbeleuchtung, die ohne Strom funktioniert und allem ein etwas eigenartiges Aussehen verleiht. Was uns auf eine bizarre Weise daran erinnert, dass das System nicht unbedingt unseren Erwartungen entspricht.

In diesem Dungeon gibt es keine Fallen, sondern Golems, jede Menge Golems. Diese humanoiden, zweibeinigen Konstrukte torkeln vorwärts und lassen Energiestrahlen und Feuer auf uns herabregnen. Gelegentlich wechseln sie zu exotischeren Angriffen wie Schallgranaten oder Eispfeilen.

Die Yerick pflügen mithilfe tragbarer Schutzschilde durch diese Angriffe und feuern aus der Deckung der leuchtenden blauen Kuppeln heraus. Aron und Tahar beginnen den Angriff mit ihren am Handgelenk befestigten Strahlenwaffen, bis sie nahe genug sind, um die Kreaturen im Nahkampf anzugehen. Hinter ihnen verwendet Capstan ein Gewehr und ignoriert den gelegentlichen Schuss, der die Schutzschilde durchdringt, während er Feinde in unserem Rücken eliminiert. Die robengekleidete Nelia macht nicht allzu viel – gelegentlich wirkt sie einen Heilzauber oder einen seltsamen Netzzauber, der die Monster behindert und verlangsamt. Das Team arbeitet wie ein geöltes Uhrwerk, und jeder deckt die anderen mit einem Minimum an Worten und Verwirrung. Ich versuche nicht einmal, an ihnen vorbeizufeuern, da ich sowohl einen Verbündeten als auch ein Monster treffen könnte.

Stattdessen behalte ich den rückwärtigen Bereich im Auge und eliminiere gelegentlich hinter uns auftauchende Golems. Mit Klingen, Gewehren und Zaubersprüchen konnten wir diese Bedrohungen problemlos neutralisieren, erst recht, da es kaum zu Flankenangriffen kommt.

Es bleibt mir sogar mehr als genug Zeit zum Nachdenken, da ich hier hinten gut geschützt bin. Zeit für Gedanken über die Eigenheiten von Charakterprofilen und Team-Taktiken. In einem „traditionellen" Multiplayerspiel erhielt jeder Charakter eine Klasse, die meist mit einer bestimmten Rolle assoziiert war: Tank, DPS, Heiler, Gruppenkontrolle. Komplexere Pen-&-Paper-Rollenspiele fügten nicht direkt kampforientierte Klassen wie den Barden hinzu. Jeder spezialisierte sich, da diese Spezialisierung für das Spiel erforderlich war.

Natürlich waren die Mehrheit dieser Spiele in einer Fantasywelt angesiedelt. Im modernen Kampf tragen Leute keine Nahkampfwaffen mehr, da ein Speer gegen Kanonenkugeln und Musketenprojektile nutzlos ist, die Soldaten töten oder verwunden, bevor diese ihre Gegner auch nur erreichen. Maschinengewehre mit einer Feuerrate von mehreren hundert

Patronen pro Minute führten dazu, dass ein Frontalangriff auf eine verschanzte Position zu Tausenden von Verlusten führte.

All diese Argumente schienen in der Realität des Systems zu verschwinden, wie ich Jason bereits vor Monaten erklärte. Klassen werden vergeben, und auf den ersten Blick sieht es aus, als ob man sich spezialisieren und zum Kämpfer, Heiler oder Magier werden sollte. Aber da so gut wie alles – auch Klassen-Fertigkeiten – vom System erhältlich ist, spielt es eigentlich keine Rolle. Man kann und sollte vermutlich zu einem Allzweckcharakter mit einer gewissen Spezialisierung innerhalb der ursprünglichen Klasse werden. Wenn ich den Yerick beim Kämpfen zusehe, gewinne ich den Eindruck, dass genau das ihre bevorzugte Methode ist. Wahrscheinlich ist es gar nicht so schlecht, wenn sich alle ein wenig mit den anderen Fähigkeiten beschäftigen. Schließlich möchte man nicht in die Situation geraten, dass der einzige Heiler der Gruppe ausfällt oder der einzige Fernkämpfer stirbt.

Andererseits absorbieren Panzerung und Schutzschilde innerhalb des Systems eine Menge Fernkampfschaden, ohne diesen komplett abzublocken. Mit der passenden Kombination aus Ausrüstung und Skills hat jede Person die Option, sich zum Tank zu entwickeln. Die Yerick kommen schnell voran, wodurch sie sich den Einsatz ihrer körperlichen Stärke im Kampf garantieren. Sie verwenden dabei Nahkampfwaffen, die mindestens so viel Schaden verursachen wie die Strahlenwaffen, wenn nicht sogar noch mehr. Sie schießen und teilen während ihres Vormarschs einigen Schaden aus. Dann begeben sie sich in den Nahkampf und zerfetzen ihre Feinde, während der Heiler/Magier ihre Gesundheit stärkt und sicherstellt, dass einzelne Kämpfer nicht zu viel zu tun haben. Ich frage mich, was geschehen würde, wenn sie auf eine Gruppe intelligenter Wesen stoßen, die auch zur Flucht bereit sind, statt stur anzugreifen. Würde sich diese Situation zu einem gigantischen laufenden Gefecht entwickeln?

***

Stunden später hält Capstan eine Hand hoch, nachdem der letzte Golem in dem von uns erkundeten Raum gefallen ist. Die anderen blicken ihn an und er gestikuliert mit einer Hand. Die Gruppe verteilt sich rasch und stellt vor den Türöffnungen kleine Kästen auf. Kurz darauf leuchten diese Kästen grün und die Yerick entspannen sich grinsend.

„Tragbare Schildgeneratoren. Stärker als die persönlichen Schutzschilde der Yerick, aber mit einer deutlich kürzeren Funktionsdauer. Sie besitzen einen eingebauten Alarm sowie einen Scanner und aktivieren sich, wenn etwas hier einzudringen versucht." Ali gähnt. „Langweilst du dich auch so?"

„Nein." Ich gehe zu den Yerick, die auf dem Boden sitzen und Würfel mit grüner und brauner Paste aus dem Inventar ziehen. „Mittagessen?"

„Ja. Ich glaube, wir haben zwei Drittel des Dungeons hinter uns gebracht", antwortet Capstan und nickt. „Eingeschossig, aber geräumig, wie man sieht."

„Ja." Ich verziehe das Gesicht und tippe meinen Helm an, damit dieser sich nach unten klappt und ich ungestört atmen kann. „Woher kommen die Golems? Diese Wesen sind sicher nicht durch Evolution auf der Erde entstanden."

„Wahrscheinlich gibt es irgendwo eine Vorlage. Vielleicht im Boden oder in einer Mauer. Das System leitet das Mana innerhalb des Dungeons zur Vorlage, was die Golems erzeugt. Jedes so erschaffene Monster erfordert Mana, was auch der Hauptgrund für die Entstehung der Dungeons ist." Capstan öffnet den Deckel seines mit grüner Paste gefüllten Behälters.

„Ignoriert man das Ganze lange genug, drängen sich einige davon nach draußen. Obwohl die meisten in Dungeons geborenen Monster es bevorzugen, dort zu bleiben."

„So lautet zumindest die vorherrschende Theorie bezüglich der Dungeons", sagt Ali telepathisch, während er labbrige Fish and Chips aus meinem Veränderten Raum holt. Ich rümpfe angesichts des Geruchs die Nase, aber er scheint sich nicht daran zu stören.

Ich nicke langsam und sauge an meinem mitgebrachten Fertiggericht. Es ist immerhin genießbar – eine Art Apfelmus, nur etwas körniger. Ich dachte mir, den Yerick wäre es lieber, wenn ich in ihrer Anwesenheit nicht ganz so viel Fleisch verspeise. Obwohl es Ali natürlich scheißegal ist. „Und was ist mit den Alphas? Den Bossen?"

„Verfügt eine Monstergruppe über einen Alpha, wurde dieser vom System erschaffen, weil für die Gruppe einer vorgesehen ist", antwortet Aron und sieht mich an, als hätte ich nicht alle Tassen im Schrank. „Warum würde das System etwas ändern, das funktioniert?"

Ich öffne bereits den Mund, um ihm zu widersprechen, als Ali sagt: „Es ist auch eine Sicherheitsmaßnahme. Alphas und Bosse erfordern größere Mengen an Mana, daher stellt in einem Golemdungeon wie dem hier der Boss lediglich ein Monster dar, dem zusätzliches Mana zugewiesen wurde. Mit normalen Monstern wäre dies nicht möglich, da sie platzen würden. Daher besitzen nur einige spezielle Wesen das Potenzial, Bosse zu sein. Das System muss sich darum kümmern, da der Manastrom unregelmäßig ist. Er ähnelt eher den Wellen des Ozeans. Wenn das Mana anschwillt, muss es sich irgendwo entladen."

„Das ... ergibt Sinn." Nun trinke ich meinen Saft, während ich die Türöffnung beobachte und die Gruppe seelenruhig ihr Essen kaut.

„Allerdings verstehe ich nicht, warum das System so mit dem Mana umgeht."

„8Ink", sagt Nelia.

„Gesundheit."

„Das ist eine alte Geschichte, du Dummkopf", meint Ali.

„Eine traurige Geschichte", sagt Capstan.

„Und dumm noch dazu", fügt Aron hinzu.

„Das sagt mir immer noch nichts", murmle ich.

„Bei der Ankunft des Systems auf 8Ink hat der Botschafter die Bevölkerung dieser Welt informiert. Die Einwohner waren angeblich eine psionische Rasse, Empathen. Sie fassten gemeinsam den Beschluss, das System abzulehnen. Als es dann soweit war, wollte niemand etwas damit zu tun haben. Niemand stieg im Level auf, niemand setzte Mana ein. Daher sammelten sich immer größere Mengen davon an. Der Rat versucht, das Mana nach irgendwo umzuleiten, aber damals existierten nur vier Dungeonwelten. Es war nicht möglich, genug davon abzuzapfen", sagt Capstan. „Schließlich wurde die Manadichte zu hoch und selbst die intelligenten Einwohner machten Veränderungen und Entwicklungen durch. Dennoch weigerten sie sich weiterhin, sich mit dem System zu befassen. Schließlich kam es zu einer Weiterentwicklung der ganzen Welt."

„Wie auf der Erde", meine ich und werfe die Reste meiner Mahlzeit ins Inventar.

„Nein, anders ... der komplette Planet entwickelte sich weiter. 8Ink wurde zum Welten-Titan", erklärt Nelia.

Bei dem Gedanken zucke ich zusammen. Ach du Scheiße. „Was ...?"

„Er ist einfach weggeflogen. Die Unterlagen darüber, wohin er geflogen ist und was er dort getan hat gingen in der Zwischenzeit verloren. Manche sagen, man hat sie unterdrückt", sagt Tahar, dessen Stimme plötzlich aufgeregt klingt. „Die Rückkehr von 8Ink ist ein populäres Literaturgenre. Ich habe ein paar Bücher dazu, die ich gerne jemandem ausleihen würde."

Aron rollt nur noch mit den Augen, während Ali tatsächlich aufgeregt nickt. Dann lässt Aron einen leisen frustrierten Seufzer entweichen, während Nelia und Capstan weiteressen und darauf warten, dass ich wieder das Wort ergreife.

„An dem Punkt möchte ich etwas klarstellen. Zu viel Mana führt zu riesigen Elementarwesen. Und um das zu verhindern, verleiht das System das Mana den hier gelagerten Monstern? Aber würde das Töten eines Monsters das Mana dann nicht freisetzen?", frage ich.

„Nein." Nelia schüttelt den Kopf, und ihre mit Glitzerstaub dekorierten Hörner blitzen im Neonlicht auf. „Ein Teil des Mana entweicht in die Umgebung, aber ... das System verbraucht eine Menge davon. Mana ist für die Beute erforderlich, für unsere Erfahrung, für den Betrieb des ..."

„Systems", ergänzt Capstan beiläufig Nelias Erläuterung, als die Magierin verstummt.

Ich runzle die Stirn und lasse mir alles durch den Kopf gehen. „Wenn all das möglich ist, wozu sind dann die Zwischenschritte gut? Warum kann man das Mana nicht direkt umwandeln?"

„Warum ist es wohl eine Quest, John? Wenn wir die Antwort hätten, wäre diese Quest bereits abgeschlossen", sagt Ali mit spöttischer Stimme.

Capstan und die anderen nicken, während Capstan aufsteht. „Verfolgen Sie diese Quest nicht, Erlöser. Sie führt nirgendwo hin, und die Belohnungen schwinden, während man diesem Weg folgt. Die Schwerkraft zieht uns nach unten, die Axt hungert nach Blut, und das System ist das System."

Während die Gruppe sich auf den Abmarsch vorbereitet und Aron und Tahar die tragbaren Schildgeneratoren einsammeln, seufze ich und lege diese

Frage wieder ad acta. Ali grinst mich an und macht dann eine wischende Fingerbewegung, so dass vor mir ein Fenster erscheint.

Quest-Update – Das System

Die Erschaffung von Dungeons und Mana sind wichtig für die Quest, aber warum? Du hast einige Antworten entdeckt, aber noch mehr Fragen.

Belohnung: +200 EP

Ja, ja, ich hab's verstanden. Was ist, das ist. Ich ziehe besser los und lege etwas um.

„Äh ... war der vorher auch schon so groß?", flüstere ich den Yerick zu, als wir uns vor dem Eingang in eine Ecke ducken.

„Nein. Das könnte ... interessant werden", sagt Capstan und ich starre ihn nur an. Ist das sein Ernst?

Ich stecke vorsichtig den Kopf um die Ecke. Nelia faucht mich deswegen an, aber ich muss unseren Gegner einfach noch einmal sehen, um es wirklich zu begreifen. Das Aussehen des Golem-Bosses unterscheidet sich eigentlich nicht von seinen Brüdern. Bei dem Wesen handelt es sich um einen Zweibeiner mit zwei Köpfen und vier Armen, die jeweils über ein Kombinationsgewehr und eine metallisch schimmernde Faust verfügen. Klar, die Kreatur ist grün, was eher ungewöhnlich ist. Die größere Überraschung sind aber ihre fast acht Meter Körpergröße.

Golem-Arkana (Boss Level 42)

HP: 7420/7420

„Außerdem ist das ein Es, Arkana ist kein Mädchenname", fügt Ali hinzu. „Du bist so sexistisch."

„Ali", raunze ich ihn wütend an.

Capstan klopft mir auf die Schulter und zischt mich an. Ich erröte etwas, weil mir der Wutausbruch doch irgendwie peinlich ist. Stimmt, eigentlich hatten wir ja vor, einen Plan zu formulieren.

„Geist, ist diese Kreatur durch bestimmte Dinge verwundbar?", fragt Capstan.

Ali starrt vor sich hin und wackelt mit den kleinen Fingern. „Wasser."

Aron flüstert Nelia zu: „Ich habe dir doch gesagt, du sollst noch einen Eiszauber kaufen. Aber nein, du wolltest ja den Feuerball haben."

Nelia knurrt Aron an, während Capstan und Tahar sich auf mich konzentrieren.

Ich breite die Hände aus und schüttle den Kopf. „Nichts Nützliches. Ich könnte das Monster mit einem Blitz treffen, aber der springt herum. Ich habe den Manapfeil ..."

Aron rollt mit den Augen und Tahar macht ein herablassendes Geräusch. Schon gut. Das ist der schwächste Kampfzauber, den es gibt, und nicht einmal in der verbesserten Form beeindruckend. Eigentlich glaube ich, er wäre wirklich fantastisch, wenn ich ihn so verbessern könnte, dass er Dutzende dieser Pfeile abfeuert.

Capstan schweigt und kratzt sich am Arm, während er in die Ferne starrt. „Wir müssen nah dranbleiben. Die Fäuste sind gefährlich, aber die Strahlenwaffen noch mehr. Nelia wird versuchen, den oberen linken Arm auszuschalten. Ich nehme mir den oberen rechten vor. Erlöser, Sie müssen den links unten angreifen. Aron und Tahar konzentrieren sich auf den letzten. Es ist wichtig, dass wir den jeweiligen Arm kampfunfähig machen und dann die anderen unterstützen. Danach töten wir das Monster."

Die drei Yerick drehen die Köpfe und zucken gleichzeitig zusammen, ihre traditionelle Geste der Zustimmung, während ich nicke.

„Nelia, du fängst an. Möge die Herde uns beschützen." Capstan erhebt sich und zieht nun seine Axt von der Schulter.

Die anderen beiden bereiten sich vor und ihre Atmung beschleunigt sich, während sich gleichzeitig der Brustkorb weitet. Ich aktiviere heimlich Tausend Schritte, da der Geschwindigkeitszuwachs mir als nützlich erscheint. Dann rufe ich mein Schwert herbei.

Nelia tritt durch die Tür und aktiviert ihren Zauberspruch. Dies dauert länger als sonst, und ein riesiger Ritualkreis leuchtender blauer Linien und Symbole erscheint hinter ihr, während sie den Zauber Eiswall aufbaut und formt. Leider weigert der Golem sich zu warten, bis sie fertig ist. Er dreht sich bereits um und hebt die Hände.

Die Jungs rennen nach rechts und feuern ihre Strahlenwaffen ab, während Capstan neben Nelia tritt. Ich laufe nach links, ziehe mit meinem Skill nach außen und schicke einen Klingenhieb direkt gegen den mir zugewiesenen Arm. Ich sehe, wie der leuchtend blaue Manawirbel auf das Ziel trifft und einen schmalen diagonalen Riss im Metall erzeugt. Mist – der Schaden meines Angriffs hat nicht einmal seinen Gesundheitsbalken verändert.

Als der Golem mit allen seiner vier Strahlenwaffen auf Nelia zielt und feuert, hebt Capstan die Axt, die nun aufflammt. Als er damit nach unten schlägt, wirbeln die Flammen spiralförmig nach vorn auf die Strahlen zu. Entgegen jeder Logik prallen sie auf die heranströmende Energie und halten diese auf. Irgendwo in meinem Kopf sagt eine leise Stimme, es wäre unmöglich, dass Energie durch hervorschießende Flammen gestoppt wird! Das widerspricht den Gesetzen der Physik. Der Rest von mir ist zu beschäftigt damit, Angriffe mit dem Klingenhieb durchzuführen und die Kanone auszuschalten.

Als die Strahlen verebben, stoppt auch Capstan. Während der kurzen Phase der Stille beendet Nelia ihren Zauber, und ein Strom kalter Energie fließt aus dem Symbol, umwickelt den Arm des Monsters und hüllt ihn in Eis. Der Monster versucht, den Arm zu heben, aber der löst sich mit einem lauten Knirschen vom Körper, prallt auf den Boden und zerbricht in tausend Stücke.

Leider bin ich gerade dabei, mich genau in diesen chaotischen Bereich zu bewegen. Während der nächsten Sekunden bin ich gezwungen, mich zu ducken und vor all den Eis- und Metallsplittern zu schützen, die um mich herumwirbeln. Die Yerick blocken die Splitter durch den Einsatz ihrer Kraftfelder ab, wobei sie sich auf den Arm konzentrieren. Als ich einen Augenblick Zeit habe, hebe ich die Hand und schleudere einige Manapfeile auf die Kreatur, während ich auf die Beine komme und leise vor mich hinfluche.

„Siehst du das? Oder das? Oder das?“ Ali verspottet den Golem und flitzt vor ihm hin und her, wodurch er dem Monster teilweise die Sicht versperrt.

Das Ganze dauert nur lange genug, dass der Golem-Boss beschließt, sich um Ali zu kümmern. Seine Augen leuchten auf und er feuert zwei Blitze ab. Ali schreit, als einer davon ihn streift und sein Körper zu rauchen beginnt. Danach ist er vorsichtiger, aber sein Ablenkungsmanöver ermöglicht es uns, näher an den Feind heranzukommen.

Dann wird es mehrere Minuten lang hektisch. Gelegentlich erhasche ich einen Blick darauf, was sich auf der anderen Seite abspielt – wie Capstan in die Luft springt, mit der Axt einen abwärts geführten Schlag durchführt und den Golem-Arm halb durchtrennt. Aron packt den angreifenden Arm, der ihn nur knapp verfehlt hat und hält ihn fest, während Tahar mit seinem Kriegshammer auf das Ellbogengelenk schlägt. Der verdammte Golem schafft es mühelos, sich gleichzeitig auf mehrere Angreifer zu konzentrieren, daher kämpfen wir getrennt. Allerdings bleibt mir kaum Zeit, mich wegen der anderen zu sorgen. Das Problem liegt nicht darin, dass das Ziel schwer zu treffen wäre – sondern an seiner Größe und der starken Panzerung. Daher muss ich immer wieder dieselbe Stelle treffen, um dort hoffentlich eine Bresche zu schlagen.

Capstan eliminiert dann den von ihm anvisierten Arm und bald darauf ist der dritte neutralisiert, auf den sich die beiden Jungs konzentrierten. Als ich endlich mein Schwert in ein Gelenk stecke und mich darauf vorbereite, Klingenhieb auszulösen, gerate ich aufgrund eines plötzlichen Richtungswechsels ins Stolpern. Die Klinge wird mitsamt des restlichen Arms nach unten gezogen, da der Golem seine Arme abgeworfen hat und sich nun zurückzieht. Einige Minuten später öffnet sich sein Körper und auf seinem Torso erscheinen Dutzende von Strahlenwaffen, bevor er wiederum das Feuer eröffnet.

Da wir gerade angreifen, werden wir davon überrascht. Mehr als die Hälfte der Strahler zielen auf Capstan, der mit zischendem Fleisch und brennenden Haaren zu Boden stürzt. Die anderen Yerick können rechtzeitig ihre Schutzschilde aktivieren, müssen sich jedoch zu ihrem Schutz ducken. Ich hingegen schaffe es, aus der Hauptschussrichtung zu kommen, daher muss ich nur etwa ein Drittel der auf mich gerichteten Strahlen absorbieren. Fleisch verdampft, Knochen erhitzen sich und ein Großteil meiner Panzerung wird zerstört. Ich beiße die Zähne zusammen, als Schmerzen durch meinen Körper schießen und ich mich am Boden rolle, um ihnen zu entkommen.

„John, Nelia!“, ruft Ali.

Ich rapple mich auf, drehe mich um und sehe, dass die Frau am Boden liegt und Rauch von ihr aufsteigt. Noch während ich sie betrachte, richtet sich bereits ein weiterer Strahl auf ihren liegenden Körper aus, um sie zu eliminieren. Nicht schon wieder!

Ich lasse eine Hand nach vorn zucken und wirke Zwei sind Eins auf sie, um einen Teil ihres Schadens zu absorbieren. Leider werde ich nun zur Zielscheibe, da ich mich mitten im Kampf habe ablenken lassen. Strahlen, die mich zuvor verfehlt hatten, treffen nun. Ich sinke zu Boden und werde vom Schmerz überwältigt, als der Schaden trotz meiner Widerstände weiter steigt. Ich konzentriere mich und wirke Größere Regeneration auf mich selbst, um Nelia und mir selbst etwas Zeit zu verschaffen.

Plötzlich hören die Schüsse auf. Ich vernehme ein bestialisches Gebrüll, bald darauf gefolgt von einem lauten Klirren. Dieses klirrende Geräusch wiederholt sich immer wieder, und als ich langsam auf die Beine komme, sehe ich, wie der Golem aus dem Gleichgewicht gebracht wird.

„Heile Nelia!", brüllt Capstan und stürmt nach vorn, wobei von seinem Körper immer noch Rauch aufsteigt.

Er springt in die Luft und Feuer umhüllt seinen gesamten Körper, als er sich auf den liegenden Golem stürzt. Inzwischen schlägt der bei den Füßen des Monsters stehende Tahar auf ein Gelenk ein. Das ist alles, was ich sehe, bevor meine stolpernde, rauchende Gestalt Nelias reglosen Körper erreicht und ich mit meiner Hand einen Heilzauber wirke.

Noch während der Zauber Nelias Körper umhüllt, steche ich ihr eine mit einem Sofortheiltrank gefüllte Injektionsnadel in den Nacken. Ihre Gesundheitsleiste steigt dank der beiden Heilmethoden leicht an. Ich schleppe sie in den Gang, heraus aus dem Gefechtsbereich. Sobald sie in Sicherheit ist, spritze ich ihr einen Gesundheits-Regenerationstrank, der sie im Lauf der Zeit heilen wird. Dann haste ich zum Kampfschauplatz zurück, um zu sehen, was sich dort drinnen abspielt.

Der Kampf ist beinahe vorbei. Capstan hat sich halbwegs in den Körper des Golems vorgearbeitet und schlägt mit seiner Axt immer größere Löcher in dessen Torso, der immer noch von einem wirbelnden roten Dunst erfüllt ist. Neben ihm duckt sich Aron, dessen blonden Pelz ich wiedererkenne. Aron beugt sich über die Körperöffnung und zerrt mit bloßen Händen Zahnräder und Getriebeteile heraus. Darunter – nahe der Füße des Bosses – hat Tahar eines der Knie zerschmettert und ist aktuell mit dem anderen beschäftigt. Mit einem letzten, ohrenbetäubenden Kreischen hört der Golem auf, sich zu bewegen. Ich atme erleichtert aus und drehe mich um, weil ich sichergehen möchte, dass Nelia noch lebt.

Bei allen Göttern, das war knapp. Es gelingt mir nicht, das auf meinem Gesicht erscheinende Lächeln zu unterdrücken, während der Adrenalinschub allmählich verebbt und ich Nelia dabei helfe, langsam in den großen Raum zurückzukehren. Es gibt einfach nichts, das mit einem Kampf ums nackte Überleben vergleichbar wäre. Zu sehen, wie Aron auf der Leiche des gefallenen Golems steht, seinen Sieg bejubelt und wie Tahar grinst, bringt mich zur Schlussfolgerung, dass ich wohl nicht der Einzige bin, der so denkt. Die Yerick machen einen schwer mitgenommenen Eindruck. Ihre Körperpanzerung ist verbrannt und zerfetzt, ihr Fleisch nicht mehr von Fell bedeckt, und enorme Löcher in ihren Körpern machen langsam verheilende Wunden sichtbar.

„Danke“, murmelt Nelia mir zu, als sie sich langsam aufrichtet. „Welchen Zauber hast du da gewirkt?“

„Das ist ein Skill.“ Ich grinse sie an. „Er heißt Zwei sind Eins. Damit kann ich einen Teil des von dir erlittenen Schadens absorbieren.“

„Kannst du diese Fähigkeit auf mehrere Leute verteilen?“, fragt Nelia mit leuchtenden Augen.

Ich denke kurz darüber nach. „Ich bin mir nicht sicher. Ich hab’s noch nie versucht.“

„Na ja, wenn du es hinbekommst …“

Ich warte einen Augenblick. Dann wird mir klar, dass sie vergessen hat, was sie sagen wollte. Ich zucke mit den Achseln und ignoriere ihren Aussetzer, weil ich mich momentan nicht damit beschäftigen kann.

„Wie sieht eigentlich die Beute aus?“, frage ich, als wir schließlich den Rest der Gruppe erreichen.

Ali schweigt und schwebt über dem Boss. Er verzieht das Gesicht und macht dann eine Handbewegung, die den gesamten Körper des Golems aufblitzen lässt. Als der Blitz verschwindet, leuchten Teile des Golems auf. Oh, der Trick ist neu.

Capstan lächelt mir zu. Als er zu der Leiche geht, fällt mir auf, dass seine erstaunliche Regeneration bereits verbrannte und beschädigte Haut und Fellstücke ersetzt hat. „Dann sehen wir uns das mal an.“

***

Die toten Golems in die Stadt zu schleppen ist eine Schinderei. Es dauert Stunden, bis es uns gelungen ist, sämtliche Körperteile und Brocken aufzuheben und bis zum Schwebe-Truck zu schleppen. Als ich ganze Golemleichen in meinen Veränderten Raum stecke, fange ich mir mehr als einen neidischen Blick ein. Natürlich schleppte ich ebenfalls Leichen, obwohl die Yerick-Jungs meist die Hälfte von dem transportieren, was ich schaffe. Was angesichts meines eigenen Stärkewerts ganz schön beeindruckend ist.

Als wir nach Whitehorse zurückkehren, starren einige der Leute uns neugierig an. Schließlich sieht man nicht jeden Tag Yerick mit stark versengtem Fell, die einen Großteil ihrer Rüstung verloren haben. Xev zwitschert bei unserer Ankunft wütend. Das Spinnenwesen sieht sich das enorme Durcheinander aus Metall und Drähten an, das wir vor den Laden gekippt haben, umrundet den Haufen und murmelt vor sich hin. Nach einer Weile richtet sich seine Aufmerksamkeit wieder auf uns und es scheucht uns davon, wobei Xev verspricht, uns später eine vollständige Auflistung zu schicken. Da uns nicht nach einer Diskussion zumute ist, folgen wir diesen Anweisungen.

Nach einem kurzen Besuch im Shop, wo wir unseren Profit aufteilen, treffen wir uns im Nugget, um Essen und Getränke zu genießen. Bisher bin ich noch nicht in ihren Gebäudekomplex eingeladen worden, aber damit kann ich leben. Das Nugget ist eher meine Sache, auch wenn die Yerick es für ihren Geschmack etwas zu beengt finden.

Wir sind fast mit dem Essen fertig, als es in der rappelvollen Kneipe Ärger gibt. Ein betrunkener Jäger stapft zu uns hin, bleibt in kurzer Entfernung stehen und durchbohrt die Gruppe mit Blicken. Da die Yerick ihn ignorieren, folge ich ihrem Beispiel.

Er brüllt: „Raus!“

Ich neige den Kopf und wende mich dem schwankenden Fremdenhasser im Karohemd zu. Die Yerick ignorieren seine Anwesenheit weiterhin und nippen an ihren Drinks, obwohl sich das Gesprächsthema nun nicht mehr um den Dungeon dreht.

„Seid ihr nicht nur hässlich, sondern auch stocktaub? Ich habe raus gesagt. Wir wollen hier keine verdammten Aliens haben. Das ist eine respektable Kneipe für Menschen“, brüllt der Mann.

Ich balle kurz meine Hand zur Faust, aber Capstan schüttelt nur den Kopf.

„Ihr–“

„Raus mit dir“, unterbricht ihn Lana mit einer ruhigen, sanften Stimme, die trotzdem einen schrillen Beiklang hat. Der Dummkopf sieht sie an und öffnet den Mund, aber sie spricht weiter. „Henry, du hast hier jetzt Hausverbot.“

„Lana.“ Die Stimme des dummen Kerls nimmt einen hasserfüllten, verächtlichen Klang an, als er nahe an sie herantritt. Lana weicht nicht zurück, rümpft aber die Nase, als sie seine Spucke und den heißen Atem auf ihrem Gesicht spürt. „Du Fotze musst dich auch in alles einmischen. Du kannst mir gar nichts verbieten.“

„Doch, das kann ich. Ich bin die Besitzerin und du hast Hausverbot. Jetzt verschwinde“, sagte Lana, deren Blick nun noch eisiger wird.

Der Idiot faucht und packt Lanas Oberarm, um seinen Worten Nachdruck zu verleihen. Statt körperlich zu reagieren, wird Lanas Gesicht leicht rot. Dann aber gibt es eine abrupte Veränderung, und die freundliche, sympathische, hübsche junge Frau verschwindet völlig. Ihre Haarfarbe scheint dunkler zu werden und nimmt einen blutroten, nicht ganz natürlichen Farbton an. Ihre lila Augen, die man sonst nur selten in dieser Farbe sieht, leuchten auf und ihre Haut wird blasser, bis sie beinahe Marmor ähnelt. Zudem geht von ihr nun eine spürbare Aura der Gefahr aus. Der Idiot erblasst, lässt die Hand fallen und sperrt den Mund auf. Hinter Lana lässt eine Kellnerin ein Tablett fallen, und die Gäste in der Nähe lehnen sich in ihre Sitze zurück.

Aura der Roten Königin abgewehrt.

Capstan knurrt zustimmend, während die anderen Yerick sowie die übrigen Kneipenbesucher zurückweichen. Nelias Gesicht wirkt angespannt, bevor es wieder seinen normalen Ausdruck annimmt, nachdem sie offenbar erfolgreich gegen die Aura angekämpft hat.

„Raus“, wiederholt Lana in einem Flüsterton, der in der Stille der Kneipe weit hörbar ist.

Der Dummkopf wimmert leise und steht wie angenagelt da. Plötzlich tritt Lana einen Schritt zurück. Einen Augenblick später erreicht der scharfe Gestank frischen Urins meine Nase. Ich muss ein Grinsen unterdrücken, während Lana angeekelt den Mann betrachtet, der immer noch reglos dasteht.

„Oh, mein Gott, du hast dir doch nicht etwa in die Hose gepinkelt!“ Ali lacht, offenbar unbehelligt von dem Gestank.

Ich stehe auf, packe den Idioten am Arm und führe den Mann, der keinerlei Widerstand leistet, nach draußen. An der Tür gebe ich ihm einen leichten Schubs, so dass er auf die Straße stürzt. Seine Freunde folgen ihm hastig und blicken ängstlich zu der jungen Frau zurück, deren Präsenz die Kneipe immer noch in einem eisernen Griff hat. Sobald sie verschwunden sind, deaktiviert Lana die Aura und seufzt. Danach weist sie eine der Kellnerinnen an, die Sauerei aufzuputzen.

Lana kommt zu mir und lächelt mich an, während sie meinen Arm berührt. „Danke.“

„Bitteschön. Allerdings solltest du das nächste Mal deine Aura vielleicht nicht voll aufdrehen.“ Ich muss lachen. „Ansonsten kriegst du womöglich noch Ärger mit der Arbeitsstättenverordnung.“

„So etwas gibt‘s nicht mehr“, meint Lana. „Und ich habe nicht gerade viele Gelegenheiten, diese Fertigkeit zu üben.“

„War das eine Klassen-Fertigkeit? Ich habe nie gesehen, dass Richard sie benutzt hätte", frage ich.

„Nein. Im Shop gekauft. Eigentlich kam mir die Idee, als ich Roxley beobachtete", erklärt sie mit einem leichten Lächeln. „Was sich als nützlich erwiesen hat."

„Bestimmt." Ich lächle kurz, da ich bemerke, dass sie ihre Hand noch nicht von meinem Arm zurückgezogen hat.

Sie bemerkt meinen Blick, errötet und lässt die Hand zu ihrer Hüfte sinken. „Ich sollte mit den anderen reden."

„Ja." Ich nicke, während ich ihr hinterherschaue. Dann schüttle ich den Kopf und kehre mit einem sanften Lächeln zum Tisch zurück. Jede Menge Überraschungen.

„Deine Partnerin ist interessant", sagt Aron und nickt in Lanas Richtung. „Nur wenige Abenteurer bemühen sich um derart extravagante Skills."

„Lana ist nicht meine Partnerin. Noch ist sie ein Abenteurer."

„Entschuldigung", sagt Aron. „Die Paarungsrituale anderer Kulturen sind manchmal schwer verständlich. Selbst, wenn man sich die Informationen im Shop kauft."

„Das wird hier aber nicht als Paarung bezeichnet", erkläre ich.

„In Johns Fall sicher nicht. Nicht einmal Dating. Oder sonst etwas", meint Ali.

„Schade, dass sie nicht ...", sagt Nelia neben mir und schiebt den Rest ihrer bestellten Nachos beiseite. „Sie hat das Herz dafür. Mehr als einige eurer ..."

„Abenteurer", ergänzt Capstan nach einigen Sekunden des Schweigens.

Ich grummle und schüttle den Kopf. „Erzähl bloß Jim nichts davon."

„Natürlich nicht", antwortet Nelia pikiert.

Ich möchte mich soeben entschuldigen, als Capstan sagt: „Wir sollten gehen. Nelia und ich haben Clanverpflichtungen, während Aron und Tahar sicherstellen müssen, dass unsere Ausrüstung für morgen fertig ist.“

Ich nicke. „Bis morgen also. Ich führe euch durch den Dungeon, den ich abgeschlossen habe. Der dürfte ziemlich leicht sein, daher sollten wir uns auch den anderen Monsterschlupfwinkel ansehen.“

Capstan nickt zustimmend, während sein Team die Gläser leert. Ich lächle erneut, als ich sie beim Verlassen der Kneipe beobachte. Mit diesem Team dürfte das Säubern von Dungeons ein Kinderspiel werden.

„Der Minotaur hatte recht – sie war echt beeindruckend“, sagt Bill, der mich aus meinen Gedankengängen reißt.

Ich sehe mir den Mann an und wende dann meine Aufmerksamkeit kurz Luthien und der schwarzhaarigen Frau zu, die ihn begleiten. Ali schwebt von draußen herein, nachdem er den armen Jäger verspottet hat und schnaubt, als er Luthien bemerkt.

Da er von mir keine Antwort erhält, streckt Bill die Hand aus. „Ich bin Bill. Wir kennen uns nicht, aber ich glaube, wir sollten uns mal unterhalten.“

„Oh?“ Ich betrachte seine Hand und nicke ihm dann zu, ohne mein Bierglas loszulassen.

„John, du könntest etwas höflicher sein!“, faucht Luthien.

„Schätzchen, warum bewegst du deinen hässlichen Arsch nicht wieder zu deinem Typen zurück?“, ruft Ali, bevor ich überhaupt die Gelegenheit zu einer Antwort erhalte. „Anscheinend hast du ihm noch nicht verraten, dass du diesen Kerl hier vögelst, also wäre es vielleicht an der Zeit dafür, oder?“

Luthien faucht Ali an und hebt eine Hand, um nach ihm zu schlagen, aber Ali grinst nur.

Bill bewegt keinen einzigen Muskel und starrt mich nur an. „John, du solltest deinen Geist besser kontrollieren. Wenn er solche Behauptungen aufstellt, kriegt er irgendwann einen in die Fresse."

„Dann mal los." Ich winke ihm zu, lehne mich zurück und lächle.

„Was?"

„Hau ihm eine runter", erkläre ich und deute auf den grinsenden Geist. „Er hat es verdient."

„Hey! Ich möchte doch nur helfen", sagt Ali, wirbelt herum und starrt mich an. Als Bill ganz lässig mit der Rückhand nach ihm schlägt, der Schlag seinen Körper jedoch durchdringt, streckt Ali ihm die Zunge heraus.

„Ich verstehe", sagt Bill.

„Aber ich weiß etwas, das ihm wehtun wird!" Luthien setzt ein bösartiges Grinsen auf und lässt in ihrer Hand eine dunkle Wolke erscheinen.

„Keine Streitereien in der Kneipe", raunzt Lana, als sie näher kommt und die Gruppe anstarrt.

Bill wirft Luthien einen Blick zu und sie gibt nach, wobei sie bei Lanas Anblick das Gesicht verzieht.

„Danke, Lana. Wenigstens weiß mich hier jemand zu schätzen", bemerkt Ali.

„Ali, halt die Klappe." Lana mustert die komplette Gruppe mit wütenden Blicken. „Könntet ihr euch jetzt alle mal beruhigen? Oder muss ich euch rausschmeißen, damit wir hier einen ruhigen Abend haben können?"

„*Schnauze, Ali, sie macht keine Witze*", sende ich an Ali.

Er antwortet telepathisch: „*Ach wirklich. Ich bin ja nicht der, der Frauen einfach nicht versteht.*"

Ich knirsche mit den Zähnen und hebe mein Glas an die Lippen, während Bill spricht. „Entschuldigung. Wir sind nur hier, um ein friedliches Gespräch mit John zu führen."

„Worüber?", sagt Lana und tappt mit dem Fuß.

„Oh, nur über die Stadt. Ich habe den Eindruck, dass er und ich gewisse Gemeinsamkeiten haben." Bill lächelt Lana weiterhin an und blickt der Rothaarigen direkt ins Gesicht.

„Dann macht es gefälligst leise." Lana wirft erst mir und dann Luthien einen besorgten Blick zu, bevor sie uns verlässt.

„Na, John, arbeitest du momentan mit den Minotauren zusammen?", fragt Bill.

„Yerick. Und ja", sage ich in der Überzeugung, ihn am schnellsten loszuwerden, indem ich seine Fragen beantworte.

„Mein Gott, jetzt wirst du auch noch politisch korrekt?", murmelt Luthien und rollt mit den Augen.

Einen Moment lang frage ich mich, warum zum Teufel ich je an ihr interessiert war. Sie hat immer gemeckert, wenn Leute auf der Verwendung der korrekten Terminologie bestanden haben. Die Typen sollten nicht so empfindlich tun, meinte sie. Ich muss zugeben, dass ich nie etwas gesagt habe, ihr nie widersprach oder ihr sagte, dass Worte das Nervenkostüm angreifen und sowohl das Ego als auch die Selbstbeherrschung allmählich zersetzen. Wie einfache Beleidigungen, die Dutzende oder Hunderte mal wiederholt werden, einem unter die Haut gehen, bis selbst die beiläufige, nicht böse gemeinte Verwendung einen auf die Palme bringt. Ich hätte damals etwas sagen sollen. Hätte den Mund aufmachen sollen. Ich starre sie an und lächle dann. Na schön, wenn sie darauf bestehen, die Yerick zu unterschätzen, dann bitte sehr.

„Interessant. Wirst du eine Weile zu ihrer Gruppe gehören?", sagt Bill und runzelt die Stirn, als ich Luthien anlächle, die angesichts meiner Reaktion verwirrt wirkt.

„Was für eine Rolle spielt das für dich?" Ich neige den Kopf und sinke in meinen Stuhl.

„Momentan gar keine. Aber ich glaube, dass du und ich vielleicht Gemeinsamkeiten haben. Du kannst die Idioten des Stadtrats nicht ausstehen, genau wie ich. Und du hast außerhalb ihrer albernen Regeln an Macht gewonnen", sagt Bill.

„Danke, aber du bist nicht mein Typ."

Obwohl das Lächeln nicht von Bills Lippen verschwindet, kneift er die Augen leicht zusammen. „Darf ich nach dem Grund fragen?"

„Die da." Ich deute auf Luthien. „Du kannst jetzt gehen."

„Das ist ja .... wirklich schade." Bill dreht sich um und gestikuliert zu Luthien, die wirklich aufgebracht aussieht. Er packt sie am Arm und zieht daran, so dass er sie zwingt, mit ihm zu kommen.

Ich verenge die Augen und lese ihre Lippen. „*Das habe ich dir doch gesagt.*"

„*Ja, das hast du. Ich wollte ...*"

Aber mittlerweile haben sie sich von mir abgewendet und sind zu weit entfernt, als dass ich den Rest noch mitbekommen würde. Daher werfe ich dem Trio lediglich einen Blick hinterher, bevor ich die Stirn runzle und Ali ansehe.

„*Erinnerst du dich daran, was das dritte Gruppenmitglied gemacht hat?*" Es fällt mir beim besten Willen nicht ein.

„*Nein. Hmmm ...*" Ali verzieht das Gesicht und starrt vor sich hin, während er das System aufruft. Kurz darauf faucht er leise. „*Aha, sie ist eine Art Spion, Schurke oder Assassine. Im System sind die Daten völlig versteckt. Ich bin mir ziemlich sicher, sie hat eine Fertigkeit, die dich zum Vergessen zwingt.*"

„Interessant." Ich schneide eine Grimasse, als ich sehe, wie das Trio an einem der Tische Platz nimmt. Sehr, sehr interessant.

Kapitel 8

„Du musst deine Bewegungen noch mehr verkleinern“, sagt Mikito, während ich nach unserem Sparring stöhnend die Schultern drehe.

Rein von der Geschwindigkeit her bin ich ihr mittlerweile überlegen. Allerdings hat sie mindestens einen Meister-Skill-Level und jahrelange Erfahrung darin, im Zweikampf gegen Humanoide anzutreten und ihren Körper richtig zu bewegen. Ich neige immer noch dazu, zu weit auszuholen. Vor allem dann, wenn ich mein Schwert verschwinden lasse. Dann bringt die Gewichtsveränderung meinen Körper aus dem Gleichgewicht. Dadurch, und durch ihre geschickte Positionierung bin ich bei der Mehrheit der Angriffe gezwungen, eine größere Strecke zurücklegen als sie. Was ihr wiederum erlaubt, mir öfter einen Treffer zu versetzen, als ich sie schlagen kann. Gut, dass ich sie hinsichtlich der Gesundheitspunkte übertreffe.

„Leichter gesagt als getan.“ Ich betrachte ihre Naginata. „Täusche ich mich, oder schlägt das Ding nun härter zu?“

Mikito umarmt die Naginata und starrt mir in die Augen, während ich so beiläufig über ihren kostbarsten Besitz plaudere. „Das stimmt. Sie hat eine neue Fertigkeit.“

„Deine Waffe hat eine Fertigkeit?“ Ich bin völlig verblüfft.

Mikito lächelt, und einen Augenblick lang verschwindet der kalte Ausdruck auf ihrem Gesicht, während sie die Waffe liebevoll beäugt und den Griff streichelt. „Ja.“

Eigentlich würde ich ihre starke Verbindung zu dieser Waffe als eigenartig empfinden. Andererseits ist mir bewusst, dass es sich dabei um das letzte Geschenk eines Mannes handelte, der seinen Bonus zur Erhöhung ihrer Überlebenschance opferte. „Steigt sie im Level auf?“

Mikito nickt kurz.

Ali flitzt herbei, schwebt neben ihr her und reißt die Augen weit auf, während wir uns unterhalten. „Das gibt's doch nicht, Mädchen. Willst du damit sagen, dein Spielgefährte hätte dir eine verbundene Waffe gegeben?“

„Verbunden?“

„Sie steigt immer gleichzeitig mit dir im Level auf“, erklärt Ali.

„Nein, sie steigt im Lauf der Zeit im Level auf, während sie benutzt wird“, erwidert Mikito.

Ali steht der Mund offen. Er schwebt näher an die Waffe heran und streckt eine Hand aus, berührt sie jedoch nicht. „Darf ich?“

Mikito zögert kurz, bevor sie nickt und Ali die Waffe anbietet. Er nimmt sie nicht entgegen, sondern fliegt hinab und berührt die Waffe. Nach einem Moment bemerke ich, dass Mikito vor sich hinstarrt und schließlich den Bildschirm antippt. Dann erscheinen die Informationen vor mir.

Stangenwaffe Stufe II (Hitoshi)

Grundschaden: 94

Haltbarkeit: 750/750

Sonderfähigkeiten: Seelentrinker (Level 3), Panzerbrecher (Level 1)

„Seelentrinker?“ Ich huste. „Klingt überhaupt nicht ominös. Kein bisschen.“

„Ach, hör mit der Flennerei auf“, sagt Ali und verdreht die Augen. „Irgendein melodramatischer Idiot hat den Namen eben so übersetzt. Er bedeutet lediglich, dass dieser Hitoshi mit zunehmendem Einsatz im Level aufsteigt.“

„Warum hat die Waffe dann nur Level 3?“

„Du solltest es dir nicht so vorstellen wie deine Schwertlevels. Das ist etwas anderes.“ Ali lässt die Waffe los und schwebt zu Mikitos Gesicht hoch.

Dann betrachtet er sie mit perfekter Ernsthaftigkeit. „Lass nie wieder zu, dass das jemand tut."

„Hast du eine Erklärung dazu?" Ich habe eine ungefähre Vorstellung, möchte mir aber völlig sicher sein.

„Seelentrinker-Waffen sind selten. Viele der mächtigsten Waffen im System sind Seelentrinker. Bei den Göttern, du hast recht – es klingt verdammt hochtrabend", murmelt Ali. Mikito räuspert sich. Ali seufzt und kehrt zum Thema zurück. „Dein Schwert ist seelengebunden, daher steigt es annähernd gleich schnell wie du im Level auf, wenn auch auf eine andere Art. Es wird dabei ... *schwertiger*. Später erhält es vielleicht ein oder zwei neue Fähigkeiten. Das ist ungewöhnlich, aber nicht extrem selten. Hitoshi andererseits steigt im Level wie eine Person. Die Naginata wird Skills erhalten und im Gegensatz zu deinem Schwert nie verschwinden. Derartige Waffen sind wie Erbstücke – sie werden mit jedem Benutzer stärker."

„Ist die Waffe lebendig?"

„Nein, noch nicht", antwortet Ali sofort. „Ich habe Gerüchte gehört, dass diese Waffen auf einem ausreichend hohen Level eine Persönlichkeit entwickeln können, aber mir ist noch nie eine begegnet."

Ich nicke, und Mikito umarmt ihre Waffe wieder. Ich habe noch eine Frage. „Hitoshi – was das der Name deines ...?"

Sie schüttelt den Kopf, hebt langsam den Blick und antwortet im Flüsterton. „Das wäre der Name unseres Sohns gewesen."

Ich zucke zusammen und wende den Blick ab. Zudem tritt sie einen Schritt zurück.

Ali starrt uns beide an und schnaubt dann. „Na schön, jetzt wissen wir, warum du so verdammt hart zuschlägst. Verwende die Waffe weiter und erzähl sonst niemandem davon. Kapiert?"

Mikito nickt. Dann dreht sie sich um und flieht ins Haus zurück. Ich werfe ihr einen Blick hinterher und atme etwas auf, da die Spannung nachlässt. In solchen Situationen weiß ich nie, was ich sagen soll.

***

Heute habe ich einen Tag dungeonfrei, da die Yerick sich um ein internes Problem ihrer Siedlung kümmern. Ich vermute mal, man kann nicht jeden Tag auf Monsterjagd gehen, wenn der Anführer der Gruppe gleichzeitig die komplette Gemeinschaft leitet. In einem solchen Fall entstehen Verpflichtungen, die über den bloßen Levelaufstieg hinausgehen.

Was natürlich nicht auf mich zutrifft. Ich bin nur für mich selbst verantwortlich, und das bedeutet, ich kann nach Belieben herumrennen und Dinge abschlachten. Okay, das klang jetzt irgendwie psychotisch. Andererseits leben wir in einer Art psychotischer Welt. Ich könnte mich zuhause ausruhen, aber Lana hat immer zu tun und ich sehe sie bestenfalls bei meiner Rückkehr nach Hause am Abend. Mikito und Richard sind wie immer draußen, und da die Kinder für die Nutzung von Elektrogeräten nicht mehr zu unserem Haus kommen müssen, sind wir hier meistens wieder uns selbst überlassen. So könnte ich zuhause Computerspiele zocken oder mir Filme ansehen, wie ich es früher gern getan habe. Aber da in meinem Bauch immer noch die Wut hochkocht und das System uns ständig mit dem Tod bedroht, bringe ich es nicht fertig, einfach stillzusitzen.

Während ich durch die niedrigstufigeren Zonen nahe Whitehorse gehe, weiche ich den erscheinenden Monstern aus. Die meisten versuchen gar nicht erst, mich anzugreifen und verstecken sich vor dem stärkeren Feind. Heute habe ich ein Ziel – mein Fort zu besuchen und danach zu jagen.

Während ich durch den Wald trabe, frage ich mich, was meinen Begleiter beschäftigt, der neben mir schwebt und einen für mich unsichtbaren Bildschirm anglotzt. „Was schaust du dir denn jetzt wieder an?"

„*Island Hunters*." Ali schüttelt den Kopf. „Das ist so ... bizarr. Und auf seltsame Weise macht es süchtig. Werden sie das Haus hier kaufen, oder das andere? Sind die Arbeitsplatten aus Granit wichtiger als die kleinere Grundfläche? Und vor allem, warum verschwendet ihr Menschen so viel Zeit darauf, über einen derartigen Scheiß nachzudenken?"

„Im Ernst, was fasziniert dich an unserem Fernsehprogramm?", frage ich und lege eine Pause ein, um den Kopf eines Schlangenwurms abzuhacken, der plötzlich aus der Erde schießt, bevor ich meinen Weg fortsetze. „Und sag mir bloß nicht, du möchtest nackte Titten und Ärsche anstarren. Bei der Serie geht es nämlich um die Immobiliensuche."

„Forschungsprojekt", sagt Ali mit ungewöhnlich ernstem Blick. „Ich will euch Menschen erforschen."

„Durch Reality-Sendungen?" Ich bleibe stehen und starre Ali mit großen Augen an. „Das muss ein Witz sein. Du denkst doch nicht etwa, wir wären wie die Typen in *Jersey Shore* oder *Real Housewives?*"

„Bei allen Göttern, das wäre fantastisch. Es wäre sogar noch schöner, wenn ihr *Queer Eye* ähneln würdet. Wenigstens hättet ihr dann einen guten Modegeschmack. ‚Was ziehe ich mir heute an? Oh, Schwarz. Schwarz. Mehr Schwarz!'", sagt Ali. „Ich bin ein Geist, Junge, kein Hohlkopf."

„Und warum ausgerechnet Reality-Sendungen? Die Hälfte davon folgt einem Skript."

„Hast du je versucht, dir einen Dokumentarfilm anzusehen? Glaub mir, wenn du ein Forschungsprojekt verfolgst, ist es besser, dabei wenigstens unterhalten zu werden. Eure fiktionalen Fernsehsendungen sind amüsant, aber Reality-TV ist außerdem nützlich."

„Was möchtest du denn herausfinden?"

„Selbstverständlich will ich mehr über Menschen erfahren." Ali hält an und deutet auf ein Monster in der Ferne, das uns entdeckt hat.

Ich hebe mein Gewehr, und kurz darauf liegt das Biest qualmend am Boden.

Bevor ich weitergehen kann, hebt Ali eine Hand. „Erst mal unterhalten wir uns."

„Okay."

„Als ich hierher gerufen wurde, erhielt ich einen grundlegenden Download mit Informationen über euch Menschen. Ich durfte mein Geschlecht und mein generelles Aussehen wählen. Das, was du gesehen hast, wurde von mir in aller Eile ausgewählt, während mir der Kopf dröhnte – was übrigens überhaupt keinen Spaß macht. Damit muss sich außer euch Menschen fast niemand herumschlagen. Mein Erscheinen, mein Körper, und die heruntergeladenen Informationen wurden von irgendeinem Idioten im System festgelegt. Auch wenn ich nicht wirklich als Mensch zähle, bin ich eigentlich nicht das, was ich war – oder bin – wenn ich mich nicht hier befinde."

Ich nicke. Es kommt für mich nicht gerade überraschend, dass er während seiner Verbannungszeit einem Mann aus dem Nahen Osten ähnelt. Ich hatte angenommen, sein Aussehen wäre irgendwie zufällig meinem Bewusstsein entsprungen, möglicherweise auf Grundlage einer seltsamen Vorstellung über das Erscheinungsbild eines Dschinns. Ich frage mich, wie er als Geist wirklich aussieht und warum das Personal im Shop ihn ebenfalls sofort erkannt hat. Fragen über Fragen.

„Aber was war im Shop?“ Ich rufe mir in Erinnerung, wie er dort bei seinem Besuch sofort erkannt wurde.

„Sie haben meine Manasignatur bemerkt. Es ist nicht ungewöhnlich, dass systemgebundene Begleitergeister die Gestalt wechseln. Meine Manasignatur hingegen verändert sich nicht“, erklärt Ali, und ich nicke. „Aber eine Sache ist seltsam. In meinem Kopf stecken noch eine ganze Menge eurer Instinkte und einige wirklich, wirklich bizarre Erinnerungen und Erfahrungen. Ich muss schon sagen – Schulterpolster und Zöpfe?“ Ali schüttelt den Kopf. „Und dazu hatte ich dann noch dich und all die Daten, die ihr Menschen ins System ladet. Je besser mein Verständnis von Menschen ist, umso besser verstehe ich auch dich. Je besser ich dich verstehe, umso wahrscheinlicher ist es, dass ich deinen Tod verhindern kann.“

„Hört sich fast an, als ob ich dir etwas bedeute“, witzele ich.

„Sehr komisch. Das ist mein Job, Jungchen.“

„Und wie bist du überhaupt zu diesem Job gekommen? Hast du dich als Begleitergeist beworben, oder ...?“

„Nicht direkt.“ Ali verzieht das Gesicht und presst die Lippen zusammen, bevor er hörbar ausatmet. „Na ja, ich bin vertraglich verpflichtet, hier zu sein, da ich im System ziemlich hohe Schulden abarbeiten muss.“

„Also hattest du keine Wahl?“ Ich runzle die Stirn.

Ali macht eine knappe Handbewegung. „Nicht direkt. Ich hätte andere Optionen gehabt, aber der potenzielle Verdienst als Begleitergeist ist ganz gut. Generell basiert unser Gehalt auf unserer Überlebensdauer. Als verbundene Begleiter steigt meine Gehaltsstufe mit deinem Level. Je länger du am Leben bleibst und je höher dein Level wird, desto mehr verdiene ich – was bedeutet, dass meine Schulden früher abbezahlt werden.“

Ich nicke langsam und warte kurz. Da er das Ganze aber nicht weiter ausführt, drehe ich um, hole mir die Beute aus der Leiche und stecke sie in meinen Veränderten Raum. Ich trabe weiter und Ali, der neben mir herschwebt, hält mühelos mit.

Die Stille wird immer bedrückender, bis er es nicht mehr aushält. „Und das stört dich nicht?"

„Was denn?"

„Das du für mich nur ein Job bist."

„Ich weiß nicht. Es ist schön, dass du ein ganz normales Motiv hast, weißt du? Andererseits mochte ich die Vorstellung, dass du all das tust, weil du ein vom System geschenkter Begleiter warst. Meine persönliche Tinker Bell."

„Tinker Bell?"

„Fee", sage ich und verberge mein Lächeln, indem ich mich unter einen Ast ducke.

„Na ja, das System verpflichtet mich dazu, dir keinen Schaden zuzufügen", erwähnt Ali.

„Das sagtest du bereits." Danach verfalle ich ins Schweigen und lasse mich von meinen Beinen tiefer in diese Zone tragen.

Ali, der anscheinend damit zufrieden ist, wendet sich wieder seinem Fernsehprogramm zu.

Nach einer Weile sage ich leise: „Weißt du, es war ganz nett."

„Damit meinst du hoffentlich nicht etwa Tinker Bell."

„Einfach zu reden. Das kommt bei uns selten vor", sage ich.

„Ich nehme meine Worte zurück. Sei etwas weniger *Queer Eye*."

„Arschloch."

***

Das Fort neben der Abzweigung bei Carcross sieht noch genau so aus wie bei meinem letzten Besuch. Ich sehe mich um und kratze mich am Kinn, während ich durch die Räume gehe. Ich hole mir ein Bier aus dem Kühlschrank und überlege mir meine nächsten Schritte. Ich könnte Upgrades für das Fort kaufen, damit es widerstandsfähiger und besser zu verteidigen ist, aber das wäre unsinnig. Ich habe weder die Mittel noch das Personal, mich um das Gebäude zu kümmern, und ehrlich gesagt auch keine Lust dazu. Letztlich ist ein Fort eine Einrichtung für eine Organisation oder Stadt, nicht der Besitz einer Einzelperson. Unkosten, die für eine größere Organisation ein Klacks wären, stellen für mich eine beträchtliche Investition dar.

Als ich mich zum letzten Mal im Fort umsehe, bereite ich mich geistig darauf vor, es aufzugeben. Ich werde es mir schnappen, wenn es verfügbar ist und behalte es im Auge, aber letztlich ist das einfach nichts für mich. Es ist wichtig, dass ich lerne, Dinge loszulassen – Dinge, die ich nicht beeinflussen kann oder die eigentlich unwichtig sind. Das fällt mir nicht leicht und die reine Absichtserklärung stellt noch keine Lösung dar, aber mehr kann ich momentan nicht tun.

Ich verlasse das Fort, ohne die Tür zu verschließen. Soll sich doch ein anderer dafür abrackern. Ich muss mich jetzt darauf konzentrieren, was ich ändern und beeinflussen kann.

„Ali, Karte“, rufe ich dem Geist zu.

Er macht eine wischende Handbewegung und ich sehe mir die übertragenen Informationen an, wobei ich nach Gruppierungen und Bossen suche. Letztere möchte ich im Normalfall meiden, aber man weiß ja nie. Als ich meinen Pfad für den Tag plane, erkenne ich, dass ich mich für die größten und umfangreichsten Gruppen Carcross nähern werde. Die Bewohner der Stadt meinten es ernst, als sie um Hilfe beim Kampf gegen die wachsende Monsterzahl baten.

Na schön, das Nachdenken wird mich nicht zur Stadt bringen. Ein guter Aspekt des Systems besteht darin, dass ich nicht erst mal langsam loslaufen muss, um mich aufzuwärmen. Solange ich meinen Ausdauerwert im Auge behalte, ist alles in Ordnung. Ich lege sofort mit vollem Tempo los und renne auf den nächsten Punkt zu. Zeit für die Jagd.

***

„Nach rechts“, sagt Ali plötzlich.

Seit einigen Stunden jage und töte ich und laufe von einem Monster zum nächsten, aber die Dringlichkeit in seiner Stimme bringt mich dazu, hochzuschrecken. Ich setze mich automatisch in Bewegung und suche nach Gefahren.

„Ich schalte etwas zu dir durch“, sagt er.

„Wir brauchen mehr Leute bei Mauer 2. Es kommen immer mehr ...“

„Jason, Markierung 3. Eissturm.“

„Automatische Kanone 3 ausgefallen. Wiederhole, automatische Kanone 3 ausgefallen!“

„Hört uns jemand? Helft uns bitte!“

Quest erhalten: Rettung von Carcross!

Rette die Stadt vor dem Monsterschwarm. Zerstöre oder vertreibe diesen, bevor sämtliche Überlebenden in Carcross getötet werden. Allerdings gibt es während dieses Ereignisses reduzierte Erfahrungspunkte für das Töten von Monstern.

Belohnung: 50.000 EP (geteilt)

Typ: Einmalig

Die Stimmen in meinem Helm verstummen und ich beschleunige von einem flotten Laufschritt zu einem vollen Sprint. Ich aktiviere Tausend Schritte, um mein Tempo zu erhöhen und fühle mich etwas leichter. Schneller. Ich muss meine Ankunft dort beschleunigen.

„*Was ist denn los?*"

„Monsterschwarm", sagt Ali. „Zu viele Bosse, zu viele Monster. Die niedrigstufigeren Bosse und ihre Artgenossen werden verdrängt und überrennen eine einfachere Zone. Diese Monster schwärmen dann in die nächste Zone, und so weiter ..."

„Es ist also kein Angriff?" Ich ducke mich unter einem Kiefernast hindurch und wünsche mir, das Laufen wäre weniger mühselig. Selbst, wenn ich auf einer geraden Linie voranstürme und kleinere Hindernisse umstoße, ist ein bewaldeter Hügel nicht gerade eine Rennstrecke. Andererseits sollte ich wohl dankbar sein, dass ich mich nicht in einem verdammten Dschungel befinde.

„Kein direkter Angriff", bestätigt Ali.

Ich schneide eine Grimasse. Na ja, das ist gut. Der Schwarm grauer, gelber und grüner Punkte ist bereits schlimm genug. Aber nach Alis Kommentar sticht mir die Bewegung und die Tatsache ins Auge, dass der Schwarm auf einer Seite extrem dicht gedrängt, auf der anderen hingegen lockerer ist. Die Monster greifen immer noch an, aber dank ihrer Dummheit und Aggressivität drängen sie nicht in einem koordinierten Manöver gegen die Mauern.

„Zeit", knurre ich, und Ali seufzt.

Einige Sekunden später erscheint oben rechts im Head-Up-Display meines Helms ein Timer, der mir zeigt, wie lange ich bis dorthin benötige. Ungefähr vierunddreißig Minuten. Im Kampf eine Ewigkeit.

Eine Weile lang scheint der Kampf sehr einseitig zu verlaufen. Die Schutzschilde halten offenbar noch, was es den Verteidigern ermöglicht, Monster gefahrlos anzugreifen und zu töten. Aber dieser Zustand wird nicht von Dauer sein. Als der Timer neun Minuten erreicht, verschwinden blaue Punkte, die unsere Einheiten markieren, nacheinander von der Mauer. Ich frage schon gar nicht mehr nach den Funksprüchen, oder was auch immer das war. Ich muss sie nicht hören – die kleinen Punkte erzählen mir die Geschichte bereits mehr als eindeutig. Als noch fünf Minuten übrig sind, erscheint der Schwarm der Monsterpunkte plötzlich hinter der mittlerweile dünn gewordenen blauen Linie. Die Flut farbiger Punkte wird aufgehalten, bleibt reglos stehen und wirbelt dann erneut eine Minute lang herum, als weitere blaue Punkte erscheinen und sich gegen diese Flut stemmen. Die verschwundenen Monstermarkierungen werden durch neue ersetzt. Dann verschwindet ein blauer Punkt im Zentrum und die Flut ergießt sich erneut in die Straßen, bevor sie an einer weiteren Linie wiederum erstarrt.

Zwei Minuten später erkenne ich, dass der Timer nicht die exakte Zeit anzeigt. Ich kann nicht mehr in einer geraden Linie weiterrennen, meinen Angreifern aber auch nicht komplett ausweichen. Mir fehlt die Zeit für das Abfeuern meines Gewehrs, daher schlage ich auf alles in meiner Nähe ein und feuere die Strahlenpistole auf direkt vor mir liegende Ziele ab. Ich deaktiviere Tausend Schritte, um mein Mana zu konservieren, da ich weiß, dass ich es bald brauchen werde – ich hole sogar einen Trank aus meinem Inventar und schlucke diesen, um meine Mana-Regeneration zu beschleunigen. Es ist besser, jetzt damit zu starten, während ich die Zeit dafür habe.

Die zweite, hastig improvisierte Frontlinie bricht und die Monsterpunkte strömen durch die neu entstanden Lücken in die eigentliche Stadt. Ali schwebt über mir und flitzt hin und her, um Aufmerksamkeit auf sich zu ziehen und dadurch Lücken in den Monsterreihen zu erzeugen, damit ich weiterlaufen kann. Als ich die Ecke der Stadt durchquere, um die Durchbruchsstelle zu erreichen, verziehen sich meine Lippen zu einem wölfischen Grinsen. Ich höre meinen eigenen beschleunigten Herzschlag, als der Adrenalinschub durch meinen Körper flutet.

Monster in allen Formen und Größen, bei denen es sich hauptsächlich – aber nicht immer – um mutierte Erdkreaturen handelt, flitzen an mir vorbei. Eine längliche braune Gestalt auf drei dürren Beinen bäumt sich vor mir auf, und das auf mich gerichtete einzelne Auge beginnt zu leuchten. Ich ducke mich und rutsche zur Seite, als das Wesen einen Feuerstrahl auf die Stelle richtet, an der ich mich gerade noch befand. Ich hacke im Vorbeirutschen ein Bein ab, wobei mein Schwert Muskeln und Knochen durchtrennt, ohne aufgehalten zu werden. Sobald ich dieses Monster passiert habe, springe ich auf die Füße und renne weiter.

Ich überquere die Kuppe eines niedrigen Hügels und versetze einem Eis-Wapiti einen Schulterstoß, so dass er zu den anderen Monstern hinunterstürzt. Das verschafft mir einen Moment der Ruhe, um die Szene vor mir genauer zu betrachten. Ein riesiger steinverkrusteter Grizzlybär liegt in der Bresche der Mauer, und diese Leiche bietet anderen Monstern ausreichend Platz, um darüber hinweg in die Stadt zu klettern. Nur die Leiche selbst hindert die schwärmende, wirbelnde Horde daran, die Stadt völlig zu überrennen.

„*Ali, Blitzmodus!*“ Ich hebe eine Hand und beschwöre meine Magie.

Der kleine Geist fliegt direkt vor meinen Arm und neben mich und hält wenige Sekunden nach dem Auslösen des Blitzes meine Hand fest. Wie immer spüre ich die Veränderung der Magie, wenn er sich mit mir verbindet und seine größere Elementaraffinität den von mir geschleuderten Blitz verstärkt und modifiziert.

Dadurch erreicht der Blitzschlag-Zauber seine wahre Macht. Je länger ich den Zauber kanalisiere, umso mehr Monster werden davon getroffen, wobei er von einem zum anderen springt und sich weiter verbreitet. Ich bewege meine Hand von einer Seite zur anderen, damit die Elektrizität auch diejenigen Monster erwischt, die an den Mauern hochklettern. Diese sind mehrheitlich unter Level 20, aber ihre schiere Anzahl hat die Verteidigungsstellungen überwältigt.

Ich stehe in meinem gepanzerten Overall und dem Vollhelm da, meine Waffen in den Holstern steckend, und schleudere wie ein verrückter Zauberer auf Drogen Blitze vom Hügel. Dabei verbrenne ich Monster, ohne mich um mein Mana zu kümmern. Leider kann ich jeweils in nur eine Richtung blicken, so dass mein Rücken ungeschützt bleibt. Eine Minute später stürzen sie sich auf mich – eine schwarzweiß gestreifte ehemalige Hauskatze beißt mich in die Schulter, während ein wilder Bärenmarder an meinem Fußgelenk knabbert. Ich stürze zu Boden und löse den QSM aus, um den Monstern zu entkommen.

Danach springe ich zur Seite und feuere eine Kugel in den Schädel der Hauskatze, als ich den QSM deaktiviere. Die Pistole brennt dem Monster aus nächster Nähe ein Auge aus und blendet das andere, obwohl die Kreatur weiter um sich schlägt. Ich trete nach der Katze, so dass der Körper zwischen anderen Monstern landet, die ihn sofort zerreißen.

Ali schwebt nun nicht mehr in der Luft, sondern sitzt keuchend auf dem Boden, da ein Frostrabe versucht, ihn tot zu picken. Ich renne los und ziele auf die verbrannte Erde und die Mauerbresche. Ich ducke, weiche aus und kämpfe mich durch die wenigen noch lebenden Monster. Dabei eile ich an dieser Flut vorbei, um die momentan noch vor ihr liegende Lücke zu erreichen und ignoriere den Schmerz und die zunehmende Zahl meiner Wunden, verursacht durch Stacheln, Bolzen und andere Projektile, die willkürlich auf mich herabprasseln.

Ich springe auf die Bärenleiche und renne zu einem relativ flachen Teil des Nackens. Vor mir häufen sich weitere Monsterleichen. Dutzende davon liegen verbrannt, erfroren und zerschmettert vor dem zweiten improvisierten Erdwall. Direkt vor dem Wall erspähe ich eine Reihe allzu menschlicher Gestalten, darunter auch Jasons Mutter. Sie ist tot, hat die Flut jedoch einige Minuten lang aufgehalten. Nur einige Minuten, für ihren Sohn und ihre Stadt.

Ich drehe mich um, beziehe auf dem flachen Bereich Stellung und rufe mein Schwert herbei, bevor ich einen Gesundheits-Regenerationstrank schlucke. Ich sehe eine Flut bestehend aus vermutlich Hunderten von Monstern, die vorwärts stürmen – auf die Bresche und auf mich zu.

Sie haben ihr Leben gegeben, um anderen einige Minuten zu schenken. Ich stehe da und betrachte die anrennende Horde, aber aus irgendeinem Grund lächle ich auch, trotz der in mir brodelnden Wut. Jetzt muss ich noch einige Minuten dazugewinnen.

***

Eine gefühlte Ewigkeit später stehe ich in einem Meer von Leichen und blinzle mir den Schweiß aus den Augen. Ich bewege die Hand über den Helm, so dass er sich einzieht und ich mir die Schweißtropfen endlich vom Gesicht wischen kann. Nachdem der Zorn abgeklungen und der Zustand der Raserei vorüber ist, werde ich von den Schmerzen überwältigt. Ich breche zusammen und bin gezwungen, mich mit einer Hand am Boden abzustützen. Während ich langsam atme, sehe ich aus dem Augenwinkel das Rot meiner Gesundheitsleiste.

Nach Minuten, die sich wie Stunden anfühlen, reicht mein Mana endlich für einen Heilzauber aus. Und dann noch einen, bevor es mir gelingt, mich wieder aufzurichten. Ich starre auf die Fetzen meiner Körperpanzerung und werfe sie ins Inventar, bevor ich mir neue Kleidung anziehe, während Gadsby humpelnd zu mir kommt. Hinter ihm schwärmt seine Jagdgruppe aus, um die letzten Monster zu erledigen, während zwei an der Bresche Wache stehen.

„John. Gott sei Dank bist du gekommen." Er klopft mir auf die Schulter und ich zucke zusammen, als der soeben verheilte Knochen sich schmerzhaft und knirschend verschiebt. Gadsby errötet leicht. Dann mustert er die herumliegenden Leichen und pfeift. „Verdammt, du hast echt etwas geleistet."

„Hab ich nicht. Ich bin zu spät gekommen." *Genau wie du*, denkt sich ein höhnischer, wutentbrannter Teil meines Bewusstseins. Allerdings ist diese Aussage nicht zutreffend – schließlich hatte das Erscheinen Gadsbys und seiner Jäger vor der Stadt den verdammten Schwarm gebrochen und in die Flucht geschlagen. „Die Mehrheit von ihnen wurde von den Verteidigern erledigt."

„Ich sollte mal in die Stadt gehen", sagt Gadsby.

Ich nicke und marschiere neben ihm in die Stadt, wobei ich mein Schwert locker in der Hand halte und nach Nachzüglern suche. *„Ali, sammle bitte die Beute ein."*

„Na wunderbar. Jetzt darf ich die ganze Drecksarbeit machen", knurrt Ali, fliegt dann aber doch zu den toten Monstern und holt sich die Beute.

Wir benutzen nicht einmal meinen Veränderten Raum. Der war ohnehin bereits bei meiner Ankunft zu zwei Dritteln voll, außerdem verfügt

Carcross über einen eigenen Schlachthof. Ich bleibe in der Bresche stehen und berühre den Grizzly. Dadurch wird der Rest des Lagers mit seiner Leiche gefüllt und wir kommen leichter in die Stadt. Sofort nach dem Betreten dieser wirkt einer von Gadsbys Männern den Zauber Erdwall und schließt die Bresche.

In der dahinter liegenden Siedlung geht es hektisch zu. Arbeiter – die sich nun nicht mehr verstecken müssen – schaffen Leichen weg und reparieren die Schäden. Wenn sie gelegentlich die Körper ihrer Beschützer entdecken, starren sie diese mit ausdruckslosen Augen an. In dem sichelförmigen Bereich, wo Melissa ihr letztes Gefecht führte, liegen die Leichen noch dichter nebeneinander. Jason stolpert aus der Stadt und eilt zu einem dieser Haufen. Er zieht den leblosen Körper seiner Mutter heraus, während Gadsby und ich nutzlos daneben stehen.

„Jason?", sagt Gadsby, ohne eine Antwort zu erhalten. Er legt eine Hand auf Jasons Schulter, aber auch diese Geste führt zu keiner Reaktion. Er ruft seinen Namen erneut, aber nichts passiert. Dann hebt er die Augen und blickt besorgt in die Stadt.

„Geh. Ich bleibe bei ihm", sage ich Mike.

Schließlich ist er auch noch für anderes verantwortlich. Ich? Ich habe Zeit, auf den Jungen aufzupassen. Gadsby nickt mir dankbar zu, bevor er sich in die Stadt begibt. Nach wenigen Schritten rufen Leute ihm bereits Fragen zu, da andere ihn offenbar als Anführer betrachten. In dieser relativen Stille setze ich mich auf den Boden und lasse meinen Körper einfach langsam verheilen.

„Ich musste es tun." Jason durchbricht das Schweigen mit einem geflüsterten Geständnis. „Sie hat es mir befohlen."

Ich blicke auf den sichelförmigen Erdwall hinter ihm und nicke. Es überrascht mich nicht, dass diese provisorische Verteidigungsstellung von ihrem mächtigsten Magier erschaffen wurde. „Okay."

„Wir hatten einen Plan vorbereitet. Nur für den Notfall, weißt du. Du weißt ja, dass sie dauernd Pläne schmiedete. Sie sagte, wir müssten die Monster aufhalten, falls sie durch die Schutzschilde und die Mauer brechen. Wir müssten ihren Vormarsch aufhalten und eine weitere Mauer aufbauen. Meine Mutter kannte den Zauber und bat mich sogar einmal, ihn auszuprobieren", plappert er weiter, den Blick starr auf seine Mutter gerichtet. Die zahllosen Wunden auf ihrem gesamten Körper machen es unmöglich, festzustellen, was sie am Ende umgebracht hat. „Als der Durchbruch dieser Biester unmittelbar bevorstand, sagte sie mir, sie würde die Stellung halten und befahl mir, den Zauber zu wirken. Das habe ich getan. Danach sollte sie zurückspringen. Fliehen. Aber die Monster haben sie erwischt und sie konnte nicht mehr gehen. Ich hatte nicht genügend Mana. Es war mir unmöglich, sie zu retten."

Ich nicke stumm und finde keine Worte. Was kann man in einer solchen Situation schon sagen? Tut mir leid, dass deine Mutter tot ist? Tut mir leid, dass du hinter ihr einen Erdwall errichten musstest und sie dann ums Leben kam? Ich weiß nicht, was die korrekte Reaktion wäre, aber irgendetwas muss ich sagen. „Sie war sich des Risikos bewusst."

„Ich konnte sie nicht retten." Er schluchzt, und seine Stimme klingt angespannt, da er versucht, die Tränen zurückzuhalten. „Ich hätte sie retten müssen."

„Du hast dein Bestes gegeben."

„Es hat nicht gereicht", ruft Jason kopfschüttelnd, während er die Leiche betrachtet und in Tränen ausbricht. „Ich habe Mist gebaut. Ich konnte nicht ..."

„Du hast es versucht." Mir bricht beinahe das Herz, als ich ihn beobachte, aber ich unterdrücke meine Gefühle. Dafür habe ich keine Zeit, nicht jetzt. Daher drücke ich seine Schulter fest, bis er schließlich zu mir hochsieht. Ich blicke ihm in die Augen und meine Stimme nimmt einen schrofferen Ton an. „Das war nicht deine Schuld."

Er drückt gegen meinen Arm, und ich lasse zu, dass er mich wegschiebt. „Wer ist dann dafür verantwortlich?"

„Das System. Der Rat." Immer, wenn ich an den Rat denke, zittert meine Stimme vor Wut. „Du und deine Mutter, ihr habt nur versucht, zu überleben. Ihr habt nicht darum gebeten, habt euch dieses Schicksal nicht ausgesucht. Es ist nicht eure Schuld."

Er schließt die Augen, aber die Tränen quellen weiterhin hervor. Er packt seine Füße, vergräbt sein Gesicht zwischen den Knien und schluchzt: „Ich wollte nicht, dass sie stirbt."

„Ich weiß." Dann schweige ich, lausche seinem Schluchzen und halte andere auf Distanz, die versuchen, näher heranzukommen.

Bei den Göttern, ich hasse dieses beschissene System.

***

Später, nachdem er sich etwas beruhigt hat, tragen wir ihre Leiche aus der Siedlung zu ihrem alten Haus. Dessen Fenster sind nun zersplittert, die Türen zertrümmert und der Garten umgewühlt. Wir legen sie ins Haus, dann verlassen wir es und Jason steckt das ganze Gebäude in Brand.

Wir sehen zu, wie es abbrennt. Andere Leute kommen vorbei, um mit Jason zu sprechen, ihr Beileid zu bekunden und ihm Unterstützung anzubieten. Aber nur wenige bleiben länger – er ist nicht der einzige, der Angehörige verloren hat. Wir bleiben, bis das Haus auf die Grundmauern abgebrannt ist. Dann kehre ich mit ihm in die Stadt zurück und spendiere ihm Apokalypse-Ale, bis er aus den Latschen kippt. Danach bringe ich ihn ins Bett. Irgendwie frage ich mich, wo die Blondine sein mag, die ihn neulich abgeschleppt hat, Andererseits geht es mich nichts an.

Draußen sehe ich, wie Gadsby und Älteste Badger die Gruppe leiten, die hier aufräumt. Die Mauer ist repariert und die Schutzschilde momentan wieder aktiv, aber es gibt noch eine Menge zu tun.

„Wie schlimm ist es?", frage ich, sobald ich sie erreicht habe.

„Wir haben vierzehn unserer Hauptkämpfer verloren, darunter Melissa. Etwa zwei Dutzend weitere Leute. Ihr Tod ..." Gadsbys braune Augen drücken tiefe Trauer aus. „Ich sollte das eigentlich nicht sagen, aber jemanden mit ihrem Level zu verlieren – das war das Schlimmste."

Ich nicke ihm verständnisvoll zu. Ein einzelner hochstufiger Kämpfer hat das Potenzial, wesentlich mehr Schaden anzurichten als mehrere niedrigstufige Leute. Zudem ist die Bevölkerung von Carcross allgemein kleiner und hatte sich während der Verteidigung zu sehr auf die wichtigsten Kämpfer mit den besonders hohen Levels verlassen. Andrea blickt in die Richtung, aus der ich kam, und die Sorgenfalten in ihrem Gesicht vertiefen sich.

„Wie geht es ihm?", fragt Andrea mit einer Stimme, die von Sorge und Erschöpfung gezeichnet ist.

„Er schläft. Aber jemand muss jetzt auf ihn aufpassen."

Sie nicken.

„Das wissen wir. Schließlich hatten wir derartige Probleme schon öfter", sagt Andrea voller Wehmut.

„Hier draußen ist es einfach nicht sicher. Ihr braucht mehr Kämpfer, mehr Verteidigungssysteme", sage ich und habe den Eindruck, nur das absolut Offensichtliche zu wiederholen. Das tue ich wahrscheinlich auch.

Aber wenn ich das Thema nicht zur Sprache bringe, werde ich es später bereuen.

„Ja. Wir ... werden darüber sprechen“, sagte Andrea mit einem vielsagenden Blick für Mike. Ich verstehe ihre Reaktion nicht, aber das geht in Ordnung, solange sie wenigstens darüber nachdenken. „Vielen Dank, John. Ich kann es gar nicht oft genug sagen.“

„Schon gut.“ Ich wische ihre Worte mit einer Handbewegung beiseite und starre in die Nacht hinaus.

Ich schließe die Augen und öffne sie wieder – und eine ältere blonde Frau, die inmitten von Blut und Eingeweiden auf dem Boden liegt, kommt mir in den Sinn. Sowohl Wut als auch Trauer steigen in mir auf. Momentan kann ich mit nichts davon umgehen. Weder mit den Leuten noch mit ihrer Dankbarkeit. Ich gehe ohne ein weiteres Wort zum Ausgang.

Da draußen gibt es noch Monster, die getötet werden müssen.

Kapitel 9

Ich erreiche Whitehorse am Abend des folgenden Tages. Selbst mit meiner extrem hohen Konstitution war ich nach dem Essen total fertig und musste mich nach all den Anstrengungen ausruhen. Ich habe die Begräbnisse in Carcross verpasst, was mich nicht im Geringsten stört – von denen habe ich schon so viele mitgemacht, dass ich für den Rest meines Lebens keine mehr sehen möchte. Beim Aufwachen entdecke ich einen kleinen Dankesbrief und eine große Tafel Schokolade von Rachel. Ali hat den Schnaps bereits ausgetrunken, der ebenfalls von Rachel mitgebracht wurde. Ansonsten entdecke ich nur eine Nachricht von Capstan, in der er darum bittet, ihn im befestigten Gebäudekomplex zu treffen.

Befestigter Komplex. Klingt nach einem extrem defensiven und bedrohlichen Wort, oder? Unglücklicherweise zwangen wir die Yerick dazu, den Komplex in ihrem Stadtteil zu bauen, nachdem wir die existierenden Menschengebäude abfackelten. Hierbei handelt es sich um einen ummauerten Bereich mit Wachttürmen und einem passiven Abwehrschildsystem, das nach Eindringlingen Ausschau hält.

Vielleicht noch überraschender sind die Gebäude innerhalb des eigentlichen Komplexes. Oder vielleicht sollte ich es als Gebäude bezeichnen, da dort alles über beschattete Laufstege am Boden und in der Luft verbunden ist, mit nur einigen grasbewachsenen Innenhöfen dazwischen. Die Gebäude selbst weisen elegante Linien auf. Im Inneren komme ich mir recht klein vor, da die Türöffnungen fast vier Meter hoch sind und die Deckenhöhe gut sechs Meter beträgt, wobei es in jedem Abschnitt mindestens drei Stockwerke gibt. Ich lasse meinen Blick wandern und absorbiere möglichst viele Informationen, wobei ich mir überlege, wie ich diese Informationen den Hakarta zukommen lasse. Ich bin mir sicher, dass sie daran interessiert wären, aber wie immer muss ich meinen Nutzen für die Hakarta gegen die Sicherheit der Stadt abwägen. Die meisten Dinge sehen ziemlich standardmäßig aus, und nichts was ich hier beschreiben könnte wäre überraschend.

Die Yerick am Tor lassen mich kommentarlos herein und befehlen mir, im nächsten Hof zu warten. Ein zynischer, paranoider Teil von mir stellt fest, dass dieser Hof von einer Reihe von Fenstern mit gepanzerten Fensterläden und Befestigungsplätzen für tragbare Schilde umgeben ist. Außerdem gibt es von hier aus nur zwei Ausgänge, auch wenn ich vor mir Laufstege sehe. Ich würde eine Menge darauf wetten, dass diese Ausgänge mit Schildgeneratoren ausgerüstet sind, die im Angriffsfall ausgelöst werden.

Momentan halten sich im Hof Yerick-Kinder und ein Menschenkind auf, die Fangen spielen. Dabei versuchen sie, ein Sprungkaninchen zu erwischen – ein Level-1-Monster, das den versuchten Kindermord nicht nur vortäuscht. Allerdings wirken die Erwachsenen, die auf die Gruppe aufpassen, völlig entspannt. Hierzu gehört überraschenderweise auch Miranda LaFollet, ein Mitglied des menschlichen Stadtrats.

Ich runzle die Stirn und beschließe, den einzigen anderen Menschen hier anzusprechen. „Miranda?“

„Mr. Lee.“ LaFollets französisch-kanadischer Akzent erschwert es wie üblich, ihre Worte zu verstehen.

„Ist das Spiel eigentlich sicher?“, frage ich. Sie schüttelt den Kopf und lächelt ironisch. „Also ...?“

„Warum ich meinen Sohn überhaupt mitspielen lasse?“ Miranda presst die Lippen zusammen und ihre Augen verdunkeln sich vor Sorge. „Wussten Sie, dass die Yerick ihre Kinder bereits im jungen Alter trainieren? Sie versuchen, Monster zu fangen, spielen Eierstehlen mit geblendeten Basilisken und werden von Erwachsenen jede Woche mit auf die Jagd genommen. Und sie sind nicht die einzigen, die so vorgehen – eine Reihe anderer Rassen des Galaktischen Rats trainieren ihre Kinder von frühester

Jugend an. Die Methoden der Hakarta sind extrem ähnlich. Die Truinnar gehen sogar noch strenger vor."

„Also gibt es kein Jugendamt, das in solchen Fällen einschreiten würde?", sage ich.

„Sie tun das, weil alle von ihnen überzeugt sind, dass es einer Misshandlung gleichkäme, die Realität des Systems vor ihren Kindern zu verbergen", sagt Miranda und ballt die Hand zu Faust. „Seinen Vater habe ich aufgrund mangelnder Vorbereitung verloren. Jegliche Gewalt wurde von uns – von mir – verabscheut. Ich hielt es für barbarisch, mein Kind zu schlagen und fürs Essen auf die Jagd zu gehen. Das tue ich immer noch. In der Welt vor dem System war alles davon falsch. Aber wir leben nicht mehr in dieser Welt. Und ich werde meinen Sohn nicht verlieren."

Während wir uns unterhalten, rutscht ein Yerick-Kind – ein kleiner, wütender Fellball – beim Wegducken aus. Das Kaninchen prallt gegen das Kind und das laute Knacken eines gebrochenen Knochens ertönt durch den Hof. Ich setze mich bereits in Bewegung, aber Miranda hält mich fest und schüttelt kurz den Kopf. Als das Kaninchen sich aber umdreht und den am Boden liegenden Gegner erledigen möchte, springt ein anderes Kind nach vorn und schlägt einen Stock auf seine Nase. Während das Kaninchen abgelenkt ist, packen zwei andere Kinder – darunter Mirandas Sohn – den gestürzten Jugendlichen, der tapfer keine Miene verzieht. Gemeinsam schleppen sie ihn in eine Ecke, in der ein gelangweilter Teenager wartet. Entgegen meiner Erwartung wird dabei allerdings kein Heilzauber verwendet. Das Kind muss dort sitzen bleiben und warten, bis sein vom System unterstützter Körper den Schaden geheilt hat.

„Streng", murmle ich beim Zusehen, und Miranda nickt.

„Nicht direkt. Das Kind ist nicht in Gefahr und der Teenager verfügt über einen Heilzauber. Der Kleine wird in ein paar Minuten weiterspielen", sagt Ali telepathisch.

„Die Yerick gehen vielleicht etwas rabiater vor, aber sie hat nicht Unrecht. Die meisten Rassen setzen auf eine Art von Training im Kindesalter.“

„Ich werde darauf drängen, dass wir ebenfalls bald ein derartiges Training einführen. Und dass die Yerick uns dabei helfen“, sagt Miranda, in deren Augen sich ihre Entschlossenheit spiegelt.

„Was ... was hält eigentlich Fred davon? Und Mr. Lakai?“

„Sie halten es für eine dumme Idee. Idiotisch.“ Sie schüttelt den Kopf und ihre Stimme klingt nun energischer. „Fred wünscht sich, dass wir wieder so wie früher leben. Er will, dass die Welt für sein Kind wieder sicher wird. Dass alles wieder so wird, wie es einmal war. Eric ... Eric ist unverheiratet. War es schon immer.“

Ich nicke schweigend, dem habe ich nichts hinzuzufügen. Schließlich habe ich im Stadtrat keinerlei Macht und kein Mitspracherecht. Und als Capstan aus einem Gebäude tritt und mir zuwinkt, ist es nicht mehr notwendig, dass ich etwas dazu sage.

„Ich muss los.“

„Ja. Auf Wiedersehen, Mr. Lee.“ Als ich davonhusche, um Capstan und sein Team zu unserem nächsten Dungeonabenteuer zu begleiten, höre ich noch ihre gemurmelten Worte: „Und nächstes Mal sollten sie ihn wirklich erledigen.“

Ich gebe vor, nichts gehört zu haben. In dieser Hinsicht muss man mich nicht noch ermutigen.

***

„Nein. Auf gar keinen Fall. Da mache ich nicht mit“, wiederhole ich und weiche vom Abgrund zurück.

Wir stehen im Miles Canyon, der einige Meilen außerhalb von Whitehorse durch den Yukon River zwischen den Felsen gebildet wurde. Die Fußgängerbrücke ist nur wenige hundert Meter von uns entfernt. Dieser Ort war eine der schönsten Stellen im Yukon und bei den Touristen ausgesprochen beliebt, weil sie mühelos zugänglich war und malerische Canyonwände und eisiges Wasser bot. Als ich am Rand der Klippe stehe, spüre ich die Brise auf meiner Haut, die den frischen Geruch von Kiefern und sauberem, kalten Schmelzwasser zu mir trägt.

„So schlimm ist das nicht“, sagt Aron.

Ich blicke erneut an unseren Füßen vorbei nach unten, wo der Fluss sich zu einem fast perfekt runden See verbreitert, bevor er sich wieder verengt und nach Whitehorse fließt. Genau in der Mitte gibt es einen neuen Wirbel, der das Wasser tief in die Dunkelheit zieht. Und sie verlangen, dass ich dort hineinspringe.

„Kommt nicht in Frage.“ Ich schüttle den Kopf und trete zurück. „Ich weiß, dass eure Scouts diesen Dungeon erst neulich gefunden haben, aber ich mache das nicht.“

Capstan verzieht das Gesicht, neigt den Kopf und deutet dann erneut auf das Wasser. „Der Dungeon befindet sich in einer Level-20-Zone. Es ist unwahrscheinlich, dass er besonders schwierig zu bewältigen wäre.“

Ich verschränke die Arme und sage: „Ist mir egal. Ich springe da nicht rein.“

„Das ist natürlich deine Entscheidung.“ Capstan zuckt mit den Schultern und signalisiert den anderen, sich vorzubereiten.

Sie gehen zur Klippenkante, ziehen ihre Taucheranzüge an und lassen die übrige Ausrüstung für mich zurück. Während ich ihnen zusehe, presse ich die Lippen zusammen.

„Also gibt es tatsächlich etwas, vor dem du Angst hast“, meint Ali.

„*Verpiss dich. Ich kann Wasser einfach nicht ausstehen.*“

Ich zittere, als mir eine Erinnerung durch den Kopf geht. Wasser fließt in meinen Mund und meinen Brustkorb, während mein Freund und ich uns verzweifelt aneinander klammern. Wir konnten beide nicht schwimmen und waren aus Versehen in den tiefen Teil des Schwimmbads geraten. Ich habe es weder geschafft, den Boden zu berühren, noch Luft zu atmen. Als ich die Augen schließe, entkommt ein Splitter meiner Furcht seinem engen Gefängnis. Ich unterdrücke diese Empfindung, beruhige meine Atemzüge und öffne die Augen wieder.

„*Gut, dass du da nicht hineingehst. Dadurch habe ich jetzt die Gelegenheit, eine neue Geschichte zu erzählen*“, sagt Ali und ich schnaube zur Antwort. Nach der Feststellung, dass seine Provokation nicht den gewünschten Effekt erzielt, fügt Ali hinzu: „*Und zwar Luthien.*“

„*Ich verstehe schon, was du vorhast, aber damit wird es nicht klappen. Ich weiß, dass du nicht mehr mit ihr redest.*“

„*Korrekt. Allerdings weiß ich, wie ich Mr. Lakai kontaktiere. Und Richard. Und Lana. Und Roxley*“, fährt Ali fort und ich durchbohre ihn mit finsteren Blicken.

„*Wirklich? Du glaubst also, auf diese Weise kriegst du es hin? Mit der Androhung einer Blamage?*“ Ich knurre und fixiere ihn, während die Wut beinahe in mir explodiert.

„*Warum nicht? Du magst es doch nicht, dein ... Gesicht, so sagt man es doch, zu verlieren. Was in der Hinsicht ganz gut funktionieren würde*“, erklärt Ali mit einem Grinsen, für das ich ihn am liebsten zu Brei schlagen möchte.

„Du Arsch. Du feiger kleiner Idiot. Ich werde dich verbannen, verdammt nochmal“, rufe ich, und meine Hände zucken zum Menü, um die Drohung umzusetzen.

„Natürlich, Jungchen. Und wenn du schon dabei bist, warum schnallst du dir dann nicht deine Ausrüstung um und springst dort rein, du großes Baby“, fügt Ali hinzu.

Mein Finger schwebt über der Schaltfläche Verbannen, aber mir wird klar, dass er recht hat. Ich bin viel zu wütend, um Angst zu haben. Zumindest nicht jetzt, und nicht, wenn ich ... wenn ich aufhöre nachzudenken, mich in Bewegung setze und die Ausrüstung anlege. Die Yerick starren mich an, während ich die Tauchermaske überstreife und dann mit Anlauf direkt in den Wirbel springe, bevor der Rest meines Gehirns kapiert, was ich überhaupt getan habe.

„Ich hasse dich!“

***

Ich hasse das Wasser. Ich hasse das Wasser. Ich hasse das Wasser. Obwohl ich das Schwimmen später noch erlernt hatte und eigentlich weiß, dass ich nicht ertrinken werde, kann ich es trotzdem nicht ausstehen. Was völlig irrational ist. Und obwohl ich es schaffe, meine Emotionen zu unterdrücken, hasse ich es dennoch. Im Wasser zieht sich mein Brustkorb zusammen, ich atme schneller und spüre einen Adrenalinschub.

Eines ist aber seltsam – man sollte meinen, Fische mit messerscharfen Zähnen und mordlüsterne Hybridformen von Tintenfischen und Humanoiden würden das Erlebnis in einen blanken Albtraum verwandeln. Aber eigentlich trifft das Gegenteil zu. Solange ich sie bekämpfe, bin ich zumindest abgelenkt. Was spielt es schon für eine Rolle, wenn mich einer davon mit einem Stachel in die Seite trifft? Oder Schwärme von Fischen um mich herumwirbeln und Fleischbrocken aus meinem Körper reißen? Es ist gut, denn so denke ich nicht darüber nach, nicht zu wissen, wo oben und unten ist. Oder die Yerick. Oder warum ich so etwas überhaupt mache.

Außerdem habe ich eine interessante und amüsante Tatsache entdeckt. Der Blitzschlag ist sehr, sehr effektiv, um mir im Wasser den Weg freizukämpfen. Natürlich werden du und deine Freunde dabei auch etwas angebrutzelt und man wird öfter wütend angeschrien, aber das sind nur Details. Wenn sie nicht wollen, dass ich den Zauber verwende, hätten sie mich nicht hier runter einladen sollen.

Mehr habe ich zu Unterwasser-Dungeons nicht zu sagen. Und ich werde nie, nie wieder in einen gehen, egal, wie gut die Beute ist.

***

„John?", sagt Richard, als er mich abends zuhause im Garten vorfindet. Ich sitze draußen mit einem extrem großen Fass Bier, einer großzügigen Schüssel Pralinen, Eiscreme und geschmorten Rippchen.

„Richard!" Ich winke ihm zur Begrüßung zu und fülle meinen Krug erneut. Ja, ich gönne mir was. Nein, ich werde nicht weitersaufen, bis ich sternhagelvoll bin. Dafür bräuchte ich Apokalypse-Ale, dem ich aus dem Weg gehe, weil meine Selbstkontrolle generell an einem dünnen Faden hängt. Aber diese Menge sollte für einen netten, leicht beschwipsten Zustand ausreichen.

„Alles in Ordnung?" Er sieht mich am Boden liegen, umgeben von mehreren Haustieren, die darauf warten, dass ich Knochen wegwerfe. Obwohl es sich technisch gesehen um Kurzrippchen handelt, sind diese mutierten Rinderstücke fast dreißig Zentimeter lang.

„Oh, fantastisch. Echt toll. Ich habe gerade einen weiteren Dungeon abgeschlossen. Das hat so viel Spaß gemacht“, säusle ich, während der mit seiner eigenen Mahlzeit beschäftigte Ali wortlos prustet.

„Ja ... okay.“ Richard setzt sich langsam auf einen Klappstuhl neben mir. „Welcher Dungeon?“

„Miles Canyon. Das ist ein Unterwasser-Dungeon. Echt nett, weißt du, mit dem arschkalten Schmelzwasser und den fleischfressenden Fischen. Und wusstest du, dass es im Inneren total durchgeknallte Wassermänner gibt?“ Ich setze ein breites Grinsen auf und wedle mit einem Rippchen vor Richard herum. „Willst du eines?“

„Nein, ich bin satt“, sagt Richard. „Also ... schließt du dich jetzt einer Gruppe von Yerick an?“

„Warum sind alle so daran interessiert?“, beschwere ich mich nach dem Runterschlucken und unterstreiche meine Worte, indem ich mit dem Rippchen herumfuchtele. „Ich mag sie. Sie wollen nur kämpfen und töten und süße, süße Beute einsammeln. So einfach ist das.“

„Ich verstehe.“

„Jawohl, wir schließen alle Dungeons ab, die wir finden. Und kriegen eine Menge Bonuspunkte dafür, sie als Erste zu beenden.“ Ich rülpse leicht. „Aber jetzt sind wir fast fertig damit. Danach ziehe ich wahrscheinlich wieder solo auf Abenteuer, es sei denn, ihr kennt irgendwelche ...“

„Einige“, antwortet Richard. „Eigentlich hatten wir gehofft, dass du mit uns kommst und uns hilfst, sie abzuschließen.“

„Ich? Und ihr?“ Ich runzle die Stirn und starre Richard ins Gesicht. „Bist du dir sicher, ihr könntet euch darauf verlassen, dass ich nicht durchdrehe?“

„John, du hast versucht, einen Mann zu erwürgen!“, faucht mich Richard an.

„Ja, aber der war ein Arschloch."

„Trotzdem kannst du so einen Scheiß nicht abziehen", sagt Richard mit zunehmend zorniger Stimme. „So etwas tun Helden einfach nicht."

„Wer sagt denn, ich wäre ein Held?"

„Niemand. Aber ich werde nicht tatenlos zusehen, wenn du so etwas machst."

„Oh, und du bist so wunderbar und perfekt, oder?", raunze ich ihn an, weil die Wut wieder einmal hochkocht.

„Du Arschloch–"

„Schluss damit!", ruft Ali und winkt. „Mein Gott. Ihr Mädels seid schlimmer als Sooki und JWOWW. Geht's noch?"

„Halt die Klappe", fahren wir den Geist gleichzeitig an.

„Ihr könnt mich mal. Du hast die Kontrolle verloren, Junge. Das weißt du doch. Und du, Casanova, solltest vielleicht mal etwas Nützlicheres versuchen, als dich zu streiten. Was bringt dir all das Charisma, wenn du damit nichts machst? Abgesehen davon, Frauen ins Bett zu kriegen", sagt Ali.

Ich starre den Geist mit vor Wut funkelnden Augen an. Andererseits hat er ja recht. Was mir durchaus bewusst ist. Aber ... verdammt.

Schließlich frage ich: „Liegen die auch unter Wasser?"

„Nein, überhaupt nicht", murmelt Richard.

„Dann bin ich dabei. Klar. Aber keine Unterwasser-Dungeons, auf gar keinen Fall. Nichts im Wasser. Die kann ich nicht ausstehen." Ich verziehe das Gesicht und berühre meinen Kopf mit der Hand, die immer noch das abgenagte Rippchen hält. „Ich fühle mich irgendwie ... neben der Spur."

„Ja, komische Sache. Ich habe nämlich die Fähigkeit, deine Widerstände leicht zu modifizieren", sagt Ali, der auf mich deutet.

„Oh ... also bin ich besoffen?“ Ich muss blinzeln. Ich verziehe das Gesicht und hebe die Hand, um einen Heilzauber zu wirken. Ich wackle mit den Fingern und Mana fließt hindurch. Dann aber entsteht ein Kurzschluss, weil mir bei der Zauberformel ein Fehler unterläuft, und ich spüre einen stechenden Schmerz. „Hoppla ...“

„Vielleicht wirkst du momentan besser keinen Zauber“, sagt Richard. „Komm schon, ins Bett mit dir.“

„Nein, nein“, raunze ich wütend, um dann Ali anzuschreien. „Schluss damit. Mach so etwas nie mehr. Ich mag es nicht, betrunken zu sein. Ich besaufe mich nicht. Ich möchte auch nicht die Kontrolle verlieren.“

„Entschuldigung.“ Ali weicht zurück und eine Hand bewegt sich kurz. „Ich dachte, es würde helfen. Ich habe alles wieder in den Ursprungszustand zurückversetzt.“

Ich nicke und lasse mich wieder auf den Stuhl plumpsen, wobei meine Wut so schnell verraucht, wie sie gekommen ist. Neben mir stößt Richard einen Seufzer der Erleichterung aus. Auch die Tiere, deren Haare nach dem Ende der Bedrohung nicht mehr aufgestellt sind, beruhigen sich allmählich.

„Lass das. Ich will mich nicht besaufen, sondern mich nur entspannen, verdammt.“

„Okay.“ Ali fixiert mich noch einen Augenblick lang, bevor er sich ebenfalls entspannt.

„John“, sagt Richard erneut, scheinbar zutiefst besorgt. „Ist bei dir wirklich alles in Ordnung?“

„Alles in Ordnung. Alles in Ordnung.“ Ich atme aus, werfe den Knochen weg und greife nach meinem Bierkrug. Dann aber halte ich inne, wechsle die Richtung und nehme mir etwas Schokolade aus meiner Schüssel. „Es ... es war einfach kein guter Tag. Aber jetzt geht‘s mir schon wieder besser.“

„Okay“, sagt Richard und bleibt sitzen. Offensichtlich möchte er einlenken. Nach einer Weile schnappt er sich ein Rippchen und kaut darauf herum.

Eine Weile essen wir schweigend, und der Nebel in meinem Kopf klärt sich allmählich.

„Diese Dungeons erscheinen immer öfter, weißt du“, sagt er.

„Ich weiß. Aber dagegen können wir nicht viel ausrichten. Die Anzahl sinkt mit der Erledigung der Bosse, aber es werden weiterhin Dungeons auftauchen. Uns bleibt keine andere Möglichkeit, als die Bedrohung einzudämmen und eine ausreichende Anzahl Monster zu eliminieren, so dass sie nicht nach draußen schwärmen und uns überrennen.“

Richard seufzt und blickt mich von der Seite her an, während er an seinem Bier nippt. „Tut mir übrigens leid. Weißt du, der ganze Scheißdreck.“

„Vollkommen egal. So etwas passiert nun einmal. Das ist jetzt eben unser Leben, nicht wahr? Solche Sachen kommen vor.“ Ich starre auf meine Hand. „Ich habe mich damit abgefunden. Das muss ich wohl, oder? Und jetzt legen wir noch mehr Zeug um.“

„Das ist ...“ Richard schüttelt nur den Kopf und beschließt, die deutlichen Anzeichen zu ignorieren, dass ich meine Probleme nicht wahrnehmen möchte. „Und kommst du dann mit uns in die Dungeons?“

„Ich sagte doch, ich werde es tun, oder?“ Ich seufze. „Alleine werde ich mit denen nicht fertig. Vielleicht mit einigen. Aber bei der Mehrheit davon, vor allem den unerforschten und tieferen Dungeons wäre es schlicht unmöglich. Zumindest auf meinem Level.“

„Na schön.“ Dann schweigt Richard und ich konzentriere mich ebenfalls auf die stille Grübelei und das Essen.

„Warum machst du das?“, frage ich plötzlich und schleudere den letzten Knochen weit von mir, so dass die Hunde sich darauf stürzen. „Ich meine nur, bei Mikito geht es zu hundert Prozent um Rache. Ich bin nur sauer und dumm. Du hingegen bist etwas, na ja, normaler. Trotzdem ziehst du immer wieder wie der Rest von uns in den Kampf, tötest und verstümmelst Gegner."

„Da sollte ich mich wohl bedanken." Richard zögert kurz und sagt dann: „Es ist albern. Du wirst darüber lachen."

„Ja, wahrscheinlich. Ich habe einen total durchgedrehten Sinn für Humor. Frag mal Mr. Lakai."

„Das war nicht lustig."

„Ein bisschen schon", meint Ali.

„*Spider-Man*", sagt Richard schließlich.

„Was ...?"

„Als ich klein war, hatte mein Vater diese alten *Spider-Man*-Hefte. Ich habe alle davon durchgelesen. Ich, na ja ... als all das passiert ist, wollte ich mich erst in Sicherheit bringen, Lana auch. Aber dann wurde mir klar, dass nicht jeder eine Kampfklasse besitzt. Nicht jeder konnte oder wollte in den Kampf ziehen. Ich ... ich musste, ich wollte besser sein."

„Aus großer Kraft folgt große Verantwortung?" Ich bin ja keiner dieser Riesengeeks, habe aber mit einem zusammengelebt, und die Filme waren echt unterhaltsam. Und, ja, früher einmal habe ich auch ein paar Comics gelesen.

„Ja. Ich habe doch gesagt, dass es albern ist." Richard zuckt mit den Achseln.

Ich denke kurz über seine Worte nach und starre den Mann an, bevor ich flüchtig lächle und den Rest meines Biers herunterschlucke. „Genau, albern."

„Arschloch."

„Genau."

***

„Ist das euer Ernst?“, murmle ich am nächsten Tag, während ich hinter Aron und Tashar herlaufe, die durch den neuentdeckten Dungeon preschen.

„Nicht alle Dungeons sind gefährlich“, erklärt Capstan, während wir weitergehen.

Ein Hase entkommt den beiden Kämpfern vor uns und Capstan wirft ihm beiläufig einen Stein hinterher. Der aufgeladene Stein reißt ein Loch in das Level-5-Monster, so dass es zu Boden sackt. Diese Kreaturen sind nicht größer als ein normales Tier, aber schneller und haben ein Stachelfell. Ihr primärer Angriffsmodus besteht darin, zu uns zu rennen und uns anzuspringen, so dass ihr Fell sich im Fleisch verhakt und es in Streifen fetzt. Ich bücke mich und entnehme der Leiche die Beute, bevor ich sie in meinen Veränderten Raum werfe.

„Mann“, knurre ich, als wir uns durch den riesigen Bau vorarbeiten.

Wenigstens fällt mir das Gehen leichter als den Yerick, die gezwungen sind, sich zu bücken. Ali befindet sich an der Spitze und führt die beiden Kämpfer ganz vorn, wobei sein kleiner, in Orange gekleideter Körper leuchtet.

Nach einer Weile beginne ich zu reden, da mir das Schweigen auf die Nerven geht. „Warum seid ihr hierher gekommen?“

„Dieser Dungeon wird wahrscheinlich nicht lange existieren. Ein anderes Monster könnte ihn an unserer Stelle ausräumen. Es ist besser, wir tun es und sacken die Erfahrungspunkte ein“, erklärt Capstan und ich nicke, weil er recht hat.

Momentan ist noch extrem unklar, was permanent Bestand haben wird und was nicht. Dabei gefällt mir die Vorstellung, dass der Dungeon in Miles Canyon eventuell verschwinden könnte. Andererseits ...

„Das meinte ich eigentlich nicht. Ich meine, warum zur Erde? Warum nach Whitehorse?“, erkläre ich.

„Wir schlagen uns auf Dungeonwelten extrem erfolgreich“, sagt Capstan mit einem Blick zu mir. „Ist dir unsere Geschichte bekannt?“

„Teilweise“, sage ich.

„Die Yerick wurden vor etwa fünfhundert eurer Jahre ins System eingeführt. Es gab immer nur eine geringe Anzahl von uns, und technologisch gesehen waren wir nicht sehr fortschrittlich. Nicht wie andere Zivilisationen.“ Capstan packt beiläufig einen auf ihn zuspringenden Hasen und tötet die Kreatur, bevor er die Beute einsammelt und mir den leblosen Körper dann zuwirft, damit ich ihn lagere. „Wir hatten uns nicht gut angepasst. Einige Mitglieder meines Volks weigerten sich, mit dem System zu tun zu haben. Andere bekämpften die Invasoren. Schließlich sind alle gestorben, die das System ablehnten. Es blieben nur noch die Yerick übrig, die es akzeptierten. Aber zu dem Zeitpunkt war es zu spät. Wir hatten unsere Anführer, unsere Baumeister, unsere Künstler verloren. Es blieben nur noch Kämpfer übrig.

Wir waren auf Credits und geschützte Behausungen angewiesen. Deshalb mussten wir uns als Abenteurer verdingen. Bald entdeckten wir, dass wir ein echtes Talent dafür hatten. Und im Lauf der Zeit wurden wir zu dem, was wir heute sind. Eine Welt voller Abenteurer. Zumindest die meisten von uns.“

Ich nicke langsam und frage mich, ob dies auch die Zukunft der Menschheit sein wird. Wir haben bereits so viele von uns verloren – wie viel Zeit wird vergehen, bevor wir wieder wachsen und gedeihen?

„Und was Whitehorse betrifft ...“, sagt Capstan und beäugt mich ausgiebig. „Ich bin mir nicht sicher, ob dir die Erklärung gefallen wird.“

„Versuch‘s trotzdem.“

„Wir sind auf Lord Roxleys Bitte hin hergekommen“, erklärt Capstan einfach, und ich runzle die Stirn. Als er meinen Gesichtsausdruck sieht, fährt er fort. „Es gibt noch viele Aspekte dieser Welt und dieses Systems, die du nicht verstehst. Lord Roxley ist kein typischer Truinnar. Was er für die Stadt getan hat und seine Art, sie zu verwalten, ist ungewöhnlich. Das gilt für den Galaktischen Rat und die Truinnar im Speziellen.“

„Oh?“

„Die Mehrheit der anderen Ankömmlinge war deutlich ... energischer bei der Übernahme ihrer Gebiete. Direkter bei der Einführung der Galaktischen Gesetze.“ Capstans sanfte braune Augen scheinen sich zu verdunkeln, und seine Stimme entwickelt sich zu einem tiefen Grollen. „Die Yerick haben das Joch der Galaktischen Gesetze schon einmal erlebt. Für viele ist eine Schuldknechtschaft kaum besser als die Sklaverei.“

Ich nicke langsam. Man muss kein Genie sein, um zu verstehen, was Capstan damit meint. Es wäre Roxley ein Leichtes gewesen, uns den Einsatz seiner Wachen in Rechnung zu stellen, als Whitehorse völlig verzweifelt war. Oder Miete für die von ihm bereitgestellten sicheren Zonen zu verlangen und die Steuern im Shop zu erhöhen, bis wir permanent verschuldet waren. Er könnte die Zinssätze auf an uns vergebene Kredite erhöhen, uns Verzugszinsen anrechnen, wenn wir keine Rückzahlungen leisten können und bestimmen, dass sämtliche Zahlungen in Credits erfolgen. In der Geschichte der Menschheit gab es unzählige Beispiele für derartige Praktiken. Aber ich habe eine Vorstellung davon, warum er es nicht getan hat. Früher gab es bei uns Sklaverei, aber dieses System funktioniert nicht, wenn man ausgebildete Menschen mit speziellen Fähigkeiten braucht. Zumindest ist es nicht sehr effizient. Allerdings ist die Effizienz nicht immer das einzige Ziel.

„Kommt ihr?“ Nelia dreht sich zu uns und stampft mit dem Fuß auf.

Da Capstan und ich bemerken, dass wir zurückgefallen sind, beeilen wir uns mit dem Einsammeln. Trotzdem haben mir seine Worte wichtige Denkanstöße gegeben.

Kapitel 10

Eine Woche später sind wir endlich mit allen von uns entdeckten Dungeons fertig. Mit den Yerick habe ich insgesamt fünf Dungeons abgeschlossen, mindestens drei davon sind permanent. Bei vier habe ich sogar einen Bonus für den erstmaligen Abschluss erhalten und bin einen Level aufgestiegen. Insgesamt war die Zusammenarbeit mit den Yerick recht entspannend. Da ich nicht an vorderster Front mit ihnen kämpfe, erleide ich geringere Schäden und muss meine Rüstung deutlich seltener ersetzen. Als ich etwa die Hälfte davon gesäubert hatte, besaß ich eine ausreichende Creditmenge für Sabres Reparatur, falls ich mich dafür entscheide. Allerdings habe ich Sabre nach gründlichem Überlegen bei Xev gelassen, um eine Reihe von Upgrades durchführen zu lassen. Ein Großteil des benötigten Materials wird in einigen Monaten mit einer „regulären" Lieferung ankommen, statt direkt im Shop gekauft zu werden. Daher ist Sabre momentan außer Betrieb.

Hier ist eine interessante Tatsache – obwohl die Teleportation innerhalb des Systems möglich ist, wird der Handel hauptsächlich mithilfe von Raumschiffen abgewickelt. Die Kosten für das Teleportieren von Waren sind beträchtlich, so dass die Verwendung von Frachtern und automatischen Lieferschiffen die Transportkosten verringert. Dadurch haben Leute wie Xev einen Wettbewerbsvorteil gegenüber dem Shop, wenn es um Reparaturen geht. Interessanterweise bezahlt man im Shop nämlich für gewiefte Ladenbesitzer, die für die Reparatur von Produkten auf eine Kombination aus Teleportation, Eilaufträgen und Zeitdilation zurückgreifen. In einigen Fällen werden diese auch komplett ausgetauscht.

Nachdem wir mit den Säuberungen fertig sind, kehren die Yerick zum „Farmen" von Dungeons und der Jagd auf Bossmonster zurück. Dafür erhalte ich allerdings keine Einladung. Ich glaube nicht, dass sie damit ihre Antipathie ausdrücken – sie möchten nur, dass ich neue Dungeons für sie entdecke, die sie sich dann vornehmen können.

Allerdings erwähne ich nicht, dass ich stattdessen mit Mikito und Richard durch Dungeons ziehe. Und heute stehe ich vor meinem Haus und warte darauf, dass Richard endlich damit fertig ist, mit seiner neusten Lady zu knutschen.

„Können wir gehen?", knurre ich und lehne mich gegen den Truck. Verdammt, ich habe seit Monaten keine Frau mehr abgeschleppt. Ich weiß, es ist meine Schuld, aber trotzdem ...

„Wir warten – oh, da sind sie!" Richard nickt in Richtung der Straße.

Ich blinzle überrascht, als ich sehe, wie Aiden und Amelia auf Quads heranrollen. Wie üblich sind die Quads geräuschlos, da sie die installierten Mana-Motoren und -Batterien verwenden. Allerdings bin ich mir ziemlich sicher, dass die Bewaffnung nicht zur Standardausstattung gehört. Amelias Quad verfügt über zwei kleinere, separat montierte Gewehre, während Aiden sich für eine Reihe von Raketenröhren an der Fahrzeugflanke entschieden hat. Nach der Apokalypse sind schwere Waffen vermutlich extrem in Mode. Ich wette, das Verkehrsrowdytum hat ganz neue Ausmaße angenommen.

„Hey, Schätzchen", begrüßt Ali das Paar mit Blick auf Aiden und dessen Haarknoten.

Wie üblich blendet Aiden ihn einfach aus. Ich war nie wirklich mit Aiden auf der Jagd, aber wir sind uns beim Training begegnet. Hoffentlich schafft er das – es gibt einen deutlichen Unterschied zwischen der Jagd auf niedrigstufige Monster nahe Whitehorse und dem Kampf mit Dungeon-Monstern. Andererseits vertrauen Richard und Mikito ihm, daher muss ich es wohl auch.

„Kommt ihr?" Ich nicke den beiden zu und richte den Blick dann wieder auf Richard.

„Hast du was dagegen?“, fragt Richard und winkt seine Tiere auf die Ladefläche des Trucks, bevor er Elsa, die feuerspeiende Schildkröte, persönlich an Bord bringt.

Die Huskys lassen die Schildkröte in Ruhe, als sie sich an ihren Stammplatz begibt. Mikito hält sich an der Kante der Ladefläche fest und springt dann hoch. Über uns sitzt Orel, Richards mutierter Adler, wartend auf einem Schornstein.

„Überhaupt nicht. Amelia würde die Rolle des Tanks hervorragend erfüllen.“ Ich grinse ihn an.

„Ist dein Motorrad immer noch nicht repariert?“, fragt Amelia.

„Nein.“

„Dann mal los. Die Hinfahrt wird etwa eine Stunde dauern, danach sind wir noch mindestens eine Stunde zu Fuß unterwegs“, sagt Richard.

Ich nicke, öffne die Beifahrertür und steige ein. Kurz danach bringt Richard den Truck auf Touren und fährt aus Whitehorse nach Norden. Nach einer kurzen Unterhaltung berühre ich meinen Helm und rufe den entsprechenden Kommunikationskanal auf.

„Vor dem Erreichen des Dungeons müssen wir noch über die Beute sprechen“, sage ich über den Kanal und halte gleichzeitig nach potenziellen Gefahren Ausschau.

„Was gibt es da zu besprechen?“ Ich höre Aidens Stimme klar über Funk, und in seinem Westküstenakzent schwingen deutliche Zweifel mit. „Wir teilen alles gleichmäßig auf.“

„Die Yerick verwenden ein anderes System. Sie geben den Tanks, die direkt mit den Monstern kämpfen und deshalb mehr Ausrüstung ersetzen müssen, einen größeren Anteil. Diese Methode erscheint mir gerechter. Egal, ob es Tränke, die Rüstung oder auch nur die Reparatur ihrer Waffen betrifft." Ich beschreibe meine Erlebnisse der letzten Zeit. „Ich hielt dieses Vorgehen wirklich für angebracht. Was meint ihr?"

„Wie sieht der Verteilungsschlüssel aus?", fragt Aiden skeptisch.

Ich zucke mit den Achseln. „Wir sollten wohl festlegen, wer als Tank fungiert. Amelia?"

„Das wäre dann ich", antwortet sie. „Was ist mit Richards Hunden?"

„Na ja, falls er sein Vorgehen in letzter Zeit nicht angepasst hat, werden sie meistens ein Stück weiter hinten gehalten und sind dort aktiv. Sie stören und bekämpfen die durchgebrochenen Feinde und zählen daher, wie Mikito, nicht als Tanks", antworte ich. Richard nickt mir zustimmend zu.

„Gut, dann haben wir Amelia als Tank und die übrigen als DPS-Kämpfer. Aiden, ich nehme an, du bist unser primärer Zauberwirker und Heiler, oder?"

„Ja", antwortet Aiden. „Die meisten meiner Zauber dienen eigentlich zur Unterstützung, daher werde ich sie vor dem Betreten des Dungeons auf euch wirken. Ich habe einige schadenswirkende Zaubersprüche, aber nicht besonders starke."

Ich nicke kurz und öffne den Mund, um die Verteilung klarzustellen, als Mikito mich unterbricht. „John, du solltest auch als Tank kämpfen."

Ich stöhne laut, reibe mir den Nacken und nicke dann. „Ja, das kann ich. Wenn es euch nichts ausmacht, dass drei Fünftel der Beute an die Tanks gehen und ihr drei euch den Rest teilt."

„Okay."

„Ja."

„Äh ... klar", sagt Aiden als Letzter, immer noch mit hörbarer Skepsis.

„John ist ein gutes Kauspielzeug. Auch ohne Sabre kann er eine Menge Schaden absorbieren", erklärt Mikito.

Ali schlägt sich gegen die Stirn, als er unsere Unterhaltung hört.

„Warum würde ihm das Motorrad helfen?“, fragt Amelia. Mikito verstummt und ein betretenes Schweigen hängt in der Luft. „Leute?“

„Sabre verfügt über ein paar verborgene Tricks“, antworte ich schließlich mit einer Grimasse. Na ja, damit habe ich die Katze teilweise aus dem Sack gelassen.

„Passt auf, da kommen zwei Affenpferde“, sagt Richard.

Ich muss lächeln. Gutes Timing, ihr Affenpferd-Kreaturen.

***

„Das ist ein Dungeon?“, flüstere ich, als wir über den Hügel spähen und die Siedlung vor uns anstarren. Eine einfache hölzerne Mauer umgibt ein Dutzend strohbedeckter Hütten, deren Baumaterial offenbar aus der Umgebung stammt.

„Ich weiß, echt seltsam.“ Richard murmelt diese Worte kopfschüttelnd. „Orel hat sie vor über einer Woche entdeckt. Beim Flug über diesen Ort erhielt er die Benachrichtigung, dass es sich um einen Dungeon handelt.“

„Was sind das für Dinger?“, murmle ich Ali zu, der sich überraschenderweise ebenfalls geduckt hat.

Unter uns erspähen wir einen kleinen Schwarm hagerer, grüner und kaum bekleideter Kreaturen mit langen Ohren und großen Nasen. Sie wuseln herum und tragen verschiedene Nahkampfwaffen sowie primitive Gewehre auf sich.

„Die brauchbarste Übersetzung, die ich für euch habe, wäre Goblins. Was in diesem Fall sogar passt. Sie sind ... halbintelligente Monster, die vor zwanzigtausend Jahren von einem ziemlich durchgeknallten Individuum erschaffen wurden. Plus oder minus einige hundert Jahre. Die Kakerlaken der Galaxis“, sagt Ali. „Diese Aufgabe dürfte euch nicht schwerfallen.“

„Was das betrifft ...", sage ich stirnrunzelnd. „Wir sollten es den anderen melden."

Richard nickt und wir kehren zum Versteck der Gruppe zurück. Auf seinen Befehl hin schwärmen die Hunde aus und halten während unseres Gesprächs Wache.

Dennoch spreche ich leise. „Wir haben ein Problem, Leute. Ali ..."

Ich gebe ihm das Signal, über die Goblins zu sprechen.

Amelia verzieht das Gesicht. „Sie haben Häuser?"

„Und eine Mauer und einen zentralen Platz. Das da unten ist ein Dorf", murmle ich.

„Wo liegt das Problem?", sagt Mikito, beugt sich nach vorn und deutet auf den Hügel. „Das sind Monster. Wir töten Monster, denn wenn wir es nicht tun, bringen sie uns um."

„Ali sagte, sie wären intelligent. Vielleicht könnten wir, na ja, mit ihnen reden", erwidere ich. „Ich bin mir ziemlich sicher, dass ich Kinder gesehen habe."

„Es sind Monster", sagt Richard und schüttelt den Kopf. „Sie sehen vielleicht wie Menschen aus, sind aber keine. Und auf jeden Fall ist das ein Dungeon, stimmt's, Ali? Also sind sie nicht wirklich echt. Nur etwas, das vom System erschaffen wurde."

„Sind wir eigentlich noch echt? Das System hat an mir, dir und deinen Händen dramatische Veränderungen vorgenommen. Wieso sollten sie also weniger echt sein als du?", fragt Aiden, der zunehmend aufgebracht wirkt.

„Stehst du neuerdings auf ihrer Seite?", fragt Richard.

„Nein. Aber wir sollten uns im Klaren sein, dass sich unsere Karma-Schuld dadurch erhöht", sagt Aiden und verzieht die Lippen über seinem Spitzbart. „Möglicherweise haben wir keine andere Wahl, als zu töten, um zu überleben. Aber wir müssen uns dessen bewusst sein."

Ich versuche, nicht mit den Augen zu rollen, während Ali nicht einmal versucht, sein Kichern zu unterdrücken.

Amelia schüttelt den Kopf und verschränkt die Arme. „Ich bin hierher gekommen, um Monster zu töten, keine kleinen grünen Menschen."

„Das sind keine Menschen. Es sind Goblins. Kleine, eklige Biester, die sich wie Karnickel vermehren und zu einem Schwarm werden, wenn wir sie nicht daran hindern. Ihr möchtet wirklich keinen Goblinschwarm erleben. Das könnt ihr mir glauben", meint Ali.

„Ich weiß, was du meinst, aber intelligente Wesen töten ..." Meine Stimme drückt meine Zweifel aus. Seit meiner Unterhaltung mit Labashi habe ich gelegentlich Albträume über die von mir getöteten Hakarta. Ich erinnere mich zwar nicht direkt an sie, aber nach dem Aufwachen suchen mich vage, beunruhigende Erinnerungen heim. „Sie haben uns noch nicht angegriffen. Sie leben einfach friedlich hier draußen."

„Das liegt nur daran, dass sie dich nicht gesehen haben!", knurrt Ali. „Glaub mir, diese Typen würden dich, deine Mutter und dein Motorrad auffressen und noch um Nachschlag bitten."

Mikito nickt energisch. Ich mache immer noch ein Gesicht, während Amelia die Arme verschränkt und mich unterstützt.

Richard rollt mit den Augen und stößt dann einen Seufzer aus. „Warum lassen wir dann nicht John mit ihnen reden? Ali könnte doch für ihn dolmetschen, oder?"

***

Selbstverständlich ist es nicht so einfach. Auch wenn ich es für richtig halte, mit ihnen zu reden, wäre es völlig hirnverbrannt, es unvorbereitet zu tun. Wir planen und beraten eine halbe Stunde lang, bevor ich schließlich den

Hügel hinunter gehe, während Ali grummelnd neben mir schwebt. Ich verstehe seinen Widerwillen – ich bin ja auch nicht gerade begeistert von dieser Idee. Da ich aber einer von denen war, die gegen einen möglichen Genozid protestierten, erhalten wir die Chance, ein friedliches Gespräch zu beginnen.

„Hallo, Leute in der Siedlung“, rufe ich.

Dank Ali klingen meine Worte nach seltsam klickenden Grunzgeräuschen. Allerdings hätte ich überhaupt nichts sagen müssen, um ihre Aufmerksamkeit zu erregen. Eine große Anzahl der Kreaturen ist bereits auf die Mauern geklettert und starrt mich mit primitiven Nahkampfwaffen in den Händen an. Ich frage mich kopfschüttelnd, wie jemand vor einem Haufen niedrigstufiger Monster wie dieser Angst haben könnte, auch wenn sie intelligent sind.

Sie schweigen. Da sie mich aber sehen, sollten sie meiner Ansicht nach den nächsten Schritt tun. Ich halte meine Hände nah am Körper und mache einen Schritt nach vorn, als eine Benachrichtigung erscheint.

Dungeon entdeckt!

Warnung! Dieser Dungeon wurde aufgrund von Systembeschränkungen noch nicht kategorisiert. Sämtliche EP-Belohnungen werden verdoppelt. Falls ein im System registriertes Individuum den Dungeon erfolgreich abschließt, werden dadurch bessere Belohnungen erzeugt.

Ich rümpfe unwillkürlich die Nase, als ein plötzlicher Windstoß den Geruch ungewaschener Körper zu mir trägt, vermischt mit Zitronen, verfaulendem Müll und Fäkalien. Okay, der erste Schritt bei der Aufnahme von Beziehungen sollte darin bestehen, diese Typen mit Seife und Wasser vertraut zu machen.

„*Junge*“, sagt Ali besorgt und meine Mini-Karte leuchtet auf.

Ich blicke hoch und blinzle. Wo zuvor einige graue Punkte waren, gibt es nun eine Flut. „*Wie zum* ...“

Es gelingt mir nicht einmal, diesen Gedanken zu Ende zu führen. Denn auf einen unausgesprochenen Befehl hin eröffnen die Goblins das Feuer und eine Wolke von donnernden Gewehrkugeln und Pfeilen fliegt auf mich zu. Als die Flugbahn der Projektile sich herabsenkt, zersplittern diese an einer unsichtbaren Barriere, die weiß aufleuchtet. Ich fauche, lasse mich auf ein Knie sinken und rufe einen Turmschild aus meinem Inventar herbei. Diesen platziere ich vor meinem Körper, während ich mit meiner freien Hand einen Blitzschlag kanalisiere. Aidens einmalig einsetzbarer und kurzfristiger Zauber Wächter-Umarmung schützt mich vor allem mit Ausnahme eines Drachenodems, wirkt jedoch nach der Aktivierung nur einige Sekunden lang. Es ist sein stärkster Schutzzauber, aber aufgrund der hohen Manakosten verwendet Aiden ihn nur selten.

Während der Zauber abklingt, sehe ich graue Punkte auf mich zurasen, als eine Welle von Goblins von der Mauer springt. Ich ignoriere sie und strecke meine Hand weit genug am Schild vorbei, um meinen Zauber auf die Fernkämpfer zu richten. Der Blitz, der aus meiner Hand hervorschießt, hinterlässt den bekannten scharfen Ozongeruch, der beinahe an Chlor erinnert. Im Nu trifft der Blitz einen Goblin auf der Mauer. Ich kanalisiere den Zauber und lasse ihn über die Mauer hinwegstreifen, wodurch der Blitz von einem Körper zum anderen springt. Während die Leichen herabregnen, beende ich den Zauber und komme auf die Füße, um den angreifenden Kriegern zu begegnen. Nachdem sie jetzt meinen Tod planen, verschwende ich keinen weiteren Gedanken an die Frage der moralischen Rechtfertigung.

Hinter den Kriegern hat sich das Tor geöffnet und weitere Goblins strömen heraus, und ihre einen Meter zwanzig großen Körper drängen darauf, in meine Nähe zu kommen. Als der erste Goblin nur noch ein paar Meter entfernt ist, fallen die Feinde zurück. In ihren Körpern erscheinen kleine Löcher und das Zischen schnell fliegender Kugeln ist zu hören. Amelia steht in einer klassischen zweihändigen Position neben mir und mäht die Angreifer mit ihrer modifizierten Gauss-Pistole nieder. Obwohl sie extrem schnell feuert, erreichen mich die Goblins. Der erste springt gegen meinen Schutzschild und versucht, diesen für seine Kameraden beiseite zu ziehen.

Als das Monster den Höhepunkt seines Sprungs erreicht, ziehe ich den Schutzschild wieder ins Inventar zurück und lasse den Goblin gegen meine Faust prallen. Sein Genick bricht mit einem schrecklichen Knacken und der Körper wird gegen seine Artgenossen geschleudert, bevor ich mein Schwert herbeirufe und zum Gegenangriff übergehe. Ich muss grinsen, da ich nun die Kreaturen töte, mit denen ich mich eigentlich unterhalten wollte. Ehrlich gesagt bin ich ganz froh, dass sie keine Lust auf ein Gespräch hatten. So ist es viel einfacher. Töten oder getötet werden.

Ich tanze durch die Reihen der Monster und lasse meine Klinge erscheinen und verschwinden, während Schwerter, Pistolen, Streitkolben und Äxte um mich herum aufblitzen. Ich bin kein legendärer Schwertkämpfer und kein unrealistischer Anime-Charakter. Daher stecke ich Hiebe, Stiche und Schüsse ein, die jeweils meine Gesundheit etwas reduzieren. Leider ist es wirklich schwierig, auf einem Individuum Regenerationseffekte zu stapeln. Man könnte vielleicht einen Zauber und dann noch einen Trank einsetzen, oder wenn man wirklich gut ist, zwei Zaubersprüche. Natürlich habe ich auch meinen Skill, was hilfreich ist, da immer mehr Kreaturen heranstürmen.

Als ich einen Goblin am Arm herumschwinge und mir dadurch etwas Platz schaffe, bevor ich ihn gegen seine Freunde schleudere, entdecke ich

Amelia. Im Gegensatz zu mir steht sie unbeweglich und mit einem Schwert in ihrer Schildhand an einer Stelle. Sie feuert weiterhin und sticht auf ihre Feinde ein, während eine Gruppe von fünf leuchtenden Achtecken sie umwirbelt und Angriffe mühelos abblockt. Im Kampf drückt ihr Gesicht eine grimmige Entschlossenheit aus und sie bewegt sich nur, wenn der Leichenberg zur ihren Füßen zu hoch wird. Trotz ihrer Fertigkeiten erreichen manche Angriffe ihr Ziel und sie blutet mittlerweile aus einem Dutzend verschiedener Wunden. Bald werden die Feinde sie überwältigen, genau wie mich.

Diesmal macht mein kleiner Geisterfreund sich anscheinend sogar die Hände schmutzig. Er setzt weder eklige Zaubersprüche ein, noch schwebt er körperlos vor den Monstern herum. Er flitzt hin und her und schlägt zu wie Superman, bevor er wieder entkommt. Obwohl er der Mehrheit der Duelle aus dem Weg geht, hat er eine Prellung und eine Wunde an einem Bein, aus der blaues Licht sickert.

Trotz all unserer Fähigkeiten und der hohen Stufen wird allmählich klar, dass wir schlicht überrannt werden. Ich zerhacke einen Goblin, der sich an mein Bein klammert und schlage einen anderen, der auf mich zuspringt, mit der Rückhand. Gleichzeitig sticht mir ein dritter mit einem Dolch ins Schlüsselbein und hängt dann an meinem Körper, während ein weiterer einen Streitkolben auf meinen Fuß fallen lässt. Ich fauche, wirble herum und setze einen Klingenhieb ein, der mir einige Momente verschafft, während die blaue Energie die Goblins zerfetzt. Einige Sekunden später höre ich Geschrei und Rufe von der anderen Seite des Schlachtfelds, als die rettende Kavallerie endlich eintrifft.

Die Hunde und Mikito stürmen gegen die Flanke der Horde an. Ihre Angriffe reißen ein riesiges Loch in den Schwarm und verringern den auf uns lastenden Druck. Hinter ihnen schießt Richard Schrot aus seiner Flinte auf die Bogenschützen und die Schützenkette, was diese in Deckung zwingt. Aiden feuert einen Zauber ab und die Erde unterhalb der Mauer erhebt und bewegt sich mit einem Mini-Erdbeben. Die Befestigung zerfällt, da die Fundamente sich in Schlamm verwandelt haben. Ich sehe, wie er mit schmerzverzerrtem Gesicht dasteht – zum Schutz gegen den Lärm mit einem Kopfhörer ausgestattet – und zu einem neuen Zauberspruch ansetzt. Auch wenn seine Beteiligung möglicherweise widerwillig ist, seine Leistung ist hervorragend. Über uns stürzt sich Orel herab, um uns zu helfen. Die Windklingen zerschneiden alles, was vor ihm liegt, während er sich in die Kurve legt.

„Das war aber auch Zeit, verdammt!", schreit der über uns schwebende Ali und lässt nun den Goblin los, den er hochgerissen hatte, so dass das Monster auf seine Freunde stürzt.

Da ich mich einen Moment lang konzentrieren kann, habe ich die Hand und kanalisiere den Blitzschlag, der über die schreienden Goblins springt. Einer nach dem anderen fällt zuckend zu Boden. Dann renne ich los, um Amelia zu helfen und hoffe, dass ich nicht zu spät komme. Der Haufen der Goblinleichen, der die Stelle markiert, an der sie fiel, wird beiseite geschleudert, als die nun wieder aktiven Schutzschilde sie von sich schieben. Ich stoße einen Seufzer der Erleichterung aus und wirke einen raschen Heilzauber auf sie, während ich beiläufig ein weiteres Monster in Stücke schneide. Zu meiner Überraschung ist sie nicht so schwer verletzt, wie ich erwartete, als ich sie zu Boden gehen sah.

Als die durch den plötzlichen Flankenangriff zerschlagene Horde wieder in die Siedlung flieht, keuche ich vor Erleichterung und meine Ausdauer erholt sich rasch. Auf dem Feld vor mir liegen mindestens fünfzig Leichen, noch mehr Goblins fliehen und unzählige liegen unter den zusammengestürzten Mauern. Die Hunde rasen durch die fliehende Horde, wobei sie Goblins wild und mühelos beißen und zerfetzen. Als die Kreaturen die Mauer erreichen, ziehen sich Mikito und die Hunde zurück und erreichen die Stelle, wo Richard und Aiden die Siedlung beobachten. Bald stoßen auch Amelia und ich zu ihnen.

„Du hast doch behauptet, es gäbe nur etwa zwanzig!“, erwähnt Aiden und nimmt in Erwartung meiner Antwort den Kopfhörer ab.

„Mehr haben wir nicht gesehen! Was zum Teufel, Ali?“ Ich richte meinen Blick auf den Geist, und der blinzelt.

„Was? Wir haben zwanzig gesehen, also gab es natürlich etwa vierhundert Goblins.“ Dann folgt Alis Reaktion auf unsere verblüfften Gesichtsausdrücke. „Mein Fehler. Ich hatte vergessen, dass ihr die Regel nicht kennt. Es ist wie bei euren Kakerlaken – wenn man eine sieht, gibt es ungefähr weitere zwanzig im Verborgenen. Goblins leben meist unter der Erde, daher lauert dort noch eine ganze Menge von ihnen.“

„Und was dann, die gefährlichsten Goblins hausen ganz unten?“, fragt Amelia verblüfft.

„Rede keinen Unsinn. Goblins mögen frische Luft genauso sehr wie wir. Der Häuptling und seine Wachen leben an der Oberfläche, die anderen weiter unten“, antwortet Ali.

„Vierhundert.“ Selbst Mikito scheint von dieser Zahl erschüttert zu sein.

Und in dieser Hinsicht muss ich ihr zustimmen. Als ich das Blutbad um uns herum betrachte, mich wieder beruhige und der Adrenalinschub abklingt, wird mir beinahe übel. Blut, Eingeweide und Gliedmaßen liegen überall verstreut, und die Toten verfaulen bereits. Irgendwie frage ich mich auch, was für eine Art von Beute wir hier finden werden.

„Richard, sagtest du nicht, Orel hätte vor einer Woche ungefähr vier gesehen?“, frage ich und er nickt.

Die anderen stellen sichtbar dieselbe Rechnung auf. Vier Goblins entsprechen etwa achtzig Monstern. Daher wären in einer Woche weitere dreihundert erschienen. Hindert man sie nicht daran, werden aus diesen vierhundert innerhalb einer weiteren Woche mehrere Tausend. Kein Wunder, hat man sie als Horde bezeichnet.

„Wir haben damit angefangen. Wir müssen es beenden", sagt Richard mit fester Stimme und deutet auf die Siedlung. „Zehn Minuten. Wir sammeln möglichst viel Beute und beenden dann das hier."

Ich muss tief einatmen, um meine Zweifel und meine Übelkeit zu unterdrücken. Er hat recht. Wir müssen diese Aufgabe zu Ende führen, und zwar bevor die Goblins zu einer echten Bedrohung werden. Egal, was ich davon halte. Ich greife nach dem Ozean der Wut und lasse ihn an die Oberfläche steigen, so dass seine reinigende Klarheit mich umspült. Dann greife ich nach unten, berühre einen Goblin und sammle seine Beute ein. Ich zucke leicht zusammen, als ich das Ohr entdecke, das in meiner Hand liegt.

Ja, echtes Scheißsystem. Scheißsystem.

***

Dunkle Labyrinthe mit kaum eineinhalb Meter hohen Decken füllen sich mit Rauch und Geschrei. Plötzliche Schmerzen, als Goblins von der Decke fallen oder aus unentdeckten Löchern kriechen. Feuer, das uns in diesen beengten Räumen zum Einsatz von Gasmasken und Helmen zwingt. Gelegentlich setzt Aiden enorm mächtige Windzauber ein.

Goblins greifen uns immer wieder an, bis selbst Amelia keine Kugeln übrig hat und wir gezwungen sind, uns im Nahkampf durchzuschlagen. Tod überall. Monster klettern übereinander und stürzen sich auf Mikito, um sie durch das bloße Gewicht ihrer Körper zu Fall zu bringen. Anschließend stechen sie immer wieder auf sie ein. Dann spüre ich den Schmerz, den ich während des Angriffs mit ihr teile, und Richard schlägt, tritt und zerschmettert Goblins mit seinem Gewehr, unterstützt von Shadow.

Aiden, der als Schutz gegen die Rufe und Schreie wiederum einen Kopfhörer trägt, kotzt in die Ecke. Wir haben nicht den Mut, ihn zu fragen, ob es sich um Manaerschöpfung oder etwas anderes handelt. Eine Goblinmutter hält ihr Kind als improvisierten Schild vor sich. Als ich kurz zögere, stößt sie ihre Klinge in meinen Bauch. Richard muss Max zurückpfeifen, damit er nicht die Leiche eines Goblins frisst.

Ein chaotisches Durcheinander von Schmerz, Tod und Brutalität, bis wir endlich, endlich damit fertig sind.

***

Ein letzter Blick und ich gebe den Befehl, da keiner der anderen es tun möchte. Improvisierte und reguläre Sprengsätze, die wir neben den magisch geschwächten Stützen des Dungeons platzierten, detonieren. Zunächst passiert abgesehen von einer kleinen Staubwolke und einem Beben überhaupt nichts. Beide werden größer, als der Boden unter dem Dungeon einstürzt, so dass der Bau die Leichen und unsere Erinnerungen daran unter sich begräbt.

Als wir gehen, ist das einzige Überbleibsel des Dungeons eine Vertiefung im Boden und einige Leichen für die Raben und andere Aasvögel. Niemand spricht, und unsere Gesichter wirken bei unserem Abmarsch angespannt und abgehärmt. Bei unserem Abmarsch tropft das Blut von unseren Rüstungen.

Bei den Göttern, an manchen Tagen hasse ich das verdammte System.

Kapitel 11

„Mr. Lakai." Ich verberge meinen Sarkasmus nicht, als ich das Büro des Stadtrats betrete.

Nach dem gestrigen Dungeon und der heutigen Jagd beschloss ich, die Karte des Stadtrats nun mit meinen neuesten Daten zu aktualisieren. Gelegentlich schaue ich hier vorbei, um sie über neue Monster, Gefahren und ähnliches zu informieren. Meist habe ich es dabei mit Miranda oder einem der vielen anderen Angestellten zu tun. Diesmal aber ist es Mr. Lakai.

„Mr. Lee." Eric presst die Lippen zusammen, und aus irgendeinem Grund muss ich deswegen grinsen. Bei allen Göttern, ich möchte ihm wirklich die Fresse polieren. Meine Faust juckt nur schon bei seinem Anblick. „Um welches Anliegen geht es heute?"

„Karten-Update." Ich gehe zum Tisch und greife nach einem Zettel. Dann aber hebt Mr. Lakai die Hand. Ich blinzle und erinnere mich, bevor der Bildschirm erscheint.

Eric Roth möchte Kartendaten mit dir teilen.
(J/N)

Ich kann Mr. Lakai wirklich, wirklich nicht ausstehen. Was vielleicht hauptsächlich daran liegt, dass er als Bürokrat so verdammt effizient ist. Ich stimme zu und sehe, wie er aus meiner Perspektive blinzelt und ins Leere starrt. Kurz darauf nickt er und wischt mit der Hand nach oben, um den Bildschirm verschwinden zu lassen.

„Ist dieser Goblin-Dungeon verschwunden?", fragt er.

„Soweit wir es feststellen konnten. Aber es wäre besser, wenn jemand in nächster Zeit hin und wieder nachsieht. Zumindest alle paar Tage."

Er nickt und notiert sich etwas in der Luft vor ihm. „Dann sind wir fertig. Oder gibt es noch etwas?"

„Nein." Ich drehe mich um, bleibe aber dann stehen und blicke zurück.

„Warum?"

„Warum was, Mr. Lee?" Mr. Lakai fixiert mich intensiv und spricht mit einer eiskalten Stimme.

„Das weißt du schon", knurre ich.

„Und wenn ich keine Antwort gebe, prügelst du sie aus mir heraus? So machen es Leute wie du doch, oder? Ständig Gewalt und Zorn, Wut und Zerstörung. Sie stapfen durch die Stadt und tun so, als würde sie ihnen gehören – was vielleicht sogar stimmt – aber der Rest von uns muss den Dreck aufräumen, den Leute wie du zurücklassen. Und Abenteurer warten nur auf einen Vorwand, uns zu schikanieren. Bastarde, allesamt", sagt Mr. Lakai mit zitternder Stimme. Am Ende findet er seine Beherrschung wieder und atmet tief durch.

Ich starre den untersetzten Mann an, der mich anschreit und blinzle, als ich schließlich verstanden habe. „Abenteurer ... du hasst die Yerick und mich, weil wir Abenteurer sind?"

„Schluss jetzt, Mr. Lee", sagt der Lakai.

„Moment mal. Du hasst mich, weil ich ums Überleben kämpfe? Weil ich versuche, uns alle am Leben zu halten?" Meine Stimme wird lauter und ich durchbohre den Mann mit Blicken.

„Na schön." Eric dreht sich um und geht zur anderen Bürotür. Er schließt sie, so dass ich ihm nur nachstarren kann.

Selbstverständlich hätte ich ihn aufhalten können, aber dann würde ich meine Ziele mit Gewalt durchsetzen. Ich schüttle den Kopf und starre die Tür an. Meine Güte ... Leute gibt's.

***

„Heute Abend ist es aber ruhig“, murmle ich und sehe mich in der Nugget-Kneipe um, die ich soeben betreten habe.

Ali nickt und flitzt zu dem Tisch, an dem wir üblicherweise sitzen. Nach dem Goblin-Dungeon hatten wir alle eine Pause nötig. Daher hat die Gruppe sich nach der Rückkehr für den Augenblick getrennt, so dass alle tun können, worauf sie Lust haben.

Soweit ich weiß, ist Richard noch in der Stadt und beschäftigt sich zu gleichen Teilen mit Sitzungen und Damen. Aiden vertieft sich wieder in seine Bücher, trainiert und unterrichtet. Allerdings habe ich das Gefühl, dass er das nächste Mal nicht mehr mitkommen wird. Amelia hat ihre Aufgaben und Virs wütender Blick sagt mir, dass er ihren Ausflug mit uns überhaupt nicht guthieß. Oder vielleicht kann er nur mich nicht ausstehen. Bei unserer primitiven Trainingsanlage arbeitet Mikito mit Jägern und anderen, die ihre Nahkampf-Skills verbessern möchten. Dadurch bin ich der einzige, der noch bescheuert genug ist, auf die Jagd zu gehen. Was kann ich schon sagen? Es ist irgendwie beruhigend, gegen Kreaturen zu kämpfen, die nicht sprechen oder schreien oder Babys haben.

Selbstverständlich ermöglichen diese Soloausflüge es mir auch, das Fort zu besuchen und mit den Hakarta zu sprechen. Es ist mein erster Besuch bei ihnen seit dem Abschluss des Handels. Wir beide haben Wichtigeres zu tun, dessen bin ich mir sicher. Und schließlich kann ich in wenigen Monaten keine Unmengen an Daten sammeln. Unser Gespräch war sowohl interessant als auch hilfreich, und ich habe mir gemerkt, an was sie Interesse zeigten. Zahlen, Klassen, Verteidigungssysteme und Roxleys Aufenthaltsort gehören zu den Hauptthemen, aber wir sprechen auch über anderes, etwa die Anzahl der Gebäude und der aufgetauchten Dungeons sowie die

Versorgungslage. Ich habe das Gefühl, dass das, was sie suchen oder brauchen, sich irgendwo in dem Fragendickicht verbirgt. Ich bin mir immer noch nicht sicher, ob es eine gute Idee ist, die Fragen der Hakarta geheim zu halten. Es ist durchaus möglich, dass der Stadtrat völlig durchdreht, wenn ich diese Tatsache enthülle. Andererseits sind wir so mit unseren Problemen beschäftigt, dass der Stadtrat diesbezüglich vielleicht gar nichts unternehmen kann.

Ich sinke in meinen Stuhl und nicke der Kellnerin, die mein Bier und die Vorspeisen bringt, dankbar zu. Nach all den Credits und der eingesammelten Beute führte mein letzter Besuch im Shop zu einigen wichtigen Einkäufen. Mit einem Gedanken rufe ich die Charakterwerte auf, um meine Verbesserungen zu begutachten.

Statusmonitor			
Name	John Lee	Klasse	Erethra-Ehrengarde
Volk	Mensch (M)	Level	26
Titel			
Monsterschreck, Erlöser der Toten			
Gesundheit	1190	Ausdauer	1190
Mana	930	Mana-Regeneration	65/Minute
Attribute			
Stärke	72	Beweglichkeit	114
Konstitution	119	Wahrnehmung	45

Intelligenz	93	Willenskraft	100
Charisma	16	Glück	25
Klassen-Fertigkeiten			
Manaklinge	1	Klingenhieb	2
Tausend Schritte	1	Veränderter Raum	2
Zwei sind Eins	1	Entschlossenheit des Körpers	1
Größere Entdeckung	1	Sofort-Inventar*	1
Spalten*	1	Raserei*	1
Kampfzauber			
Verbesserter schwacher Heilzauber (II)		Größere Regeneration	
Verbesserter Manapfeil (IV)		Verbesserter Blitzschlag	
Feuerball		Polarzone	

Ich bin immer noch enttäuscht, dass es keinen speziellen Bonus dafür gab, mehr als hundert Punkte in einem Attribut zu erreichen. Ich hätte es für möglich gehalten. Und obwohl ich Ali vorher gefragt hatte, war ich dennoch der Ansicht, diese Leistung wäre irgendwie bedeutend. Aber da die Zahlen nur ungefähre Schätzwerte bezüglich der Veränderungen meines Körpers sind, gibt es logischerweise keinen Bonus. Zudem ist diese Perspektive extrem anthropozentrisch – es gibt keinen Grund für eine besondere Bedeutung der Zahl Einhundert.

„Hey, Ali, hat der Galaktische Rat irgendwelche ‚besonderen' Zahlen?", frage ich den Geist, der auf einen Bildschirm starrt.

„Wie, wie die Acht oder die Zehn?" Als ich nicke, zuckt er mit den Schultern. „Hängt von der Rasse ab. Die Truinnar sind von Primzahlen fasziniert. Die Joxin verehren die Vierzehn. Und dann gibt es die Prixamars – riesige rollende Kugeln, die Pi für extrem wichtig halten."

Ich nicke ihm dankbar zu und wende meine Aufmerksamkeit wieder meinem Bildschirm zu. Interessant, aber irrelevant. Als ich meinen Statusmonitor betrachte, muss ich lächeln beim Gedanken, wie viel besser dieser jetzt aussieht. Ich habe den Bildschirm so angepasst, dass nur noch meine Kampfzauber angezeigt werden, da diese für mich die wichtigste Kategorie darstellen. Nützliche Zaubersprüche wie Zunder, Leuchtkugel, Wasserreinigung, Säubern usw. sind trotz ihres praktischen Nutzens im Alltagsleben nicht besonders interessant. Sie sind sogar so nützlich, dass Aiden fast zwei Drittel seiner Klasse damit verbringt, andere diese Zaubersprüche zu lehren. Schließlich muss nicht jeder einen Feuerball schleudern, aber alle sind gezwungen, Wäsche zu waschen und Geschirr zu spülen.

Der Feuerball ist mein neuer Massen-Monsterkiller und ähnelt dem alten Zauber aus Dungeons & Dragons – eine kleine Flammenkugel, die nach vorn schießt und eine flächendeckende Welle von Hitze und Flammen ausstrahlt. Polarzone senkt die Temperatur im Zielbereich und verlangsamt Monster. Die Größe der betroffenen Zone und die Temperatursenkung hängen vom Mana und dem von mir gewählten Wert ab: je größer der Bereich, desto geringer die Reduktion. Dabei ist der Mindestbereich, den ich belegen kann, etwa drei Meter breit. Es ist ein ziemlich guter Gruppenkontrollzauber, der auch ein wenig Schaden anrichtet. Aber in erster Linie bringe ich ihn gegen Waldbrände zum Einsatz. Denn es ist eine wirklich, wirklich blöde Idee, in einem ausgedörrten Wald mit Feuerbällen um sich zu werfen. Deshalb bevorzuge ich immer noch den Blitzschlag.

Allerdings zögere ich noch, weitere direkte Schutzzauber und Skills zu kaufen, da ich auf Level 30 Seelenschild erwerben kann – meine Klassen-Schildfertigkeit. Ich gelangte bald einmal zur Erkenntnis, dass man ständig zwischen dem Erwerb passiver Skills, die zwar mächtig sind, aber die Regenerationsrate reduzieren sowie aktiven Skills und Zaubersprüchen abwägen muss, deren Einsatz Mana erfordert. Deshalb tragen in dieser Welt Magier Rüstungen – schließlich kostet der Erwerb einer Rüstung aus Nanogewebe, die einen ‚normalen' Schwerthieb aufhält, lediglich Credits.

Rein theoretisch könnte ich die Credits natürlich auch für einen aktiven Schutzzauber oder Skill ausgeben. Der Nachteil dabei ist, dass ich den entsprechenden Zauber oder Skill später vielleicht ohnehin erhalte. Dann hätte ich Credits verschwendet, die ich in die Verbesserung meiner Ausrüstung investieren sollte. Inzwischen ist mir auch klar, dass es recht bizarr ist, sowohl das Systeminventar als auch den Veränderten Raum zu besitzen.

Dank des Veränderten Raums kann ich ganze Wissensbereiche ignorieren, welche die meisten Profi-Abenteurer – wie die Yerick – erlernen müssen. Denn für viele Abenteurer ist es extrem wichtig, die Grundlagen der Monsterkunde und Anatomie zu beherrschen. Dazu kommen noch Grundfertigkeiten im Kürschnern und Ernten. Die meisten Monsterleichen haben nur einige wenige Bestandteile, die für Alchemisten und Rüstungsschmiede interessant sind. Kennt man diese, stellen sie eine wichtige sekundäre Einkommensquelle dar und können den Tagesverdienst um zehn bis fünfzehn Prozent erhöhen. Wenn man mithilfe einer Fertigkeit Teile eines toten Monsters entfernt, kann man diese ins Inventar stecken. Deshalb investiert die Mehrheit der Abenteurer Zeit oder Geld ins Erlernen dieser Fertigkeiten. Ich hingegen ignoriere das Problem und werfe die kompletten Leichen in meinen Veränderten Raum, so dass der Schlachthof sich später darum kümmert.

Darüber hinaus besitze ich eine sekundäre und deutlich größere Lageroption und muss nicht auf meinen Inventarplatz achten. Als ich mit den Yerick unterwegs war, stellte ich fest, dass viele von ihnen Unmengen an Zusatzausrüstung auf ein ‚typisches' Abenteuer mitnehmen. Dazu gehören zusätzliche Kleidung, eine Reserverüstung, Waffen und Tränke sowie banalere Dinge wie Seile, Campingausrüstung, Nahrung, Wasser und Lampen. Dann gibt es das Sonderspielzeug – gerichtete Sprengsätze, Minen, tragbare Schildbarrieren und Aufklärungsdrohnen, um nur einige zu erwähnen.

All das braucht eine Menge Platz, macht aber die Dungeontouren und Kämpfe sicherer. Natürlich bleibt weniger Stauraum für Beute, je mehr Gegenstände man sonst noch im Inventar herumschleppt. Da ich keine Platzprobleme habe, habe ich zusätzliche Credits in die Erweiterung meiner „normalen" Ausrüstung investiert, um in Zukunft zusätzliche Optionen zu haben. Möglicherweise werde ich nie ein Dutzend Claymores und ein halbes Dutzend Springminen oder über fünfzig Granaten verschiedener Art benötigen. Sollte es aber doch dazu kommen, habe ich wenigstens die Option dazu.

Während der vergangenen Wochen war ich mehrmals versucht, weitere Punkte in meine Mana-Erfüllung zu investieren und die Schadenswirkung meines Schwerts zu verbessern. Der Fernkampf ist zwar ganz nett, aber dank Dungeons mit einer Sichtweite von maximal fünf Metern und Monstern, die erst nach mehreren Schüssen erledigt sind, befinde ich mich recht häufig im Nahkampf. Im Vergleich zu den Yerick schlage ich einfach nicht hart genug zu. Andererseits leidet meine Mana-Regeneration bereits unter meinen zahlreichen passiven Skills und ich bin wirklich neugierig, wie Tausend Klingen sich im Kampf bewähren wird. Könnte ich nämlich ein Dutzend Schläge austeilen statt nur einen, würde dies einen leichten Anstieg beim erlittenen Schaden eindeutig ausgleichen.

Meine Gedanken bezüglich meiner Charakterkonfiguration – der verdammte Jason hat mich dazu gebracht, sie so zu betrachten – werden unterbrochen, als sich Lana auf einen Stuhl neben mir fallen lässt und sich einen Hähnchenflügel schnappt.

„Hey, Süße“, begrüßt Ali sie. „Du siehst erschöpft aus.“

„Das bin ich auch.“ Lana wirft ihm ein Lächeln zu, das ihre Erschöpfung kurzzeitig verschwinden lässt. „John.“

„Lana. Alles in Ordnung?“ Ich blicke mich erneut um und stelle fest, dass nur einige Tische belegt sind.

„Es war nur ein langer Tag.“ Lana schüttelt den Kopf und zwischen ihren Augenbrauen erscheinen wiederum Sorgenfältchen. „Es ist echt mühsam, jemanden zu finden, nachdem der letzte Manager gekündigt hat.“

„Ah!“ Ich nicke langsam. Das erklärt, warum sie in der vergangenen Woche abends nicht im Haus und stattdessen dauernd hier war. „Ziemlich ruhig heute. Läuft da was, das ich nicht mitbekommen habe?“

„Jede Menge!“, witzelt Ali, aber wir ignorieren ihn beide.

„Die Cellar-Bar wurde heute wieder eröffnet. Sie bieten niedrigere Preise und lassen nur Menschen rein“, sagt Lana müde und lässt den Blick über das Nugget schweifen. „Was sich viele meiner Stammgäste ansehen wollten.“

„Wer hat die Bar gekauft?“, sage ich.

„Bill.“ Lanas Stimme wird etwas lauter, als sie den Namen ausspricht. „Er hat gleichzeitig auch das benachbarte Motel gekauft und dort dieselben

Regeln eingeführt. Ich habe gehört, dass sie auch am Restaurant im Motel arbeiten."

„Aha." Ich frage mich, ob die geringere Anzahl von Gästen das geschäftliche Überleben in Frage stellt. Ich runzle die Stirn und versuche, mich an Lanas Worte bezüglich des Geschäfts zu erinnern. Aber bald wird mir klar, dass ich zu wenig weiß, um eine Prognose zu erstellen. „Und ich nehme an, dass du deswegen so gestresst bist, oder?"

„Mmm ... eigentlich nicht. Er kauft immer noch einen Großteil seines Alkohols von der Brauerei, also profitieren wir so oder so. Und vielleicht schauen dadurch die Neuankömmlinge häufiger vorbei", fügt Lana hinzu.

Ich nicke. Die Yerick, meist unter Führung von Capstan, sind in den letzten Wochen öfter ins Nugget gekommen. Die Truinnar hingegen bleiben immer noch unter sich und wohnen, schlafen und feiern in ihren Quartieren in Roxleys Gebäude. Vir ist so ziemlich der einzige Truinnar, den wir ihm Nugget sehen, und mit seiner obsidianfarbenen Haut und den weißen Haaren zieht er immer eine Menge Blicke auf sich.

Lana betrachtet die Teller vor mir und fragt: „Geht es dir gut?"

„Hmm?", antworte ich und kaue auf einem Mundvoll Wontons herum.

„Ich sehe vier Teller. Das ist nur die Hälfte deiner üblichen Portion." Lana deutet auf den Tisch.

Ich betrachte mein Essen und zucke mit den Achseln. „Naja. Komische Geschichte."

„Ich würde gern mal wieder lachen", antwortet Lana.

„Der Junge hier kriegt schlechte Laune, wenn er hungrig ist. Nachdem die Yerick ihn alle paar Stunden gefüttert haben, war er nicht mehr so gehässig", sagt Ali, bevor ich zu Wort komme.

Ich knurre den Geist an, aber der wirft mir nur ein breites Grinsen zu.

„Oh", sagt Lana. Ihre Augen funkeln, während sie ein Lachen unterdrückt.

Ja, ja ... vielleicht habe ich hin und wieder solche Probleme mit der Kontrolle meiner Wutanfälle, weil mein Blutzuckerspiegel zu niedrig ist. Echt lustig.

„Hey, Schwesterherz." Richard beugt sich vor und gibt Lana ein Küsschen auf den Kopf.

Sie starrt ihn an und schlägt halbherzig nach ihm, während er nur lacht und sich hinsetzt. Auch Richards neuestes Mädchen lässt ein kurzes Lächeln aufblitzen und plumpst auf einen Stuhl. Beide haben das eigenartige, zu saubere Aussehen von Personen, die soeben von einem Säuberungszauber getroffen wurden. Wie erwähnt handelt es sich dabei um einen nützlichen Zauber, der aber die Kleidung ziemlich strapaziert. Dadurch entsteht dieser eigenartige Gegensatz, bei dem die Kleidung eigentlich frisch gewaschen aussieht, aber Abnutzungsspuren besonders deutlich hervortreten.

„Dick. Patti", sagt Ali, und ich nicke den beiden Neuankömmlingen zur Begrüßung zu.

„Die Cellar-Bar ist knallvoll. In der Nähe habe ich zwei von Amelias Leuten gesehen, die die Menge im Auge behalten haben. Gerüchteweise wird die Bar immer geöffnet sein", sagt Richard ohne jegliche Einleitung, winkt die Kellnerin herbei und hebt zwei Finger.

„Wie hat Fred darauf reagiert?", fragt Lana.

„Bei der heutigen Sitzung hat er einen ziemlichen Lärm gemacht. Was Bill bisher selbstverständlich ignoriert. Fred sagte sogar, er würde Roxley darüber informieren." Richard schüttelte den Kopf.

Fred musste mit seinem Latein ganz schön am Ende sein, wenn er Roxley um Hilfe bittet – oder den außerirdischen Eindringling, wie Fred ihn oft nennt.

„Warum ist es ein Problem, dass die Cellar-Bar rund um die Uhr geöffnet ist?“, fragt Patti stirnrunzelnd.

Ich lächle Richards neueste Eroberung an, die bisher drei Tage durchgehalten hat. Was eigentlich überrascht. Wenn man dann aber sieht, wie Richard die Kellnerin anstarrt, die sich nach vorn beugt, um seine Bestellung zu servieren, dürften Pattis Tage gezählt sein. Ist eine Frau dieser Stadt heutzutage immer noch ahnungslos bezüglich Richards Frauengeschichten, ist sie entweder katatonisch oder praktisch autistisch.

„Weil Fred Bürgermeister Spielverderber ist und wieder alles um zehn Uhr abends schließen will“, sagt Richard.

„Eigentlich ist es etwas komplizierter“, korrigiert mich Lana und hebt einen Finger. „Wir hatten hier schon immer ein Problem mit dem Alkoholismus. Obwohl eine Menge aktiver Alkoholiker es nicht geschafft haben, sind viele derer, die auf Entzug waren, nun wieder rückfällig geworden. Die Sperrstunde für das Nugget sollte die Versuchung eindämmen und uns Zeit geben, um diese Leute wieder nüchtern zu machen.“

„Wäre es nicht besser für uns, wenn sie sich zu Tode saufen?“ sagt Patti, deren braune Augen glitzern.

„Eiskalt ...“, sagt Ali grinsend. „Du gefällst mir.“

Richard scheint von ihren Worten überrascht zu sein. Er öffnet den Mund, schließt ihn wieder und versucht es dann erneut. „Na ja, aber, sollten wir nicht versuchen, ihnen zu helfen?“

„Warum? Sie stellen nur eine Belastung unserer Ressourcen dar. Wir haben keinen ... keinen Platz für sie, wisst ihr.“

„Aber sie sind Menschen wie wir. Wir können sie nicht einfach wegwerfen“, protestiert Richard.

„Wir werfen sie nicht weg, wir geben ihnen eine Wahl", erklärt Patti. „Ich habe ihnen nicht die Flasche in die Hand gedrückt, sondern sie selbst. Wenn sie ihre Wahl treffen, wäre das für uns nicht besser?"

„Wenn sie uns aktuell nicht nützlich sind, sollten wir sie also einfach sterben lassen, wenn sie das wollen?", sagt Lana. Als Patti ihr zunickt, schnaubt sie hörbar. „Weißt du, das haben viele Leute gesagt. Sehr viele."

„Ja, siehst du? Dann sollten wir es tun", wiederholt Patti.

„Wenn alle so handeln würden, wären die meisten von uns tot", meint Lana. „John hat uns gerettet, als wir uns nicht gegen einen Troll verteidigen konnten. Roxley setzte seine Wachen zur Rettung der Stadt ein, als wir selbst nicht in der Lage waren, die erscheinenden Monster zu besiegen. Richard, Jim, John und die übrigen haben immer wieder Jäger begleitet, um sie beim Levelaufstieg zu unterstützen. Gelegentliche Fehler gehören zum Menschsein dazu. Wir alle brauchen hin und wieder Hilfe", sagt Lana, die mich aus ernsten lilafarbenen Augen anblickt.

„Aber wann ist es genug? Wann sagen wir, dass es reicht?", erwidert Patti und packt ihr Bierglas fester. „Wann können wir anderen wieder unser eigenes Leben führen und aufhören, Opfer für nutzlose Leute zu bringen? Da draußen verrecken wir. Wir gehen hinaus, wir töten Monster, wir bringen Lebensmittel zurück und dann sagt uns der Stadtrat, es wäre nicht genug. Das ist es nie. Und dann gehen wir wieder raus und wir krepieren, weil wir zu verdammt müde sind oder Ressourcen fehlen. Wann dürfen wir je aufhören?"

„Das wäre wohl die Frage, oder?", murmelt Lana, scheinbar unbeeindruckt von Pattis Wutausbruch. Andererseits hatte sie monatelang mit mir zu tun. Im Vergleich dazu ist eine kleine Wutrede ein Klacks. „Zu wem gehörst du?"

„Ich bin in Wigmores Gruppe. So bin ich Richard begegnet."

Lana nutzt diese Gelegenheit, um das Gespräch auf weniger kontroverse Bahnen zu lenken und bringt Patti dazu, über ihre erste Begegnung mit Richard zu reden. Ich höre überhaupt nicht zu, sondern konzentriere mich auf meine Mahlzeit. Allerdings sehe ich, wie Richard Patti leicht schockiert anstarrt.

Ein großer, stämmiger Mann stapft herein. „Pearson!"

Die beiden Rotschöpfe heben den Blick und der Mann deutet auf Richard. Hinter ihm folgt eine junge Frau, die versucht, den Mann zu beruhigen.

„Äh ..." Richard blickt mit einem verwirrten Ausdruck erst zur Frau, dann zum Mann.

„Du hast mit meiner Frau geschlafen!" Der Mann stapft heran und stößt einen Tisch beiseite, so dass dieser krachend zu Boden fällt.

Richard steht hastig auf und nimmt eine Kampfhaltung ein.

„Nein!", faucht Lana und aktiviert ihre Aura der Roten Königin. Alle erstarren, ergriffen von einem tiefen Schrecken, und Lana sagt: „Macht das draußen. Alle beide!"

Richard erblasst angesichts dieser Worte und wirft seiner Schwester einen flehenden Blick zu.

Sie raunzt ihn an: „Sofort!"

Richard setzt sich in Bewegung und bleibt außerhalb der Reichweite des Mannes. Als er auf halbem Weg zur Tür ist, deaktiviert Lana die Aura. Der Mann hat sich bereits umgedreht, und seine Füße folgen nur zu gerne dem Befehl „nichts wie weg von dieser unheimlichen Frau."

Als Richard die Tür erreicht, ruft seine Schwester ihm noch eine Anweisung zu. „Setz keine Tiere ein!"

„Du hilfst ihm nicht?“, sage ich zu Lana, während Ali bereits losflitzt, um das Spektakel zu genießen und Wetten auf den Gewinner entgegenzunehmen.

„Ich habe ihn gewarnt, dass so etwas passieren könnte. Er ist ein großer Junge. Die Schmerzen vergehen bald“, sagt Lana. „Idiot.“

„Fürchtest du nicht, dass er den betrogenen Ehemann verprügelt?“

Lana schüttelt den Kopf. „Er mag ein Idiot sein, aber er hat ein gutes Herz. Er wird seine Tracht Prügel akzeptieren.“

Ich lache leise, erinnere mich an Patti und wende ihr meine Aufmerksamkeit zu.

Sie macht ein schnaubendes Geräusch und zuckt mit den Achseln. „Das war vor meiner Zeit.“

„Klar“, sage ich mit skeptischer Stimme.

Sie gibt keine weitere Erklärung ab, und nach einer kurzen Weile gebe ich es auf. Schließlich geht es mich nichts an. Am Tisch herrscht ein peinliches Schweigen, nur unterbrochen durch Schreie und Jubelrufe von draußen, da die Prügelei eine Menschenmenge anzieht.

Dann kehrt Richard schließlich zurück. Er hat ein deutlich sichtbares blaues Auge und drückt eine Hand gegen seine Seite. „Sie sagte mir, er sei tot.“

Patti schüttelt nur den Kopf und blickt ihn an, wobei auf ihrem Gesicht die Spur eines Lächelns erscheint.

Lana andererseits stützt ihren Kopf auf eine Hand und fragt: „Wie hat er es herausgefunden?“

„Was das betrifft ...“ Richard schnäuzt sich, wobei auf seinem Taschentuch geronnenes Blut erscheint. „Herzlichen Glückwunsch? Du wirst eine Tante!“

„Warum hast du die Sache nicht in Ordnung gebracht?“ Lana schreit beinahe und er zuckt zusammen.

„Das hatte ich auch gedacht! Ich glaube, meine körperliche Vitalität war stärker als die Eingriffe des Systems. Ich nehme an, es war nicht gerade die klügste Idee, bei der Sterilisation die billigste Option zu wählen“, sagt Richard verlegen.

„Und was machst du jetzt?“ Lanas Stimme klingt ruhiger, aber auch kälter.

Patti presst ihre Lippen fest zusammen. Jede Spur ihres Lächelns ist verschwunden, während sie auf Richards Antwort wartet.

„Ich glaube nicht, dass ich bei ihnen gerade erwünscht bin, weißt du? Sie behält das Baby, aber, ja ...“

„Also lässt du sie, beziehungsweise die beiden einfach in Ruhe?“ fragt Patti mit eiskalter Stimme.

Richard wendet den Blick von seiner Schwester ab und wird noch blasser. „Nein. Ja. Sie wollen mich nicht, glaube ich. Ich ...“ Richard atmet ganz tief ein und zuckt zusammen. „Ich habe mich gerade verprügeln lassen, verdammt. Ich muss, weißt du, das alles erst mal verkraften. Es begreifen.“

Patti erdolcht ihn mit Blicken und steht dann auf. „Na schön. Aber wenn du es dann mal begriffen hast, brauchst du dich nicht mehr bei mir zu melden.“

Richard öffnet den Mund, um zu protestieren, klappt ihn dann aber wieder zu.

Ali, der nun endlich zurück ist, hört die letzten paar Sätze, bevor Patti hinausstürmt. „Die gefällt mir. Können wir sie behalten?“

Kapitel 12

„Aiden!“, schreie ich, als ich den Stachel packe, der sich meinem Gesicht nähert. Diesen nutze ich dann, um die graue, achtbeinige Mutation eines Skorpions seinen Monsterfreunden entgegenzuschleudern. Drei Augenpaare und ein Maul voller Reihen nadelscharfer Zähne, die den kompletten Torso ausfüllen, machen das Monster noch schrecklicher.

Mikito tritt einen Schritt zurück und die rotglühende Naginata durchtrennt die Klaue, die nach ihrem Kopf greift. Ihre Bewegung erlaubt einer weiteren Kreatur den Durchbruch. Aber das Monster wird durch Max aufgehalten, als der Husky sich nahe genug heranteleportiert, um ihm ein Bein abzureißen.

Aiden klatscht in die Hände und der Boden vor uns erhebt sich. Die Erde verwandelt sich in Schlamm, behindert die Monster, die ihn durchqueren möchten und verhärtet sich dann. Da der Eingang vor uns blockiert ist, konzentrieren wir uns ganz auf die verbleibenden Monster. Ich knurre und durchtrenne einen Stachel, der Bella gegen eine Wand drängt, bevor ich das Monster auf Distanz zum Hund kicke. Als das Monster sich aufrichtet, schleudere ich ihm meine Manapfeile ins Gesicht, gefolgt von einem Klingenhieb, der die Kreatur tötet. Gemeinsam erledigen Max, Shadow und Richard ein drittes, während Aiden ein Monster einfriert, damit Mikito es eliminieren kann.

***Frakin (Level** 58)*

HP: 980/980

Als ich zum letzten Frakin haste, gibt die improvisierte Mauer nach.

Ich brülle sofort einen Befehl. „Los! Ali, führ sie raus.“

Diesmal hört die Gruppe sogar auf mich und flieht zum Ausgang, während ich einem Klauenangriff ausweiche und eine weitere Salve von

Manapfeilen in die Monsterfratze schleudere. Als es sich aufbäumt, kanalisiere ich einen Klingenhieb, um seine Beine abzutrennen, wobei ich versehentlich einen Teil der Mauer beschädige. Einer der Frakin quetscht sich in eine Lücke, steckt fest und zwitschert aufgebracht. Da alle Monster auf dieser Seite tot oder verwundet sind, eile ich nun ebenfalls zum Ausgang. Bald darauf erreiche ich den Höhleneingang, wo ich zwei Springminen ablege. In kurzer Entfernung verknüpfe ich drei der modifizierten Claymores und füge dann den Laser-Stolperdraht hinzu. Ich wirble herum und sehe, wie der Rest der Mauer einstürzt und die Monster übereinander krabbeln, um uns zu erreichen. Ekelhafte Viecher. Ich nehme mir die Zeit, Polarzone zu wirken, wodurch ich sie verlangsame und meinen Freunden einen größeren Vorsprung verschaffe.

Nach Abschluss dieser Vorbereitungen renne ich durch den Korridor auf den Dungeoneingang zu. Bei den Göttern, ich hoffe nur, ich habe uns genügend Zeit verschafft.

***

Das habe ich nicht. Glücklicherweise hat Aiden sich die Zeit genommen, vor seiner Flucht den Dungeoneingang zu verengen. Dadurch wurde mein Sprint zwar unbequem, aber den verdammten Frakin fällt es noch schwerer, zu entkommen. Nun sammeln wir uns in einiger Entfernung erneut. Die Monster haben die Verfolgung aufgegeben, nachdem sie eine Weile lang den Eingang umkreisten.

„Alles in Ordnung mit Bella?“, frage ich.

Richard nickt grimmig und streichelt seinen Hund. Die Wunden scheinen sich größtenteils geschlossen zu haben, trotzdem untersucht er Bella sorgfältig.

„Wir wären beinahe abgekratzt!“, sagt Aiden mit einem Anflug von Panik in der Stimme.

Einen Moment lang habe ich Mitleid mit ihm. Er war erst zweimal mit mir in einem Dungeon, und zum zweiten Mal stoßen wir auf etwas, das uns haushoch überlegen ist.

„Immer mir der Ruhe“, sagt Mikito und legt eine Hand auf Aidens Arm.

Aiden beäugt die Hand, atmet tief durch und murmelt dann tatsächlich „Ommm“ im Versuch, sich zu fokussieren.

„Er hat recht“, fügt Richard hinzu und richtet sich langsam auf. „Diese Dinger waren verflucht hart.“

„Level 55 bis 60“, erkläre ich mit einem grimmigen Lächeln, als ich die verblüfften Blicke der Gruppe bemerke.

„Du kannst Level lesen?“, sagt Aiden und deutet auf mich.

„Ja.“ Ich warte kurz, bevor ich den Blick auf die anderen richte. „Den Dungeon schaffen wir nicht allein. Dafür brauchen wir zusätzliche Hilfe.“

„Können wir sie ausräuchern?“, fragt Mikito.

Ich denke darüber nach. Neulich haben wir eine Gruppe von Crilik-Gestaltwandlern in ihrem Schlupfwinkel praktisch vergiftet und durch Kohlendioxid und Sauerstoffmangel ersticken lassen.

„Keine Ahnung. Es wäre eine Überlegung wert.“ Ich räuspere mich erneut. „Und ... noch ein Dungeon?“

„Ähh ...“ Aiden wirkt besorgt.

„Ich kenne einen in der Nähe mit Level 20. Die Yerick und ich haben ihn vor einigen Wochen abgeschlossen. Der sollte für eine neue Gruppe bereit sein“, füge ich hinzu.

Die anderen nicken langsam. So gut die Boni für das Entdecken und Abschließen neuer Dungeons auch sind, um die Bestehenden müssen wir uns ebenfalls kümmern. Und eine simple Aufgabe würde Aidens Nerven mit Sicherheit beruhigen.

Nachdem alle zugestimmt haben, machen wir uns wieder auf den Weg und ich lasse diesen Ort von Ali markieren. So oder so werden wir hierher zurückkehren.

***

„Alles in Ordnung?", frage ich Aiden, der sich gegen einen Baum lehnt und langsam und gleichmäßig atmet.

Die anderen sitzen in einem lockeren Kreis und beobachten den Dungeoneingang. Nach dem Verlassen des Dungeons entspannen sie sich nun etwas. Ein Level-20-Dungeon war mit dieser Gruppe ein reines Kinderspiel, wir sind in einigen Stunden durchgeprescht. Das Einzige, was uns verlangsamte, waren die labyrinthartigen Korridore, deren Konfiguration sich seit meinem letzten Besuch verändert hat.

Aiden hebt den Blick und nimmt den Kopfhörer ab, als ich meine Frage wiederhole. Er klappt den Mund auf und blickt zur Seite, wo die Hunde zufrieden ihr Mittagessen und ihren letzten Gegner verzehren – eine nilpferdartige Kreatur, aber ohne dessen sonniges Gemüt – und sein Gesicht verfärbt sich wiederum leicht grün. Aiden schließt erneut die Augen und zwingt sich, regelmäßig zu atmen. „Ich schaffe das schon. Ich brauche nur einen Moment Ruhe."

„Bist du dir sicher?", frage ich besorgt. Eigentlich verstehe ich nicht, was mit ihm los ist. Aiden hat im Dungeon gute Arbeit geleistet, als wir angegriffen wurden. Aber jetzt, wo alles ruhiger wird, gerät er in Panik und sieht aus, als müsste er sich demnächst übergeben.

„Ja. Ich muss nur mein inneres Zentrum finden. Und aufhören, mir das da anzusehen.“ Er deutet auf die Stelle, wo die Hunde die Monsterleiche zerfetzen und Fleischbrocken abreißen, um sie dann hinunterzuschlingen. Immer, wenn Aiden das Knacken der Knochen und die feuchten Reißgeräusche von der Lichtung hört, zuckt er zusammen. Allerdings scheint nur er sich daran zu stören – vermutlich, weil wir anderen drei uns viel besser an derartige Szenen gewöhnt haben.

„Na gut.“ Ich denke kurz nach. „Darf ich dir eine persönliche Frage stellen?“

„Vielleicht. Hängt davon ab, wie persönlich sie ist“, sagt Aiden.

„Warum bist du eigentlich hier draußen? Du hast einen ziemlich guten Job in der Stadt – Unterricht und Training. Vielleicht verdienst du nicht so viel wie ein Jäger, aber ich glaube nicht, dass du arm bist.“

„Willst du mich nicht hier haben?“

Ich schüttle den Kopf. „Ich akzeptiere jeden kompetenten Helfer, den ich kriegen kann.“

„Ich muss im Level aufsteigen“, antwortet Aiden. „Ich, also, ich brauche die Levels. Der Levelaufstieg ist in dieser Welt der einzige Weg zu einem sicheren Leben. Ich brauche mehr Fertigkeiten, mehr Zaubersprüche, all das. Die Schwachen kommen in dieser Welt um.“

„Ja, für die Schwachen bleibt nur wenig Platz.“ Ich lasse den Blick über die Umgebung und die Monsterleiche schweifen, die in Stücke gerissen wird. „Und kommst du mit dem hier zurecht?“

„Ja. Das muss ich.“ Aiden richtet sich langsam auf und atmet ein letztes Mal tief durch. „Und was ist mit dir? Warum bist du dabei?“

Ich öffne den Mund, schließe ihn wieder und verziehe die Lippen zu einem schiefen Grinsen. „Na ja, ich bin nicht gerade der Hellste.“

***

Ich jogge durch die sommerliche Abenddämmerung zurück und atme die klare, reine Luft ein, die nach gefallenen Kiefernnadeln und den letzten Frühlingsblumen riecht. Ich genieße die frische Luft, erst recht, nachdem ich gerade erst der bizarren, vergifteten Atmosphäre des Landes hinter mir entkommen bin. Die Welt verändert sich, und unsere Umwelt ebenfalls. Die Bäume an jenem Ort waren mutiert und giftig. Sie gaben einen fast unentdeckbaren Giftstoff ab, der seine Schadenswirkung erst ab einer gewissen Toxizität entfaltet. Ohne meine Klassen-Widerstände und meine besonders hohe Regenerationsrate wäre ich dem Gebiet niemals entkommen. Ich habe den Ort auf der Karte markiert und werde ihn eines Tages erneut besuchen müssen, um festzustellen, wie groß die Gefahr durch diese Bäume ist.

Zumindest war die Jagd nach der Flucht aus dem Wald ziemlich gut. Ich entdeckte sogar einen vor relativ kurzer Zeit erschienen Boss. Ich musste nur ein halbes Dutzend seiner Diener erledigen, bevor ich die Gelegenheit erhielt, ihm die abartigen, wulstigen Beine abzuhacken und das Herz herauszuschneiden. Ich weiß, das klingt brutal. Aber ich hatte keine Ahnung, wo genau in der seltsamen, knubbligen Kugel seines Körpers sich der Kopf befand. Einzelne Stücke abzuhacken schien nicht auszureichen, um ihn zu töten, also musste es das Herz sein. Manchmal ist brachiale Gewalt eben die einzige Antwort.

Da ich von der falschen Flussseite her komme, tauche ich ins Wasser und schwimme hinüber. Ich bin nicht gerne im Wasser, aber da ich mit drei Schwimmzügen das andere Ufer erreiche, ist das viel besser, als zur nächsten Brücke zu laufen. Vielleicht werde ich solche Entfernungen eines Tages mit einem einzigen Sprung hinter mich bringen.

Während ich durch die Industriegebiete dieses Stadtteils jogge, fällt mir auf, dass die Gebäude allmählich zerfallen. Holz verfault, Pflanzen sprießen aus Rissen und Dächer senken sich unter der Wucht des ungezähmten Manas herab. Werden diese Bauwerke nicht ins System integriert, durften sie schließlich aus den Fugen geraten – es sei denn, sie werden in etwas anderes verwandelt.

Die erste Zwischenstation ist heute der Schlachthof, danach der Shop. Als ich Whitehorse erreiche, bin ich trotz meines langsamen Lauftempos schon fast wieder trocken. Ich mag diese Hightech-Overalls, selbst wenn ich den hier schon bald durch einen neuen ersetzen muss. Irgendwie hatte ein Wildschwein dort draußen seine Größe verdoppelt und wirklich gefährliche Hauer entwickelt. Ich hörte es nicht einmal, bis es mich fast erreicht hatte, was überraschend war. Auf jeden Fall absorbierte die Körperpanzerung den Großteil des Schadens, muss aber nun repariert werden.

Es ist nicht ungewöhnlich, beim Schlachthof eine Menschenmenge zu sehen. Aber eine Ansammlung dieser Größe ist nicht normal, daher verlangsame ich meine Schritte und sehe mich nach einem potenziellen Problem um. Ich entdecke es in der abgehärmten Gestalt von Rachel und einem anderen Mitglied der Wolfsbrüder. Jim steht daneben und spricht mit leiser Stimme, während die Menge das Trio umwogt.

„*... nicht deine Schuld ...*“

Es fällt mir schwer, Jims Lippen aus dieser Entfernung zu lesen, weil die Menge sich andauernd verschiebt. Daher gebe ich den Versuch auf und dränge mich durch die Menge. Ich kneife die Augen leicht zusammen, als mir klar wird, dass es sich um eine Mischung aus Zivilisten und Jägern der First Nations handelt.

„Ihr solltet euch ausruhen“, sagt Jim und legt die Hände auf die Schultern des Paars.

Rachel schreckt vor der Berührung zurück. Das Gesicht des Teenagers der First Nations ist tränenfeucht, aber trotzig.

„Nein. Wir müssen zurückgehen und ihnen helfen!", ruft Rachel, blickt sich verzweifelt nach Hilfe um und konzentriert sich auf mich. „John! Bitte. Du musst mir helfen. Bitte!"

„Äh ..." Ich zögere, und die Menge teilt sich vor mir. Ich mache einige Schritte vorwärts und betrachte Rachel und Jim, während der andere Teenager weiter zittert.

„Bitte!" Rachel eilt zur mir und packt meine Hand. Ich lasse es zu und starre ihr ins Gesicht, während die Worte aus ihr heraussprudeln: „Ich konnte nicht, ... sie haben mir gesagt, ich soll fliehen. Aber sie sitzen fest und wir müssen sie retten. Bitte."

Ich reiße die Augen auf und richte den Blick dann auf Jim, der flüchtig den Kopf schüttelt. Nach einem tiefen Atemzug betrachte ich das verstörte Mädchen und nicke langsam. „Okay, ich gehe. Ali, Kartenprojektion."

Als die Karte erscheint, teilt Ali sie mit Rachel, die sich auf die Lippe beißt und darauf starrt. Sie starrt derart lange darauf, dass ich mich schließlich laut räuspern muss.

„Ich weiß nicht. Ich ... ich zeige es dir einfach", ruft Rachel.

„Nein. Du gehst nicht, Rachel", sagt Jim mit einem Tonfall, der keinen Widerspruch duldet.

Er starrt mich zornig an, aber ich ignoriere ihn und konzentriere mich auf den anderen Jugendlichen, der nun ebenfalls die Karte studiert. „Junge, weißt du, wo ihr wart?"

„Ich ... vielleicht." Er hebt eine Hand, senkt sie dann aber wieder.

„Wenn du es mir sagst, gehe ich. Allein", sage ich und locke ihn mit der Vorstellung, sich ausruhen zu können.

Er berührt die Karte und ich sehe, wie ein kleiner blinkender Punkt erscheint. Ich nicke ihm dankbar zu.

Rachel packt meinen Arm erneut. „Ich komme mit." Ihre gehauchte Stimme hat einen verzweifelten Klang, und sie bohrt ihre Finger in meinen Arm.

„Nein." Als sie den Mund öffnet und zu einem Protest ansetzt, unterbreche ich sie. „Du würdest mich nur Zeit kosten."

Sie schließt den Mund im Bewusstsein, dass ich schneller bin als sie. Da sie ihr Ziel erreicht hat, sackt sie in sich zusammen. Tränen füllen ihre Augen und strömen ihr über das Gesicht. „Rette sie bitte."

„Ich werde mir den Ort ansehen." Ich spreche leise und achte darauf, keine Versprechen abzugeben.

Eine andere Frau kommt, packt Rachels Arm und zieht daran. Die erschöpfte junge Frau gibt nach und lässt sich wegführen.

Jim blickt mich aus dunklen Augen an. „Ich komme mit. Oder glaubst du, ich würde dich auch verlangsamen?"

„Hast du einen Truck?", flüstere ich, um sicherzustellen, dass Rachel mich nicht hört.

Er nickt und ich gebe ihm das Signal, sich auf den Weg zu machen. Jims faltiges Gesicht wirkt angespannt, als er sich umdreht und mich zu einem roten Pickup in der Nähe führt. Zwei Jäger lösen sich aus der Menge und begleiten uns. Als er die Hand auf den Türgriff legt, wird er von einem Kleinkind aufgehalten, das sich an sein Bein klammert.

Er beugt sich nach unten und streichelt den Kopf des Kindes. „Ich schaffe das schon, Aya. Ich schaffe das schon. Aber jetzt muss ich gehen."

Das kleine Mädchen hält sich an seinem Bein fest und muss schließlich von einem gestresst wirkenden Jugendlichen hochgehoben und weggetragen werden.

Ich schweige, bis wir die Stadttore hinter uns gelassen haben. Dabei folge ich der Karte, die ich Jim übermittelt habe. „Deine Enkelin?"

„Ja", antwortet Jim schroff. Ich nicke. Er gibt Gas und nimmt die Kurven etwas schneller, als mir lieb ist. Nach einer Weile spricht er aus, was uns beiden klar ist. „Sie sind tot, weißt du."

„Ich weiß. Hast du Details dazu?"

Jim schweigt und geht alles in Gedanken durch. „Nicht viel. Sie haben das Gebiet durchstreift und nach Bossmonstern gesucht. Anscheinend haben sie eines gefunden."

„Levels? Typ? Stärke?", frage ich, aber Jim schüttelt den Kopf.

Super.

„*Ali, was ist deine aktuelle Reichweite*?", frage ich meinen Geist und sehe, wie wir uns ganz, ganz langsam dem Punkt auf der Karte nähern.

„*Bei dieser Manadichte decke ich einen Umkreis von etwa fünf Kilometer ab. Soll ich mich sobald möglich mal umschauen?*", fragt Ali.

Ich nicke nur. Es ist besser als nichts, und während seiner Abwesenheit dürfte die Fertigkeit Größere Entdeckung für eine ausreichende Sicherheit sorgen.

„*Wird gemacht, Junge*", meint Ali.

Ich schließe kurz meine Augen. Die Wolfsbrüder waren zu sechst, bevor Rachel sich ihnen anschloss. Einer ist mit ihr zurückgekehrt, also haben wir fünf verloren. Und die waren einige der vielversprechendsten jungen Jäger, die unser Trainingsprogramm absolvierten.

***

Ich beiße mir auf die Lippe und unterdrücke einen Fluch, als wir den Wald durchqueren und dann vorsichtig auf den Berg wandern. Jim und seine Jäger sind so verdammt langsam. Inzwischen hätte ich die Markierung erreichen können! Ich unterdrücke meinen Zorn im Wissen, dass er sich nicht lohnt. Die Fahrt hierher war fast eineinhalb Stunden lang, und Rachel hätte für ihren Rückweg genauso lange gebraucht, wenn nicht sogar länger. Was dort passiert ist, ist schon lange vorbei. Eine übereilte Aktion würde nur zu vier weiteren Leichen führen.

Dennoch spüre ich Ungeduld. Ich habe sowohl meine Drohne als auch Ali losgeschickt, um hoffentlich zusätzliche Informationen zu erhalten. Leider wurde die Drohne eine Stunde nach ihrem Start zertrümmert. Ein massiver Käfer sprang von einem Baumwipfel auf sie und riss Flügel und Rumpfteile ab, bevor er versuchte, meinen teuren Elektroschrott zu verzehren. Da Ali sich nur eine bestimmte Distanz von mir entfernen kann, bleibt mir nichts anderes übrig als abzuwarten, während wir den Rest des Wegs zurücklegen.

Ich beiße die Zähne zusammen. Um sicherzustellen, dass ich nicht auf jemanden losgehe und denjenigen umbringe, hole ich einen Schokoriegel aus meinem Inventar und knabbere daran. Der Geschmack, die Kaubewegung, der Zuckerrausch – all das hilft mir etwas. Jim wirft mir einen kurzen Blick zu und presst die Lippen zusammen. Aber er schweigt, während die Gruppe sich vorwärts schleicht. Ich frage mich, ob er sich mehr darüber ärgert, dass meine Schleichfähigkeit die seiner Gruppe übertrifft oder darüber, dass ich etwas esse. Einer der Vorteile meines Täuschungs-Bonus besteht darin, dass ich diese Tarnfähigkeiten gut beherrsche.

„*Okay, mein Junge, du musst jetzt ruhig bleiben, wenn ich es dir sage*“ meint Ali, sobald er wieder in Reichweite ist.

Während unserer telepathischen Unterhaltung sehe ich, dass er so schnell zurückfliegt, wie sein kleiner Körper verkraften kann. „*Was ist?*“ Ich spüre, wie meine unterdrückte Wut wieder in mir aufsteigt und muss langsam und tief atmen, um wieder die Beherrschung zu gewinnen. „*Sag's mir doch. Bitte.*"

„*Ich habe ihre Leichen gefunden. Sie sind alle tot, und die Monster ... na ja, tun das, was Monster eben tun.*"

„Sie fressen die Leichen", sage ich laut, wodurch ich Jim mitteile, was Ali mir gesagt hat.

„*Ja*", signalisiert Ali. Seine telepathische Stimme klingt betroffen.

Ich erstarre, sage kein Wort und bewege mich nicht, während ich diese Informationen verarbeite. Ich darf mich nicht bewegen. Denn wenn ich auch nur eine Sekunde lang die Beherrschung verliere, würde ich die Monster vermutlich angreifen. Vor meinem geistigen Auge sehe ich erneut Haines Junction, die Leichen der Einwohner und die Kinder, die zerrissen, gekocht und aufgefressen wurden. Knochen und Leichen, so viele davon. Mein Körper bebt vor unterdrückter Wut.

Ein.

Aus.

Ein.

Aus.

Langsam, ganz langsam bringe ich meinen Wutausbruch wieder unter Kontrolle. Ich unterdrücke ihn mithilfe einer strengen Selbstbeherrschung. Es hat Jahre gedauert zu akzeptieren, dass ich nur mich selbst unter Kontrolle halten kann. Was ist, das ist. Es ist mir unmöglich, sie wieder zum Leben zu erwecken. Ich kann sie nicht retten. Sie sind bereits tot.

Meine einzige Option besteht darin, ihre Mörder zu töten und aus den Leichen einen Scheiterhaufen zu bilden.

„Sprich mit mir, Ali. Sag mir, was mich erwartet."

***

Es sind noch vier Xu'dwg'hkkk-Biester übrig, einschließlich des Alpha-Monsters. Die Wolfsbruder haben drei der Xuds als Leichen zurückgelassen. Leider besitzt jedes dieser Monster einen Level in den hohen 40ern oder niedrigen 50ern, der Alpha sogar in der Mitte der 50er. Die Yerick oder mein altes Team hätten es mit allen Vieren aufgenommen. Bei Jim und seinen Freunden kann ich mich nicht darauf verlassen, dass wir einen direkten Kampf für uns entscheiden.

Die Xuds sind jeweils knapp zehn Meter lang und von blauen Schuppen bedeckt. Sie besitzen einen extrem langen Hals, einen Stummelschwanz und ein Horn am oberen Kopfende. Die Schuppen absorbieren Energiestrahlen und leiten die empfangene elektrische Energie zu den Hörnern um, so dass diese Monster gegen Energiewaffen beinahe immun sind. Für Jim stellt dies kein Problem dar, da sein Team noch Projektilwaffen benutzt. Da ich aber ein Strahlengewehr habe, muss ich entweder Magie einsetzen oder in den Nahkampf gehen. Und diesmal werden mir keine Hunde zu Hilfe kommen.

Als Ali erklärt hat, was uns erwartet und Jim uns verrät, was die Xuds sind, machen er und seine Freunde einen etwas nervösen Eindruck.

„Schaffen wir das?“, fragt Jim.

„Nicht direkt“, antworte ich und denke angestrengt nach. Ich rufe die Landkarte auf und suche nach einer Antwort, entdecke jedoch keine passenden Schluchten, Höhlen oder andere Terrainmerkmale, die uns helfen würden. „Ali?“

„Nichts. Die übliche Mischung von Stachel-Ulmen, Klebekiefern und einigen neuen Klingennatternblätter, aber nichts, das die Xuds töten würde“, antwortet Ali, der genau weiß, wonach ich suche.

Jim setzt eine grimmige Miene auf, bevor er den Blick auf seine Freunde richtet. Schließlich schüttelt er den Kopf und sie entspannen sich.

„Ihr solltet jetzt losgehen“, sage ich.

„Du kommst nicht mit?“

„Nein. Ich muss jemandem eine Lektion erteilen.“

„John, das ist doch nicht dein Ernst“, sagt Jim schroff. „Das ist reiner Selbstmord.“

„Vielleicht. Keine Sorge. Du bist nicht für mich verantwortlich, und solche Sachen mache ich eben“, sage ich und verziehe den Mund zu einem Lächeln. Oh ja, solche Sachen mache ich.

Jim zögert unentschlossen, bevor er schließlich den Kopf schüttelt. „Nein. Ich bleibe hier.“

„Von wegen. Kommt nicht in Frage. Du hast eine Enkelin und andere, die auf dich warten. Geh nach Hause. Kümmere dich um sie. Triff die richtige Entscheidung. Die intelligente Entscheidung.“

Jims Miene nimmt einen störrischen Ausdruck an, bis sein Freund eine Hand auf seinen Arm legt und ihm etwas zuflüstert. Da ich kein Southern Tutchone spreche, habe ich keine Ahnung, was gesagt wurde. Aber es genügt und Jim gibt nach.

„Aber du darfst nicht sterben“, sagt er.

„Das plane ich auch nicht.“ Ich deute auf sein Gewehr. „Aber das da möchte ich mir ausleihen. Und die Munition, die du mitgebracht hast.“

Ali schweigt einige Minuten lang, nachdem Jim und seine Gruppe verschwunden sind. Dann legt er los. *„Bei allen kotzenden Goblins, warum müssen wir immer wieder so etwas machen? Und was für eine Schnapsidee hast du dir diesmal ausgedacht? Willst du einen Drachen rufen, der sie auffrisst? Oder vielleicht einen Troll?“*

„*Nein. Ich mache es selbst.*“ Gedankenverloren hebe ich die Waffe, die mir Jim geliehen hat. Eine nette kleine Feuerwaffe, mit starkem Manamotor, panzerbrechenden Projektilen sowie einem guten Zielfernrohr.

„*Oooh, willst du sie totstechen? Oder mit deiner Erbsenpistole erschießen?*“

„*Nein.*“ Ich muss lächeln. „*Immer mit der Ruhe. Ich habe einen Plan.*“

„Der Spruch geht mir so langsam auf den Keks“, sagt Ali laut und ich grinse den kleinen Geist an.

***

Es ist kein schlauer Plan. Es ist nicht einmal besonders kreativ. Er erfordert Stunden der Vorbereitung, stundenlange Schwerstarbeit und Ali teilt mir immer wieder mit, wie sinnlos all diese Aktivitäten sind. Schließlich drohe ich ihm mit der Verbannung, damit er endlich die Klappe hält. Dann bin ich bereit.

Ich schleiche mich an die Monster heran und komme ihnen nahe genug, um sie aus der Ferne zu beobachten.

Xu'dwg'hkkk-Biest (Level 48)
HP: 2880/2880

Xu'dwg'hkkk-Biest – Alpha (Level 55)
HP: 3780/3780

Nah genug, um sie zu sehen. Zielen und feuern, und zwar auf die Augen, um sie hoffentlich zu blenden. Letztlich besteht der Plan darin, ihre Aufmerksamkeit zu erregen, so dass sie mich jagen. Rennen, abdrehen und feuern, wenn die Monster sich langweilen. Den Stromschlägen ausweichen und nach einem Treffer dankbar für diese blöden Blitzhörnchen sein, die meinen Widerstand erhöht haben.

Rennen, ducken, ausweichen und kämpfen – immer in Richtung des Ziels. Glücklicherweise ist dieses nicht weit entfernt, zudem hat das System zahlreiche Monster mit blinder Aggression ausgestattet. Dann erreiche ich die gewünschte Stelle, und mein Vorsprung beträgt noch hundert Meter. Kinderleicht.

Ich befinde mich auf einer steilen Klippe, etwa fünf Meter oberhalb einer kleinen Waldlichtung. Die Klippe ist nicht hoch genug, als dass ein Sturz die Monster unter normalen Umständen verletzen würde, aber für meine Zwecke reicht sie aus. Ich springe von der Klippe, pralle am Boden auf, drehe mich um, rufe gleichzeitig mein Schwert herbei und aktiviere einen Klingenhieb. Die Xuds folgen mir und bereiten sich auf den Sprung vor, während der Alpha einen weiteren Schuss lädt.

Aber ich ziele nicht auf sie, sondern auf die Felswand. Genauer gesagt auf die verbleibenden Säulen aus Stein und Erde, welche die Klippe noch abstützen. Ich treffe eine nach der anderen mit meinen Klingenhieben, als die Kreaturen gerade zum Sprung ansetzen. Ihr Gewicht und die geschwächten Strukturen lösen einen kleinen Erdrutsch aus.

Und dann entdecken sie meine zweite Überraschung unterhalb der Lichtung. Ich hatte mir überlegt, dort eine offene Grube zu platzieren, war mir jedoch nicht ganz sicher, ob die Strategie mit dem Erdrutsch hinhauen würde. Wenn nicht, würden sie wenigstens noch springen, solange die Grube abgedeckt war. Aber nun stürzen, die Überreste der Klippe und die leichte Abdeckung, die ich über die Grube gelegt habe, allesamt in das von mir gegrabene tiefe, tiefe Loch.

Ich hasse körperliche Arbeit. Wirklich. Ich musste einen Baum fällen und zu einer improvisierten Schaufel verarbeiten, so dass ich in den Boden und die Klippe graben und die Erdklumpen dann in meinen Veränderten Raum stecken konnte. Nachdem dieser voll war, musste ich den Abraum weit entfernt auskippen und das ganze Verfahren wiederholen. Die gute Nachricht ist, dass meine veränderten Attribute eine derartige Schwerstarbeit zwar lästig, aber nicht unmöglich machen. Die schlechte Nachricht ist, dass ich selbst mit meiner unerschöpflichen Ausdauer einen weiteren Punkt in meinen Veränderten Raum investieren musste, um es vor dem Ende des Tages zu schaffen. Dadurch erhielt ich einen deutlich erweiterten dimensionalen Raum und gab Ali mehr Kontrolle darüber. Es hat die Arbeit erleichtert. Vor allem angesichts der Tatsache, dass ich eine Grube ausheben musste, die groß genug für vier zehn Meter lange Monster war.

Nachdem der Erdrutsch endlich zum Erliegen kommt, bringt mich der Staub in der Luft zum Husten. Als ich nach unten blicke, bewegen die Xuds sich noch und versuchen, ins Freie zu klettern. Ich beschließe, dem ein Ende zu setzen.

„Ali?"

Der Geist fliegt hoch in die Luft und konzentriert sich. Dann öffnet er neben sich meinen Veränderten Raum und lässt dessen Inhalt nach unten fallen. Steine und Baumstücke hageln herab und prallen auf die Monster. Nachdem der Raum entleert wurde, fliegt Ali davon, um noch mehr Material zu sammeln, während ich zwecks Ablenkung der Monster meinen Zauber Feuerball wirke.

Wir begraben die Xuds bei lebendigem Leibe unter Tonnen von Erde und Steinen, so dass sie keinen Halt finden, um herauszuklettern. Als wir schließlich die letzte Todesnachricht erhalten, ist nur noch eine kleine Vertiefung zu sehen, gefüllt mit umgegrabener Erde und Felsbrocken. Ich sende Ali eine telepathische Meldung und gehe dann zurück, um die sterblichen Überreste der Wolfsbrüder einzusammeln.

Das war kein Kampf. Es war eine Hinrichtung. Ich wünschte, jetzt sagen zu können, dass ich mich glücklicher und weniger wütend fühle. Aber ich spüre lediglich ätzende, schäumende Wogen der Wut in meinem Bauch. Ich wünschte mir fast, die Monster in einem direkten Kampf besiegt zu haben – dann würde ich mich ein weniger besser fühlen.

Kapitel 13

Ich kehre erst am mittleren Nachmittag des folgenden Tages zurück. Die Wachen auf den Mauern nicken mir zu, wobei eine etwas überrascht wirkt. Nachdem ich die Hälfte des Wegs zur Innenstadt zurückgelegt habe, treffe ich einen Jäger, der mich den Rest der Strecke mitfahren lässt und mich am neu eröffneten Kwanlin Dun Cultural Center absetzt. Ich übergebe die Leichen den Angehörigen, bevor ich zum Stadtzentrum und zum Shop gehe.

Bei den Göttern, bin ich vielleicht müde! Ich habe keine Lust, über Preise zu feilschen, daher entsende ich meinen Begleitergeist, der nie zu ermüden scheint. Ich lasse mich in einen Sessel fallen und schließe die Augen halb. Aber bald langweile ich mich. Ich hole eines meiner Bücher heraus, da ich meine „leichte“ Lektüre gerne fortsetzen möchte. Andere fänden einen Schaufensterbummel im Shop interessant, aber das war nie so meine Sache. Ich betrachte es als Zeitverschwendung, verlockende Dinge anzustarren, die ich mir nicht leisten kann. Abenteuer-Ausrüstung einkaufen, die Credits für die Reparatur von Sabre und die Skills, die ich in Zukunft brauchen könnte, all das haben Ali und ich durchgerechnet. Der Rest – der Rest wäre reiner Frust.

„Mana-Zuweisungen und die Entwicklung von Monstern in Dungeons.“ Die Stimme klingt entspannt, kultiviert und ist mir bekannt.

Als ich hochblicke, sehe ich zwei wohlgeformte Beine in einer engen schwarzen Hose mit silberner Paspelierung und eine dazu passende Weste und Jacke, die einen muskulösen, durchtrainierten Körper umhüllen. Dunkle Haut, spitze Ohren und silbriges Haar vervollständigen das Bild eines extrem attraktiven adligen Truinnar.

„Nicht gerade Ihre übliche Lektüre“, sagt er.

„Lord Roxley.“ Ich verziehe meine Lippen zu einem flüchtigen Lächeln, da ein Teil von mir sich freut, ihn zu sehen. Bei unserer letzten Begegnung warf er mir meine zahlreichen Fehler vor und hat sich seither nicht mehr in der Stadt blicken lassen. „Wo waren Sie denn?“

„Unterwegs. Ich musste mich persönlich um einige der Probleme in Zusammenhang mit der Ankunft der Yerick kümmern“, sagt Roxley und ich runzle die Stirn. „Die Tatsache, dass die Gebäude unserer ersten größeren Kolonistengruppe zerstört wurden, war unseren Anwerbungsversuchen nicht gerade dienlich. Ich habe versucht, andere anzuwerben.“

„Andere ...“, sage ich und verziehe das Gesicht. „Sie versuchen, noch mehr Leute hierher zu bringen?“

„Natürlich. Momentan versorgt sich die Stadt nicht selbst. Sie ist nicht dazu in der Lage, und garantiert nicht vor Ablauf des Termins. Wenn das System voll funktionsfähig ist und die Dungeonwelt erschaffen wird, müssen wir bereit sein.“

„Sie sprechen wieder in Rätseln“, murmle ich, stehe auf und stecke das Buch in mein Inventar zurück.

„Vielleicht, wenn Ihr Lesestoff etwas praktischer ausgerichtet wäre“, meint Roxley kopfschüttelnd. „Etwas weniger esoterisch ...“

„Ich mag das Buch.“ Ich kneife die Augen zusammen. „Auf jeden Fall kannte ich früher jemanden, der bereit war, mir auch die banaleren Dinge zu erklären.“

„Früher.“ Roxley neigt den Kopf und seufzt, während er näher an mich herantritt. „Ich war nicht derjenige, der zuerst gegangen ist.“

„Ich ...“ Ich öffne meinen Mund, der sich plötzlich trocken anfühlt, als Roxley mir nahe kommt. Ich starre seine Schultern an, hebe dann den Blick und schüttle den Kopf. „Roxley ... wie sieht diese Bereitschaft aus?“

Er zieht einen Mundwinkel mit einer Bewegung, an die ich mich gut erinnere, nach oben. Trotzdem antwortet er mir. „Whitehorse muss zumindest eine stabile sichere Zone besitzen. Ohne die würde uns niemand besuchen, vielleicht mit Ausnahme der völlig Verzweifelten."

„Wäre das so schlimm? Vielleicht wäre es gar nicht so schlecht, wenn die Touristen uns ignorieren."

„Sie haben wirklich keine Ahnung, John", sagt Roxley mit einem zunehmend aggressiven Tonfall. „Schon jetzt erscheinen andauernd Bossmonster und Dungeons in der Nähe der Stadt. Meine Wachen mussten einen Schwarm abwehren. Bald wird die Monsterbevölkerung zu groß sein, und dann überrennen sie die Stadt. Ohne einen steten Zustrom von Abenteuern ist unser Schicksal besiegelt."

„Ihren Leuten ist es nicht einmal gelungen, die Manaströme zu stabilisieren. Ich habe es versucht und versuche immer noch, andere zu uns zu bringen. Aber wir sind nicht die einzige Stadt, die auf Einwanderer angewiesen ist und das Verhalten Ihres Stadtrats ist dabei nicht gerade hilfreich."

„Damit wollen Sie sagen, dass es noch schlimmer wird", murmle ich, und er nickt.

„Ist es Ihnen noch nicht aufgefallen?"

„Doch", sage ich mit einem Seufzer.

„Wir haben eine Gelegenheit. Die Stadt hat eine Gelegenheit. Wir besitzen eine große Bevölkerung und liegen extrem nahe an einer Reihe hochstufiger Zonen. Was allerdings irrelevant ist, falls es uns nicht gelingt, die Stadt zu stabilisieren und zu verbessern." Als Roxley fortfährt, besänftigt sich seine Stimme. „Wenn meine Bemühungen keine besseren Ergebnisse bringen, wird man meine Methoden als gescheitert betrachten."

„Und dann?" Ich runzle die Stirn, weil ich ein Ton der Besorgnis in seiner Stimme entdecke.

„Dann werden andere aus meinem Volk, oder noch schlimmere Wesen, meine Arbeit übernehmen. Sie werden härter vorgehen und die galaktische Bevölkerung deutlich mehr einsetzen als ich."

Ich blinzle Roxley an, während mir die Konsequenzen seiner Worte durch den Kopf schwirren. Hinweise aus Unterhaltungen mit den Yerick und Ali bieten ein düsteres Bild dieser potentiellen „härteren" Vorgehensweisen. Aber ... „Warum erzählen Sie mir davon? Warum jetzt? Und warum eigentlich hier?"

„Ich befinde mich momentan nicht auf der Erde. Aber da ich diese Version des Shops aufgerufen habe, war es mir möglich, hier und jetzt mit Ihnen zu sprechen." Roxley seufzt. „Und was Sie betrifft ... vielleicht glaube ich, dass Sie in Ihrer Stadt Veränderungen durchsetzen können. Vor allem aber möchte ich nicht, dass Sie meine zukünftigen Aktionen missverstehen."

Ich knurre und starre ihn an. „Warum? Wieso spielt es eine Rolle, was ich denke?"

„Sie kennen den Grund", sagt Roxley. Seine Hand zuckt an seiner Seite. Es scheint fast, als hätte er damit etwas vorgehabt und es sich dann anders überlegt. Angesichts seiner Selbstbeherrschung frage ich mich, was es gewesen sein könnte. „Vielen Dank für das Gespräch, John. Leider muss ich mich nun um andere Dinge kümmern."

„Das ist alles? Informationen abliefern und dann nichts wie weg?"

„Ja. Ich stehe momentan unter Zeitdruck. Ich habe lediglich eine Gelegenheit genutzt, die sich mir bot." In Roxleys Stimme schwingen Andeutungen mit, die ich aber ignoriere.

Der verdammte hübsche Elf. Ich werde meine Entscheidungen treffen, sobald ich dazu bereit bin. Mit einer letzten ironischen Verbeugung dreht sich Roxley um und geht. Er ist kaum zwei Schritte von mir entfernt, als er bereits verschwindet und mich mit neuen Informationen und einer schmerzlichen Einsamkeit zurücklässt.

Bei den Göttern, bin ich vielleicht müde.

***

Man sieht es sofort, wenn Lana nach Hause zurückkehrt. Die Füchsin – Anna – erscheint immer zuerst und huscht in den Garten und in ihren Bau. Bei Richard ist es Orel, der als Erster sichtbar wird. Anna ignoriert mich immer und gleitet geräuschlos in ihren Bau. Man sollte fast meinen, sie mag mich nicht – allerdings wurde ich bisher weder gebissen noch verbrannt.

Lana und die Hunde kommen kurz danach. Sie finden mich unter einem Baum im Garten hinter dem Haus liegend vor, von wo ich die dunklen, flauschigen Wolken betrachte. Die Wolken passen zu meiner Stimmung, kalt und düster und mit einer Temperatur, die sich an null annähert.

„John?"

„Hier." Ich bewege eine Hand, um die verstreuten Bonbonpapiere ins Inventar zu schieben. Sie muss ja nicht sehen, wie schlampig ich bin. Nicht, wenn das Aufräumen einen derart geringen Aufwand erfordert.

Sie kommt um die Ecke. Die roten Haare berühren ihre Schultern und ihre lila Augen wirken besorgt. Ich blinzle und neige den Kopf, während ich meine Erinnerungen überprüfe und feststelle, dass sie einen neuen Haarschnitt hat.

„John!" Lanas Stimme nimmt vorübergehend einen strengeren Ton an und ich starre sie blinzelnd an.

„Ja?"

„Du hast mir nicht geantwortet."

„Oh ... ich habe nur nachgedacht. Hast du dir die Haare schneiden lassen?“

Sofort nach meiner Bemerkung setzt sie sich in Szene, steckt ihre üppige Oberweite leicht vor und lächelt. „Ja, gefällt es dir? Nein, warte. Ist bei dir alles in Ordnung?“

„Es gefällt mir und ja, alles in Ordnung. Noch unversehrt.“ Ich deute auf meinen Körper und lächle. „Und dazu war nicht einmal eine Regeneration nötig.“

Sie verzieht das Gesicht und geht neben mir in die Hocke. Einer ihrer Hunde – Lexi – quetscht sich unter ihre Hand, so dass sie sich während unseres Gesprächs abstützen kann. „Jim hat mir von den Wolfsbrüdern erzählt. Und Rachel. Und dir.“

„Kinderspiel“, beantworte ich ihre noch nicht gestellte Frage, wobei meine Augen gedankenverloren ihrer Figur folgen und ihre in Jeans steckenden Knie erreichen. An einem Hosenbein gibt es einen Riss, so dass die blasse, glatte Haut sichtbar ist. Ich muss blinzeln und blicke zu ihr hoch, als ihre Hand meinen Arm berührt.

„Auch wenn es zu einem anderen Zeitpunkt schmeichelhaft wäre, ist es jetzt nur unheimlich. Zombieaugen sind nicht sexy“, sagte Lana und ich erröte leicht. „Du solltest dich ausruhen.“

„Mir geht‘s gut. Volle Ausdauer.“

Lana prustet, was nicht gerade feminin klingt, bevor sie sich hinsetzt. „Du weißt, dass ich es nicht so gemeint habe.“ Lana hebt ein Bonbonpapier auf, das ich übersehen habe, und hebt eine elegante Augenbraue.

„Ich bin nur etwas müde. Dagegen richtet auch das System nichts aus.“ Schließlich gebe ich nach, lehne mich gegen den Baum und starre in den Himmel.

Lana schweigt und wartet geduldig.

„Unsere Leute sterben. Die ganze Zeit. Melissa. Nicodemus. Die Wolfsbrüder. Unsere Leute kommen um."

„Ich weiß." Lanas Stimme und ihre Augen spiegeln Mitgefühl wider, während sie meinen Arm drückt.

Ich blicke in ihre Augen, ertrinke in ihnen und stelle fest, wie dumm ich doch bin. Dumm. Vor Kurzem habe ich noch andere getröstet, und jetzt sieht es so aus. Ich schließe die Augen und atme ein, während ich daran arbeite, meine Emotionen zu unterdrücken und wegzustecken. Nein, das mache ich nicht. Ich kann es nicht ...

„Auuu!" Ich starre Lexi an, die mir in die Hand gebissen hat. Sie muss ganz schön heftig zugebissen haben, um durch meine Gesundheitspunkte zu kommen.

„Hör auf damit." Lana wedelt mit dem Finger vor meinem Gesicht herum und deutet dann auf das Schwert, das ich unbewusst in meine Hand gerufen habe. „Ich habe ihr befohlen, dich zu beißen."

„Warum?", knurre ich und lasse das Schwert verschwinden.

„Es reicht nicht, dich zu zwicken. Und du begehst schon wieder eine Dummheit. Ich kann praktisch sehen, wie du deine Emotionen unterdrückst."

Diesmal ergreife ich weder die Flucht, noch streite ich mit ihr. Vielleicht, weil ich zu erschöpft bin oder weil ich langsam akzeptiere, dass es keine gute Idee ist, meine Gefühle ständig unter Verschluss zu halten.

„Das tue ich gar nicht." Auch wenn ich es langsam akzeptiere, bedeutet das nicht, dass Widerspruch ausgeschlossen ist.

„Aber klar doch. All die aufgestaute, kochende Wut und die zusammengebissenen Zähne sind ja völlig normal."

„Für mich schon." Ich seufze. „So bin ich eben, und das ist ganz okay so."

„Von wegen", mischt sich Ali ein. „Du bist nur einen Stressfaktor vom nächsten Amoklauf entfernt."

„Er hat recht, weißt du. Und wir brauchen dich geistig und körperlich gesund, du Idiot", sagt Lana, die meine Hand drückt.

„Geistig und körperlich gesund ..." Ich schüttle den Kopf. „Ich glaube nicht, dass sich unter uns noch geistig gesunde Menschen befinden."

„Man soll nicht von sich auf andere schließen, Jungchen."

Lana richtet den Blick auf Ali, der daraufhin den Mund hält. Dann nickt sie langsam. „Na gut, geistig einigermaßen gesund."

Ich schnaube und schweige eine Weile, bevor ich laut ausatme. „Es gefällt mir nicht, gebraucht zu werden. Diese Verantwortung will ich nicht."

„Dann geh doch", sagt Lana und deutet nach draußen. „Aber wir wären ... ich wäre enttäuscht. Willst du das?"

„Ich ... ich weiß nicht", lautet meine ehrliche Antwort. Bei allen Göttern, ich wünschte, ich könnte sagen, dass ich der Held sein möchte. Der Mann, der für alle eintritt und die Front hält, koste es, was es wolle. Aber es ist leicht zu behaupten, man möchte dieser Mann sein. Und vielleicht ist es auch leicht, es das erste Mal zu tun. Bis man die damit verbundenen Kosten sieht. Die Leben, die man nicht retten konnte und die Monster, die einem entwischt sind. Die Misserfolge, die sich auf der eigenen Seele auftürmen und mitleidig flüstern. Am Ende sage ich nur verbittert: „Es ist sowieso egal. Ich bin kein Übermensch. Die Leute sterben unabhängig davon, was passiert. Und wenn es in diesem Tempo weitergeht, sind wir bald alle tot."

„Du weißt doch, dass ich eine Tante werde, ja?", sagt Lana und ich nicke kurz. „Sogar dreimal. Aber mein Bruder ist nicht der einzige, der versucht, die Welt neu zu bevölkern. Fast zwei Drittel der Frauen in der Stadt sind schwanger."

„Zwei Drittel?" Ich blinzle und gehe in Gedanken meine Erinnerungen an die letzte Zeit durch. Das würde erklären, warum nun so viele nicht zu den Kampfklassen gehörende Bürger Kleider und lockere Blusen tragen. Aber trotzdem, zwei Drittel?

„Oh, ja." Lana schmunzelt leicht. „Auf die Jäger trifft es nicht so oft zu, aber die sind ja mehrheitlich Männer. Es gibt eine Zukunft, John. Und die wird uns in etwa vier Monaten erreichen."

Ich nicke langsam und lasse meinen Blick wieder über die Wolken schweifen. In vier Monaten werden Hunderte von wimmernden Babys in dieser Welt erscheinen. In einer Stadt, die nicht sicher ist und sich nicht richtig organisiert. Wo Monsterschwärme und Bosse auftauchen und sich Dungeons entwickeln. Ich zittere und komme zum Schluss, dass die Kälte damit nichts zu tun hat. Aber gerade, als mir dieser Gedanke durch den Kopf geht, senkt sich vor meinen Augen die erste Schneeflocke herab.

„Roxley sagt, die Situation würde sich bald noch verschlimmern", erwähne ich.

Lana nickt, während der Schnee schneller und schneller fällt. „Diese Möglichkeit gibt es immer. Aber einiges wird auch besser. Wir sind mit dem Wiederaufbau beschäftigt. Langsam vielleicht, aber wir bauen die Dinge wieder auf", sagt Lana und drückt meine Hand. „Wir brauchen nur etwas mehr Zeit."

„Zeit ..." Ich sehe, wie eine Schneeflocke auf unsere Hände fällt und dort schmilzt.

„Zeit fürs Bett. Komm schon." Lana zieht an meiner Hand. Ich setze eine mürrische Miene auf, als sie aufsteht und sich nach hinten lehnt, so dass ich in die Höhe gezerrt werde. „Du brauchst etwas Ruhe."

„Ich bin mir nicht sicher, ob ich überhaupt schlafen kann", antworte ich ehrlich, und sie lächelt mich an.

„Dann sitze ich neben dir, bis du es kannst. Drinnen, nicht hier im Schnee." Sie zieht mich ins Haus, während sie weiterhin meine Hand festhält.

Hinter uns fällt der erste Schnee des Herbsts.

***

„John ..." Richard verengt die Augen, als ich am folgenden Morgen mit Lana zum Frühstück erscheine. Er blinzelt, mustert uns beide und sucht anscheinend vergebens nach Ali.

Ehrlich gesagt frage ich mich, wohin der kleine Geist verschwunden ist. Vor allem aber genieße ich die Ruhe und den Frieden. „Was ist?"

„Endlich!" Richard schüttelte den Kopf und wendet sich wieder seinem Müsli zu.

„Es ist überhaupt nichts passiert!", fauche ich, als mir klar wird, worauf er sich bezieht.

Mikito kichert über meine Reaktion, während Lana sich lediglich eine Schüssel nimmt und ihrem Bruder im Vorbeigehen damit gegen den Kopf schlägt.

„Ja, klar. Ich rieche sie auf dir, und umgekehrt auch", erwidert Richard. „Ein Bonus meiner engen Verbindung zu den Huskys."

Ich blinzle und fixiere ihn, dann Lana. Oh ... das erklärt, warum seine Wahrnehmung da draußen so gut war. Trotzdem ... „Wir haben nichts getan. Sie hat nur bei mir geschlafen. Im Bett. Schlafend."

Mikito lacht, während ich stottere und Richard prustet lautstark, da er mir offensichtlich nicht glaubt.

„Ignorier ihn einfach, John", sagt Lana und gießt Milch über ihr Müsli. „Der war schon immer so, sogar in der Schule."

Nachdem wir uns eine Weile mit unserem jeweiligen Frühstück beschäftigt haben, sagt Richard: „Der Schnee ist nicht liegen geblieben."

„Wann wird es soweit sein?", frage ich stirnrunzelnd. „Für den ersten Schnee scheint es mir noch etwas zu früh."

„*Chokato.*" Lana kichert, während Mikito und ich uns verwirrte Blicke zuwerfen. „Es ist Mitte Oktober. Von jetzt an kriegen wir regelmäßig Schnee, und der könnte jederzeit liegen bleiben. Es wäre auch an der Zeit, dass wir Winterreifen verwenden."

„Oh ..." Ich blinzle und meine Gedanken wandern zu den Farmen, auf denen immer noch Pflanzen wachsen. „Was ist mit den Bauernhöfen?"

„Schutzschilde", sagt Mikito und schüttelt verwirrt den Kopf. „Einer der Jäger hat erkannt, dass ein schwacher Schutzschild zwar den Luftstrom blockiert, aber Licht durchlässt. Ein hervorragendes Gewächshaus."

Lana nickt und presst die Lippen leicht zusammen. „Der Stadtrat hätte die entsprechenden Einkäufe schon tätigen sollen, aber das zuständige Komitee berät noch über die Entscheidung."

Richard schneidet eine Grimasse, und ich folge seinem Beispiel. Bürokraten.

Lana verdreht die Augen, als sie unsere Gesichter sieht. Dann schiebt sie ihre Schüssel von sich und steht auf. „Ich muss los. Vergesst bitte nicht, Essen einzukaufen, okay?"

Das sind ihre letzten Worte, bevor sie den Raum verlässt.

Richard starrt seiner Schwester hinterher und richtet den Blick dann wieder auf mich. „Ihr beide habt wirklich nichts gemacht, oder?"

„Absolut nichts", sage ich.

„Verdammt. Okay." Er verzieht das Gesicht und setzt offenbar zu einer Antwort an, entscheidet sich dann aber dagegen.

Mikito schnaubt nur, als sie die Essstäbchen über ihre Schüssel legt. „Dungeon. Wie lautet der Plan?"

„Mehr Leute. Viel mehr", sage ich mit entschlossener Stimme.

„Wer denn?" Richard runzelt die Stirn und hebt seine Finger. „Wir können Rachel fragen und vielleicht den letzten Wolfsbruder. Aiden wäre dabei, und wenn der Zeitplan stimmt, kommt Amelia auch. Das wären dann sieben."

„Das reicht nicht." Ich erinnere mich an unseren schmachvollen Rückzug. „Mikito und ich könnten es mit je zwei oder drei der Monster aufnehmen, aber schon im ersten Raum hatte es mehr als zwanzig."

„Die Carcross-Gruppe?", fragt Richard.

Ich verziehe das Gesicht und zucke mit den Achseln. „Möglich, aber die haben mit den Bossen in der Nähe von Carcross alle Hände voll zu tun."

„Jim", fügt Mikito hinzu und verschränkt ihre Finger vor sich. „Seine Gruppe kann mitkommen."

„Nein. Was die Levels angeht, wären sie uns weit unterlegen." Richard wechselt einen Blick mit Mikito und sagt dann: „Es gibt noch den Rabenzirkel. Oder Bills Gruppe, wenn du willst."

„Nein, denen vertraue ich nicht", betone ich, woraufhin die beiden nicken.

„Ich wollte es nur erwähnen", meint Richard. „Wie wäre es mit den Yerick?"

„Das könnte klappen." Ich nicke langsam. „Wir könnten auch deine Schwester mitnehmen. Mit deinen und ihren Tieren würden wir die Zahl der Frontkämpfer fast verdoppeln."

Richard schneidet eine Grimasse und schüttelt kurz den Kopf. „Nein. Zu gefährlich."

„Frag sie doch mal", meint Mikito.

Richards Miene drückt Widerwillen aus, aber dann nickt er. „Na gut, na gut. Und fragst du die Yerick, John? Ich spreche mit Amelia und Aiden. Wir könnten ja heute Carcross besuchen und sie einige Tage lang unterstützen. Das würde es Jason und Gadsby vielleicht ermöglichen, uns zu begleiten."

„Ich möchte Jim fragen", unterbricht uns Mikito.

„Mikito ..."

„Lass mich ausreden. Er ist der stärkste Jäger außerhalb einer Gruppe, und er ist in den tiefen 30ern. Wenn wir ihn und vielleicht ein paar andere mitnehmen, könnten sie mit uns im Level aufsteigen", sagt Mikito.

„Es wäre wie Training, nur auf einem höheren Niveau."

Richard blickt Mikito an, nimmt Notiz von ihrem starrsinnigen Gesichtsausdruck und zuckt zustimmend mit den Schultern.

„Nur, wenn die Yerick zustimmen. Mehr Leute bedeuten auch, dass Credits und Erfahrung stärker aufgeteilt werden", füge ich hinzu, um Richard etwas zu beruhigen.

„Okay", sagt Mikito und akzeptiert meine Bedingung widerspruchslos.

„Gut, dann haben wir wohl einen Plan." Ich stehe auf und strecke mich. „Kannst mich zu Xev fahren? Ich möchte mir erst mal Sabre ansehen."

„Wird gemacht." Richard wirft seine Schüssel klappernd ins Spülbecken, während Mikito ihre eigene sorgfältig aufräumt. Einen schnellen Zauberspruch später machen wir uns auf den Weg.

***

„Xev!" Ich winke meiner Mechanikerin zu, als ich die Werkstatt betrete.

Das Spinnenwesen krabbelt vom Rumpf eines Humvees, mit dessen Umbau es aktuell beschäftigt ist, und begrüßt mich. Zwei Eidechsenbeine ragen unter dem Humvee hervor, und ich kann gedämpfte Flüche hören. Ich ignoriere diese für den Augenblick und warte darauf, dass Xev die unausgesprochene Frage beantwortet.

„Fast fertig, Abenteurer John. Die Nanobots haben die Schaltkreise modifiziert, und die Panzerung wurde fast überall ersetzt. Ich habe zwei der drei Waffen-Upgrades eingebaut und warte auf die dritte Lieferung, aber Sabre ist jetzt schon einsatzbereit. Seit Wochen", fügt Xev hinzu und führt mich zu Sabre.

Ich berühre mein Motorrad, meinen ersten kostbaren Besitz in dieser Systemwelt. Inzwischen habe ich Sabre hinter mir gelassen, da der Nutzen des Mechs immer weiter abnahm. Aber habe es nicht über mich gebracht, Sabre einfach aufzugeben. Das Motorrad war alles, was ich am Anfang gebraucht habe und es geht mir gegen den Strich, es wegzuwerfen.

Daher habe ich mehr Credits für Upgrades ausgegeben, als ich eigentlich sollte. Die internen Systeme ließ ich komplett austauschen. Zudem erhielt das grundlegende System ein Nanomaschinen-Upgrade. Dafür war es notwendig, je einen Befestigungspunkt und einen Software-Anschluss zu belegen, aber jetzt repariert Sabre mit Ausnahme katastrophaler Schäden alles selbst. Xev hat eine ausreichende Anzahl interner Systeme herausgerissen und ersetzt, dass es uns gelungen ist, einen weiteren Befestigungspunkt für das PKF zu ermöglichen. Dadurch entstand Platz für einige neue Spielzeuge.

Genauer gesagt kaufte ich mir einen neuen tragbaren Schildgenerator, der über eine eigene Manabatterie verfügt, sowie einige kampfstarke Raketenwerfer. Ich hatte mir überlegt, Strahlenwaffen zu besorgen. Da aber der Schild direkt mit Sabres Motor verbunden war, hatte ich die Option, im Notfall die Schildregeneration zu erhöhen. Dadurch würde sich natürlich die Batterie schneller entladen, daher wählte ich externe Munition, die nicht auf die Manabatterie angewiesen ist.

Nach der kleinen Rauferei hatte sich die Panzerung selbständig optimiert und bot mir nun 25 Prozent Widerstand gegen Elektroschaden. Die eigentlichen Panzerplatten wollte ich nur ungern auswechseln, da ich wusste, dass die Nanomaschinen nach dem Kampf gegen stärkere Feinde weitere Widerstände hinzufügen würden. Zumindest, solange der Mech noch durchhielt. Ich lächle leicht und rufe Sabres Werte auf.

Omnitron III Persönliches Kampffahrzeug der Klasse II (Sabre)

Kern: Omnitron Mana-Maschine der Klasse II

CPU: Klasse D Xylik Kern-CPU

Panzerstärke: Stufe IV (modifiziert durch Adaptiven Widerstand)

Befestigungspunkte: 5 (5 benutzt)

Software-Anschlüsse: 3 (2 benutzt)

Erfordert: Neuralverbindung für erweiterte Konfiguration

Akkukapazität: 120/120

Attribut-Boni: +35 Stärke, +18 Beweglichkeit, +10 Wahrnehmung

Inlin Typ II Projektilgewehr

Grundschaden: - (munitionsabhängig)

Munitionskapazität: 45/45

Verfügbare Munition: 250 Standard, 150 panzerbrechende Patronen, 200 Sprengpatronen, 25 Leuchtpatronen

Ares Typ II Schildgenerator

Schildwirkung: 2.000 HP

Regenerationsrate: 50/Sekunde ohne Verbindung, 200/Sekunde mit Verbindung

Mkylin Typ IV Mini-Raketenwerfer

Grundschaden: - (raketenabhängig)

Akkukapazität: 6/6

Nachladerate mit internen Akkus: 10 Sekunden

Verfügbare Munition: 12 Standard, 12 Sprengraketen, 12 panzerbrechende Raketen, 4 Napalm

Während ich mit dem Mech beschäftigt bin, huscht Xev davon, um die Reparatur des Humvees fortzusetzen. Nachdem er sich unter dem Fahrzeug hervorgeschoben hat, steht Tim auf und streckt sich. Seine Drachenschuppen sind von Öl und Schmierfett bedeckt. Er wirkt zufriedener als bei unserer letzten Begegnung. Wenn ich allerdings darüber nachdenke, habe ich ihn seither überhaupt nicht gesehen.

„Tim." Ich nicke dem ehemaligen Mitglied des Rabenzirkels beiläufig zu. Ich würde nicht unbedingt sagen, dass ich ihn mag, aber er ist auch nicht jemand, den ich nicht ausstehen kann.

„John." Er tritt näher, wobei sein langer Schwanz langsam hinter ihm her schwingt. „Holst du Sabre ab?"

„Ja." Mit einem Lächeln lege ich meine Hand wieder auf das Motorrad.

„Verdammt gute Maschine", sagt Tim.

Ich blinzle, denn wenn er hier arbeitet ... ich werde misstrauisch und frage mich, was er den anderen wohl erzählt hat. Aber anschließend stelle ich mir die Frage, warum ich so verflucht paranoid bin. Auch wenn einige Leute über Sabre Bescheid wissen, haben wir doch während der vergangenen Monate allesamt zahlreiche Levels dazugewonnen. Sabre stellt nun keine automatische Trumpfkarte mehr dar. Daher brauche ich nicht ständig zu befürchten, jemand würde die Maschine stehlen.

Tim erkennt meinen Gesichtsausdruck und möchte mich sofort beruhigen. „Keine Sorge. Was in dieser Werkstatt passiert, bleibt vertraulich. Wer diese Regel nicht kapiert, kann hier nicht arbeiten. Wenn ich dir erzählen würde, was für Sachen die Leute bei uns reparieren lassen ...“

„Dann würdest du gefeuert“, zwitschert Xev.

„Außerdem habe ich heutzutage niemanden mehr, mit dem ich reden könnte“, sagt Tim mürrisch und ich hebe eine Augenbraue. Er deutet auf seinen Körper. „Seit ich Whitehorse verlassen habe, haben die Vorurteile gegen andere Gattungen zugenommen.“

„Selbst dir gegenüber?“, sage ich.

„Ja. Wenn man heutzutage nicht wie ein stinknormaler Mensch aussieht, ist man anscheinend nicht gut genug, als Mensch betrachtet zu werden.“ Als Tim knurrt, blitzen seine unteren sowie die dreieckigen oberen Zähne in der Werkstattbeleuchtung auf. „Sie haben sich nicht beschwert, als wir ihnen das Leben gerettet oder die Monster bekämpft haben. Aber nachdem sie sich nun sicher fühlen, heißt es plötzlich, ‚du siehst gruselig aus‘, ‚du bist kein Mensch‘ oder ‚du bist bloß eine Jahrmarktsattraktion‘.“

„Tut mir leid, Mann“, sage ich.

„Das ist alles so beschissen, weißt du? Ich habe Drachen schon immer gemocht, und mit dem Erscheinen des Systems hatte ich die Chance, einer zu werden. Na ja, ein Drachkin.“ Tim stößt einen Seufzer aus. „Auf einmal waren wir total cool, weißt du? Nic und der Rest von uns, wir waren die Helden. Aber jetzt bin ich wieder ein Außenseiter.“

„Bereust du es?“, frage ich.

Tim schüttelt energisch den Kopf. „Nein, ich bin immer noch gerne ein Drache.“ Er grinst. „Aber ich werde nicht mehr für sie kämpfen, verdammt noch mal. Diese Idioten können mich mal kreuzweise.“

Ich nicke. Ich verstehe seine Gefühle, und wie verletzend eine solche Undankbarkeit sein kann. Fast hätte ich ihm angeboten, mit uns zu kommen, aber er scheint damit zufrieden zu sein, hier Fahrzeuge zu reparieren. Und eigentlich brauchen wir keine weitere Person ...

„Na ja, zurück an die Arbeit. Und, John, tut mir leid wegen Luthien. Wir wussten ... ich wusste das wegen ihr und Kevin, aber ... sie waren auch meine Freunde, weißt du“, sagt Tim.

„Ich verstehe“, antworte ich und signalisiere ihm, zu seiner Arbeit zurückzukehren, während ich mit der Hand über Sabre streiche. Alte Konflikte – sie kommen mir jetzt so weit entfernt und klein vor. Ich möchte immer noch nichts mit Luthien zu tun haben, aber ganz ehrlich, was bedeutet schon ein wenig Untreue im Vergleich zu all dem Blut und Tod? Das erscheint mir alles so ... unbedeutend. „Bis dann, Tim.“

Der Drachkin hebt eine Hand und winkt zum Abschied, ohne sich umzudrehen. Ich setze mich auf Sabre und lächle leicht. Also gut. Zeit für ein Gespräch mit Capstan, und dann geht es weiter nach Carcross.

***

Capstan ist bereits weg, als ich ihren Gebäudekomplex erreiche. Daher hinterlasse ich eine kurze Nachricht mit einer Bitte um Kontaktaufnahme. Als ich dann endlich zur Gruppe stoße, ist Ali wieder da, möchte jedoch nicht verraten, wo er gesteckt hat.

Wir fahren über den Klondike Highway in Richtung Carcross und kommen an der Abzweigung vorbei. Der Herbst ist offensichtlich angekommen, da zahlreiche Bäume ihr Laub verloren haben und auf den Bergen vereinzelt Schnee zu sehen ist. Leider wird das Fahren mittlerweile zur Qual, da der Highway nicht mehr saniert wird. Ich wünschte, ich hätte genügend Credits, um in Sabre einen Schwebemodus integrieren zu lassen – dadurch würde die Fahrt bestimmt weniger holprig. Wenn wir auch im Winter jagen möchten, dürfte dies wohl unser nächstes größeres Upgrade darstellen.

Als wir Carcross erreichen, bin ich beeindruckt von den Veränderungen. Der Wald wurde einen weiteren Kilometer zurückgedrängt und direkt vor der Mauer ein tiefer Graben angelegt. Entlang der Mauern gibt es nun kleinere Strahlengewehre, die jeweils einen engeren Bereich abdecken, während einige Wachttürme die gesamte Mauer überblicken und deutlich schwerer bewaffnet sind. Hinter der Mauer überragt ein einziges gedrungenes Gebäude alle anderen; es befindet sich am früheren Standort des First-Nation-Stadtteilzentrums. Anscheinend haben sie ihr Zentrum mithilfe von Upgrades in einen letzten Rückzugsort verwandelt.

Jason begrüßt uns. Der Teenager trägt immer noch Jeans und ein Karohemd, sieht jedoch älter und reifer aus. Er lässt sich sogar einen Bart wachsen, der überraschenderweise gut zu ihm passt. Statt uns mit seinem üblichen Grinsen und einem Freudenschrei zu begrüßen, fällt seine Reaktion diesmal deutlich gedämpfter aus.

Richard beschreibt den Dungeon und was wir brauchen, während wir anderen uns kurz die Beine vertreten. Ich sehe, dass Mikito zu einer Gruppe von Jägern geht und zu deren Freude einen Karton Zigaretten nach dem anderen erscheinen lässt. Anscheinend hat eine gewisse Person beschlossen, es wäre nicht unter ihrer Würde, sich durch den Handel mit Nikotin einen Zusatzverdienst zu verschaffen.

Als ich mich in der Stadt umblicke, muss ich genauer hinsehen und blinzeln, bevor ich die Wachen auf der Mauer richtig erkenne. Mir waren einige neue Gesichter aufgefallen, aber erst jetzt kapiere ich, was vor sich geht. Sie sehen Menschen recht ähnlich, aber von dieser Seite gesehen erkennen wir den Rest ihrer Körper und ihre ungewöhnliche Körpergröße wird relativ deutlich.

„*Ali, sind das Zwerge?*“ Ich versuche, nicht mit dem Finger auf sie zu zeigen, starre sie jedoch unverhohlen an. Schließlich können sie aufgrund meines Helms nicht feststellen, worauf ich meinen Blick richte.

„*Ihre galaktische Bezeichnung lautet Gimsar. Aber ja, sie sind die Zwerge eurer Welt*“, antwortet Ali. „*Und diesmal hat die Mana-Übersetzung ganz gut geklappt. Alles, was du über sie weißt, trifft zu – kurzwüchsige Humanoide, trinkfest und kämpferisch. Auf ihrem Heimatplaneten bauen sie unterirdische Städte – vor allem wegen ihrer deutlich längeren und kälteren Nächte. Allerdings sind sie nicht als Schmiede berühmt, jedenfalls nicht mehr als andere intelligente Wesen auch. Die Clans verdingen sich wie die Hakarta als Söldner. Und, ja, die Gimsar und Hakarta können sich nicht ausstehen – erst recht, da sie sich oft um dieselben Verträge bemühen.*“

Inzwischen ist Mikito zurückgekehrt und sieht sich die Gruppe ebenfalls an. Und zwar ganz offensichtlich, was aber eigentlich fair ist – schließlich wird sie ebenfalls von mehreren Zwergen angestarrt. Natürlich ist deren Interesse eindeutig sexueller Natur, aber ich glaube, dass Mikito mit diesen Typen schon fertig werden wird. Schließlich sind sie alle ungefähr auf unserem Level.

„Zwerge?“

„Jawohl. Mit Ausnahme der Tatsache, dass sie keine Schmiede sind und hauptsächlich als Söldner dienen, hat die Mana-Übersetzung laut Ali ganz gut funktioniert“, antworte ich, woraufhin Mikito nickt.

Mana-Übersetzung – mit diesem Begriff erklärt Ali, warum so viele Kreaturen, die unserer Mythologie entstammen, nun hier erscheinen. Grundsätzlich läuft es darauf hinaus, dass sich in Nicht-System-Welten oft geringere Mengen an Mana ansammeln. Dies ermöglicht es dem System, Informationspakete ins Bewusstsein intelligenter Wesen dieser Welten zu entsenden, um sie auf die spätere Initiation vorzubereiten. Aufgrund des niedrigen Manapegels dieser Welten kommt es aber häufig vor, dass diese Datenpakete stark beschädigt eintreffen. Das ist das Problem mit der Mana-Übersetzung und erklärt, warum bestimmte Mythen nur in manchen Bereichen der Welt auftauchen – die Mehrheit der Pakete ist zu fragmentiert, um von der gesamten Bevölkerung empfangen zu werden.

Richard kehrt zurück, sieht sich die Zwerge an und ich muss meine Erklärung wiederholen.

Er nickt und deutet dann auf eine Gegend außerhalb der Stadt. „Jason sagt, er wäre froh, wenn wir in der Umgebung von Carcross jagen. Selbstverständlich können wir hier bleiben. Allerdings werden er und Gadsby die Stadt nicht verlassen. Gadsby ist sogar unserem Vorbild gefolgt und trainiert weitere Leute."

Ich runzle die Stirn. „Wen haben wir dann?"

„Rachel, Aiden, Amelia und uns drei", antwortet Richard sofort. „Wir brauchen unbedingt die Yerick."

Ich stimme Mikito mit einem Nicken zu. Ich überlege mir, Jason aufzusuchen, um ihn vielleicht doch noch zu überreden. Aber das wäre vermutlich keine gute Idee. Er ist gerade sehr bemüht, die durch den Tod seiner Mutter entstandene Lücke zu füllen. Es wäre selbstsüchtig, ihn auf eine Dungeonmission einzuladen, nachdem er diese bereits abgelehnt hat.

„Okay. Dann ab auf die Jagd", sagt Mikito, bevor sie ihrer eigenen Aufforderung folgt und in den Truck steigt.

Ich bin angesichts des abrupten Übergangs erstaunt, seufze und wende Sabre. Die Dame hat ja recht. Wir sollten so lange jagen, wie es uns möglich ist.

***

Nach kurzer Diskussion entscheiden wir uns gegen eine Jagd auf Fleisch und konzentrieren uns auf die vom System erzeugte Beute. Die Leichen lassen wir liegen – mit Ausnahme einiger, die ich in meinen Veränderten Raum werfe, da sie zu gut sind, um sie zu ignorieren. Stattdessen versuchen wir, einen möglichst weitläufigen Bereich zu säubern.

Das Seltsame ist, dass Blitzhörnchen kein Problem darstellen, wenn sie nicht von einem Boss unterstützt werden und man über ein Trio flinker und bissiger Hunde verfügt. Es gelingt uns sogar, zwei weitere Bosse aufzuspüren. Orel tötet den ersten, indem er sich hinabstürzt, seine Klauen in den haarigen, affenähnlichen Körper des Bosses schlägt und ihn in den Himmel hebt. Ohne diese Führungsgestalt werden die affenähnlichen Kreaturen, die der Boss befehligt hatte, zu deutlich harmloseren Gegnern. Wir erledigen soeben den Rest, als Orel die Leiche ihres Anführers auf die Gruppe herabstürzen lässt, so dass dessen Eingeweide sowohl sie als auch uns bespritzen. Ich habe das untrügliche Gefühl, dieses Jahr bekommen wir keine Weihnachtskarte von Jane Goodall.

Der zweite Bosskampf ist ein Ereignis, das Mikito vermutlich für immer aus dem Gedächtnis löschen möchte. Schneegänse sind gemeine, ekelhafte, brutale Kreaturen – das waren sie bereits vor ihrer Weiterentwicklung durch das System. Am Ende stehen wir Rücken an Rücken, während sie versuchen, uns im wahrsten Sinne des Wortes zu Tode zu scheißen. Ihr Kot entfaltet seine Giftwirkung nicht nur durch die Berührung, sondern bereits durch den Gestank. Mir geht es in Sabre gut, da ich komplett vom Geruch isoliert bin. Richard hat aufgrund seiner Klasse einen Widerstand – wenn man Hunde von der Größe eines Ponys besitzt, sind deren Exkremente wohl ebenfalls ziemlich spektakulär. Mikito hingegen ist während dieses Kampfes ständig am Kotzen, während Bella sich neben sie legt.

Glücklicherweise gelingt es mir, Sabres Schutzschild über ihren Körper zu halten. Dadurch stelle ich sicher, dass der Kot nicht direkt auf ihr landet, solange sie kampfunfähig ist. Richard und ich setzen im weiteren Verlauf des Gefechts unsere Feuerwaffen ein, um die Vögel zu verletzen. Dieses Vorgehen zwingt sie zu einem Tiefflug, und dann geben die Hunde ihnen den Rest.

Orel und Ali kümmern sich um den Boss in der Luft, während wir uns dessen Gefolge vornehmen. Der Luftkampf ist ein echtes Spektakel, obwohl uns kaum eine Möglichkeit zu ihrer Unterstützung bleibt. Der Boss ist zwar zäh, giftig und flink. Nachdem aber seine Gefolgschaft ausgeschaltet wurde, hat er gegen Orel keine Chance.

Insgesamt dauert es eineinhalb Tage, bis wir alles erledigt haben und nach Whitehorse zurückfahren. Bei unserer Ankunft stelle ich bei Capstan eine leichte Verstimmung fest. Anscheinend entspricht es nicht den besten Manieren, jemandem eine Nachricht mit Bitte um Kontaktaufnahme zu hinterlassen und dann tagelang aus der Stadt zu verschwinden. Allerdings verbessert sich seine Laune nach meiner Erwähnung des Dungeons schlagartig. Als ich die Umstände meiner Entdeckung beschreibe, wird er wieder mürrisch, bis ich klarstelle, dass Mikito und Richard meine ursprüngliche Gruppe bilden. Meine Güte! Man sollte meinen, ein Typ, der fast drei Meter groß ist und einen Panzer stemmen könnte, ist nicht so empfindlich.

Aber letztlich erklärt er sich dann doch einverstanden, uns zu begleiten. Was ich voll und ganz verstehen kann – der Erfahrungsbonus für den erstmaligen Abschluss eines Dungeons überhaupt sowie der persönliche erste Abschlussbonus sind beträchtlich. Ich spüre eine ähnliche Motivation, da ich so kurz vor dem Level 30 stehe.

Danach müssen wir nur noch unseren Zeitplan koordinieren.

Kapitel 14

„Hört mal alle zu. Ich weiß, ihr habt das alle schon gehört, aber passt bitte auf und stellt eure Fragen erst, wenn ich fertig bin.“ Einige Tage später stehe ich vor der Gruppe und erteile letzte Anweisungen, bevor wir den Dungeon betreten. In Sabres Mech-Modus bin ich voll bewaffnet und gepanzert. „Wir wissen nicht, wie groß dieser Dungeon ist. Wir wissen nicht, wie viele Ebenen es gibt. Abgesehen von den Frakin haben wir keine Ahnung, welche Monster wir im Inneren antreffen werden. Wir wissen allerdings, dass die Frakin sich vom Level her in den mittleren 50ern und den niedrigen 60ern befinden und in Schwärmen auftreten.“

Als ich fertig bin, kommt Ali an die Reihe und wedelt mit der Hand. Vor sämtlichen hier Versammelten erscheint ein kleines Bild mit im Shop erstandenen Daten über die Frakin, wobei Ali diese Informationen für Leute zusammenfasst, die nur langsam lesen können. „Die Frakin besitzen hohe Widerstände gegen Gift, extreme Kälte und Hitze sowie Kohlendioxidvergiftung. Feuer- und Eiszauber wären weniger hilfreich als sonst, und es erfordert eine Menge Kraft, ihren Chitinpanzer zu durchstechen. Daher erzielen Wuchtangriffe die beste Wirkung.“ Er nickt den Yerick zu, die ihre üblichen Äxte gegen riesige Hämmer ausgetauscht haben. „Strahlenwaffen funktionieren ebenfalls, aber auch gegen die haben sie Widerstände.“

Ich deute auf Capstan. „Capstan führt diese Gruppe an. Er hat die meiste Erfahrung im Dungeonkampf und wird deshalb den Oberbefehl haben. Nelia folgt als zweite, dann ich, Tahar, Richard, Mikito und Aron – in dieser Reihenfolge. Falls ihr noch nicht draußen seid, wenn Aron umkommt, solltet ihr wie ein geölter Blitz losrennen.“

Diese Bemerkung löst grimmiges Gelächter aus. Rachel und Aiden sehen leicht grünlich aus, während Amelia sich nicht daran zu stören scheint, nicht auf der Liste zu stehen.

Ich warte, bis alle sich beruhigt haben. Dann sehe ich mir die Gruppe an und spreche in einem energischen Ton. „Das ist der gefährlichste Dungeon, dem wir bisher begegnet sind und es ist durchaus möglich, dass wir ihn noch nicht schaffen. Ein Rückzug ist keine Schande. Und wenn jemand meint, wir sollten aussteigen, tun wir es. Das hier ist kein Spiel – es gibt keine Respawns."

Die Menschen nicken zustimmend. Die Yerick wirken verwirrt, imitieren die Geste jedoch. Ich nicke Capstan zu und er ergreift das Wort.

„Der Erlöser wird an der Spitze sein, Tahar und Mikito direkt dahinter. Die Hunde und ich bilden die zweite Linie, während Nelia, die Magier und Richard sich weiter hinten positionieren. Und Amelia und Aron stellen dann unsere Nachhut dar. Hört auf unsere Befehle. Konzentriert eure Zaubersprüche und Waffen auf einzelne Ziele, es sei denn, wir erteilen anders lautende Anweisungen. Noch Fragen?"

Amelia hebt die Hand. „Wer ist der Erlöser?"

„Das wäre dann wohl das Jungchen hier." Ali deutet auf mich und kichert.

Mit einem Seufzer sage ich: „Das ist ein Titel."

„Oh." Amelia nickt und schweigt dann.

Da keine weiteren Fragen auftauchen, nickt Capstan mir zu und ich betrete den Dungeoneingang. Wenn man erst mal in einer Kalksteinhöhle war, kennt man sie alle. Und das hier war nicht einmal eine besonders große Kalksteinhöhle, nur ungefähr sechs mal neun Meter. Zahlreiche Stalagmiten und Stalaktiten sind sichtbar. Allerdings ist die Mehrheit davon ziemlich klein, so dass die Höhle relativ leer wirkt. Am Ende der Höhle befindet sich ein kürzlich erkundeter Ausgang, von dem wir zurückgetrieben wurden. Rechts, auf halbem Weg durch die Höhle, existiert eine bisher noch unerforschte Passage.

Sobald ich im Inneren der ersten Höhle bin, feuere ich Leuchtkugeln ab, um allen eine problemlose Sicht zu ermöglichen. Wir hatten uns überlegt, uns anzuschleichen. Aber bei einer derart großen Gruppe wäre diese Taktik sinnlos. Das durch das biolumineszente Moos in den Höhlen erzeugte Licht mag den Frakin genügen, für uns hingegen ist es eindeutig zu schwach.

Capstan raunzt Aron einen Befehl zu, der dann sofort zu dem unerforschten Eingang geht und davor ein kleines Gerät abstellt. Diese Mini-Drohne dient als Kombination aus Alarmsystem, Waffenplattform und Schildgenerator und wird uns warnen, falls uns etwas in die Flanke fallen möchte. So lautet zumindest die Theorie. Da der rückwärtige Bereich gesichert ist, gibt er mir das Signal zum Vorrücken und ich marschiere los.

Ich bin wachsam, aber auch entspannt, da Ali im Geistermodus tiefer in die Höhle vorgedrungen ist, um potenzielle Gefahren aufzuspüren. Ich erspähe eine Menge rot leuchtender Punkte in der Höhle am Ende des Korridors, aber bisher noch keine Bewegungen. Ich hebe die Hand und erstatte Meldung. Dann nickt mir Capstan kurz zu, während wir den ersten Teil des Plans aktivieren. Wir warten, da es eine Weile dauert, die Drohnen in Stellung zu bringen.

„John?"

Ich drehe mich um und blicke auf die Hand hinab, die meine Panzerung berührt hat, ohne dass es mir auffiel.

Nachdem Rachel nun meine Aufmerksamkeit erweckt hat, lässt sie die Hand wieder hinabsinken. „Danke. Dafür, dass du es versucht hast."

Ich zucke leicht zusammen und bin erleichtert darüber, dass mein Gesicht unter dem Helm nicht zu sehen ist. Einen Augenblick lang betrachte ich Rachel schweigend. Ihre Augen wirken immer noch eingefallen und gequält. Ihre Selbstsicherheit, die mir während unseres ersten Treffens vor mehreren Monaten auffiel, ist nun völlig verschwunden.

Ich muss die Frage stellen: „Schaffst du das?"

„Ich glaube schon", antwortet sie mit einer nun etwas entschlosseneren Stimme. „Das muss ich wohl, oder?"

Mir bleibt keine Zeit für eine Antwort. Die Drohnen sind nun in Stellung und warten. Capstan nickt kurz und Aiden wirkt den Zauber Erdwall um den Eingang. Dies genügt, um die Aufmerksamkeit der Frakin zu erwecken, und der Schwarm nähert sich. Letztes Mal hatten wir zum Zeitpunkt des Angriffs drei Viertel des ersten Korridors hinter uns. Hätten sie abgewartet, bis wir die eigentliche Höhle betraten, wären wir nun alle tot.

Auf der Mini-Karte sehe ich, wie die Punkte auf uns zuströmen und frage mich, wann Ali etwas sagen wird. Meine Nervosität nimmt zu.

Die ersten Frakin sind bereits beim Tunneleingang, drängen sich hindurch und versuchen uns zu erreichen, als Ali sich endlich zu Wort meldet. „*Jetzt.*"

Ich aktiviere die Drohnen mit einem irren Grinsen. Hierbei handelt es sich um modifizierte Feuerlöschdrohnen, die anstelle von Wasser oder Löschschaum Säure transportieren. Ekelhaftes Zeug, das sich hinter den Drohnen auf die zusammengedrängte Horde der Monster herabsenkt, die uns angreifen. Ich glaube fast, ihre Schreie zu hören, als die Säure sich durch ihre Panzer und die Haut frisst. Aber eigentlich haben wir keine Zeit zum Feiern. Der Korridor ist kurz und die ersten Frakin werden uns demnächst erreichen.

Es haben jeweils nur drei Frakin nebeneinander Platz, wodurch ihre zahlenmäßige Überlegenheit nicht so richtig zur Geltung kommt. Als die Monster auf uns zustürmen, konzentriere ich mich und schwinge mein Schwert, und ein Klingenhieb schleudert meinen Gegnern eine rasende blaue Welle der Zerstörung entgegen. Der Klingenhieb zerschmettert Insektenpanzer und zwingt die Monster, so lange stehenzubleiben, bis der zweite Hieb sie verletzt und kampfunfähig macht. Aber ihre Kameraden warten nicht ab und klettern über die verwundeten Monster hinweg, um den wilden Angriff fortzusetzen.

Kurz darauf eröffnet Tahar mit seinem Strahlengewehr das Dauerfeuer. Die blauweiße Energie fegt über die Vorderseite der Monster hinweg, schneidet durch Panzer und bringt ungeschütztes Fleisch zum Kochen. Die heranstürmenden Monster blenden diese Tatsache aus und rasen durch die Strahlen und meinen folgenden Klingenhieb, als wären diese nichts. Ihr Tötungsinstinkt ist ungemein stark.

„Mauer!", brüllt Capstan.

Nun werden die Magier endlich aktiv. Rachel ist schneller, und der von ihr vorbereitete Eiswall schießt zehn Meter vor uns in die Höhe. Aiden unterstützt sie mit einem Erdwall, der die feindliche Vorhut plötzlich vom Rest des Schwarms abschneidet.

„Angriff!", brüllt Capstan und Mikito setzt sich in Bewegung.

Erst steht sie neben uns, aber in der nächsten Sekunde befindet sie sich bereits vor Tahar, dessen Gewehrbatterie nun erschöpft ist, und sticht mit ihrer Stangenwaffe auf das erste Monster ein. Ohne zu zögern strömen die Hunde in die Lücke, die sie in der Front erzeugt, wobei sich Max nach vorn teleportiert, um Mikito beim Angriff zu unterstützen. Ein Monster versucht, sie von der Flanke her anzugreifen. Aber Max beißt hart zu und reißt ein Bein ab, bevor er sich noch vor dem Gegenangriff durch einen Stachel nach hinten teleportiert. Bella stürmt voran, packt den Stachel mit ihren vom System verstärkten Zähnen und zerbeißt das Anhängsel, bevor sie sich zurückzieht. Shadow findet hinter den beiden keinen Platz, aber das spielt keine Rolle, da sein Schatten dazu in der Lage ist. Als eine Klaue nach Bella schlägt, hält der Schatten sie fest, während der Hund seine Kraft voll zum Einsatz bringt.

Tahar rennt an ihm vorbei und läuft dabei einen Augenblick lang die Seitenwand hoch, um an den Hunden vorbei zu seinem Ziel zu gelangen. Capstan geht viel direkter vor und springt über die Front, wobei er seinen Hammer mit beiden Händen festhält. Da mein Weg blockiert ist, habe ich kein Ziel. Also trete ich einen Schritt zurück, damit andere eine bessere Sicht bekommen, während ich mich um meine Drohnen kümmere.

All drei Drohnen sind unbeschädigt, aber ihre Nutzlast ist nun verbraucht. Nun folgen sie ihren Sekundärbefehlen und bleiben an verschiedenen Stellen der Höhle möglichst hoch oben, nahe der Decke, hängen. Dadurch erhalte ich eine Weitwinkelansicht der Höhle und die wütenden Frakin werden an andere Stellen gelockt. Leider hat die Säure keine Frakin getötet, aber die Monster, die vom sich überlappenden Säureregen erwischt wurden, sehen stark mitgenommen aus. Verdammt! Wir hatten gehofft, ihre Anzahl vor einem direkten Angriff deutlich zu verringern.

Ich wende meine Aufmerksamkeit wieder dem Gefecht vor mir zu und sehe, dass Mikito von einer Klaue gegen die Wand gepresst wird. Das Monster zerquetscht sie, während es Bella mit der anderen Klaue von sich schiebt. Die einzige gute Nachricht ist, dass es Mikito gelungen ist, den Stachel des Monsters abzuhacken, bevor es sie erwischt hat. Als ich den Lauf des Inlin-Gewehrs entlang meines Arms ausrichte, sticht ein aus Erde geformter Dorn nach oben und spießt das Monster auf. Dadurch wird es gezwungen, die Klaue unkontrolliert zu öffnen. Diese Ablenkung erlaubt es Bella, heranzuspringen und die gefährliche Klaue abzureißen. Danach stellt das Monster keine Bedrohung mehr dar.

Als der Erddorn sich zurückzieht und uns Platz zum Kämpfen bietet, eile ich nach vorn und lege das letzte Stück mit einem Sprung zurück. Aufgrund des begrenzten Spielraums muss ich die Situation in einem Bruchteil einer Sekunde einschätzen, bevor ich lande. Capstan behauptet sich mühelos gegen zwei Monster, während Tahar ein weiteres zerschmettert. Die anderen Hunde haben eine Reihe von Verletzungen erlitten. Darunter ein gelblicher, tiefer Schnitt an Max‘ Seite, der mir überhaupt nicht gefällt.

Ich lande und schieße mit dem Inlin, wobei ich kurzfristig auf Dauerfeuer schalte und die Monster und die anderen dahinter treffe. Die Projektile bohren sich durch ihre Panzer und hinterlassen klaffende Wunden. Unglücklicherweise geht mir nur Sekunden später die Munition aus und ich bin gezwungen, mich in den Nahkampf zu stürzen.

Nach einem lauten Pfiff ziehen sich die Huskys zurück, damit die Magier eine Reihe schneller, gezielter Zaubersprüche auf die verbleibenden Monster schleudern können. Ihre Angriffe bieten den Nahkämpfern eine kurze Atempause und den meisten von uns eine Möglichkeit, uns der restlichen Gegner zu entledigen. Eine geheilte Mikito stürmt vorwärts, um Capstan zu unterstützen, wobei sie mühelos unter seinen Hieben hindurch nach vorne rutscht. Uns bleiben einige Sekunden, um unseren Sieg zu genießen, bevor eine Klaue den Erdwall durchschlägt.

Jetzt geht das schon wieder los.

***

Ungefähr dreißig Minuten später mussten wir uns wieder in die erste Höhle zurückziehen. Nicht, weil wir unfähig wären, die verdammten Frakin zu schlagen, sondern weil sich die Leichen so hoch stapeln, dass sie den Kampf erschweren. Auf dem halben Weg nach innen fanden wir einen Rhythmus und wechselten die Kämpfer regelmäßig aus, so dass bei niemandem die Ausdauer zu niedrig wurde. Ich und Capstan haben kaum ein Problem damit, aber andere Gruppenmitglieder wurden zunehmend langsamer, da immer mehr Monster erschienen.

Einmal muss ich sogar den kompletten Raum mit einem Blitzschlag erleuchten und entlade fast mein gesamtes Mana in die Monsterhorde, um uns eine kurze Atempause zu verschaffen. Das ist das Schöne an der Elektrizität – die meisten Monster sind kaum in der Lage, sich zu bewegen, während sie geröstet werden.

Am Ende hatten alle überlebt und wir kehrten in die erste Höhle zurück. Nun nehmen wir uns etwas Zeit für eine Verschnaufpause und das Sammeln der Beute, während Ali und unsere Drohnen die von uns entdeckten Ausgänge untersuchen. In einem Dungeon kann er sich nicht weit entfernen, aber mit den von ihm und den Drohnen empfangenen Daten erstellen wir eine Karte des Dungeons und der darin enthaltenen Bedrohungen.

***

„Capstan?“ Ich schicke die langsam größer werdende Karte mit einer Handbewegung zu ihm. Es war mir nicht möglich, die Drohnen auf größere Distanz von Sabre zu entsenden – aufgrund des hohen Manapegels würde das Signal ansonsten zu schnell unterbrochen. Technisch gesehen besitzen die Drohnen integrierte Software, mit denen sie den ganzen Dungeon kartografisch erfassen könnten – vorausgesetzt, sie stoßen auf keine besonders kniffligen Schwierigkeiten.

Der hünenhafte Yerick studiert die Karte und schickt sie dann mit einer Wischbewegung zu Nelia und Richard, während ich die Drohnen zurückrufe. Sie befinden sich nun fast am Rand ihrer Reichweite. Und wenn wir eine Entscheidung bezüglich unserer Vorgehensweise treffen, möchte ich die Drohnen hier haben.

„Wir wählen nun Tür Eins, Zwei oder Drei!“, meint Ali und deutet dabei jeweils auf einen dunklen Korridor. Während er spricht, lässt er die Eingänge in verschiedenen Farben aufleuchten. Ich bin mir aber ziemlich sicher, dass nur ich diese Effekte sehe.

Die ausladende Höhle, in der wir uns ausruhen, wurde von den Yerick und den Magiern mit zusätzlicher Beleuchtung versehen. Dadurch haben wir einen Stützpunkt, auf den wir uns notfalls zurückziehen können. Wie bei unserem Rückzug neulich hat Richard sich sogar die Zeit genommen, den Ausgang mit Claymores und einer Anti-Schwerkraft-Mine zu verminen. Sollten wir zur Flucht gezwungen werden, gäbe es dadurch eine blutige Ablenkung.

Capstan wirft dem Geist einen verärgerten Blick zu, bevor er auf Tür Nummer Zwei deutet. Auf sein Zeichen hin bewegt sich Aron zu diesem Gang und steckt die Wachdrohne in sein Inventar zurück. Ich knurre und beschließe, mir eine davon zu besorgen, sobald ich es mir leisten kann.

Als ich zum markierten Korridor laufe, komme ich an Amelia und Mikito vorbei, die sich leise unterhalten.

„War Una sauer auf dich?“, fragt Mikito.

„Ja, es ging ihr gewaltig gegen den Strich, dass ich ging. Sie sagt, die Polizeiarbeit wäre viel sicherer als diese Abenteuer“, sagte Amelia verärgert. „Sie will einfach nicht verstehen, dass ich im Level aufsteigen muss, um diesen Volldeppen weiterhin überlegen zu sein.“

„Ich weiß“, antwortet Mikito.

Dann lasse ich das Paar hinter mir und starre in die Dunkelheit. Ich feuere eine Leuchtkugel ab und sehe zu, wie sie den Korridor erhellt. Ich weiß, warum Capstan diesen Gang gewählt hat – zum einen ist er tatsächlich hoch genug, dass Yerick darin aufrecht stehen können. Bei Option 3 wäre dies kaum möglich gewesen, und bei Option 1 gibt es Stellen, an denen es um die Schultern herum eng wird. Dennoch ist mir die Sache nicht ganz geheuer.

***

„Warum kommen sie nicht?“, murmelt Aiden nervös.

Aron zischt den Magier an und danach hält dieser den Mund, aber ich verstehe Aiden ganz gut. Er spricht ja nur aus, was wir alle denken.

Da wir hundert Meter vor der nächsten Höhle stehen, dürften die Frakin uns inzwischen gehört haben. Sie sollten wissen, dass wir da sind, und uns daher angreifen. Stattdessen tun sie überhaupt nichts und sitzen nur herum. Da die Restlichtverstärkung der Drohnen kein scharfes Bild liefert, kann ich mir nicht sicher sein, aber irgendwas stimmt mit ihrem Aussehen nicht – ich kann nur nicht genau identifizieren, woran es liegt.

„Erlöser, schick Ali los, um sie aufzuscheuchen“, grummelt Capstan schließlich. Ich nicke und sende einen telepathischen Befehl an Ali.

„Du weißt schon, Junge, dass ich verwundbar bin. Goblins, andere Geister, Zaubersprüche, Elementarwesen ... all die können mir Verletzungen zufügen“, beschwert sich Ali und aktiviert seinen Leuchttrick.

„Ja, aber keine Frakin, oder?“, erwähne ich und warte dann einige Sekunden. *„Hast du was?“*

„Also, zwei der Scheißviecher haben mich angeblickt und etwas nach mir geworfen, aber ansonsten regt sich hier nichts“, sagt Ali.

Ich leite die Meldung an Capstan weiter. Er stößt ein Knurren aus und kneift die Augen zusammen. Ich bin auch nicht begeistert davon – wenn Monster sich nicht mehr extrem aggressiv verhalten, bedeutet das, dass sie schlauer werden. Schlaue Monster sind eine ernste Angelegenheit. Schlaue Monster sind gefährlich.

Schließlich klopft Capstan Tahar auf die Schulter und winkt ihn zurück. Capstan geht nach vorn, bis er Schulter an Schulter mit mir steht. „Der Erlöser und ich gehen zuerst. Ihr anderen bleibt zurück."

Super. Echt super. Ich marschiere mit Capstan weiter, wobei wir beide uns möglichst lautlos bewegen, obwohl es wahrscheinlich völlig nutzlos ist. Ich darf das Versuchskaninchen spielen, weil ich die beste Panzerung und eine Riesenmenge an Gesundheitspunkten habe. Wenigstens ist Capstan bei mir.

Als wir den Eingang erreichen, wenden sich alle Frakin uns zu und auf meiner Mini-Karte erscheinen zahlreiche Symbole. Zuvor verborgene Kreaturen, die sogar den beleuchteten Ali ignoriert hatten, erscheinen nun abrupt. Capstan und ich starren die Frakin lediglich an und sie beobachten uns im Gegenzug, wobei keiner sich zuerst bewegen möchte.

Ich frage mich, wie zum Teufel wir das übersehen haben und wie die Monster sich vor Ali verstecken konnten, als Capstan „siebenundsechzig" murmelt.

„Häh?"

„Es gibt siebenundsechzig Frakin. Vom Level her normal, aber sie sind rot", meint der anscheinend völlig gelassene Yerick. Sein Ton und sein professionelles Verhalten zerren mich in die Gegenwart zurück und ich sehe genauer hin.

„Eine Menge ..." Ich runzle die Stirn und murmle Ali zu: „Haben wir Daten bezüglich der Farbe?"

„Brandwirkung. Verwendet kein Feuer", sagte Ali kurz darauf kopfschüttelnd. „Tut mir leid, Junge, die haben mich ausgetrickst. Irgendwas hier hat sie vor mir verborgen."

„Warum greifen sie uns nicht an?", knurre ich leise.

Capstan schüttelt den Kopf. Einen Moment später reißt er ihn hoch und faucht. „Sie planen, von der Flanke anzugreifen. Aron hat soeben gemeldet, dass zwei unserer Drohnen angegriffen werden. Wir müssen uns zurückziehen." Er tritt einen Schritt zurück und erstarrt, als die Frakin ein raschelndes Geräusch machen.

Mein Gott, nur schon diese Monster hier könnten uns wahrscheinlich mit einem raschen Angriff erledigen – und jetzt müssen sie auch noch von der Flanke her kommen?

„Ich glaube nicht, dass sie uns gehen lassen ...", sage ich und gehe in Gedanken unsere Optionen durch, während ich die Monster betrachte. Falls wir uns bewegen, machen uns diese Biester die Hölle heiß und greifen an. Bleiben wir hier, stoßen ihre Kameraden von hinten dazu, greifen an und dann werden die hier das Feuer trotzdem eröffnen. Wir müssen dafür sorgen, dass sie reglos hier bleiben, und das bedeutet ... „Oh, verdammt. Auf mein Wort rennst du los, Capstan."

„Erlöser", knurrt Capstan leise, aber ich schüttle den Kopf.

„Keine Zeit. Du kannst meine Freunde rausbringen, und ich habe den Mech. Ich feuere aus vollen Rohren auf diese Bestien, und du rennst los. Ich habe noch ein paar Trümpfe in der Hinterhand, also musst du nur meine Freunde rausschaffen", sage ich, wobei meine Stimme ungewöhnlich ruhig klingt. Erstaunlicherweise bin ich nicht wütend. Worüber sollte ich mich auch aufregen? Was ist, das ist.

„Ehre deiner Familie", brummt Capstan.

Ich nicke, rufe Ali zu mir und stecke die Drohnen in mein Inventar zurück. Es wäre sinnlos, sie zu riskieren. Aus dem Augenwinkel sehe ich, wie die Gruppe sich bereits zu unserem Ausgangspunkt zurückzieht, aber demnächst dürften sie auf Widerstand stoßen. In Gedanken erteile ich dem Mechanzug einen Befehl, so dass er mir jeden einzelnen Regenerationstrank injiziert, bevor ich diese mithilfe meines Skills durch Sofort-Heiltränke ersetze. Ich bin so gut wie möglich vorbereitet, und das bedeutet ...

Jetzt. Ich aktiviere den Raketenwerfer und feuere sämtliche Geschosse in einer einzigen Salve ab. Zwölf Sprengraketen, die direkt ins Innere der Höhle fliegen. Sobald ich das tue, sehe ich, wie Capstan die Flucht ergreift. Ich vollführe immer wieder kurze Sprünge rückwärts, während die Frakin das Feuer eröffnen und an ihren Stacheln winzige Plasmakugeln aufblitzen.

Dann treffen meine Raketen und explodieren. Die Schockwelle ist heftig genug, um mich in die Luft zu schleudern, so dass ich auf meinem Hintern lande. Sabre beginnt bereits mit dem Nachladeprozess, aber dafür habe ich keine Zeit, da die Frakin durch den Eingang stürmen. Am Boden sitzend hebe ich die Hand und schieße mithilfe des Inlin panzerbrechende Projektile in die vorderen Reihen, was es mir ermöglicht, rasch ein neues Monster ins Visier zu nehmen. Fünf Sekunden später ist mir die Munition ausgegangen.

Nun folgt der Blitz, ein Zauber, den ich bereits oft verwendet habe, dass seine Erzeugung mir in Fleisch und Blut übergegangen ist. Ich greife in den Zauber und verändere seine Struktur auf eine Weise, die nichts mit dem System zu tun hat und verstärke ihn, während Ali zu mir flitzt und mich unterstützt. Wir schleudern Elektrizität und Tod den Korridor hinab. Mittlerweile landet das Plasma inmitten von uns, brennt sich durch Panzerung und Schaltkreise und sucht nach meinem Fleisch.

Wir bringen den Tod, was eine Weile lang auch ausreicht. Die Raketen haben eine Menge Monster getötet. Die Blitzschläge lähmen die Vorhut und eliminieren sie schließlich. Nach dem Tod der Vorhut warte ich kurz ab, bis die Monster sich wieder zusammendrängen. Dann feuere ich eine weitere Salve Raketen, weiche ein Stück nach hinten und ducke mich unter der Schockwelle hindurch, bevor ich meinen Rückzug fortsetze. Ich wiederhole den Schuss-Blitz-Prozess und fühle mich allmählich benommen, da mein Manapegel auf knapp fünfzehn Prozent gesunken ist.

Ich spüre Schmerz, als das Plasma meine Haut versengt. Die Temperatur innerhalb der Höhle ist derart hoch, dass ich sie trotz meiner Erschöpfung durch den Kampf wahrnehme. Ohne meine Widerstände, ohne Sabre wäre ich bereits tot. Sabre heult auf und versucht, sich zu reparieren und meine Waffen nachzuladen, aber beides ist nur in begrenztem Umfang möglich. Ich greife in Gedanken in mein Inventar, setze einen tragbaren Schildgenerator ab, aktiviere diesen mit einer Handbewegung und renne davon. Er hält drei Sekunden durch, bevor er explodiert.

Inzwischen habe ich einen zweiten Generator platziert. Da er sich nicht mehr in der brutalen Hitze befindet, hält der zweite Generator sieben Sekunden durch, bevor die Plasmablitze den Schild zerfetzen. So wurden jeweils fünftausend Credits vernichtet. Ich kann deswegen nicht einmal Reue empfinden, als ich die Stelle erreiche, an der das Team die Chaosminen gelegt hat – in der vagen Hoffnung, ich würde es dorthin schaffen. Ali rast sofort an ihnen vorbei, um sich bei der Auslösung nicht innerhalb des Detonationsradius zu befinden. Ich wäre dann ebenfalls gerne auf Distanz. Denn Chaosminen sind zwar preiswert, haben aber auch eine enorme Durchschlagskraft. Man weiß nie, was man kriegt.

„John!", schreit Ali und lässt die Karte vor mir erscheinen, als wir um die nächste Ecke hasten.

Ich verstehe – die anderen sitzen in der Falle. Sie stecken an einer Engstelle fest, wo sie nicht an den Monstern vorbeikommen, die den Ausgang versperren. Ich stecke den Kopf um die Ecke und blicke in die Richtung zurück, aus der wir gekommen sind.

Die Chaosminen detonieren. Vielleicht haben wir einfach Glück, denn die Explosion reißt ein Portal auf. Grellgelbe und rosafarbene Tentakel greifen nach den Frakin und zerren sie hindurch. Dort drinnen befindet sich etwas, das ich nicht einmal mit meinen geistigen Widerständen sehen oder verstehen kann. Oder vielleicht sind genau die der Grund, warum ich nicht verstehe, was sich dort befindet.

„Schild hoch. JETZT", raunzt Ali.

Ich folge seiner Aufforderung, und plötzlich erscheinen Benachrichtigungen vor meinen Augen.

Levelaufstieg!

Du hast Level 30 als Erethra-Ehrengarde erreicht. Wertepunkte werden automatisch verteilt. Du darfst 6 Gratis-Attributspunkte verteilen. Du darfst 6 Klassen-Fertigkeiten verteilen.

Ich hatte mir meine Punkte und die Klassen-Fertigkeiten für den Notfall und für Level 30 aufgespart. Auch wenn mir möglicherweise keine Zeit bleibt, sie nun einzusetzen, werde ich auf jeden Fall sehen, was ich tun kann. Ich investiere meine Punkte hastig in Klassen-Fertigkeiten und spüre den eiskalten Strom des Wissens und des Schmerzes, der gegen meinen Körper prallt, als das System meinen Wunsch erfüllt.

Kapitel 15

Als ich wieder Herr meiner Sinne bin, sehe ich, wie Sabres Schutzschild versagt. Ich erkenne die Schadenssymbole und spüre die Hitze der Plasmablitze, die verfehlten oder abgeblockt wurden. Ich schmecke die Trockenheit in meinem Mund und rieche verbranntes Fleisch und Asche. Ich komme genau in dem Augenblick zu mir, als die Frakin auf mich zustürmen, und grinse.

Meine Freunde sind hinter mir und kämpfen verzweifelt darum, einen Fluchtweg zu öffnen. Ich muss ihnen zusätzliche Zeit verschaffen. Zeit für den Durchbruch und zum Überleben. Ich selbst grinse und lache, als der Schmerz durch meinen Körper strömt, als neues Wissen und neue Fähigkeiten sich in meinem Bewusstsein auflösen.

Ich flackere – eine Sekunde ducke ich mich, in der nächsten befinde ich mich hinter meinem Angreifer und wirble herum, um ihn mit dem Schwert zu durchbohren. Ich trete vor und versetze ihm mit Sabre einen Tritt, so dass die durch den Mech und das System erhöhte Stärke den Frakin nach oben und seinen Kameraden entgegenschleudert. Während die Monster noch auf mich feuern, explodieren ihre Schüsse gegen meinen soeben erzeugten Seelenschild. Die durchscheinende Manabarriere absorbiert den Schaden und schirmt sowohl Sabre als auch mich ab. Ich ducke mich zur Seite, packe einen Frakin am Schwanz und hebe ihn hoch, um seinen Körper als Schild gegen weitere Angriffe zu nutzen, während ich warte.

Zeit. Ich kämpfe darum, mehr Zeit zu gewinnen. Ich spüre, wie mein Seelenschild aufglüht und Plasmablitze absorbiert, die meinen improvisierten Schild umgehen. Als der Frakin nicht mehr zuckt, werfe ich ihn seinen Kameraden entgegen und trete dann zur Seite, um mehrere Sekunden lang mit dem Inlin zu feuern. Ich schieße und mache Monster kampfunfähig, während der Seelenschild rot aufleuchtet.

„Ecke“, raunzt Ali.

Ich löse den Versetzungsschritt aus und teleportiere mich quer durch die Höhle. Sobald ich auf Distanz bin, deaktiviere ich den Schild.

„Haftgranaten!"

Ich ziehe und werfe. Drei davon lasse ich um die Ecke rollen, wobei ich den Kraftlinien folge, die Ali vor mir erscheinen lässt. Die Detonation klingt gedämpft. Einen kurzen Moment lang wird es still, während die Kreaturen sich zu befreien versuchen.

„Polarzone" lautet der nächste Befehl des kleinen schwebenden Geists mit olivfarbener Haut, der mein Späher ist.

Ich wirble um die Ecke, hebe eine Hand und wirke den Zauber. Die von den Granaten ausgestoßene Klebezement-Mischung schmilzt bereits und verbrennt in der Resthitze. Ich schleudere den Zauber und die Feuer erlöschen, während der Klebstoff sich erneut verhärtet. Auch wenn die Frakin Hitze und Kälte gut aushalten, plötzliche Temperaturwechsel sind sie sich nicht gewohnt. Ihre Panzer bersten und das darunterliegende gelbe Fleisch ist der Kälte ausgesetzt.

Nach einem geistigen Befehl flackert der kaum regenerierte, in Sabre integrierte Schild erneut vor mir auf. Ich eröffne das Feuer mit dem Inlin-Gewehr, und jeder Schuss zerschmettert gefrorenes Fleisch und schleudert Körperteile herum. Leichen türmen sich auf und weitere Monster sterben, aber die nächste Welle ist bereits hier und feuert Plasmablitze auf mich. Ich wirble wieder um die Ecke, als ein Plasmablitz Sabres Schild und Panzerung durchschlägt und meinen Bauch trifft. Ich stöhne, als das Feuer in meinem Fleisch erlöscht und danke den Launen des Systems, obwohl mein Gesundheitswert stark sinkt. Ich aktiviere die Tränke und sehe meinen Gesundheitswert in die Höhe schießen, während sich mein Mana regeneriert. Leider funktionieren diese Soforttränke nur einige Male am Tag und verlieren ihre Wirkung danach komplett.

Durch die Kombination des ersten Gesundheits-Regenerationstranks, meinen Zauber Größere Regeneration und die Fertigkeit Entschlossenheit des Körpers kann ich praktisch sehen, wie mein Körper die erlittenen Schäden behebt. Das Gefecht ist nun zum Zermürbungskrieg geworden, und obwohl ich alle meine Klassen-Fertigkeiten zugewiesen habe und Ali aufpasst und berechnet, beträgt mein Zeitgewinn nur Sekunden.

„Raketen!", ruft Ali.

Ich flitze mit aktiviertem Seelenschild um die Ecke. Ich feuere meine letzte komplette Raketensalve ab und sehe zu, wie sie losfliegen, Körper zerfetzen und Felsen zersplittern. Die Wände des Dungeons bersten, stürzen jedoch nicht ein, so dass ich erneut um die Ecke haste. Die Monster sind nun kaum eineinhalb Meter von mir entfernt. Ich ziehe mich einige Schritte weit zurück und wünsche mir, der Dungeon hätte die Struktur der Wände nicht verstärkt. Es wäre so einfach, wenn wir die Wände zum Einsturz bringen könnten ...

Eine Sekunde, zwei, drei, während die Monster sich erholen und weiterstürmen, wobei sie über die Leichen ihrer Kameraden hinwegtrampeln. Ich ziehe mein Schwert, gehe in Stellung und warte. Meine Gesundheit liegt bei etwa einem Viertel des Gesamtwerts und mein Mana ist fast komplett aufgebraucht. Ich verfüge über genügend Mana, um Seelenschild noch einmal auszulösen, und dann ... dann ist es vorbei. Ich muss mir die Daten schon gar nicht mehr ansehen, da es sinnlos wäre. Ich kann den anderen noch einige zusätzliche Sekunden verschaffen, mehr aber auch nicht.

„Angriff", warnt Ali.

Ich sehe den ersten Frakin, der um die Ecke gleitet. Seine Beine versuchen, auf dem Boden Halt zu finden. Es ist an der Zeit, die Sache zu beenden.

***

Das Sonnenlicht des Ausgangs ist das verdammt schönste Erlebnis seit Jahren. Ich trete mit abgenommenem Helm nach draußen und genieße die wunderbaren Strahlen. Mein unter der Panzerung getragener Overall wurde an meiner Haut festgebacken. Sabre befindet sich in meinem Veränderten Raum und ist so schwer beschädigt, dass die Servomotoren nicht mehr funktionieren. Ich blicke mich um und sehe, wie die Frakin nach rechts und links wuseln, während sie den Ausgang und dessen Umgebung absuchen. Ich schüttle den Kopf.

„Jetzt aber los, Junge, du hast nur noch eine Minute Zeit“, sagt Ali und ich knurre ihn an.

„Lass mich in Ruhe“, murmle ich.

Dann stolpere ich vorwärts, wobei der verschmorte Überrest meines rechten Beins sich kaum bewegen möchte. Es ist auch nicht hilfreich, dass mein Gleichgewicht durch das Fehlen meines kompletten linken Arms gestört ist, seit ich einem Monster zu langsam auswich. Lediglich einige Schmerzmittel in Abenteurerstärke und eine verdammt große Menge an Willenskraft halten mich auf den Beinen, während mein Körper sich regeneriert. Ich durchquere den Frakin vor mir und der Timer in meinem linken Auge zeigt mir meine verbleibende Zeit im QSM an.

Wie ich Capstan sagte, halte ich noch ein paar Trümpfe in der Hinterhand.

***

Es fällt mir nicht schwer, die Gruppe zu finden – der Sammelpunkt befindet sich an derselben Stelle wie beim letzten Mal. Als ich sie erreiche, bin ich bereits halb geheilt, und wie immer bemerken mich die Hunde zuerst. Shadow springt mich so heftig an, dass er mich zu Boden wirft und ich werde von feuchten Zungen attackiert. Glaubt mir, ein Hund von der Größe eines Ponys hat eine extrem große und nasse Zunge.

Schließlich führt man die Huskys weg und ich werde von meinen Freunden hochgezogen, die allesamt einen recht erschütterten Eindruck machen. Ich lasse meinen Blick über die Gruppe schweifen und beurteile die Schäden.

„Schon wieder, Richard?" Ich starre seinen fehlenden Fuß an.

Er nickt kurz und betrachtet seinerseits meinen Armstumpf, der langsam nachwächst. Amelia sitzt neben ihm, und ihr Körper wird von einem blassen, rosafarbenen Hautersatz umhüllt. Sie trinkt aus einer Wasserflasche und scheint keine Schmerzen zu spüren, aber ihre leicht erweiterten Pupillen verraten, dass sie mit Drogen vollgepumpt ist. Ein Großteil von Mikitos Körperpanzer und Kleidung wurde weggebrannt, so dass die Fetzen nicht einmal ihre Blöße bedecken. Die normalerweise so zurückhaltende Japanerin ist derart erschöpft, dass es ihr nichts ausmacht. Rachel hat kaum noch Haare und trägt Zivilkleidung, während Aiden ... Aiden sieht eigentlich ganz gut aus.

Und wenn die Menschen schon mitgenommen aussehen, hat es die übrigen Yerick noch schlimmer erwischt. Keiner von ihnen scheint noch ein Fell zu haben, alles davon ist verbrannt. Nelia fehlt anscheinend sogar ein Horn. Aron liegt mit nacktem Oberkörper am Boden, wobei sein Fleisch langsam über den freiliegenden Knochen verheilt. Eine Seite seines Gesichts ist bandagiert. Und Capstan sieht sogar aus, als hätte man ihn in einen Standmixer geworfen. Er ist von so viel Blut bedeckt, von dem einiges sogar noch fließt, dass man unmöglich erkennt, wo die Wunden beginnen und seine Haut endet. Es ist verdammt beeindruckend, dass er es immer noch fertigbringt, aufrecht zu stehen. Als ich Capstan ansehe und eine Augenbraue hebe, schüttelt er lediglich den Kopf.

Bei allen tausend Teufeln. Ich schließe kurz meine Augen und spüre ein Aufwallen der Frustration in mir, bevor ich sie erneut unterdrücke. Nicht jetzt, die Gefahr ist uns immer noch zu nahe. Später, später werde ich meine Gefühle bezüglich des Verlusts eines weiteren Gruppenmitglieds angehen können.

Als ich dann auf dem Rückweg auf der Ladefläche gegen die Hunde gelehnt daliege, nehme ich mir die Zeit, meine angesammelten Benachrichtigungen durchzugehen.

Statusmonitor			
Name	John Lee	Klasse	Erethra-Ehrengarde
Volk	Mensch (M)	Level	30
Titel			
Monsterschreck, Erlöser der Toten			
Gesundheit	1420	Ausdauer	1420
Mana	1100	Mana-Regeneration	77/Minute
Attribute			
Stärke	80	Beweglichkeit	133
Konstitution	142	Wahrnehmung	45

Intelligenz	110	Willenskraft	112
Charisma	16	Glück	25
Klassen-Fertigkeiten			
Manaklinge	1	Klingenhieb	2
Tausend Schritte	1	Veränderter Raum	2
Zwei sind Eins	1	Entschlossenheit des Körpers	3
Größere Entdeckung	1	Sofort-Inventar*	1
Seelenschild	2	Versetzungsschritt	2
Spalten*	1	Raserei*	1
Kampfzauber			
Verbesserter schwacher Heilzauber (II)		Größere Regeneration	
Verbesserter Manapfeil (IV)		Verbesserter Blitzschlag	
Feuerball		Polarzone	

Entschlossenheit des Körpers (Level 3)

Wirkung: Steigert die natürliche Gesundheitsregeneration um 35%. Laufende Gesundheitsstatuseffekte werden um 33% reduziert. Ehrengarde kann nun verlorene Gliedmaßen regenerieren. Manaregeneration permanent um 15 Mana pro Minute verringert.

Seelenschild (Level 2)

Wirkung: Erzeugt einen veränderbaren Schutzschild, der den Körper des Zauberwirkenden oder des Ziels abschirmt. Schild besitzt 1.000 Trefferpunkte.

Preis: 250 Mana

Versetzungsschritt (Level 2)

Wirkung: Sofortige Teleportation entlang der Sichtlinie. Kann auch die Sichtlinie des Geists einschließen. Maximalreichweite: 500 Meter.

Preis: 100 Mana

Als ich die extrem niedrigen Mana-Regenerationsraten sehe, wird mir ganz mulmig. Bei den Göttern, irgendwann werde ich dieses Problem beheben müssen, aber ohne meine verbesserte passive Heilung wäre ich nun mausetot. Den Göttern sei Dank, dass das System über mehr als eine Methode verfügt, um einen Körper vollständig zu heilen. Ich muss zugeben, die Funktionsweise des Manaschilds macht mich neugierig. Allerdings muss ich meine Klassen-Fertigkeitspunkte für Tausend Klingen ausgeben, bevor ich mein Augenmerk auf andere Optionen richte. Momentan aber bin ich zufrieden damit, mich auszuruhen, bis wir zuhause ankommen.

***

Als wir schließlich Whitehorse erreichen, sehen wir nach einem ziemlich traurigen Haufen aus. Die meisten von uns haben die Körperpanzerung verloren, zudem fehlen etliche Gliedmaßen.

Als wir endlich beim Yerick-Komplex sind, wendet Capstan sich uns zu. „Heute Abend halten wir eine Gedenkfeier für Tahar. Als Blutskameraden seid ihr eingeladen.“

Wir nicken und geben ihm rasch unsere Zusage, bevor wir in die Stadt weiterfahren. Amelia und Richard gehen direkt zum Shop, unterstützt von Mikito. Aiden löst sich von der Gruppe, um zu seiner Wohnung zurückzukehren, und plötzlich bin ich mit Ali allein.

Ich starre die Gebäude an und beobachte die vorbeigehenden Leute, ohne sie wirklich zu sehen. Wir haben verloren. Wieder einmal. Sogar mit zusätzlichen Leuten. Obwohl wir wussten, auf was wir uns einließen, haben wir verloren.

„*John*", sagt Ali und reißt mich aus meinen trüben Gedanken.

„*Ja?*"

„*Ich habe mir eine Leiche geschnappt. Ich möchte, dass du sie bei Sally ablieferst*", sagt Ali telepathisch. Ich runzle die Stirn und richte meinen Blick auf den Geist. Er meint doch nicht etwa, wir ... „*Also, gehen wir jetzt oder nicht?*"

Ich denke darüber nach, ob wir einfach den Shop aufsuchen und die Leiche verkaufen sollen. Es war reiner Wahnsinn, dorthin zurückzugehen. Es gibt noch andere Dungeons, andere Orte, die es zu erkunden gilt. Wir haben bereits ein Gruppenmitglied verloren, wieso sollten wir noch einmal da rein? Aber wenn ich mich weigere, wird Ali sich pausenlos beschweren, und dazu fehlt mir einfach die Energie.

„John?" Als ich den Laden betrete, dreht Sally sich an der Theke zu mir und Ali und schenkt uns einen mitfühlenden Blick. „Kann ich etwas für euch tun?"

„Jawohl, Kleine." Ali fliegt zu ihr und schwebt über der Theke. „Ich brauche eine Autopsie."

„Ich bin kein Doktor, sondern ein Alchemist. Ich wüsste nicht einmal, wo ich anfangen soll."

Ali zuckt mit den Schultern. „Ja, ja, ich versteh's ja und kaufe es mir falls notwendig vom System, aber ich muss etwas wissen. Also, geht das in Ordnung?"

Ich sehe verwirrt zu.

„Äh ... na gut. Im Hinterzimmer, aber ich verlange hundert Credits pro Stunde", antwortet Sally und geht zur hinteren Theke, wobei sie einen Finger hebt. „Und ich lasse nicht mit mir feilschen, Geist."

„Kapiert, Kleine. Besorge mir nur die Informationen, die ich brauche."

Ich sehe, wie er wegschwebt, um die Leiche abzulegen. Ich seufze und reibe mir die Schläfen. Er hat recht, das weiß ich. In dem Dungeon geht etwas Seltsames vor sich, und wir müssen Bescheid wissen. Das ist mir zwar klar, aber momentan auch relativ egal.

Kapitel 16

Abends treffen wir uns im Yerick-Komplex. Ein Kohlebecken, kaum breiter als eine Armeslänge, beherrscht den Platz. Darin brennt ein kleines Feuer. Rote, blaue und graue Stoffstreifen liegen nebst Pinseln auf brusthohen Tischen bereit. Die Yerick gehen zu diesen Tischen, schreiben einige Worte auf die Stoffstreifen und legen diese dann neben das Kohlenbecken.

Als die Menschen sich versammeln, nähert sich Nelia und neigt den Kopf in unsere Richtung. Bei Amelia und Richard sind die fehlenden Gliedmaßen nachgewachsen, und alle von uns haben sich für die Zeremonie gewaschen und umgezogen.

„Wir bitten lediglich darum, dass ihr eine für euch wichtige Erinnerung an Tahar auf einen Stoffstreifen schreibt. Als Blutskameraden verwendet ihr die roten Streifen. Legt sie in die dafür bestimmte Schüssel. Vor der Verbrennungszeremonie werden wir seine Besitztümer an den Clan verschenken. In zwei Stunden verbrennen wir die Streifen, um Tahar daran zu erinnern, dass man ihn im Gedächtnis behalten wird, obwohl er nun in den himmlischen Gefilden weilt. Noch Fragen?“ Als sie keine hört, entfernt sich Nelia wieder.

Die anderen treten nach vorn und nehmen Stoffstreifen, um darauf zu schreiben.

Ali bleibt zurück, schwebt neben mir und spricht leise. „Üblicherweise verwenden die Yerick nur zwei Farben – Blau für Familie und Liebhaber, und Grau. Blutskameraden – an deren Seite die Yerick gekämpft haben – würden sich in den Arm schneiden und das Blut auf die grauen Streifen tropfen lassen, bis sie sich rot verfärben.“ Ich blicke Ali an und hebe eine Augenbraue, aber der zuckt nur mit den Schultern. „Ich dachte, das würde dich interessieren. Schließlich bist du oft so melodramatisch. Oder bist du jetzt mit dem Grübeln fertig?“

„Verpiss dich“, antworte ich.

„Anscheinend nicht", murmelt Ali, während er zu einem Stoffhaufen schwebt.

Ich sehe den anderen eine Weile beim Herumlaufen zu, bevor ich hingehe und mir einen roten Stoffstreifen nehme. Ich starre einen Augenblick lang darauf und überlege mir, was ich schreiben soll, welche Erinnerung ich teilen möchte. Wir haben als Gruppe so viel Blut, Tod und Schmerz gesehen. Aber es sind nicht diese Erinnerungen, die sich in den Vordergrund drängen.

Tahar, der auf einem niedrigen Hügel steht und lacht, während die Herbstsonne durch ein Loch in den Wolken auf ihn hinabscheint. Er ist schlammbedeckt, hat die Hände auf die Hüften gestützt und genießt die absurde Situation – ein mächtiger Krieger, der nach einem Fehltritt im Dreck gelandet ist.

Drei Schläge mit einem Stab genügen, um die sich leise unterhaltende Menge zum Schweigen zu bringen. Die Menschen bleiben mehrheitlich unter sich, obwohl hin und wieder Yerick für ein Gespräch zu uns kommen, so dass wir während des Wartens Geschichten austauschen. Natürlich betreffen nicht alle davon Tahar. Wir sprechen auch über Dungeons und darüber, wie Whitehorse früher war. Und über das erhaltene Essen. Es ist eine Totenwache, und über einen Verstorbenen lässt sich nicht unbegrenzt viel sagen, bevor man feststellt, dass es an der Zeit ist, zu anderen Themen überzugehen.

Nelia steht neben dem Kohlenbecken, neben ihr ein älterer, grauhaariger Yerick. Als wir alle den Blick auf sie richten, ergreift Nelia das Wort. „Für Umbrak, zwei Wurfmesser. Mögest du lernen, dein Ziel zu finden."

Ein kleines Yerick-Kind, das mir kaum bis zur Taille reicht, eilt auf Aufforderung seiner Mutter nach vorn und nimmt die beiden von der älteren Frau angebotenen Wurfmesser entgegen. Der Junge drückt sich die Messer gegen die Stirn und eilt dann wieder nach hinten, da ihm all die Aufmerksamkeit offenbar peinlich ist.

„Für Inunuk die Lampen von Askana, die sie stets bewundert hat. Mögen sie ihre Abende im Schoß der Familie erleuchten“, sagt Nelia dann und vollführt eine hastige Geste. Die Lampen erscheinen, runde Kristallstrukturen, aus denen ein blasses lilagelbes Licht strömt.

„Für Logram die Hanteln. Werde stark, Bruder.“

„Für Oranda die bifokale Ares-Pistole, die sie so begehrt hat. Vergiss nicht, den Akku einzulegen!“

Und so geht es immer weiter. Die Mehrheit der Geschenke sind Waffen oder Trainingsgeräte, und alle werden mit einer kurzen persönlichen Nachricht übergeben. So viele Geschenke, so viele Nachrichten. Wie ich sehe, bin ich nicht der einzige offenbar überraschte Mensch. Die dahinter stehende Aufmerksamkeit und der Aufwand überraschen uns. Ali ist in dieser Hinsicht auch kaum eine Hilfe.

Capstan sieht, dass wir uns verwirrte und bewundernde Blicke zuwerfen. „Für jeden Gegenstand, den wir kaufen, verdienen oder als Geschenk erhalten, verfassen wir sofort eine Nachricht oder Notiz im System. Das ist ein einfacher Skill, der für jeden Yerick bei der dritten Wiederkunft seiner Geburt im Shop gekauft wird. Alle Yerick folgen diesem Brauch, damit das Geschenk die Herde stärkt. Wir aktualisieren die Informationen, wenn und falls die Notwendigkeit besteht, aber die Geschenke sind unsere Hinterlassenschaft. Unser Tod steht in den Sternen, aber selbst im Tod haben wir noch die Möglichkeit, die Herde zu stärken.“

Capstans tiefe, murmelnde Stimme bleibt leise, um die Zeremonie nicht zu stören.

Ich sehe einige meiner Freunde nicken und manche fragen sich, wie diese Fertigkeit heißt. Ich sage und tue nichts, sondern beobachte nur die weiteren Geschenke. Nach dieser Erklärung habe ich alles verstanden. Ich sehe, wie Kinder ein neues Geschenk bekommen, wieder gehen und dabei vor sich hin murmeln. Diese Kinder planen bereits für den eigenen Tod, wenn die soeben erhaltenen Gegenstände wiederum an andere verteilt werden.

„Für John Lee eine Packung Schokoladetafeln. Für seine Gemütsruhe und unsere geistige Gesundheit."

Erst, als mir Ali telepathisch zuzischt, trete ich vor und nehme die Schokotafeln entgegen, die Tahar stets vorrätig hatte und mir anbot, wenn ich mürrisch oder schweigsam war. Ich nehme die Süßigkeiten, verbeuge mich vor seiner Mutter und bin dann wieder an meiner Ausgangsstelle, ohne mich daran zu erinnern, wie ich dorthin zurückgekehrt bin. Ich sage immer noch nichts, sondern halte eine Tafel Schokolade in der Hand.

Capstan deutet darauf. „Iss." Ich blicke hoch und starre Capstan an, der meine Hand beäugt und nickt. „Iss. Tahar möchte sicher nicht, dass du während seiner Gedenkfeier wütend bist."

Ich nicke und stelle fest, dass ich die Tafel bereits auspacke. Die Schokolade entfaltet in meinem Mund den Geschmack von Asche. Trotzdem esse ich sie, weil Capstan recht hat. Mein Blutzuckerspiegel ist niedrig und es gibt noch mehr zu sehen.

Kapitel 17

Sally hat es geschafft. Am folgenden Nachmittag kontaktiert sie mich bezüglich der Ergebnisse ihrer Autopsie und ich eile zum Shop, um die Details in Erfahrung zu bringen. Ihre Entdeckung hat unsere Vermutung bestätigt – die Frakin sind nicht ausreichend intelligent oder empfindungsfähig, um eine derartige Falle zu planen und durchzuführen.

Onlivik-Sporen

Die parasitischen Onlivik-Sporen befallen niedrigere Lebensformen und dringen in deren Gehirn und Nervensystem ein, woraufhin sie die Kontrolle über die bewussten mentalen Impulse übernehmen. Onlivik-Sporen stellen ein seltenes aufgespaltenes Schwarmbewusstsein dar, mit einem primären Kontroll-Wirtskörper und verschiedenen Ebenen der Komplexität und Intelligenz entsprechend der Anzahl der zusätzlichen Wirtskörper.

Quest erhalten – Die Onlivik-Sporen (teilbar)

Vernichte die Onlivik-Sporen, die die Frakin im Two-Horn Mountain Dungeon befallen haben.

Belohnung: 50.000 Credits, 20.000 EP

Die im Shop gekauften Informationen enthalten noch viel, viel mehr Details – alles von den biologischen Grundlagen bis hin zu früheren Auseinandersetzungen mit den Sporen. Glücklicherweise können die Onlivik-Sporen anscheinend in keine vom System geschützten Wirtskörper eindringen – zumindest nicht, wenn diese über ein Minimum an Willenskraft und Konstitution verfügen. Trotzdem gehe ich nicht automatisch davon aus, dass wir alle sauber sind und bleibe nur kurz im Shop, um mir die Daten durchzulesen. Ich sehe mir nur Details über die Sporen und dazu an, wie eine Infektion zu bekämpfen wäre, falls es in der Gruppe eine geben sollte.

***

Als ich zur Erde zurückkehre, herrscht draußen ein Tumult. Vor dem Stadtzentrumsgebäude steht eine Gruppe von Yerick. Capstan ist an der Spitze, neben ihm Nelia und um die beiden haben sich Aron und zwei weitere Yerick versammelt, die ich nicht kenne. Überraschenderweise ist Xev in voller Pracht anwesend und marschiert in einer Aktivpanzerung herum. Auch Sally steht auf einer Seite und hat mürrisch die Arme verschränkt.

Den Außerirdischen steht eine Menschengruppe gegenüber, mehrheitlich Stadtratsmitglieder, Jäger und Arbeiter vom Schlachthof. Dazwischen befinden sich eine ausgesprochen nervös wirkende Amelia, Vir und zwei weitere Wachen.

„Was wird deswegen unternommen?“, knurrt Capstan in einer Stimme, die so tief ist, dass sie in meinem Brustkorb nachhallt. Seine Haare haben sich aufgerichtet und ich kann praktisch die Wut sehen, die von ihm aufsteigt.

„Ihre Vorwürfe sind unbegründet und stellen eine Beleidigung dar“, sagt Fred, der in seinem gebügelten Anzug dasteht und den Schlachthofarbeitern zunickt. Im Konflikt mit den Außerirdischen macht er einen zuversichtlichen und standhaften Eindruck. Allerdings hat er die Arme verschränkt und übt etwas zu viel Druck auf seine Oberarme aus. „Unsere Männer würden so etwas niemals tun.“

„Lüge“, erklärt Nelia leidenschaftslos.

„Was soll das, blöde Kuh?“, brüllt Eric. Seine Beleidigung löst bei den Yerick ein tiefes Knurren aus.

Erneut fällt mir auf, dass das Knurren eines Yerick hörbar bedrohlicher klingt als das eines Menschen. Was vielleicht daran liegt, dass sie tiefere Frequenzen erreichen oder einfach daran, dass sie uns winzige Menschen weit überragen. Auf jeden Fall packen die Jäger innerhalb der Menschengruppe ihre Gewehre fester, was die Anspannung zusätzlich erhöht.

„Gewehr runter", raunzt Amelia einen der Jäger an, der Anstalten macht, es an die Schulter zu heben. Sie tritt vor ihn, so dass ihr Körper den Lauf blockiert. „Heute wird niemand erschossen."

Vir wiederum spricht leise mit Capstan. „Erste Faust, das ist die falsche Vorgehensweise."

„Wir wurden beleidigt. Angegriffen. Man verachtet und betrügt uns. Wir haben für diese Leute unser Leben gelassen. Das werden sich die Yerick nicht mehr gefallen lassen", knurrt Capstan im tiefsten Bass. „Ich verlange, dass diese Goblinkinder die gestohlenen Credits zurückgeben."

„Wir haben nichts gestohlen!", raunzt Eric.

„Wahrheit", verkündet Nelia im selben kalten, leidenschaftslosen Ton.

„Da! Sehen Sie, selbst Ihre Frau weiß, dass wir die Wahrheit sagen", raunzt Fred.

„Lüge", sagt Nelia.

„Was?", schreit Eric. Sein Blick huscht zwischen den beiden hin und her, als ob ihm etwas durch den Kopf ginge.

Capstan verzieht die Lippen, und aus seiner Brust ertönt allmählich ein tiefes Knurren.

„Sagen Sie Ihrer Frau, sie soll die Klappe halten", faucht Fred.

Capstan schnellt nach vorn. Vir gelingt es gerade noch, Capstan aufzuhalten, indem er den eigenen Körper gegen den des größeren Abenteurers stemmt.

Freds Augen glitzern triumphierend, und er sagt: „Bei Außerirdischen geht es immer um Gewalt."

„*Genug!*“, brülle ich, um auf mich aufmerksam zu machen. Bei den Göttern, ich wünschte, ich hätte eine Aura oder etwas in der Art, um mich durchzusetzen. Aber vielleicht ist mein Ruf als kompletter Psychopath bereits ausreichend. „Capstan, du musst dich zurückhalten.“

Die Erste Faust dreht sich zu mir und der Yerick fletscht die Zähne und faucht mich an. „Ich hatte mehr von dir erwartet, Erlöser. Du willst diese Menschen schützen?“

„Wenn es deinen Angriff verhindert? Klar.“ Ich trete vor und sehe, wie die nichtmenschliche Menge sich vor mir zurückzieht. Dort sehe ich Sally mit verschränkten Armen dastehen, und Xev betrachtet mich aus bifraktalen Augen, aber meine Aufmerksamkeit gilt Capstan. „Das passt nicht zu dir, dafür bist du zu gut.“

„Sie haben uns betrogen“, knurrt Capstan und wirft wütende Blicke um sich.

„Wahr“, meldet Nelia.

„Das habe ich gehört.“ Ich trete vor, wodurch ich in Reichweite der Ersten Faust gelange. Beim Blick nach oben sehe ich große braune Augen. „Sag mir, was los ist und ich werde sehen, was ich tun kann.“

„Wahr.“

Bevor Capstan die Gelegenheit zu einer Antwort erhält, mischt sich Fred ein: „Du hast hier überhaupt keine Autorität!“

Ich strecke Capstan einen Finger entgegen, bevor ich mich umdrehe und Fred in die Augen blicke. „Klappe. Ansonsten reiße ich dir die Zunge raus und zwinge dich, sie zu essen.“

„Lüge“, sagt Nelia.

„He, Wahrheitsscheißer, wir möchten hier nur helfen!“, grummelt Ali, während Fred grinst.

„Na schön, wie wäre es damit: Wenn du nicht die Klappe hältst, kneble ich dich und setze mich auf dich. Vielleicht furze ich auch ein bisschen“, raunze ich ihn verärgert an.

„Und er hat Bohnen gefuttert“, meint Ali.

„Wahr“, sagt Nelia.

Fred hält den Mund und ich grinse, wobei ich beiläufig bemerke, dass mehr als nur einige der Menschen ebenfalls lächeln. Ja, meine Drohung war albern, aber effektiv.

„John ...“

„Du auch, Amelia. Ich werde ihn nicht töten oder verletzen. Sorge nur dafür, dass er die Klappe hält.“

Sie presst die Lippen zusammen, aber ich stelle fest, dass sie ansonsten nichts unternimmt. Glücklicherweise ist sie sehr berechenbar – solange es nur um ein Wortgefecht geht, wird sie nicht eingreifen.

„Jetzt, Capstan?“, frage ich.

„Wir haben herausgefunden, dass ihr Menschen uns übers Ohr gehauen habt. Die Leute im Schlachthof haben Körperteile der getöteten Kreaturen gestohlen und uns zu wenig angerechnet. Anfangs nur in geringem Umfang, aber jetzt geschieht es unverhohlen.“

„Wahrheit“, sagt Nelia.

Fred und mehrere der Menschen werfen ihr zornige Blicke zu. Ich sehe unwillkürlich sie und dann Ali an.

„*Das stimmt, Junge. Sie kanalisiert eine Fertigkeit, die es ihr erlaubt, den Wahrheitsgehalt einer Aussage festzustellen. Soweit sich der Sprecher dessen bewusst ist*“, erklärt Ali.

„Fred, jetzt bist du dran“, sage ich.

„Du hast mir überhaupt nichts zu sagen“, erwidert Fred.

Ich überlege mir rasch, wie ich weiter vorgehen möchte. Ich könnte den Politiker mit dem rötlichen Gesicht verprügeln, bis er mir verrät, was ich wissen will – aber eigentlich möchte ich hier ja einen Gewaltausbruch verhindern. Andererseits ...

„Okay. Das war sowieso eher aus Höflichkeit. Ich kaufe mir die Informationen einfach im Shop." Ich werfe Capstan einen Blick zu, und dieser neigt zustimmend den Kopf.

Fred verzieht das Gesicht, aber nun ergreift Mr. Lakai das Wort. „Was soll das heißen, du kaufst sie im Shop?"

„Dort ist alles käuflich, Idiot. Das sagte ich doch schon. Man muss nur bereit sein, den vom System festgelegten Preis zu bezahlen", antworte ich und wende mich wieder Mr. Lakai zu. „Deine kleine Betrugsmasche? Echt bescheuert. Vielleicht hast du damit kein galaktisches Gesetz gebrochen, aber davonkommen wirst du damit auch nicht. In dieser Welt kommt man nicht so einfach davon – so etwas wird immer, immer aufgezeichnet."

Eric schließt plötzlich den Mund und blinzelt. Als Nelia „Wahrheit", sagt, zuckt er zusammen und deutet auf sie. „Woher wissen wir überhaupt, dass sie die Wahrheit sagt?"

„Weil es ihre Fertigkeit ist, und vermutlich auch die ihrer Klasse. Sie könnte lügen, aber die Yerick sind nicht doof. Sie kennen das System und die Bedeutung eines solchen Vorwurfs", sage ich.

Mr. Lakai presst die Lippen noch fester zusammen. So nervig Eric auch sein mag, dumm ist er nicht.

„Wahrheit", sagt Nelia erneut.

Ich blicke sie zornig an. Sie tut das jedes Mal, wenn wir etwas nicht als Frage ausdrücken, und auf Dauer nervt es etwas. Wenn sie so etwas auf Partys macht, muss sie ungeheuer beliebt sein.

Miranda presst die Lippen zusammen und starrt vor sich hin, bevor sie ruckartig den Kopf bewegt. „Du sagst also, wir hätten sie wirklich betrogen?"

„Ist das dein Ernst? Möchtest du diesen Blödsinn wirklich glauben? Was ist schon das System? Ein allwissender Gott?", sagt Fred und wedelt mit den Händen. „Komm schon. Wenn das System all das weiß, warum hat es dann so lange gedauert, herauszufinden, wer die Yerick-Gebäude in Brand gesteckt hat?"

„Das hat es nicht", meint Amelia. „Wir wussten fast sofort, wer dafür verantwortlich war. Teufel noch mal, selbst mit meinen eigenen Fertigkeiten hatte ich es bereits nach wenigen Tagen herausgefunden. Wir wollten uns nur ganz sicher sein."

„Wahrheit."

Fred macht ein schnüffelndes Geräusch. „Noch so eine verdammte Alien-Liebhaberin. Ihr steckt doch alle unter einer Decke."

Amelia öffnet den Mund, um etwas zu erwidern, wird jedoch von Miranda unterbrochen: „Vorausgesetzt, deine Aussage wäre wahr. Was würde dann das System daran hindern, uns anzulügen?"

„Es hat noch nie einen Fall gegeben, in dem so etwas nachgewiesen wurde", wirft Ali ein. „Und bei unserer intensiven Systemnutzung würden wir es wissen, das kannst du mir glauben."

„Wahrheit."

Nach dieser Aussage nagen dunkle Sorgen an mir, aber Miranda nickt nur kurz. „Na gut. Ich bin dabei. Mit dem Betrug hatte ich nichts zu tun."

„Wahrheit."

„Ich auch nicht!", faucht Eric, bevor jemand etwas dazu sagen kann.

„Wahrheit."

Nach all den vorherigen Beteuerungen kommt dies nicht völlig überraschend, aber irgendwie bin ich doch leicht schockiert, dass Mr. Lakai nichts mit Freds Machenschaften zu tun hatte.

Während ich mich mit meinen Vorurteilen auseinandersetze, spricht Miranda weiter. „Na gut. Erste Faust … so heißt das doch? Sind Sie bereit, diese Angelegenheit in einer etwas entspannteren Umgebung zu besprechen? Wo es etwas weniger ... aggressiv zugeht?“

Capstan stößt ein tiefes Knurren aus und betrachtet Fred, Miranda und mich mit einem skeptischen Blick.

Dann meldet sich Vir zu Wort. „Darf ich meine Dienste zur Schlichtung anbieten? Ich glaube, Lord Roxley würde sich eine friedliche Lösung dieser Angelegenheit wünschen.“

Fred öffnet den Mund, um etwas zu sagen, aber ich greife in mein Inventar und ziehe ein Seilstück heraus. Als ich es ihm entgegenstrecke, klappt er den Mund wieder zu.

Amelia hingegen verdreht die Augen und drückt meine Hand nach unten. „Ich kümmere mich um den Bürgermeister.“ Sie packt Fred am Arm, wobei ihr Gesichtsausdruck professionell wirkt. „Wir gehen in mein Büro.“

Ich überlege mir, Einspruch zu erheben, lasse es dann aber sein. Das ist nicht meine Angelegenheit. Und Freds ausführliches Verhör überlasse ich besser einem Profi. Auch wenn Amelia Gewaltmaßnahmen ablehnt, hat die Polizei seit Jahrzehnten Tatverdächtigen auch ohne den Einsatz von Daumenschrauben Geständnisse abgerungen.

„*Weißt du, Ali, die anderen Diebe werden sich aus dem Staub machen*“, sage ich telepathisch zu meinem Freund und höre sein geistiges Schnauben.

„*Wohin denn?*“

Ich lasse mir seine Antwort durch den Kopf gehen und lächle dann grimmig. Da hat er ins Schwarze getroffen. In einer Apokalypse ist es nicht möglich, einfach irgendwohin zu fliehen. Sally piekst mich in den Bauch, während ich nachdenke und ich erinnere mich daran, warum ich den Shop verlassen habe. Einen Augenblick später besitzt sie dieselben Informationen wie ich und eilt zu ihrem Laden zurück, um rasch etwas nachzuprüfen.

„*Ali* ...“

„*Einige von uns können mehrere Aufgaben gleichzeitig erledigen. Ich habe die Gruppe hier untersucht, und alle von ihnen sind sauber. Sobald andere in Reichweite kommen, scanne ich sie ebenfalls.*“

Das bedeutet wohl, dass ich Aiden aufspüren muss. Die Menge löst sich auf – Vir, Capstan, Nelia und die Stadträte gehen in die Büros des Stadtrats, während sich die Gruppe der Jäger zerstreut. Xev klettert auf Gebäude und eilt über die Dächer, wahrscheinlich auf dem Weg zur Werkstatt. Ich seufze und reibe mir die Schläfen. Irgendwann müssen wir es den anderen im Detail erklären, aber zumindest für den Augenblick dürften wir sicher sein.

***

„Wiederholen.“

Stunden später sitze ich in meinem dunklen Wohnzimmer und starre den leuchtenden Systembildschirm mit den Gefechtsszenen an. Dank der Drohnen und Ali besitze ich Aufzeichnungen der gesamten Mission in mehrfacher Ausführung. Ich habe mir die Aufnahmen immer wieder von Anfang bis Ende angesehen und jeden Augenblick, jede Interaktion analysiert. Ich suche etwas, irgendetwas, was uns einen Vorteil verschaffen könnte.

Siebenundsechzig Frakin starren mir vom Bildschirm entgegen, schweigend und genauso unheimlich wie bei unserer ersten Begegnung. Sie bewegen sich nicht und zucken nicht. Wenn ich aber den Bildschirm betrachte, sehe ich bei allen Zeichen der Sporeninfektion.

„Pause."

Der Bildschirm friert ein und ich greife nach vorn, um Szenen meines verzweifelten Kampfs gegen die Frakin in den Tunneln herbeizuziehen. Ich sehe, wie ich mich ducke und ausweiche, zwischen den Frakin hin und her springe. Ich beobachte, wie ich den Versetzungsschritt auslöse, plötzlich nicht mehr sichtbar bin und dann vor der Horde erscheine, die an mir vorbeiströmt, wobei überall Plasmablitze aufleuchten.

„Wiederholen."

Ich beobachte den Kampf, sehe den Tanz der Schmerzen, die ich austeile und die Plasmablitze, die mich nur um Zentimeter verfehlen.

„Wiederholen."

Ich beobachte meinen Versetzungsschritt und erkenne dann, was mir unbewusst aufgefallen war und immer noch an mir nagt. Ich hebe die Hände und versetze beide Bildschirme zu dem Moment zurück, mit dem ich beginnen möchte. Dann zucken meine Hände erneut und ich rufe die Mini-Karte auf. Ich platziere zwei Karten vor mir und stelle die Zeitskalen so ein, dass sie zum richtigen Zeitpunkt beginnen.

„Start."

Da ist es. Nur eine flackernde Bewegung, so subtil, dass sie kaum erkennbar ist, aber sie existiert. Ein Zögern, ein Stottern im Rhythmus der Angriffe. Wenn die Frakin den Angriffsbefehl erhalten, beginnt die Welle in den hinteren Reihen und fließt zur Front, wobei der Befehl so rasch übertragen wird, dass es mir sogar mit meinen verbesserten Attributen kaum auffällt. Gleichzeitig bemerke ich ein Ruckeln der Bewegungen auf der Karte. Dazu kommt es während meines Versetzungsschritts, wenn ich sofort die

Position wechsle. Das Ruckeln zeigt sich also, wenn die Frakin versuchen, mich erneut zu erfassen.

„Komisch", sagt Ali und ich nicke langsam.

Ich starre die Bildschirme schweigend an. Ich sehe es zwar – aber es ist mir nicht ganz klar, was genau ich hier eigentlich sehe.

„John?", ruft Lana mit aufgebrachter Stimme und marschiert schweren Schrittes die Treppe hinunter.

Ich blicke von den Bildschirmen hoch und frage mich, was ich jetzt schon wieder vermasselt habe. „Lana ...?"

„Hast du gehört, was Bill macht?", faucht sie mich an, stürmt ins Zimmer und wirft sich in einen Sessel neben mir.

„Äh ..."

„Er hat einen Striptease-Club eröffnet!", brüllt sie und gestikuliert aufgebracht. „Das alte Motel, das er gekauft hat, ist jetzt ein Striptease-Club. Und er verkauft dort auch Drogen!"

„Oh." Ich ziehe gedankenverloren einen Schokoriegel aus dem Inventar.

Bevor ich dazu komme, ihn zu essen, reißt sie ihn mir aus der Hand. Ich starre die leere Hand einen Augenblick lang an und hole mir dann einen neuen.

„*Oh!* Mehr hast du dazu nicht zu sagen?", raunzt Lana, deren Augen in der Halbdämmerung eiskalt wirken. „Er beutet Frauen aus! Und verkauft Drogen an alle Besucher. Wir haben versucht, den Drogenkonsum einzudämmen, und er verkauft das Zeug einfach!"

„Hast du mit ihm geredet?"

„Selbstverständlich. Das haben wir alle. Er sagt, er würde nichts Schlimmes tun! Da Roxley der Eigentümer der Stadt ist, folgt Bill seinen Gesetzen und es gibt keine galaktischen Gesetze, die so etwas verbieten würden. Er meint, er würde Frauen eine ‚Erwerbstätigkeit' bieten und wir sollten froh sein, dass er uns dadurch hilft", knurrt sie, reißt mir den halb gegessenen Schokoriegel aus der Hand und knabbert daran herum. „Er ist ... mmmmpf ... so ein ... mmmm ... Arschloch. Ist das Nougat?"

„Ja."

„Ich verabscheue Nougat." Sie gibt mir meinen größtenteils gegessenen Schokoriegel zurück und wartet ab, bis ich einen anderen in ihre ausgestreckte Hand lege.

„Na ja, das war meine Schokolade", erkläre ich, und sie wirft mir einen Blick zu, der mich lächeln lässt.

„Das ist nicht lustig", faucht sie, aber nun etwas weniger energisch.

„Nein, aber er hat recht. Der Stadtrat, na ja, der stellt eigentlich keine Regierung mehr dar. Nicht, soweit es das System betrifft. Und solange ihr nicht bereit seid, ihn mit Gewalt daran zu hindern, könnt ihr nicht viel ausrichten."

Sie nickt mit verschränkten Armen. „Ich weiß. Aber ... ich hasse Strip-Clubs. Die sind so ... so ... entwürdigend!"

„Und der Drogenhandel stört dich nicht?"

Lana schneidet eine Grimasse und blickt auf ihre Hände. „Das ... ist auch nicht gerade schön. Aber seit einer Weile wird es ohnehin immer schlimmer. Amelia und Vir mussten ein Drogenlabor in einem der Häuser schließen, weil es beinahe den kompletten Häuserblock in die Luft gejagt hätte. Bill ist wenigstens ... weniger gefährlich. Und er hat Zimmer, die diese Leute benutzen können. Wir ... ich kann sie nicht aufhalten. Das Leben in dieser Welt ist ... ist einfach so hart."

Hart. So könnte man es auch bezeichnen. Danach knabbert sie schweigend auf ihrem Schokoriegel herum. Ich unterbreche das Schweigen nicht, sondern blicke stattdessen nur kurz auf die Bildschirme, die ich zuvor betrachtet hatte. Ali schweigt im Bewusstsein, dass er besser keinen Kommentar dazu abgibt.

„Weißt du, der Stadtrat bildet sich gerade um."

„Ach, wirklich?" Ich versuche nicht einmal, mein mangelndes Interesse zu verbergen.

„Ja. Nach Fred ... nach dem Zwischenfall überlegen wir uns ... werden wir die Yerick etwas stärker mit einbeziehen. Vielleicht geben wir ihnen einen Sitz im Rat oder so."

„Aha."

„Möchtest du mit reinkommen?"

„In was?" Ich richte mich auf und starre sie an.

„In den Stadtrat. Ich bin mir sicher, ich könnte es arrangieren", sagt Lana und reibt sich die Nase. „Jim würde mich unterstützen, weiß Gott. Und Miranda wahrscheinlich auch."

„Nein. Bei allen Göttern, nein. Da würde ich lieber Ali zuhören, wie er den ganzen Tag hüftschwingend La Bamba singt."

„Mein Gott, du liebst mich. Du liebst mich wirklich", singt Ali und ich starre ihn wütend an.

„Tut mir leid. Entschuldigung. Ich bin mir bewusst, dass es für dich nicht in Frage kommt", sagt Lana und lässt sich in den Sessel fallen. Sie bemerkt, dass ich zur Seite blicke, wo meine bisher unbemerkten Bildschirme schweben und sie runzelt die Stirn. „Was machst du da?"

„Ich analysiere die Dungeonmission." Ich winke sie heran. „Komm her und sieh dir das an."

Sie rutscht auf meine Couch und setzt sich neben mich, so dass ihr Bein gegen meines drückt.

Einen Augenblick lang genieße ich die Nähe, bevor ich mich wieder auf meine Aufgabe konzentriere. „Ali, freigeben und zeigen."

„Ich hätte dir nie verraten sollen, dass ich diese Fähigkeit habe. Ich bin keine verdammte KI, weißt du“, brummt Ali, folgt jedoch meinem Befehl.

„Oh, das sind ekelhafte Biester“, sagt Lana.

„Ja. Wiederholen, Ali.“

„Ja, Meister.“

„Wiederholen.“

„Wiederholen“, sagt Lana fast sofort, nachdem das Video diesmal stoppt. „Warte mal ...“ Lana lehnt sich zurück, starrt an die Decke und beißt auf ihre Unterlippe. Kurz darauf richtet sie den Blick auf Ali, der die Szene gehorsam erneut abspielt. Danach nickt sie energisch und blickt mich an. „Es gibt ein Stottern, oder?“

„Ja.“

„Aha. Also ...“ Sie neigt den Kopf und erwartet offensichtlich eine geniale Aussage von mir.

„Also. Ja, ein Stottern.“ Ich schüttle den Kopf und rede nur aus dem Grund, weil es uns eventuell weiterbringt. „Die Sporen sind ein Schwarmbewusstsein, besitzen jedoch einen einzelnen kontrollierenden Wirtskörper. Das bedeutet anscheinend, dass sie sich nur auf einige Dinge gleichzeitig konzentrieren können. Die Frakin können autonom handeln, aber wenn sie nicht mehr nach ... nach Drehbuch vorgehen, benötigen sie neue Anweisungen. Wenn sie ein neues Programm ausführen sollen, dann müssen sie...“

„Dann müssen sie ...?“

Ich blinzle Lana an und grinse. „Sie sind ein Programm. Die Sporen sind nicht in der Lage, alle Frakin einzeln zu kontrollieren und die Frakin sind nicht mehr zu bewussten Gedanken fähig. Daher verwenden sie Programme, bestimmte Verhaltensweisen. Wird der Programmablauf unterbrochen, müssen die Frakin zurückgesetzt werden.“

Lana nickt und versucht, den Grund für meine Aufregung zu verstehen.

„Kapierst du es nicht? Es ist ein Programm! Und was tut man, um ein Programm zu zerstören?"

„Den Stecker ziehen?"

Ali prustet, während ich weiterhin grinse. „Man bringt ein Virus ins Spiel."

***

Wenige Stunden später spreche ich mit einem hageren Mann. Leonard arbeitete vor Beginn des Systems in der statistischen Abteilung des Krankenhauses und bekam eine recht eigenartige Klasse namens Biotechniker zugewiesen. Sie ähnelt Sallys Alchemistenklasse, allerdings konzentriert er sich auf die biologischen Aspekte. Wie die Mehrheit der Leute im Yukon hatte er nach Erscheinen des Systems die Wahl zwischen der vom System generierten „besten" Option oder einer etwa einer Stunde langen Suche, um etwas zu identifizieren, das für ihn nützlich wäre. Es ist keine große Überraschung, dass er wie die meisten Menschen die angebotene Option akzeptierte. Nur eine kleine Minderheit hatte die Zeit, die Fähigkeit oder das Verlangen, Millionen verfügbarer Optionen durchzugehen. Mikitos Ehemann und Jason waren die einzigen, von denen ich es sicher weiß. Allerdings nehme ich an, dass einige Mitglieder des Rabenzirkels ebenfalls so vorgingen.

Sally war meine erste Wahl für dieses Projekt, aber anscheinend sind winzige biologische Lebewesen nicht ihr Fachgebiet. Leonard war eigentlich meine dritte Wahl. Meine zweite – der Shop – erwies sich als zu kostspielig. Anscheinend bin ich nicht der Einzige, der die biologische Kriegsführung in

Betracht gezogen hat. Daher schreckt der Shop Kunden freundlicherweise ab, indem er für die Informationen extrem hohe Preise verlangt.

„Schaffst du das?", frage ich Leonard, als dieser sich die von mir mitgebrachten biologischen Daten über die Frakin ansieht.

„Nein", sagt Leonard, ignoriert mich und unterhält sich weiter mit Lana. Wie schon die ganze Zeit seit meiner Ankunft. „Ich habe keine Fertigkeiten, die die Sporen abtöten würden. Ich bin nicht einmal dafür ausgerüstet, an etwas zu arbeiten, das sie töten könnte."

Ich knurre, zwinge mich dann aber dazu, mich zu beruhigen. Scheiße. Dann muss ich es mir wohl im Shop kaufen, aber ... na ja, Sabre kostet weniger als diese Lösung. Und zwar um einige Zehnerpotenzen.

„Können wir überhaupt nichts tun?" Lana lächelt Leonard an und – ich schwör's – klimpert dabei mit den Wimpern.

„Na ja ... äh ... vielleicht. Ich könnte sie eventuell mit einer leichten Erkältung infizieren", antwortet Leonard und ich verdrehe die Augen. Anscheinend fällt es ihm auf, und er deutet auf mich. „Eine wirklich schlimme Grippe. Etwas, das sie verwirrt und möglicherweise einige von ihnen tötet."

„Das wäre nützlich", meint Lana, nimmt Leonards Hand und zieht erneut seine Aufmerksamkeit auf sich. Er lächelt, während sie spricht. „Wie lange würde das dauern?"

„Na ja, das ist nicht dasselbe, wie auf etwas einzuschlagen. Es ist kompliziert. Man muss ein Grundmodell erstellen, dann mehrere Versionen erzeugen und durch eine Simulation laufen lassen. Besser wäre es, mit einer echten Kreatur zu experimentieren ..."

„Wie lange, Brillenschlange?", meint Ali.

Selbstverständlich trägt Leonard keine Brille mehr, aber ich stimme Alis Einschätzung zu, dass das vor dem System vermutlich noch der Fall war.

„Zwei, vielleicht drei Wochen“, raunzt Leonard Ali an.

Lana nickt und drückt erneut seine Hand. „Danke. Ich melde mich dann alle paar Tage wieder.“ Sie lächelt Leonard an, der aufgeregt nickt.

Ich sehe zu, wie Lana noch etwas mit ihm flirtet, bevor wir gehen. Leonard hat versprochen, uns die erste Probe schnellstmöglich zu liefern.

Draußen danke ich Lana, die aber nur den Kopf schüttelt. „Lass das. Ich tue nur, was ich kann, um deine Rückkehr und die meines Bruders sicherzustellen.“ Ich nicke und sie sagt: „Das wird nicht ausreichen, weißt du.“

„Ich weiß.“ Ich atme aus und starre auf die untergehende Sonne. Dieser Störfaktor, der die Effizienz der Sporen verringern würde, wäre hilfreich. Trotzdem gibt es immer noch viel zu viele verdammte Frakin. Wir brauchen noch einen Vorteil. „Ich hab‘s.“

Kapitel 18

Als der Schnee dann liegen bleibt, geschieht dies ohne jegliche Vorwarnung. Über Nacht ist beinahe ein Meter Schnee gefallen. Es ist keine große Überraschung, dass sich niemand die Mühe gemacht hat, die Schneepflüge oder Salzstreufahrzeuge in Schuss zu bringen. Aber wer braucht schon Schneepflüge, wenn man muskelbepackte Krieger und Magier hat?

Ich stehe draußen auf einem der vier Wachttürme, die wir um das Haus herum errichtet haben und sehe den Jäger-Teams dabei zu, wie sie gemeinsam die Straßen räumen. Die meisten von ihnen laufen einfach nur mit den Bulldozerschaufeln herum, manchmal einzeln, gelegentlich auch paarweise, so dass der Schnee in die unbenutzten Vorgärten gepflügt wird. In anderen Straßen kanalisieren Magier schwache Feuerzauber, so dass der Schnee schmilzt und das Wasser in die Kanalisation abfließt, während sie bequem auf einer trockenen Veranda stehen. Gelegentlich führt ein Mangel an Koordination zwischen den beiden Gruppen dazu, dass eine davon in einem Haus unter Schnee begraben wird oder eine Flut lauwarmen Wassers auf geräumte Straßen strömt, wo immer noch Leute arbeiten.

Eine kleinere Gruppe von Bürgern bewegt sich von Haus zu Haus und stellt sicher, dass die Wasserleitungen abgestellt und die Wassertanks geleert sind. Ich nehme an, sie wurden vom neu gegründeten Erweiterten Rat geschickt. Nun haben sowohl die Yerick als auch Sally Ratssitze, was sich als echte Hilfe herausstellen dürfte. Sie haben schließlich sogar Lana miteinbezogen, obwohl sie sich extrem darüber ärgert, dass Bill ebenfalls mit dabei ist. Auf jeden Fall scheint der neue Erweiterte Rat endlich die Allgemeinheit zu vertreten. Wie ich hörte, hat sogar Roxley all dem seinen Segen erteilt, indem er die Aufgabe der Schlichtung von Streitfällen an Vir übertrug.

Je mehr ich von Vir sehe, desto mehr bezweifle ich, dass er nur ein vielversprechender junger Adjutant Roxleys ist. Ich habe mit eigenen Augen gesehen, wie stark die Erste Faust ist und es war extrem beeindruckend, dass Vir den Yerick aufhalten konnte. Dass Roxley ihm als Vorsitzenden des Rats einen Blankoscheck ausgestellt hat, liefert einen weiteren Hinweis darauf, dass dieser Truinnar mehr ist, als es scheint. Diesen Adjutanten werde ich in Zukunft im Auge behalten.

Den Störenfried und Bürgermeister Fred hat seit dem großen Konflikt niemand mehr gesehen. Amelia hat keine Ahnung, was mit ihm geschehen ist und Vir sagt lediglich, man hätte „die entsprechenden Maßnahmen ergriffen", was ihn betrifft. Als Richard davon hört, schlägt er vor, den Fluss abzusuchen. Ich glaube, Roxley ist viel zu vernünftig, um eine Ressource komplett zu verschwenden. Schließlich könnte man Fred im Shop verkaufen, zumindest in Form billiger Ersatzteile. Es überrascht nicht, dass manche darüber grummeln, wie willkürlich Fred behandelt wurde. Aber der Protest wird meist nicht laut ausgesprochen. Insgesamt betrachtet hat der Rat die Konflikte zwischen den Rassen zwar nicht beseitigt, aber zumindest einen ersten Schritt dazu unternommen.

Die in der Ferne sichtbaren Freiflächen bei den Schulen sind zu Winterspielplätzen geworden, wo Gruppen von Kindern darum wetteifern, den größten Schneemann zu bauen. Das ist eben das Seltsame an vom System unterstützten Kindern – manche sind unglaublich stark und agil. Einige der Schneemänner überragen bereits die Häuser. Allerdings bleiben sie nie lange stehen, weil die Kinder sich von den Dächern fallen lassen und die Schneemänner unter viel Gelächter und Jubelschreien zum Einsturz bringen. Ich sehe einen kleinen Jungen, kaum älter als fünf, der einem anderen Kind einen Schneeball entgegenschleudert, der doppelt so groß ist wie er. Die darauf folgende Schnee-Explosion und das laute Gelächter rufen eine Aufsichtsperson herbei, die dem Jungen einen Verweis erteilt. Ich benötige die Vergrößerung meines Helmvisiers kaum, um das Grinsen auf dem Gesicht des Jungen zu erkennen.

Insgesamt hat sich Lage jetzt, wenige Wochen nach unserer schweren Niederlage, so ziemlich beruhigt. Es ist ruhig, aber irgendwie nagt der Zweifel an mir.

Hast du je erlebt, völlig fasziniert von einer Sache zu sein, die allen anderen scheißegal ist? Ja, so war mein Leben während der vergangenen Woche. Außer Ali und Lana haben alle den Dungeon aufgegeben.

Als ich den Vorschlag eines erneuten Raids zur Sprache brachte, meinte Capstan nur: „Es gibt noch viele Dungeons abzuschließen. Manchmal muss man die Grenzen seines aktuellen Levels akzeptieren und etwas Neues beginnen. Die Yerick stürzen sich nicht in Gefechte, die sie nicht gewinnen können."

Ich gebe zu, in diesem Augenblick wollte ich beinahe Tahar zur Sprache bringen. Fast. Aber trotz allem verfüge ich noch über einen gewissen Selbsterhaltungstrieb. Aber diese Aussage war enttäuschend, erst recht nach seiner Ankündigung, zunächst einige Wochen ins Training eines neuen Gruppenmitglieds zu investieren.

Richard und Mikito nickten angesichts dieser Bemerkung höflich. Ansonsten aber zeigen sie kein besonderes Interesse an meinen Erklärungen und Theorien. Ich bin mir nicht sicher, ob sie annehmen, ich würde alles planen oder ob sie sich wie Capstan bereits anderen Projekten zuwenden. Nach der letzten Runde freundlicher, aber nicht gerade produktiver Diskussionen gab ich es auf, mit ihnen darüber zu sprechen.

Amelia hat eine Menge Arbeit, für Frieden und Ordnung zu sorgen, gerade jetzt, da Vir so oft in Besprechungen steckt. Bei unseren gelegentlichen Treffen beschwert sie sich darüber, sie müsse einen neuen Partner einarbeiten und murmelt etwas über „Regeln der

Gewaltanwendung.“ Mittlerweile gehe ich ihr auch schon aus dem Weg, da sie mich bei der Erwähnung dieses Themas immer mit Blicken erdolcht.

Aiden hat mich einfach rausgeworfen, als ich einen erneuten Besuch des Dungeons vorschlug. Und Rachel, na ja, Rachel ist in dieser Hinsicht auch nicht viel besser. Sie verbringt nun mehr Zeit mit Aiden, unterrichtet und trainiert andere, geht aber selbst nicht einmal mehr auf die einfachsten Jagdmissionen. Auch ich bin nicht bescheuert genug, sie dazu zu drängen – nach dem Verlust fast ihrer gesamten Gruppe noch ein weiteres Gruppenmitglied zu verlieren waren wohl nicht gerade die besten Aussichten für eine Rückkehr zur Jagd. Sie begleitet uns nur dann auf unseren Ausflügen, wenn es nach Carcross geht.

Alle beschäftigen sich mit anderen Dingen als diesem Dungeon, was ich ihnen nicht verübeln kann. Nicht wirklich. Wir haben ihn zweimal in Angriff genommen und bekamen beide Male einen Schlag in die Fresse. Aber irgendwie weiß ich, dass ein Abwarten alles noch verschlimmern würde.

„Junge?“ Ali schwebt neben mir, während ich gerade meinen Kaffee austrinke. „Tun wir‘s?“

„Gib mir noch einen Moment Zeit für meinen Kaffee.“ Manchmal kann ich mich selber nicht ausstehen.

***

Unten angekommen hebe ich die Hand, um auf meinen Veränderten Raum zuzugreifen. Ich kann Sabre nicht in meinem Inventar lassen, denn dann würde das Motorrad sich nicht selbst reparieren. Daher hat Sabre in letzter Zeit in meinem Veränderten Raum gesteckt, solange ich nicht auf der Jagd war.

Omnitron III Persönliches Kampffahrzeug der Klasse II (Sabre)

Strukturelle Stabilität: 82 %

Systemintegrität: 94 %

Verdammt, der letzte Kampf hat Sabre schwer mitgenommen. Die gute Nachricht ist, dass die adaptive Panzerung einen zwanzigprozentigen Widerstand gegen Plasma und extreme Hitzeeffekte hinzugefügt hat. Die schlechte Nachricht lautet, dass dieser Vorgang einige Wochen erfordern wird – vorausgesetzt, Sabre erleidet vor der vollständigen Reparatur keine weiteren Schäden. Zum Glück kostet die Reparatur diesmal nur eine Menge Material, das ich aber habe. Die Verwendung von elementargeladenem Gold als Hauptbestandteil der Reparaturen hat in den Panzerplatten dunkelgelbe Streifen zum Vorschein gebracht. Glücklicherweise ist elementargeladenes Gold nicht ganz so weich wie das echte Zeug, sonst würde das Motorrad sich beim nächsten Kampf zerlegen.

Ich stehe da und streichle Sabre, bin mir jedoch bewusst, dass ich die Dinge lediglich aufschiebe. Ich denke an alberne Dinge im Wissen, dass ich demnächst eine Dummheit begehen werde. Alle anderen haben dieses Projekt aufgegeben – warum bringe ich es nicht über mich? Ich atme aus, schüttle den Kopf und sehe mir das Motorrad ein letztes Mal an.

Hunii Libellen-Drohne (Aufklärung Typ IV – modifiziert)

Diese Libellen-Drohne verfügt über mehrere Video- und Audio-Aufzeichnungsoptionen und kann 3-D-Landschaftskarten aktualisieren. Wurde modifiziert, um zusätzliche Fracht zu tragen.

Betriebsdauer: 2 Stunden

Fracht: Bio-Sprühcontainer

Leonard hat es geschafft, das Virus zu entwickeln. Aber die Frage lautet – wird es funktionieren? Es gibt nur einen Weg, die Antwort herauszufinden, und dazu muss ich mich wieder in den Dungeon wagen. Hoffentlich warten sie dort nicht schon auf mich.

***

„*Junge*“, sagt Ali telepathisch zu mir und schiebt ein Video dessen, was er sieht, in meine Richtung.

Ich bremse ab und ducke mich dann hinter einen eigentlich zu kleinen Baum, während ich mir die Aufnahme ansehe. Das Video zeigt eine Art mutierter Katze – eine ehemalige Hauskatze, die nun zu einer zwei Meter langen Kreatur mit Stacheln, Schuppen und Reißzähnen geworden ist. Ich nicke kurz und starre auf das Monster, das nur dasitzt und den Weg beobachtet. Unheimlich, aber nicht überraschend – schließlich lauern Katzen ihren Opfern generell gerne auf.

„*Ich seh's. Sieht nicht allzu gefährlich aus.*“

„*Nicht das. Das hier.*“ Ali führt einen Systembefehl aus und der Videoausschnitt schwebt gemeinsam mit ihm nach oben, so dass ich eine bessere Sicht habe, während er bestimmte Stellen markiert. Am Hinterkopf der Katze befindet sich eine kleine grüngelbe Beule, die ich übersehen hatte.

„*Sind das ...?*“ Ich muss plötzlich schlucken.

„*Onlivik-Sporen, ja*“, antwortet Ali. „*Sie verbreiten sich außerhalb des Dungeons.*“

„*Wie?*“

„*Ich weiß nicht. Ich vermute, dass die Sporen entweder nicht von Anfang an zum Dungeon gehörten oder sie der Kontrolle des Systems entkommen sind, weil wir noch nicht vollständig integriert wurden*“, erwidert Ali.

Ich stöhne laut. „*Wie schnell?*"

„*Was denkst du eigentlich, wer ich bin? Ein Silikon-Trottel? Schnell. Wir sind etwa zwei Meilen vom Dungeon entfernt, und es gibt Späher, die auf Probleme achten*", sagt Ali.

Ich seufze. Scheiße. „*Na gut, können wir eine Nachricht an die Stadt schicken? Komprimiere das Video und sende es mit einer der Drohnen. Wir müssen immer noch dieses Virus in den Dungeon einschleusen.*" Falls ich dabei umkomme, ist es wichtig, dass die Stadt diese Informationen erhält.

„*Mach mal, Ali. Mach mal, Ali*", murmelt Ali, während er sich konzentriert und die entsprechenden Befehle an eine unserer letzten Drohnen überträgt. „*Fertig.*"

„*Ja, macht echt Spaß, dir beim Quengeln zuzuhören.*"

Danach halte ich den Mund und konzentriere mich darauf, um die Katze zu schleichen. Es ist besser, falls möglich einen Weg nach Innen zu finden, auf dem ich keine Aufmerksamkeit errege. Dort angekommen werde ich dann immer noch genug Lärm verursachen.

***

Das Gebiet um den Dungeon hat sich mit Ausnahme des Schnees während der vergangenen zwei Wochen nicht verändert. Schneebedeckte Hänge, schwer beladene Bäume und gelegentliche Spuren eines Schneeschuhhasen oder einer seltsameren, unbekannten Kreatur sind alles, was im Terrain zu sehen ist. Die Szenerie des Yukon ist wie immer fantastisch und malerisch, aber diesmal zerbreche ich mir eher den Kopf darüber, nicht leicht zu verfolgende Spuren zu hinterlassen, als die Landschaft zu genießen.

Leider kann ich kaum etwas dagegen ausrichten, dass jeder meiner gepanzerten Schritte eine Spur hinterlässt, die selbst ein Blinder finden würde. Die einzige Lösung wäre ein starker Wind oder ein weiterer heftiger Schneefall. Aber der klare Himmel und die Windstille zeigen mir, dass ich heute nicht damit rechnen sollte. Dadurch wird mein Pfad zum Dungeon zum Umweg, auf dem ich nur langsam vorankomme. Glücklicherweise scheinen die Onlivik-Sporen mehr am Einrichten fester Wachposten interessiert zu sein als am Einsatz herumstreifender Patrouillen.

Interessanterweise sind am eigentlichen Dungeoneingang keine Wächter zu sehen. Ich bin mir nicht sicher, ob die Sporen so selbstsicher oder einfach dumm sind, akzeptiere es jedoch gern. Allerdings rechne ich nicht damit, dass meine Anwesenheit lange verborgen bleibt.

Im ersten Raum finde ich nichts. Es kommt nur selten vor, dass sich bereits in der ersten Kammer von Dungeons Monster herumtreiben. Allenfalls stößt man dort auf eine Falle. Einen Augenblick lang frage ich mich nach dem Grund dafür, konzentriere mich dann aber wieder. Klar. Eine Horde telepathisch kontrollierter Frakin, die nur darauf warten, mich zu versengen.

Die Suche nach einem Versteck ist eine angespannte, nervenzerreißende Angelegenheit, auch wenn ich nicht viel weiter als bis zur ersten Höhle vorstoßen möchte. Ich weiß, dass der QSM mir eine Fluchtmöglichkeit bietet. Aber seine nur für fünf Minuten ausreichende Ladung ist eine Trumpfkarte, die ich wohlüberlegt ausspielen möchte. Was bedeutet, dass für den täglichen Einsatz gute alte Tarnfähigkeiten eine größere Rolle spielen, und glücklicherweise haben meine dank all der Solo-Jagdmissionen einen ziemlich hohen Level erreicht.

Sobald ich mich versteckt habe, starte ich meine letzten beiden Drohnen. Es wäre besser gewesen, alle drei dabei zu haben. Aber ich musste unbedingt eine Nachricht an die Stadt schicken. Ich kauere hinter einem kleinen Felsvorsprung auf halber Höhe der Höhle und lenke die Drohnen, während Ali auf potentielle Feinde achtet. Ich lasse die Drohnen hoch und leise fliegen und bewege sie tiefer und tiefer entlang der mir sichtbaren Pfade in den Dungeon hinein. Ich muss möglichst viele dieser Frakin aufspüren, kann jedoch die Drohnen nur bis zu einer bestimmten Entfernung lenken, da das Signal danach abbricht. Danach müssen sie mithilfe ihrer eigenen Programmierung weiterfliegen.

Das ist einer der Gründe dafür, dass die Yerick nur selten Drohnen einsetzen. Dabei ist es nicht nur notwendig, die Drohnen ständig zu beaufsichtigen, um die benötigen Daten zu erhalten. Sie entsprechen meistens auch nicht der Qualität der Informationen, die über Fertigkeiten abrufbar wären. Außerdem könnten Drohnen, die man zu weit wegfliegen lässt, technische Defekte entwickeln oder von Monstern aus der Luft geholt werden. So wird deutlich, warum die Yerick sie oft nicht als gute Investition betrachten. Insgesamt sind ihre Argumente für mich nachvollziehbar, aber dann gibt es eben auch Situationen wie diese hier.

Ich grinse, als Drohne Eins die erste Frakin-Gruppe erreicht. Diese besteht nur aus einem halben Dutzend Individuen, hauptsächlich Halbwüchsige, was mir zeigt, dass sie sich noch nicht vollständig von unserem letzten Gefecht erholt haben. Das ist eine ziemlich gute Nachricht. Ich werfe ein Viertel der Nutzlast einer Drohne ab und lasse sie dann weiterfliegen. Ich komme am Ort meines letzten Gefechts vorbei, bevor das Signal schließlich abbricht.

Ich fluche leise vor mich hin und hoffe, es reicht aus. Theoretisch gesehen muss ich nur eine ausreichende Verteilung des Virus sicherstellen, dann sollte es sich problemlos vermehren. Leonard zufolge verbreitet sich das Virus sowohl über die Luft als auch über das System – was bedeutet, dass das System den Infektionsprozess vorantreibt. Mir ist nicht ganz klar, was das bedeutet oder warum er sich aufregt, wenn ich es als Virus bezeichne.

Aber da ich nie Biologie studiert habe und er darauf besteht, alles in ellenlangen Sätzen zu erklären, geht das schon in Ordnung. Falls alles klappt, würde ich Leonard sogar verzeihen, falls er Lana ausführen möchte.

Obwohl ich eigentlich kein Recht hätte, mich darüber aufzuregen. Schließlich haben Lana und ich nicht mehr getan als, na ja, ein Gespräch zu führen. Irrationale Eifersucht ist nun einmal irrational. Solange ich mir dieser Irrationalität bewusst bin, kann ich sie unter Kontrolle halten. Allerdings frage ich mich, ob ich sie mal ausführen sollte ...

Ich knurre, schüttle den Kopf und konzentriere mich wieder auf die Videos. Ich muss aufhören, darüber nachzudenken. Wenn ich mitten in einem Dungeon sitze und abwarte, ob meine Drohnen abgefangen werden oder ihre Aufgabe erfüllen, ist das weder der passende Ort noch der Zeitpunkt, über Beziehungen nachzudenken. Außerdem habe ich der Dame wenig zu bieten – ich bin nur ein selbstmörderisches, hitzköpfiges Nervenbündel. Sie hat einen Besseren verdient.

Zum Glück empfange ich Daten von einer meiner Drohnen, bevor sich meine Stimmung noch mehr in Richtung mürrischer Idiotie verschiebt. Ich hatte diese Drohne auf einen der seitlichen Pfade gelenkt, von dem aus die Frakin damals einen Flankenangriff versuchten. Nachdem die Verbindung zur Drohne hergestellt wurde, aktualisiert sich die Karte und ich pfeife leise vor mich hin. Mein Gott – der Pfad führt zu einer Kammer unterhalb von mir, in der sich anscheinend unglaublich viele Frakin aufhalten. Sie sind immer noch unheimlich still und bewegen sich nicht einmal, als die Drohne ihre Fracht abwirft.

Aber mir bleibt keine Zeit, die Situation näher zu überprüfen, da Ali warnend zischt und auf meiner Mini-Karte Symbole auftauchen. Sieht aus, als ob die Frakin sich nun um mich herum bewegen und nach etwas suchen. Ich vermute, dass die andere Drohne abgefangen wurde. Nach einem hastigen Befehl versteckt sich die verbleibende Drohne und geht in den Ruhezustand über, bis ich sie später eventuell wieder abhole. Dann lasse ich mich zu Boden fallen und renne los. Zeit für den Rückzug.

Aus dem Dungeon zu fliehen, während Ali neben mir schwebt – diese Routine geht mir allmählich auf die Nerven. Einige der infizierten Monster stürmen heran, Punkte auf dem Bildschirm, die sich mir nähern. Aber ich blende ihre Existenz aus. Ich habe genügend Vorsprung vor allen mit Ausnahme der Katze, auf die ich zulaufe. Die Sporen sind eigentlich ganz schön blöd, mich anzugreifen – die Katze hat gegen mich keine Chance und ich schlage ihr mühelos den Kopf ab. Andererseits haben wir bereits festgestellt, dass die Sporen nicht sonderlich intelligent sind.

Noch nicht.

Kapitel 19

„Ein besserer, großzügigerer Mann würde jetzt nicht erwähnen, er hätte es euch ja gesagt“, rufe ich in die verblüffte Stille der Einflussreichen und Mächtigen von Whitehorse, nachdem Ali seinen Vortrag beendet hat. Danach warte ich einen weiteren schweigenden Augenblick lang. „Ich hab‘s euch doch gesagt.“

„John…“, sagt Lana mit kühler Stimme.

Ich lächle sie an, beruhige mich dann aber. Einige bedienen noch ihre Datenbildschirme und versuchen verzweifelt, die von uns präsentierten Informationen irgendwie anders zu interpretieren als wir. Andere beäugen nach der Lektüre mich oder ihre Anführer in Erwartung einer Antwort. Allerdings hat niemand eine auf Lager, denn es gibt einfach keine einfache Antwort.

„Na schön, Erlöser. Du lagst also richtig. Ich nehme doch an, eine Lösung hast du auch gleich vorbereitet, oder?“ Meldet sich Nelia schließlich zu Wort und starrt mich an.

Ich lächle grimmig und schüttle den Kopf. „Nein, eine Lösung habe ich nicht. Dafür einige Vorschläge. Erstens sollten wir ein Team einsetzen, das die momentan von den Sporen eingesetzten Späher und Wachen eliminiert. Diese Taktik dürfte die Verbreitung etwas verlangsamen, da für den Beginn des Infektionsprozesses eine kritische Masse von Sporen nötig ist. Stimmt‘s, Leonard?“

Leonard zuckt zusammen, da er sich so viele Zuhörer offensichtlich nicht gewohnt ist, bevor er dann hektisch nickt.

„Selbstverständlich müssen wir die Sporen später noch angreifen, aber mit der Eliminierung der Späher gewinnen wir Zeit. Zweitens benötigen wir eine Antwort vom System, und zwar so früh wie möglich. Sind die Sporen Teil des Dungeons oder Invasoren? Erstere Antwort würde bedeuten, dass wir andauernd mit ihrem Wachstum zu tun haben und sie vernichten müssen, da das System neue Sporen erzeugt. Was bedeutet, dass eine deutlich nachhaltigere Lösung gegen ihre Ausbreitung angesagt ist."

„Antwort Nummer Zwei wäre einfacher. Wir müssen nur alles umlegen, das mit den Sporen infiziert ist, und die Überreste danach verbrennen."

„Wenn du schon die Frage kennst, warum hast du dir die Antwort dann nicht auch geholt?", fragt Bill, der die Fingerspitzen zusammenführt.

Ich grinse ihn an. „Weil die Antwort auf diese Frage etwa fünfzigtausend Credits kostet."

Mir fällt auf, dass mehrere Leute bei der Erwähnung des Preises scharf einatmen. Ja, es ist verdammt teuer.

Jason, der über die Videokonferenz zugeschaltet ist, stellt die offensichtliche Frage. „Warum müssen wir die Antwort überhaupt wissen? Wenn wir sie alle erledigen und sie im Dungeon bleiben, wäre das nicht ausreichend? Sogar, falls der Dungeon neue Sporen erzeugt?"

Vir lehnt sich auf seinem Stuhl nach vorn. „Nein. Infizierte Dungeons sind selten, aber nicht einzigartig. Man kann einen infizierten Dungeon nicht dadurch in Schach halten, dass man die Kreaturen im Inneren tötet – früher oder später wird sich die Infektion ausbreiten. Es gibt galaktische Vorgehensmaßnahmen zur Eindämmung solcher Dungeons, aber die sind kostspielig und erfordern einen hohen Zeitaufwand. John hat recht – es ist für uns wichtig zu wissen, womit wir es zu tun haben."

Ich nicke Vir zu, bevor ich den Blick auf die Gruppe richte, um zu sehen, ob es weitere Fragen gibt. Da sich niemand meldet, sage ich: „Und schließlich müssen wir diesen Dungeon irgendwie ausräumen. Wie jeder Dungeon wird auch dieser unter Überbevölkerung leiden und Monster werden nach draußen strömen, wenn wir ihn nicht regelmäßig säubern. Ohne ein Kontrollbewusstsein dürfte das früher geschehen, als uns lieb ist, weil es keine Konkurrenzkämpfe gibt. Wir haben eine Woche, bevor die

Sporen die Auswirkungen des Virus spüren. Danach dauert es dann noch einige Tage, bevor die Infektion wirklich losbricht. Zehn Tage, stimmt's, Leonard?" Nach Leonards Bestätigung fahre ich fort. „Zehn Tage, dann gehen wir rein."

Ich beobachte, wie die Leute diesen Termin grimmig akzeptieren und die Zahlen langsam durchrechnen.

Jim verzieht das Gesicht und starrt vor sich hin, bevor er mich mit einer Stimme anspricht, die aufgrund viel zu vieler Zigaretten völlig heiser wurde. „Ich bringe einige Jägergruppen zum Dungeon. Zur Unterstützung des Angriffs können wir nicht viel tun, da wir die Stadt schützen müssen. Aber meine Gruppe und eine andere könnten beim Abdecken des Gebiets behilflich sein."

„Das wäre toll, Jim", sagt Lana und nickt ihm zu, damit er sich entfernt.

Er steht auf, verabschiedet sich mit einem Nicken und marschiert dann davon, um seine Leute zu informieren. Ich hätte beinahe etwas dazu gesagt, entscheide mich dann aber dagegen – Jim hat vermutlich ein besseres Verständnis der tatsächlichen Stärke seiner Jagdgruppe als wir. Beim Angriff werden sie kaum in der Lage sein, uns zu unterstützen.

„Wir sind selbstverständlich dabei", sagt Richard. „Wir haben einige Credits angespart und könnten sie an die gemeinsame Kasse spenden."

Vir hebt die Hand und unterbricht Richard. „Der Kauf wird von Lord Roxley übernommen."

Ich nicke, dankbar für diese Hilfe. Ich habe keine Ahnung, wie tief seine Taschen sind. Allerdings beschleicht mich der Verdacht, dass er nicht so reich ist, wie er vorgibt. Dennoch glaube ich Vir. „Danke."

Vir nickt und blickt dann zur Decke. „Auch wenn Lord Roxley nicht rechtzeitig kommen kann, um am Angriff teilzunehmen, bin ich überzeugt, dass seine Garde einige Männer bereitstellt. Ich werde sie persönlich anführen."

Nun meldet sich Capstans tiefe, dröhnende Stimme zu Wort. „Die Yerick können drei Abenteurergruppen senden."

„Ich rede mal mit Xev, um zu sehen, was von dieser Seite möglich ist. Und ich kann eine Menge Leute mit Tränken ausrüsten", sagt Sally, die trotz ihres sonst so fröhlichen Gemüts nun extrem ernst wirkt.

Ich beobachte all das und bin von diesem banalen Ablauf beinahe enttäuscht. Ein Teil von mir hatte Orchestermusik, große Reden und heroische Erklärungen erwartet. Stattdessen befinden wir uns in einem Konferenzraum, wo Eiswürfel in Wasserkrügen klirren, man gelangweilt über Ressourcen plaudert und Pläne abwägt. Aber wenn ich mich umsehe, habe ich dennoch den Eindruck, mit dieser Gruppe ins Gefecht ziehen zu wollen. Mit Ausnahme einer Person ...

„Hey, du Hinterwäldler, kommt deine Crew mit?" Ali schwebt zu Bill und legt im Schneidersitz die Hände auf die Knie.

Luthien faucht ihn an, und mehrere Leute werfen mir Blicke zu, die alle dasselbe ausdrücken – „halte deinen Geist unter Kontrolle." Ich ignoriere sie.

„Wir haben dich schon einmal gewarnt, Geist", sagt Bill und hebt eine Hand. Ich frage mich, was er nun tun wird. In meiner Neugier möchte ich beinahe zusehen, wie Bill Ali Schmerzen zufügt, aber dann bliebe mir die gewünschte Antwort verwehrt.

„Ali, das reicht. Ruhe jetzt." Ali wirft mir einen Blick zu, der seine furchtbare Enttäuschung über diesen schmählichen Verrat widerspiegelt, bis ich sage: „Denn Bill wird jetzt deine Frage beantworten."

Luthien dreht sich um und blickt Bill an. Ihre Lippen öffnen sich leicht, während sie darauf wartet, was er zu sagen hat.

Bill öffnet den Mund, sieht sich im nun plötzlich stillen Raum um und schließt ihn dann wieder. „Das werden wir nicht", sagt er dann.

„Dachte ich mir." Ali grinst und schwebt zu mir zurück.

Ich seufze und sende ihm eine telepathische Botschaft. *„Das reicht, lass es die anderen erledigen. Du hast die Dinge ins Rollen gebracht."*

„Ja, ja. Ich wusste doch, dass er sich davor drücken würde."

„Warum überrascht mich das nicht?", sagt Lana mit eisiger Stimme und verlagert das Gewicht nach vorn. „Kannst du die Vorstellung, dass die Sporen uns alle bedrohen, nicht in deinen dicken Schädel zwängen?"

„Ja. Aber ich habe auch festgestellt, dass ihr mehr als genug Leute habt, um dieses Problem zu lösen." Bill zuckt mit den Schultern. „Ich sehe keinen Grund, warum ich oder meine Leute ebenfalls ein Risiko eingehen sollten."

„Aber wenn wir scheitern, sterben wir alle", meint Amelia.

„Also werft ihr alles auf eine Karte", sagt Bill.

„Setzt", murmelt Ali so leise, dass nur ich ihn hören kann.

„Hast du einen besseren Vorschlag?", sagt Richard.

„Für mich? Nein. Es bringt nichts, mich euch anzuschließen oder hierzubleiben, wenn ihr scheitert. Ich muss mich um meine eigenen Leute kümmern", sagt Bill.

Andere widersprechen ihm, aber all das endet, als Vir leicht auf den Tisch klopft. „Abenteurer Cross", sagt Vir.

Bill beißt die Zähne leicht zusammen und spannt die Muskeln an, da er sich auf einen weiteren Angriff vorbereitet.

„Sie besitzen Land in Lord Roxleys Herrschaftsbereich", sagt Vir. „Es ist ihnen vielleicht nicht bewusst, aber Landbesitz ist mit gewissen Pflichten verbunden. Und eine davon werde ich nun einfordern. Sie werden sich dem Angriff anschließen oder zum *Mujinae* erklärt. Ich glaube, bei den Menschen entspricht dieser Status ungefähr einem Ausgestoßenen."

Bill beugt sich nach vorn. „Das können Sie nicht. Wir leben in einem freien Land. Es gibt hier keine Wehrpflicht."

„Ich glaube, Sie haben den Stadtrat wiederholt darüber informiert, Sie würden gegen keine galaktischen Gesetze verstoßen und dass die Stadt unter galaktischem Recht steht. Daher würden die kanadischen Gesetze oder städtischen Verordnungen nicht auf Sie zutreffen. War das nicht Ihre Behauptung?" Virs Stimme kühlt sich mit jedem Wort weiter ab. „Weigern Sie sich nun, dem Waffenruf zu folgen?"

Bill zuckt mit dem Kopf, wie um eine Nackenverspannung zu lösen, aber schließlich willigt er ein. Lana freut sich hämisch, und selbst die Mehrheit der menschlichen Ratsmitglieder wirkt äußerst zufrieden. Aber nichts lässt sich mit dem Grinsen vergleichen, das Amelia Bill zuwirft. Sie genießt die Tatsache, dass er endlich zurechtgestutzt wurde. Die Nichtmenschen ignorieren die komplette Diskussion geschickt, da sie offenbar nicht in diese Sache verwickelt werden möchten. Zumindest mit Ausnahme von Ali, der bis über beide Ohren grinst.

Ich schweige – wie auch Bill, der mürrisch herumsitzt – während die anderen Pläne darüber schmieden, was wir benötigen. Namen werden erwähnt – einige davon bekannt, andere etwas weniger – während debattiert wird, wer uns noch bei diesem Kampf unterstützen könnte. Währenddessen denke ich daran, dass Hunderte von Frakin auf uns warten.

„*Wir haben nicht genügend Leute, oder, Junge?*", sagt Ali telepathisch zu mir, als er mein Gesicht sieht.

„*Nein, noch nicht.*" Noch nicht.

***

„Es ist ungewöhnlich, dass ein Spion das direkte Gespräch mit mir sucht", sagt Labashi, als wir uns in meinem Fort hinsetzen, dessen Umgebung ein schönes freies Sichtfeld bietet.

Das ist das Gute am System – es hält seinen Teil der Abmachung ein. Ich habe für ein freies Schussfeld und einen verbesserten, gepflegten Garten bezahlt, und trotz des Schneefalls und der wandernden Monster trifft dies immer noch zu.

„Ich bin eben ein ungewöhnlicher Spion." Ich schenke ihm noch etwas Tee ein, bevor ich mich wieder hinsetze.

Seit dem großen Treffen vor einigen Tagen sind alle in der Stadt voll ausgelastet. Unabhängig davon, ob sie jagen gehen, um sich zusätzliche Credits zu verdienen, ein Training zur Verbesserung der Kampfbereitschaft durchlaufen oder den Angriff planen – die Stadt summt wie ein Bienenstock. Anscheinend motiviert eine bevorstehende Katastrophe die Leute, ihren Hintern zu bewegen.

Labashi nippt an seiner frisch gefüllten Tasse. „Der Brombeertee ist wirklich gut, und dasselbe lässt sich über Ihre bisherigen Berichte sagen."

„Schön, dass Sie sie mögen. Und die Berichte. Ich mag die Credits auch." Ich lächle ihn an und versuche, möglichst unschuldig zu wirken. Ich weiß nicht, ob er es überhaupt bemerken würde, aber man tut, was man kann. „Wären Sie daran interessiert, Informationen über die Kampfgruppen – sämtliche Kampfgruppen – aus erster Hand zu erhalten?"

„Und wie würden Sie diese Option ermöglichen?", sagt Labashi und hebt eine Augenbraue.

„Also, das ist eine lustige Geschichte." Ich verlagere das Gewicht nach vorn und erzähle ihm, was sich während des vergangenen Monats ungefähr alles ereignet hat. Nach der Beschreibung all dessen erwähne ich noch unseren geplanten Angriff. „Wir gehen also da rein. Wir alle. Allerdings glaube ich nicht, dass wir genügend Leute haben."

„Ich habe von der Ersten Faust gehört, und von Vir", sagt Labashi und klopft mit einem Finger gegen den Rand der Tasse. „Ich glaube, Sie werden eine Überraschung erleben."

„Vielleicht." Ich starre auf meine Hände. „Aber es wird wohl viel mehr Blut vergossen werden, als mir lieb ist. Deshalb bin ich hier. Ich möchte Sie anheuern."

„Und was haben Sie mir anzubieten, Mr. Lee? Unsere Dienste sind teuer", fügt Labashi hinzu.

Ich nicke. „Ja. Das hatte ich mir gedacht. Lassen Sie uns darüber sprechen."

Ich beuge mich nach vorn und blicke ihm in die Augen. Das ist ein schlechter Handel, eine schlechte Diskussion. Ich habe kein Druckmittel, um den Ausgang positiv zu beeinflussen. Andererseits ist es auch egal, wenn ich sowieso bald tot sein werde.

***

Stunden später sehe ich Labashi beim Gehen zu. Ich schließe die Augen und lehne mich zurück. Die Verhandlungen waren ...

„Furchtbar. Das ist eine ganz, ganz schlechte Idee", sagte Ali schließlich und durchbohrt mich mit Blicken.

„Ja, ich weiß." Ich atme kopfschüttelnd aus. „Aber es ist meine Entscheidung. Wir brauchen Leute. Ohne zusätzlich Hilfe stecken wir in der Scheiße. Und die Zwerge sind nicht bereit, uns zu unterstützen. Jetzt komm schon, wir müssen noch mit einer anderen Person sprechen."

Ali knurrt, sagt jedoch nichts, als ich auf Sabre steige. Ich werfe einen Blick zurück auf das Fort. Bei den Göttern, meine Zeit hier hat eigentlich Spaß gemacht – jagen, töten, alleine sein. Keine Menschen, die mir etwas bedeuteten oder wegen derer ich mir Sorgen machen musste. Nur ich und die Apokalypse.

„Hey! Du hast doch gesagt, dass wir losfahren, Jungchen!"

Ich schnaube laut. Ja, genug mit dem sentimentalen Blödsinn. Wir haben eine Aufgabe zu erledigen.

***

„Aiden." Ich betrete den Raum, als er soeben die Klasse beendet. Während der letzten zehn Minuten habe ich vor der Tür gewartet und Übungen mit meiner eigenen Affinität durchgeführt.

„John", antwortet Aiden, legt seine Unterlagen auf den Tisch und starrt mich an.

„Lana sagt, du würdest dich weigern, mit uns zu kommen."

Er nickt energisch. „Ja. Tut mir leid, ich weiß, dass ihr jeden gebrauchen könnt. Aber ich ... ich kann einfach nicht."

Ich setze mich neben ihn. „Wegen der Ereignisse vom letzten Mal?"

Er nickt, und in seinen Augen zeichnet sich die Angst deutlich sichtbar ab. „Ich ... ich will nicht sterben."

„Das wollen die Wenigsten von uns. Ich verstehe. Danke. Dafür, dass du damals mit uns gekommen bist. Dass du mir alles beigebracht hast, was du konntest. Wenn .... wenn wir nicht zurückkommen, musst du die Kinder wegbringen. Geh nach Süden. Dort gibt es vielleicht noch Siedlungen."

„Was soll das heißen?", sagt Aiden.

„Dawson ist untergegangen und Carcross hält nicht lange durch, falls …"

Der Magier unterbricht mich. „Ich meine, wenn ihr es nicht schafft."

„Oh. Wir setzen alles auf eine Karte", antworte ich und verziehe die Lippen. „Entweder gewinnen wir, oder wir sterben. Wenn wir die Sporen nicht aufhalten, wachsen sie immer weiter, und schließlich wird ein Schwarm Whitehorse überwältigen. Wir müssen diesen Kampf gewinnen. Jetzt." Während ich fortfahre, verschränkt er die Hände. Ich sehe, dass seine Finger zittern. „Geh also nach Süden. Wenn wir nicht zurückkommen, musst du so viele wie möglich von hier wegbringen."

Aiden nickt ruckartig und richtet den Blick auf mich, dreht dann aber den Kopf, da er es nicht fertigbringt, mir in die Augen zu sehen. Ich drücke seine Schulter und gehe wieder. Ich bleibe erst stehen, als er meinen Namen ruft.

„Wie schaffst du das? Ich will … ich möchte tapferer sein, aber es geht einfach nicht", flüstert er.

„Da fragst du den Falschen." Als ich in der Tür stehen bleibe und eine Hand auf den Türrahmen lege, drehe ich mich nicht um. „Ich schätze dich als extrem tapfer ein."

Er lacht verbittert und ich gehe, bevor ihm klar wird, dass ich seine Frage gar nicht beantwortet habe. Ich habe keine Antwort für ihn, zumindest nicht die, nach der er sucht. Wie erkläre ich ihm, dass ich nur deshalb durchhalte, weil ich zu viel Schiss habe und zu wütend bin, um einfach aufzuhören? Wie sage ich ihm, dass in Gedanken immer wieder Haines Junction oder dieses verdammte abgelegene Dorf oder Tahar vor mir sehe?

Ich trete ins Sonnenlicht hinaus und schüttle den Kopf. Nein, ich habe keine Antwort für Aiden. Seine Reaktion ist eigentlich vernünftig. Meine hingegen – meine ist die eines Wahnsinnigen.

***

„Wir haben nicht genug Leute", wiederholt Jim und tippt mit den Fingern die 3D-Karte des Dungeons und seiner Umgebung an.

Wir besitzen kaum Kartenmaterial zum tatsächlichen Dungeon. Das Wenige, das wir haben, stammt von meinen Drohnen, was mir ziemliche Sorgen bereitet. Eine größere Veränderung des Gebiets sind die kürzlich erschienen Wehrgänge und Mauern um den Dungeoneingang. Diese eilig konstruierten Verteidigungssysteme sollen die Monster im Dungeon einsperren. Was gegen eine größere Offensive nichts ausrichten würde, aber es dürfte reichen, um gelegentlich aus dem Dungeon wandernde Frakin abzuschrecken und weitere Monster fernzuhalten.

„Selbst wenn ich meine Leute von den Mauern abziehe, sehe ich hier mindestens ein halbes Dutzend Korridore. Meine Jäger können es nicht mit diesen Frakin aufnehmen", meint Jim.

„Stimmt", sagt Vir und reibt sich das Kinn. „Vielleicht müssen wir sie angreifen und uns dann zurückziehen, um kleine Gruppen hinauszulocken."

„Sehr gefährliche Arbeit", sagt Capstan und deutet auf die Eingangshöhle und die darunter liegende Kammer. „Die Frakin könnten jederzeit versuchen, uns zu überwältigen."

„Was ist mit dem Virus?", fragt Richard.

Die Gruppe zuckt nur mit den Achseln.

„Könnte funktionieren, oder auch nicht", antworte ich schließlich und seufze.

„Sind wir uns sicher, dass die Sporen nicht Teil des Dungeons sind?", sagt Richard.

Vir liefert die Antwort darauf. „Ja. Wir haben es mit Hilfe des Shops bestätigt. Die Sporen sind eine invasive Gattung und gehören nicht zum

Dungeon. Natürlich könnten sie später einmal Teil davon werden, aber momentan ist das nicht der Fall. Wenn wir den Dungeon säubern, können wir das später zur Bestätigung wiederholen.“

Seit dem großen Treffen arbeitet eine kleinere Gruppe regelmäßig an einem Plan, der dafür sorgt, dass die Mehrheit von uns am Leben bleibt. Diese Gruppe besteht aus Vir und Capstan, die in Sachen Gefechtsplanung innerhalb des Systems die meiste Erfahrung aufweisen sowie Jim, der überraschenderweise früher Sergeant der Infanterie war. Richard, Jason und ich schließen uns gelegentlich der Diskussion an und machen Vorschläge, aber letztlich sind wir nur Zivilisten, die eine Schlacht planen wollen. Wir kommen vor allem deshalb vorbei, weil wir wissen wollen, was los ist.

Das Problem liegt darin, dass wir in der Unterzahl sind und die Zeit nicht auf unserer Seite ist. Je länger das Ganze dauert, umso höher die Anzahl der Frakin, mit denen wir uns herumschlagen müssen. Auch wenn unsere Leute in der Zwischenzeit im Level aufsteigen, braucht es nur einige Frakin im Level 50, um einen Abenteurer des Levels 40 zu überwältigen. Überlegene Waffen, eine optimierte Taktik und eine bessere Koordination können das Blatt für uns wenden, aber zahlenmäßig sieht es immer noch schlecht aus.

Wenn die Frakin sich wie normale Monster verhielten, würden sie keine Schwärme bilden. Dann könnten wir kleinere Gruppen von ihnen bekämpfen und ihre Zahl mit einer Reihe von Gefechten reduzieren. Leider sind die Sporen intelligent und dazu bereit, uns in Schwärmen anzugreifen und Fallen zu stellen.

„Ich habe eine Teillösung für das Problem der zahlenmäßigen Unterlegenheit“, sage ich. „Die Hakarta haben zugestimmt, uns drei Trupps ihrer Kämpfer zu schicken. Sie sind ungefähr im Level 40, kommen aber mit voller Ausrüstung.“

Vir blickt mich erstaunt an und kneift die Augen zusammen: „Hakarta. Die Wesen, gegen die Sie schon einmal gekämpft haben?“

„Ja.“

„Und wie haben Sie dann Kontakt aufgenommen, um eine derartige Vereinbarung zu treffen?“, fragt Vir mit frostiger Stimme.

Ich lächle ihn lediglich an. Er wirft mir einen argwöhnischen Blick zu, bis Capstan auf den Tisch klopft, um unsere Aufmerksamkeit auf sich zu ziehen.

„Adjutant, die Sache ist erledigt. Ich nehme an, dafür wurde ein Preis bezahlt?“, sagt Capstan.

„Ja. Wir müssen ihnen dreißigtausend Credits pro Trupp für die Teilnahme zahlen, und natürlich ihren Anteil an der Beute“, erkläre ich.

Die anderen zucken zusammen. Dennoch sind dreißigtausend Credits nicht so viel, wenn man bedenkt, dass ein vollständiger Trupp von fünf Hakarta sich diese Summe teilt. Natürlich erwähne ich nicht, dass ich Labashi einen Gefallen schuldig bin, den er jederzeit einfordern kann. Ich habe ausgehandelt, dass dieser nicht gegen meine Freunde oder die Stadt gerichtet sein darf. Davon abgesehen gibt es praktisch keine Einschränkungen. Und natürlich muss ich ihm weiterhin Informationen zukommen lassen.

Capstan nickt und reibt sich das Kinn. „Dank der drei Trupps dürften wir in der Lage sein, die menschlichen Jäger auf den Mauern zu lassen. Dadurch haben wir gerade genug Kämpfer für den eigentlichen Dungeon.“

Ich starre auf die Karte, während Vir und Capstan – unterbrochen durch gelegentliche Kommentare von Jim – besprechen, wie sich die Hakarta am besten in unsere Pläne integrieren lassen. Nach all diesen Diskussionen haben wir grundsätzlich drei Hauptstrategien entwickelt, abhängig davon, was wir im Inneren vorfinden werden.

Die erste Option ist einfach – die Viren versetzen die Frakin und den Dungeon wieder in den „Normalzustand" zurück. Also versprengte, unkoordinierte Gruppen. Das wäre unser ideales Szenario. Falls es dazu kommt, können wir die Teams in kleinere Kampfgruppen aufteilen, die den Dungeon freikämpfen, bevor wir schließlich auf den Boss treffen. Allerdings ist diese Option auch die Unwahrscheinlichste – aber wir haben einen Plan dafür.

Das zweite Szenario geht davon aus, dass es keine oder nur eine schwache Wirkung gibt und die Sporen sich genau so verhalten wie zuvor. In diesem Fall werden die Frakin sich vermutlich zu Gruppen zusammenschließen, in Wellen angreifen und wiederholt versuchen, uns einen Hinterhalt zu legen. Unter diesen Umständen müssen wir einen Brückenkopf in der ersten Höhle bilden, dort Befestigungen errichten und die Angriffe durchstehen. Dadurch eröffnet sich eine Rückzugsposition im Tunnel, wo eine zweite Gruppe von Verteidigungsanlagen existiert, dann die Mauern. Wir haben auch den Eingang und das Gelände darüber vermint. Falls notwendig können wir dadurch einen Erdrutsch erzeugen, der uns genügend Zeit verschafft, aus der Umgebung des Dungeons zu verschwinden.

Wir entschieden uns dagegen, den Dungeoneingang zuzuschütten, da wir uns nicht sicher waren, ob es noch einen anderen Eingang gibt. Oder, was noch schlimmer wäre, ob die Frakin in der Lage wären, sich aus dem Dungeon herauszuwühlen. Sollten wir scheitern, haben Jims Männer natürlich den Befehl, den Eingang zum Einsturz zu bringen. Auch wenn wir möglichst viel über den Grundriss des Dungeons erfahren möchten, ist der vom Shop verlangte Preis unverschämt.

Das dritte Szenario ist vermutlich das gefährlichste. Sollten die Sporen sich wirklich bedroht fühlen, könnten sie sich zurückziehen, so dass wir gezwungen wären, sie in den Dungeon zu verfolgen. Und wie Jim bereits feststellte, gibt es schon nach einigen Höhlen mehrere Passagen und potenzielle Eingänge. Einige, wahrscheinlich die Mehrheit davon, werden in einer Sackgasse enden. Allerdings mussten wir jeden überwachen, bis wir uns sicher sind. Das bedeutet, dass wir langsam und vorsichtig vorrücken und jeden Bereich überprüfen. Noch schlimmer wäre es, wenn wir uns an den Kreuzungen mehrerer Korridore aufteilen müssten, um alle potenziellen Pfade abzudecken, bis wir uns wieder vereinigen können.

Je nachdem, wie tief und wohin sich die Sporen zu ihrem letzten Gefecht zurückziehen, könnten wir uns weit verstreuen, falls wir sämtliche Ausgänge abdecken möchten. Ansonsten riskieren wir einen Angriff von den Flanken her. Das wäre keine wünschenswerte Situation. Deshalb hoffen wir darauf, dass eines der anderen Szenarien eintritt. Auf jeden Fall arbeitet Xev unermüdlich daran, uns mehrere Drohnen und Signalverstärker zur Verfügung zu stellen, damit wir Gebiete erkunden und in Verbindung bleiben können.

Wir hatten auch erwogen, einige Bomben hineinzuwerfen und zu zünden, um das Gebiet vor einem tieferen Vorstoß zu räumen. Jim wies darauf hin, dass die engen Korridore und deren Verstärkung durch das Mana die Sprengwirkung noch erhöht, wodurch es einen enormen Knalleffekt gäbe.

Leider sprachen Vir und Capstan sich dagegen aus. Zum einen haben wir keine Ahnung von der Größe des gesamten Komplexes. Wir könnten daher Credits verschwenden, indem wir Bomben kaufen und zünden, ohne etwas zu beschädigen. Und selbst wenn wir einige Frakin mit den Explosionen erwischen, würde die Sprengwirkung die anderen Ebenen nicht erreichen, falls der Dungeon mehr als eine besitzt. Und natürlich haben wir nicht genug Credits für den Kauf einer ausreichend starken Waffe, die alle

Monster töten würde. Daher werden Dungeons generell auf die altmodische Art gesäubert – mit kleinen Gruppen, eine Ebene nach der anderen.

***

In der Nacht vor dem großen Tag ist die Nugget-Bar gerammelt voll. Ich fahre auf Sabre vorbei und bin beinahe versucht einzutreten, tue es dann aber doch nicht. Ich bleibe nur lange genug, um den Shop zu besuchen und zusätzliche Granaten, Raketen und Projektile einzukaufen. Ich habe meinen Veränderten Raum mit mehr Sachen vollgestopft, als ich je in meinen wildesten Träumen gebrauchen könnte. Daher sind diese zusätzlichen Einkäufe nur ein Symptom meiner Unruhe.

Am Ende gehe ich nach Hause. Auch wenn ich körperlich oder geistig kaum Schlaf benötige, wirkt sich die Leere der Nachtruhe emotional befreiend aus. Ich fahre langsam durch Riverdale, da ich weiß, dass sich unter dem frisch gefallenen Schnee eventuell Glatteis verbirgt. Wir brauchen eine bessere Lösung für die Straßen, aber wie so viele andere Probleme muss ich auch dieses momentan beiseite schieben. Momentan gibt es andere Dinge, um die ich mich kümmern muss.

Daheim finde ich Lana und Richard am Esstisch neben der offenen Küche vor. Diesmal hat Richard keine junge Dame dabei. Stattdessen unterhalten sich die beiden Pearsons leise, wobei je ein Husky neben ihnen sitzt. Dennoch ist das geräumige Esszimmer ziemlich voll.

Richard begrüßt mich und winkt mich zu einem Stuhl. Ich setze mich nach einigem Manövrieren, wobei ich Bella nicht allzu sanft gegen die Nase schlagen muss, als sie versucht, mich abzulecken. Sabberhund.

Ich begrüße das Paar und sehe mich in der Küche um. „Kein Abendessen?"

„Es ist fast zehn Uhr", sagt Lana kopfschüttelnd. „Im Kühlschrank sind Reste."

„Aha." Ich nicke und betrachte den Herd und den Kühlschrank, die beide außerhalb meiner Reichweite liegen.

Da sie mein Problem erkennen, schicken die beiden die Hunde raus, so dass ich endlich die Möglichkeit zum Kochen habe.

„Seid ihr vorbereitet?", frage ich.

„Soweit möglich", antwortet Richard für beide. „Ich bin aber froh über Leonards Garantie, dass die infizierten Frakin für unsere Hunde nicht giftig sind."

„Oh." Ich halte kurz beim Aufwärmen der Reispfanne inne. Ich hatte nie darüber nachgedacht, wie wir die Tiere füttern.

„Und du, John?", fragt Lana.

„Das ist mein Beruf, Baby." Ich drehe mich um, grinse sie frech an und zwinkere.

Einen kurzen Augenblick ist die Rothaarige verblüfft, dann bricht sie in lautes Gelächter aus und Richard stimmt mit ein.

„Bitte. Mach das nie wieder", sagt Richard kopfschüttelnd. „Das passt einfach nicht zu dir."

Ich schnaube laut und mein Grinsen verschwindet, als ich mich wieder den Resten des Abendessens widme. Hinter mir kichern die anderen immer noch, und es gelingt mir nicht, ein leichtes Lächeln zu unterdrücken. Da ich beschäftigt bin und von hier aus die Unterhaltung schlecht fortsetzen kann, erzählen sich die beiden Geschichten über ihre Kindheit, ihren Vater und dessen Sinn für Humor. Im Ernst? Lanas erste Autoschlüssel in einer Schüssel Wackelpudding zu verstecken soll lustig gewesen sein?

Nachdem ich fertig bin, gehe ich mit den Tellern voller Essen zum Tisch zurück, lasse mich auf meinen Stuhl fallen und schiebe ihnen dann zwei

Teller zu. Ich muss nicht einmal fragen, ob sie etwas wollen – setzt man vom System verstärkten Kämpfern etwas Essbares vor, wird es garantiert verspeist.

Während des Essens unterhalten wir uns, vermeiden jedoch das Thema der kommenden Dungeonmission. Alles, was dazu gesagt werden muss, wurde bereits oft genug diskutiert. Später kommt Mikito dazu und meint, sie könne nicht schlafen, weil unsere Unterhaltung immer lauter wird. Dann schnappt sie sich eine Kartoffel. Anschließend plaudern und essen wir und versuchen, uns nicht wegen des morgigen Tags die Köpfe zu zerbrechen. Die Vergangenheit ist schmerzhaft, die Zukunft ungewiss. Die Gegenwart ist alles, was wir haben – und wenn ich meine Freunde so betrachte, dann genügt mir das.

Kapitel 20

„Ich wünschte, das Wetter würde sich endlich entscheiden“, grummelt Richard, während er durch den Matsch und Schnee stapft und wir endlich den Dungeon erreichen.

Das ist das Seltsame am Yukon – die Temperaturen bleiben Mitte November nicht durchgehend unter dem Nullpunkt. Daher schmilzt all der während der letzten Wochen gefallene Schnee und verwandelt den Boden in einen matschigen, schleimigen Sumpf.

Ich senke den Kopf, um mein Lächeln zu verbergen, da ich mich auf Sabres gepanzerten Beinen mühelos fortbewege. Dann aber erinnere ich mich daran, dass er meinen Gesichtsausdruck unter dem Helm sowieso nicht sieht. Es ist einfach, in einem Mech durchs Unterholz zu stapfen, und ich mache mir dabei nicht einmal die Füße schmutzig. Natürlich könnte Richard auf einem seiner Tiere reiten, wie Lana und Mikito es tun. Aber anscheinend nörgelt er lieber.

Als wir schließlich den Dungeon erreichen, staune ich über die Veränderungen seit meinem letzten Besuch. Um den Eingang wurde eine Mauer aus Beton und Erde errichtet, und vor diesem befindet sich zusätzlich eine Grube. Der Weg zum Dungeon schlängelt sich hin und her, und steinerne Speere ragen aus dem Boden, um den Monstern die Gelegenheit für einen Sprung aus dem Anlauf heraus zu nehmen. Direkt außerhalb des Eingangs befindet sich freier Raum, wo sich unsere Dungeongruppen versammeln können. Natürlich ist dieser Bereich stark vermint. Auf der Mauer gibt es vier Wachttürme. Diese unterstützen hauptsächlich die Wachen dabei, auf Bedrohungen aus der Wildnis zu achten. Zudem besitzt jeder Wachtturm einen der vier Schildgeneratoren und eine Strahlenkanone, die wir uns von den Verteidigungssystemen der Stadt geborgt haben.

Der Eingang ist dank all dieser Maßnahmen bestmöglich bewacht. Wenn alles den Bach runter geht, müssen wir uns darauf verlassen, dass diese

Stellungen unsere Leben retten. Ich sehe mir die Umgebung nochmals an und hole dann die Drohnen und Signalverstärker aus meinem Veränderten Raum, damit die anderen die Gelegenheit haben, sich einzudecken. Im Verlauf der nächsten fünfzehn Minuten treffen Leute in Grüppchen ein, nehmen sich ihre zusätzliche Ausrüstung und ruhen sich noch ein letztes Mal aus.

„Lana?“, murmle ich.

Sie beäugt mich von der Stelle, wo sie arbeitet und ihre Tiere streichelt. „John.“ In ihrer Stimme schwingt eine leise Skepsis mit.

„Sei vorsichtig. Pass auf die Seiten auf und vergiss nicht, dich von deinen Tieren schützen zu lassen.“

Sie presst kurz die Lippen zusammen, dann aber lächelt sie und küsst mich auf die Wange. „Ja, Papa.“

Ich seufze, weil es mir lieber wäre, wenn sie nicht mitkommen müsste. Es wäre nett, wenn keiner von uns hier wäre, aber so sieht nun einmal unser Leben aus. Als Richard näherkommt, nicke ich ihm zu und murmle: „Pass auf sie auf, okay?“

„Selbstverständlich.“ Er wirft mir einen abfälligen Blick zu, den ich über mich ergehen lasse. Schließlich ist sie seine Schwester. „Du kämpfst ganz vorne.“

Ich nicke und drehe mich um, um mir die versammelte Gruppe nochmals anzusehen. Vor mir stehen Krieger und Magier, Kämpfer und Heiler. Meine Verbündeten und Feinde, weil ich sie hierher gebeten und ihnen gesagt habe, es wäre notwendig.

Auf einer Seite lehnt sich Aiden gegen einen Baum und übergibt sich immer noch. Mikito reibt dem älteren Mann den Rücken und versucht, ihn zu beruhigen. Jim bewegt sich unter seinen Leuten, spricht leise und ermutigt sie. Die Yerick hocken sich hin und spielen ein Brettspiel. Dieses scheint ihre ganze Aufmerksamkeit zu erfordern, obwohl sie gelegentlich zum Dungeoneingang blicken. Es ist ruhig hier, so dass die Leute automatisch flüstern, als würden laute Stimmen den Frieden stören und den Beginn dessen signalisieren, was wir alle fürchten.

Ich sehe, dass Jason neben Rachel steht und die beiden Händchen halten. Er erblickt mich, und seine Lippen formen die Worte „Kein Spiel."

Ich nicke. Nein, das hier ist kein Spiel und ich frage mich, wie viele dieser Leute vor dem Ende des Tages tot sein werden. Noch während ich diesem Gedanken nachhänge, bemerke ich neue Punkte auf meiner Mini-Karte.

„Aufgepasst, beruhigt euch. Verbündete im Anmarsch. Verbündete", wiederhole ich und klopfe gegen das externe Mikrofon, damit ich von allen gehört werde. Ich möchte nicht, dass jemand auf die sich nun nähernden Hakarta schießt.

Fünfundzwanzig massive Infanteristen marschieren zwischen den Bäumen hervor. Sie bewegen sich automatisch in Formation und halten auf eine Weise Abstand, die selbst ich als perfekte Organisation erkenne. Der Kürzeste ist einen Meter neunzig, die Größten fast zwei Meter zehn, und alle haben breite Schultern. Ihre grün und braun gefleckte Tarnpanzerung passt sich perfekt an die Umgebung an, während die mit Strahlengewehren und Plasmagranaten ausgerüstete Gruppe vorwärts stapft.

„John." Eine Hand klopft gegen meine Körperpanzerung und ich blicke in erstaunlich intelligente Augen. „Tut mir leid, dass wir uns verspätet haben. Beim Anmarsch gab es eine kleine Verzögerung."

Ich trete vor und reiche Labashi die Hand. „Macht nichts. Ich bin überrascht, dass du hier bist, und mit so vielen anderen." Ich erwähne nicht, dass ich mir ihn oder die zusätzlichen Hakarta nicht leisten kann.

„Orcs? Die Hakarta sind Orcs?“, stottert Jason und starrt die Gruppe an. Rachel drückt seine Hand, damit er den Mund hält. Er beruhigt sich, sagt aber dann noch: „Wenigstens sind sie Uruk-hai.“

„Mein Arbeitgeber beschloss, dass er in seinem Territorium keinen infizierten Dungeon haben will“, sagt Labashi, dessen Augen belustigt funkeln. „Wir sind auf seine Anfrage hier.“

Ich denke darüber nach und schüttle dann den Kopf. Anscheinend hat Labashi einen Weg gefunden, für diese Aufgabe die doppelte Bezahlung einzustreichen. Bei der Erwähnung von Labashis Arbeitgeber zuckt Vir leicht zusammen, sagt jedoch nichts. Wenn mir nur irgendwann mal jemand erklären würde, was da im Hintergrund abläuft ...

Capstan tritt vor uns und bietet Labashi seine Hand an. Als Labashi Capstans Arm ergreift, sehe ich, wie Capstans Unterarmmuskeln sich anspannen und er die Augen zusammenkneift, während Labashi weiterhin lächelt.

„Erste Faust, ich bin Labashi Ruka, Major der 63. Division. Soweit ich weiß, sind Sie hier der Befehlshaber?“

Als er Capstans Hand loslässt, streckt dieser unauffällig die Finger und antwortet. „Ja, der bin ich. Haben Sie die Einsatzbefehle gelesen? Hätten Sie noch letzte Vorschläge?“

Labashi lächelt leicht und nickt. „Vielleicht hätte ich da ein paar.“

Ich seufze, als Vir sich dem Duo anschließt. Nach dem Verlassen der Gruppe klettere ich die Treppe zur Mauerkrone hoch, wo ich überraschenderweise bereits zwei Hakarta entdecke. Diese aktivieren eine Reihe kleiner, spinnenähnlicher Drohnen und entsenden sie durch den Eingang in den Dungeon, ohne ein Wort zu sprechen.

Vielleicht würde alles besser laufen, als ich erwartet hatte.

***

Glücklicherweise dauerte das Gespräch nicht einmal eine Stunde. Unabhängig davon, ob es daran liegt, dass Labashi sich gut auskennt oder die Pläne bereits fertig ausgearbeitet wurden, dauert es nicht lange, bis der Sammelbefehl eintrifft. Ich habe meine Drohnen bereits losgeschickt, obwohl die empfangene Datenmenge deutlich geringer ist als der ständige Datenstrom der Hakarta. Tim spricht leise mit einem der Hakarta und arbeitet daran, ihre Ausrüstung an unsere Signalverstärker anzupassen.

In den Hauptkorridoren halten sich zwei Frakin auf, und weiter hinten nur vereinzelte Exemplare. Diese Anzahl kann kaum als Bedrohung betrachtet werden, und als wir die Situation näher untersuchen, erkennen wir den Grund dafür – es handelt sich um im Dungeon geborene Frakin, die noch nicht infiziert wurden. Bisher haben wir noch keinen einzigen infizierten Frakin gesehen, was mir irgendwie Sorgen macht.

Durch die Verzögerung sind alle leicht nervös. Als wir dann losmarschieren, steigt die Spannung weiter an. Einige Hakarta und Yerick, Bills schwarzhaarige Freundin und der Idiot aus der Bar sind die Späher, die vor uns herumschleichen und nach Gefahren suchen, die möglicherweise von den Drohnen übersehen wurden. Nachdem er die ganze Zeit über ihren zu niedrigen Level jammerte, hat Jim dann doch nachgegeben und zwei seiner Jägergruppen mitgebracht.

Der Rest von uns marschiert anfangs als eine Gruppe, dann teilen wir uns in Untergruppen auf und folgen den jeweiligen Korridoren. Wir aktivieren weitere Signalverstärker, was unsere Funkverbindung verbessert, aber selbst diese Verstärker haben ihre Grenzen. Ab einem bestimmten Punkt wird der Kontakt abreißen. Als die Gruppen losgehen, kommentieren mehrere, der Dungeon wäre zumindest trocken und warm. Auch wenn wir aufgrund unserer höheren Konstitution niedrige Temperaturen aushalten können, angenehm ist es trotzdem nicht. Zumindest nicht für jemanden ohne temperaturregelnde Hightech-Körperpanzerung.

Bill, Vir, Labashi, Capstan und ich sind die schweren Kämpfer und bleiben etwas zurück, damit wir in der Lage sind, jeglichen Widerstand niederzuprügeln. Dadurch sind Nelia und Aron zu schwach, weshalb Lana und Aiden sich ihnen anschließen, während Amelia, Rachel und Jason zu Richard und Mikito stoßen. Gadsby war es nicht möglich, zu kommen. Carcross benötigte mindestens einen kampfstarken Krieger in der Stadt, und in dieser Hinsicht hat er den Kürzeren gezogen.

Am Ende marschieren die stärksten Krieger hinter allen und sehen die Daten und Videos an, während die anderen die ganze Arbeit erledigen. Wir stoßen nie auf mehr als einige Frakin gleichzeitig, und die Exemplare, die wir bekämpfen, sind nicht infiziert.

Ich werde umso nervöser, je länger der Einsatz dauert. Am Ende verzehre ich einen Schokoriegel nach dem anderen, um mich zu beschäftigen. Labashi stibitzt einige davon, wobei er sich allerdings wie die anderen auf die Koordinierung der Suchgruppen konzentriert. Selbst Bill wirkt gelangweilt, wobei er mehrheitlich schweigend leidet. Ich bin mir sicher, er ist stinksauer, weil Vir zwei Wachen zu ihm geschickt hat, um sicherzustellen, dass er heute auftaucht.

***

Viereinhalb Stunden später sind wir vier Haupthöhlen weiter und legen endlich eine Pause ein. Wir haben drei Viertel der Gruppen zur Absicherung der Nebenkorridore eingesetzt und warten, bis die Späher die Gänge vor dem weiteren Vorstoß gesäubert haben. Während wir uns ausruhen, flitzen

Drohnen umher und erledigen ihre Aufgaben automatisch. Sie liefern uns mehr und mehr Details über den Dungeon, sobald sie in Sensorreichweite gelangen.

„Anscheinend haben die Sporen sich zurückgezogen", sagt Capstan.

Er wirkt nicht gerade glücklich darüber, und ich muss ihm zustimmen. Wir sind schon jetzt mit dem Abdecken der entdeckten Gänge überfordert und kommen nur langsam voran, da wir für jede Teilgruppe ausreichende Reserven brauchen für den Fall, dass diese auf Widerstand stößt und sich zurückziehen muss. Allerdings wirkt es sich hilfreich aus, sämtliche Drohnen und Spähtrupps vor sich zu haben. Dennoch zeigen unsere Erfahrungen mit den Frakin, dass wir uns nicht völlig darauf verlassen können.

Inzwischen sind wir uns relativ sicher, dass mindestens drei größere Korridore tiefer ins Innere führen. Die Frakin, die sich hinter der ersten Abzweigung verschanzt hatten, sind verschwunden und diese Höhle schließt sich in Haupthöhle Drei schließlich dem primären Pfad an. Nun folgen wir einem aus Höhle Zwei herausführenden Pfad und einem aus dieser Höhle, nebst dem dritten, den wir als den Hauptpfad betrachten. Jeder dieser Hauptkorridore ist so weitläufig, dass mindestens zwei Gruppen benötigt werden, um ihn vollständig abzusuchen. Bisher haben sich noch keine dieser Gänge wieder vereint, daher sitzen wir fest. Wir müssen warten, bis die Drohnen uns ein Bild dessen zeigen, was wir suchen. Dabei hoffen wir darauf, dass sie nicht völlig zerstört werden.

„Ja", sagt Labashi. „Zurück zu Höhle Zwei?"

„Ja", antwortet Capstan.

Ich seufze. In diese Höhle vorzurücken war von Anfang an ein Risiko, da wir nicht alle Korridore vollständig erkundet hatten. Aber wir waren bereit, das Risiko einzugehen, um die Frakin dadurch hoffentlich schneller aufzuspüren. Nachdem wir nun aber praktisch die Bestätigung für die

Existenz mehrerer Hauptgänge haben, bedeutet dies, dass wir gezwungen sind, während des Vorrückens zusätzliche Gebiete zu überwachen. Es ist besser, bis zur vollständigen Überprüfung des ersten Pfads abzuwarten, bevor wir weitere Schritte unternehmen.

Sofort nach dem Absetzen einiger Drohnen ziehen wir uns zurück und warten erneut. Trotz all der Träume über einen harten, intensiven Nahkampf hat sich diese Mission nun in ein nervöses, langwieriges Abwarten verwandelt.

***

Langeweile. Ich befinde mich neben Bill, während wir darauf warten, dass endlich irgendetwas passiert. Ich sehe mir den Mann genau an, bevor ich schließlich das Wort ergreife. „Du bist ein ziemliches Arschloch, oder?“

„Willst du einen Streit anzetteln?“, sagt Bill und starrt mich an.

Capstan wirft mir ebenfalls einen wütenden Blick zu und ich hebe abwehrend die Hände.

„Tut mir leid. Versuchen wir es noch einmal. Du bist nicht gerade extrem teamorientiert, oder?“

„Ich bin sogar sehr teamorientiert. Ich bin nur wählerischer bezüglich meiner Teammitglieder als andere“, meint Bill.

Ich knurre, als ich seine Antwort höre. Na schön. Na schön. Tja ... „Vollstrecker, was? Interessante Klasse.“

„Wieso ...?“ Bill presst die Lippen zusammen und ich lächle ihn an. Er zuckt mit den Achseln und beantwortet die unausgesprochene Frage. „Vorher war ich Türsteher in einem Nachtclub. Das System hielt diese Klasse wohl für angebracht.“

„Ach ja ...", antworte ich ohne Absicht, damit irgendetwas auszudrücken. Ich zerbreche mir den Kopf, aber mit fällt kein weiteres Thema ein, um die Zeit totzuschlagen.

Bill macht ein schnaubendes Geräusch, schüttelt den Kopf und dreht sich um. Ich seufze. Na schön. Anscheinend haben wir einander wirklich nicht viel zu sagen.

***

„Sollten wir vielleicht für heute Schluss machen?", frage ich mich und studiere die Leuchtsymbole unserer Leute auf der Karte.

Es sind vier Stunden vergangen und wiederum haben wir uns weit verstreut. Die Hakarta melden, sie hätten bisher über ein Viertel ihrer Drohnen verloren. Gelegentlich finden wir Drohnen am Boden, die durch die Mana-Überlastung einen Kurzschluss erlitten oder von den Frakin oder einem der wenigen kleineren Monstern zerstört wurden, die in Abwesenheit des sporendominierten Ökosystems aufgetaucht sind.

Nachdem wir am Ende des zweiten Korridors von Höhle Eins einen extrem engen Korridor entdecken – gerade breit genug für eine Person – fasst die Erste Faust den Entschluss, hier eine Gruppe zu platzieren, während wir auf unserer Suche weiter vorrückten. Jetzt sitzen die meisten von uns in der vierten Höhle und die Spähtrupps durchqueren beide Korridore, um die Frakin zu lokalisieren. Nach Stunden der Anspannung, während derer wir darauf warten, dass etwas passiert, sind fast alle erschöpft. Nur Capstan, Vir, Labashi und ich wirken noch voll funktionsfähig, vermutlich aufgrund unseres hohen geistigen Widerstands und unserer Willenskraft. Alle anderen bewegen sich etwas langsamer.

Gerade, als Capstan zu einer Antwort ansetzt und den Mund öffnet, ertönt ein Krächzen aus dem Funkkanal. „Frakin! Wir sehen Frakin!"

Wir müssen nicht einmal fragen, um wen es sich handelt. Aber Labashi tut es trotzdem, begleitet von einem leisen Knurren. Da ein Team aus Yerick und Menschen besteht, das andere aus den professionellen Hakarta, kann diese amateurhafte Meldung nur von Menschen stammen.

Ich möchte losrennen und kämpfen, aber Capstan schüttelt den Kopf, als er sieht, wie ich mich langsam in Richtung des Korridors bewege. Er steht mit verschränken Armen da und erwartet weitere Informationen.

Es ist keine Überraschung, dass seine eigenen Leute die Details liefern. „Fünfzig Frakin hatten sich in einer Nebenhöhle versteckt, die von den Drohnen übersehen wurde. Wir haben sie unter Kontrolle, Erste Faust. Wir benötigen keine Hilfe."

Ich entspanne mich etwas. Bill grinst uns an und wendet sich wieder dem Solitairespiel zu, mit dem er sich seit Stunden die Zeit vertreibt. Capstan fordert weitere Informationen. Da sich die Lage aber beruhigt hat, schweifen meine Gedanken ab. Ich bin mir nicht ganz sicher, was die Sporen vorhaben. Aber die Tatsache, dass bis zum ersten größeren Gefecht fast ein ganzer Tag vergangen ist, deutet auf Szenario Drei hin. Das ist nicht gut, gar nicht gut.

Der Kampf ist nach nur etwa fünf Minuten vorbei. Nach Ankunft der Meldung bestätigen wir, dass es sich um infizierte Frakin handelt, die allerdings keine ungewöhnliche Größe aufweisen. Sie erwähnen, es würde sich nicht um die Plasma einsetzenden Frakin handeln, mit denen ich es neulich zu tun hatte. Diese hier sprühen ätzende Säurewolken, die eine Körperpanzerung potenziell zersetzen und beschädigen. Glücklicherweise ist es den Magiern gelungen, das Gas größtenteils zurückhalten. Daher litten nur die Nahkämpfer darunter.

Nachdem die Nebenhöhle gesäubert ist, sucht die durch das Gefecht offenbar ermutigte Gruppe nach weiteren Gegnern. Ich wünschte, ich könnte über uns dasselbe behaupten, aber wir sitzen immer noch hier fest und warten ab.

Capstan steht da und studiert die Decke, vermutlich um seine Systemdaten zu lesen. Nachdem er eine Entscheidung getroffen hat, senkt Capstan den gehörnten Kopf und spricht über Funk. „Zurückziehen. Sensoren zurücklassen. Wir schlagen für die Nacht ein Lager auf."

Um uns sind die Bewegungen der Gruppenmitglieder zu hören, wobei die Profis sofort aktiv werden. Selbst die Menschen haben nichts dagegen, jetzt Schluss zu machen. Auch wenn es uns im Vergleich zu den anderen an Erfahrung mangelt, haben wir während der Apokalypse dennoch einige Lektionen gelernt.

***

Später am Abend sitze ich neben Richard und Mikito und lehne mich gegen einen weichen Hundekörper, während ich das rehydrierte Abendessen verzehre. Diese getrockneten und mit Wasser versetzten Mahlzeiten sind nicht besonders schmackhaft, aber ich ziehe sie dem grünen Schleim vor, den die Hakarta aus Tuben quetschen. Anscheinend ist die Fertignahrung in der gesamten Galaxis nicht gerade wohlschmeckend. Oder vielleicht irre ich mich und der grüne Schleim gilt in ihrer Kultur als Delikatesse. Zumindest verzehren die Hakarta ihre Mahlzeiten mit Genuss. Die Yerick bilden eigene Gruppen und kochen in kleinen Bratpfannen verschiedene Gemüsesorten, manche davon bekannt, andere eindeutig nicht. Dank meiner chinesischen Abstammung habe ich mehr Arten von Nahrungsmitteln kennengelernt als die meisten Leute, aber ein bizarres, neon-lilafarbenes Gemüse, das Seetang gleicht, ist selbst für mich zu viel.

„Das hatte ich nicht gerade erwartet", sagt Richard und deutet auf die Gruppe.

Um uns stehen Manaleuchten und erhellen die trostlose Höhle, während Schildgeneratoren und Sensoren die Eingänge und die von uns gesäuberten Bereiche abdecken. Wir dürfen keinesfalls zulassen, dass die Monster sich anschleichen, während wir uns ausruhen.

„Was? Hast du etwas dagegen, in einem Dungeon zu zelten und darauf zu warten, dass du von einem Monsterschwarm angegriffen wirst?", sagt Jason sarkastisch, während Rachel sich gegen seine Beine schmiegt.

Rachel gibt ihm einen Klaps auf den Arm und ich lächle die beiden Teenager kurz an. Ich freue mich darüber, dass wenigstens diese beiden in diesem Chaos etwas Gutes entdeckt haben.

„Und man sollte nicht vergessen, dass wir sogar mit Orcs und Minotauren speisen dürfen", bemerkt Aiden trocken.

Mikito lächelt angesichts seiner Worte, sagt aber nichts und isst aus mehreren Bentoboxen. Einige der Leute betrachten Mikitos mitgebrachtes Essen mit sehnsüchtigen Blicken. Einen Moment lang frage ich mich, ob es gut ist, dass sie ihre Zeit mit derart banalen Dingen verschwendet, statt andauernd zu trainieren oder Monster zu jagen.

Wieder einmal wünsche ich mir, ich hätte einen echten Psychotherapeuten zur Verfügung. Es wäre schön, mal einen Experten zu fragen, wie meine Freunde mit dem Stress der Apokalypse umgehen – ob es Mikito besser geht oder sie demnächst von einer Klippe springen wird. Der Shop würde selbstverständlich die Antwort darauf liefern, aber das ist das Problem mit vom System erstandenen Informationen – es sind Informationen, kein tatsächlicher Skill. Und obwohl einige Fertigkeiten käuflich sind, sind alle von ihnen extrem allgemein gehalten. Ich bin mir nicht ganz sicher, wie die menschliche Psychologie damit klarkommt, dass wir uns mit den Hakarta abgeben. Oder einer KI, oder wie auch immer Xevs Rasse bezeichnet wird. Andererseits mache ich mir vielleicht zu viele Gedanken, was das angeht. Ein Trauma ist doch ein Trauma, oder? Die Psychotherapie, der sich Richard unterzogen hat, hat funktioniert. Lässt er sich immer noch therapieren?

Als Lana von ihrer Wachschicht zurückkehrt, lässt sie sich neben mich fallen, streckt die langen Beine aus und stupst Sabres Panzerung an. „Wie hältst du es nur aus, darin zu sitzen?"

„Es ist überraschend bequem. Draußen in der Wildnis habe ich sogar darin geschlafen. Dadurch können die Monster mich nicht so leicht anknabbern."

Sie schüttelt den Kopf. „Her damit." Lana streckt die Hand aus und ich runzle die Stirn. „Schokolade."

„Du weißt schon, dass du dir eigene Schokoladetafeln kaufen könntest", murmle ich und gebe ihr welche.

Der über mir schwebende Ali ahmt mit der Hand einen Peitschenhieb nach, während ich ihm einen verärgerten Blick zuwerfe. Kurz darauf darf ich Schokolade in unzählige bettelnde Hände legen. Zum Glück kaufe ich immer eine Menge davon. Als Labashi darauf aufmerksam wird, kommt er zu mir und streckt seine massive grüne Hand aus.

„Du auch?", frage ich.

„Betrachte es als Anzahlung." Labashi grinst.

Mit einem Seufzer hole ich einige der belgischen Pralinen hervor, die er mag, und überreiche sie ihm. Er deutet auf eine Stelle neben mir und ich nicke zustimmend. Die anderen weichen ein Stück zurück, um Platz zu machen. Zumindest alle außer Jason, der den Hakarta direkt anstarrt.

„Ihr habt da draußen gute Arbeit geleistet“, sagt Labashi und nickt meine Gruppe an. Ein paar Leute wirken angesichts des Kompliments zunächst überrascht, dann erleichtert. „Beeindruckend, wenn man bedenkt, seit wann das System hier aktiv ist.“

Ich nicke kurz, dann meldet Richard sich zu Wort. „Was euren Arbeitgeber betrifft ... Wer ist es?“

„Darauf erwartest du doch nicht wirklich eine Antwort?“, sagt Labashi.

Richard wirkt enttäuscht.

„Ihre Hoheit Wuli Kangana, Herzogin der Pourquoi-Staaten“, sagt Vir, der sich der Gruppe angeschlossen hat. Er sieht, dass alle von uns Schokolade haben, bittet jedoch nicht um eine Tafel. „Momentan besitzt und beherrscht sie auch das Dorf Fairbanks und die Stadt Anchorage.“

Da sie sieht, dass ich die Stirn runzle, beugt Lana sich zu mir und flüstert: „Dem System zufolge ist Whitehorse noch ein Dorf.“

Ich nicke stumm, während Ali in die Ferne starrt. Nach einigen Sekunden sehe ich die Benachrichtigung, Systemfenster wären für mich bereit. Ich vermute, diese enthalten Details über die Herzogin. Ich frage mich, wie schlecht die Übersetzung ihrer Titel wohl sein mag – aber damit muss ich mich ein anderes Mal befassen.

„Wirklich?“ Aiden verzieht das Gesicht und reibt sich die Nase. „Sind infizierte Dungeons so gefährlich?“

„Ja.“ Labashi nickt. „Eine normale Sporeninfektion ist begrenzt, da die Zahl nur langsam wächst. Ein Dungeon macht es möglich, sich kontinuierlich fortzupflanzen und zu wachsen, und auf einer Dungeonwelt wäre es ein Leichtes, weitere Dungeons zu infizieren. Daher ist eine frühzeitige Lösung mit weniger Problemen behaftet als das Warten bis zu einem späteren Zeitpunkt.“

Vir nickt und sein Körper entspannt sich, als er dort steht und die Gruppe beobachtet. Ich höre Jason eine weitere Frage zu den Hakarta stellen, die ich jedoch ausblende. Ich habe mich schon immer gefragt, warum die Hakarta uns besucht haben und obwohl ich dadurch eine gewisse Erklärung erhalte, reicht sie mir nicht aus.

Auch wenn Labashis Antwort irgendwie Sinn ergibt, glaube ich trotzdem nicht, dass ein infizierter Dungeon sich derart schnell ausbreiten könnte, dass er in naher Zukunft zur Bedrohung für Fairbanks würde. Dazu käme es garantiert erst nach der Stabilisierung des Systems, wenn Abenteurer auf diesen Planeten strömen. Falls meine Einschätzung richtig liegt, verfolgt sie Pläne, die deutlich näher am Dungeon liegen. Vir erkennt, dass ich vor mich hinstarre und nickt einmal, wie um meine Vermutungen zu bestätigen. Na toll. Jetzt haben wir endlich die politischen Probleme der Stadt gelöst und müssen uns mit der galaktischen Politik auseinandersetzen. Irgendwie glaube ich nicht, dass ich diese Typen einschüchtern würde, indem ich sie anschreie und mit einer Furzattacke bedrohe.

Capstan tritt näher, knurrt die Gruppe an und befiehlt uns, vor Beginn unserer Schicht noch etwas zu schlafen. Der Yerick hat recht – wir könnten etwas Schlaf gebrauchen. So, wie es aussieht, steht uns demnächst ein brutales Gefecht bevor.

Kapitel 21

„Kontakt!“

Dieses Wort aus den Funkgeräten weckt uns sofort auf. Endlich. Nachdem wir uns über drei verschiedene Eingänge und einen Seitenpfad ausgebreitet haben, gibt es endlich wieder einen Feindkontakt.

„Sie haben die Drohne nicht gesehen“, sagt Aron, der sich die Videos ansieht.

Ali hat einen Statusmonitor mit der Drohnenübertragung kombiniert, so dass ich die Hunderten von Frakin sehe, die sich in diese Höhle drängen. Seltsamerweise bleiben sie anders als zuvor nicht reglos stehen. Stattdessen gehen sie ziellos im Kreis. Gelegentlich nähert sich ein Frakin dem Eingang, um dann ruckartig anzuhalten und die ziellosen Bewegungen fortzusetzen.

„Ich gehe tiefer hinein“, kündigt Aron an und steuert die Drohne.

Weiter hinten warten in einer Entfernung von wenigen hundert Metern die Teams, die diesen Korridor säubern sollten, reglos auf neue Befehle.

Capstan starrt auf die eingehenden Daten und wendet sich dann Labashi zu. „Schick zwei deiner Gruppen zur Verstärkung hin. Wir halten hier die Stellung.“

Labashi nickt und brüllt Befehle. Seine Männer teilen sich auf und traben im Laufschritt zur Öffnung. Ich beiße die Zähne zusammen, da es mich frustriert, schon wieder warten zu müssen.

„Da kommt was, Junge“, sagt Ali und lässt meinen Bildschirm aufleuchten. Ich verziehe das Gesicht.

Alle hören seine Worte und drehen sich um, um einen Blick auf die eigenen Monitore zu werfen, als ein einzelner Frakin durch den Hauptkorridor in unsere Richtung stolpert. Er geht mit unsteten Schritten direkt an der Drohne vorbei, ohne sie zu bemerken.

„Eliminieren?“, frage ich und deute in die entsprechende Richtung. Leichte Beute.

„Da stimmt was nicht“, sagt Labashi und kneift die Augen zusammen. „Der ist infiziert.“

„Ja ...“

„Das ist ein Späher“, erklärt Labashi allen, die ihm nicht folgen können.

Capstan nickt und entsendet einen Yerick mit der Aufgabe, den weit von unserer Stellung entfernten Späher zu erledigen.

„Weitere Kontakte“, meldet Ali und verengt seine Augen zu Schlitzen, während er die verstreuten Daten durchgeht. Unsere Sensoren sind noch weiter vorgeschoben als die Drohnen, liefern jedoch keine besonders exakten Daten, da es so tief im Dungeon zu starken Mana-Interferenzen kommt. „Eine Riesenmenge.“

„In Stellung“, brüllt Capstan.

Ich gehe nach vorn und ducke mich hinter die mir zugewiesene Mauer. Subtile Veränderungen der Höhle haben eine Steinmauer erschaffen, die den Vormarsch der Frakin verlangsamen sollte. Vielleicht eine Viertelsekunde lang. Andererseits wäre eine Viertelsekunde angesichts unseres Kampftempos wohl eine relativ lange Zeitdauer.

Bill geht rechts von mir in Stellung und ich blicke in seine Richtung. Ich stelle fest, dass er ein Linkshänder ist. Daher rutsche ich etwas weiter nach links, so dass wir mehr Platz haben. Allerdings verwendet er noch keine Nahkampwaffe, sondern hält zwei modifizierte, futuristisch aussehende Strahlenpistolen in den Händen.

Ali schwebt links von mir knapp oberhalb meines Kopfes, so dass er sich gerade noch in meinem Blickfeld befindet. Er starrt immer noch auf die Bildschirme. „Die Drohne ist in die zweite Höhle durchgebrochen. Weitere Frakin.“ Er runzelt die Stirn. „Das Video wird ziemlich wackelig, daher bekommen wir dort keine verlässliche Zählung ...“

Ich nicke und hebe mein Strahlengewehr, während ich die sich annähernden Punkte auf der Mini-Karte betrachte. Nachdem sie nun näher an uns sind, erfasst die Drohne sie auch visuell und zeigt ihre gestaffelte, unregelmäßige Frontlinie. Die Frakin rucken vorwärts, wobei gelegentlich einer von ihnen stehen bleibt oder sich umdreht. Es handelt sich nicht um die imposante Fleischmauer, die wir das letzte Mal bekämpfen mussten.

„Sieht aus, als ob euer Virus funktioniert“, sagt Bill, der sich ebenfalls die Videos ansieht.

Ich nicke und werfe dem Mann einen Blick zu, wobei ich mich frage, bis zu welchem Grad er wohl vertrauenswürdig ist. Das Vortäuschen von Levels ist eigentlich unmöglich, was bedeutet, dass er einige Skills besitzt. Falls die Dinge aber zu hektisch werden, könnte er dennoch zusammenbrechen.

„Sie bewegen sich“, knurrt Capstan mit Blick auf die Bildschirme.

Ich schiele nach hinten. Vir und Labashi stehen neben der Führungsgruppe. Ihre Köpfe drehen sich langsam, während sie sich die Videos ansehen, dann nicken sie. Ein kurzer Blick bestätigt meinen Verdacht – die Frakin in den anderen Datenströmen bewegen sich direkt auf Richard und Lana zu. Ich beiße die Zähne zusammen, habe aber zumindest die Gewissheit, dass Mikito ihnen den Rücken freihält. Ich muss einfach Vertrauen haben ...

„Vielleicht solltest du dich auf das hier konzentrieren“, tadelt mich Bill und eröffnet das Feuer, da die Frakin inzwischen in Reichweite sind. Seine Schüsse fliegen in die Dunkelheit, aber ich höre zischendes Fleisch, als die Strahlenwaffen Frakin-Körper durchlöchern. Echt beeindruckend, diese Pistolen.

Nun bin ich an der Reihe. Ich eröffne das Feuer auf die in meinem Sichtfeld markierten Ziele. Eins um das andere, Sekunde um Sekunde und entlang der gesamten Frontlinie. Ein wahrer Regenbogen von Strahlen erleuchtet die Höhle, vermischt mit schnell fliegenden Projektilen, die auf die vor uns stehenden Monster prallen und sie in Brei verwandeln. Vermutlich verschwenden wir hier die Hälfte unserer Munition auf Kreaturen, die bereits tot sind.

„Wer hat gesagt, ihr sollt feuern?", raunzt Vir, der nun zu uns stößt. „Wartet den Befehl ab."

Die Schüsse verklingen und einige von uns blicken verlegen um sich. Vir beobachtet, wie die Frakin näher kommen. Als sie noch hundert Meter von uns entfernt sind, befiehlt er, das Feuer wieder zu eröffnen – allerdings gestaffelt, um keine Munition zu verschwenden.

Wie ich vermutete, sind Bills Pistolen Spezialanfertigungen mit ziemlich extremen Shop-Upgrades und vermutlich zusätzlich durch Fertigkeiten verbessert. Jeder seiner Schüsse erzielt eine beträchtliche Schadenswirkung und brennt sich mühelos durch die Front der Frakin. Der Rest von uns erzielt keine derart spektakulären Ergebnisse, aber das schiere Volumen der Schüsse und die unkoordinierten feindlichen Angriffe machen die Angelegenheit zu einem Kinderspiel.

Zumindest, bis uns allmählich die Munition ausgeht. Ich sehe flackernde Zahlen, als mein Mana-Akku sich beinahe vollständig leert und die verbleibende Munition sich dem Ende zuneigt. Auch Bill verlangsamt sein Schusstempo und ich sehe, wie andere an der Front neue Akkus einlegen. Die Anzahl der Schüsse verringert sich kaum und die Kadenz sinkt weiter, aber plötzlich werden die Frakin nicht mehr aufgehalten, sondern drängen langsam nach vorn. Ihre Front rückt Sekunde um Sekunde weiter vor, und jede neue Monsterleiche ist uns etwas näher.

„Halt."

Der Befehl wird nicht präzise ausgeführt, da danach noch einige Schüsse fallen, aber schließlich stellen alle von uns das Feuer ein. Die Frakin reagieren zunächst kaum auf die plötzliche Feuerruhe, aber einige Sekunden später sprinten sie auf uns zu. Ich bemerke einige übereilte Schüsse, als Jäger auf die Gefahr reagieren, warte jedoch ab, da ich weiß, was nun kommt.

„Eiszauber", befiehlt Vir.

Elementarzauber fliegen über unsere Köpfe hinweg und zielen auf die angreifenden Frakin. Sturmwinde heulen, lassen die Temperatur fallen und bedecken die Monster mit Schnee und Eis. Absolute Kälteblitze treffen Insektenpanzer und verwandeln sie in Eisklumpen, die unter dem eigenen Bewegungsimpuls zerbrechen. Kleine weiße Staubkörner schweben nach vorn, landen auf Monstern und frieren sie ein. Eisspeere rasen an uns vorbei, nageln Frakin am Boden fest oder reißen ihnen Gliedmaßen ab. All diese Zauber und noch mehr hageln auf Virs Befehl auf die Kreaturen herab.

„Feuer", befiehlt nun Vir, und die Magier wechseln das Element.

Zuvor eingefrorene Kreaturen werden nun erhitzt, als Flammenwände aus dem Boden schießen. Plasmakugeln fallen von der Höhlendecke und prallen gegen die Monster. Traditionelle Feuerbälle werden geschleudert und explodieren in expandierenden Kugeln extrem heißer Luft. Feuerpeitschen schießen aus dem Boden, treffen Frakin und zerfetzen gefrorene Panzer. Die zwitschernden Schreie der Frakin werden vom Tosen der Flammen übertönt.

„Ist doch ganz simpel." Bill grinst und ich bin versucht, ihm eine runterzuhauen.

„Das sind die einfachen Frakin, du Idiot", sagt Ali. „Die Plasma-Frakin folgen danach ..."

„Halt. Frontlinie, auf feindliches Feuer vorbereiten", sagt Vir.

Ich höre, wie Vir einen Schritt nach hinten macht. Ein flüchtiger Blick zeigt mir, dass die Magier sich hinter der eigenen Steinmauer ducken und zusätzlichen Schutz durch tragbare Schildgeneratoren erhalten.

Die Plasma-Frakin drängen sich an den normalen Frakin vorbei, die sich weigern, den extrem heißen Korridor zu betreten. Sie nähern sich erneut unserer Linie. Sie stolpern über brennende Leichen hinweg, und die klingenbewehrten Spitzen ihrer Füße stoßen sich vom Boden ab, als sie vorwärts stürmen.

Hinter mir erteilt Vir endlich den Befehl. „Gerade Zahlen, feuern!"

Die Plasma-Frakin sind gefährlich, aber ihre Reichweite ist kürzer als unsere. Wir zerfetzen sie im Korridor und versuchen, die Leichen so aufzuhäufen, dass eine improvisierte Barriere entsteht. Gelegentlich feuert ein besonders schneller oder zäher Frakin einen Plasmablitz ab, bevor er niedergemäht wird, aber vereinzelte Blitze machen der Frontlinie nichts aus.

Mir bleibt sogar genügend Zeit, mir die Drohnenvideos des anderen Gefechts anzusehen und zu erkennen, dass sie sich dort ebenfalls gut schlagen. Alles läuft glatt. Viel zu glatt.

„Ali ..."

„Ich suche schon, Junge, ich suche", antwortet Ali und wischt mit beiden Händen über seine Bildschirme.

Als ich mich umsehe, stelle ich fest, dass er nicht der Einzige ist, der hinter dieser Sache einen Haken vermutet.

Die Frakin stolpern in längeren Intervallen heran, nun vereinzelt statt in einem ungeordneten Schwarm. Vir wählt Schützen aus, während wir anderen unseren Munitionsvorrat überprüfen. Das kurze Gefecht hat meine Mana-Akkus halb geleert, und ich frage mich, wie es den anderen ergeht. Andererseits haben wir vermutlich über hundert Frakin erledigt.

Bisher haben die Sporen ja keine sonderlich flexiblen Taktiken eingesetzt. Vielleicht versuchen sie lediglich, eine Zermürbungsschlacht zu gewinnen. Einen Augenblick lang erlaube ich mir etwas Hoffnung.

Dann aber erweckt ein Fauchen Capstans meine Aufmerksamkeit.

„Sie sind hinter uns“, sagt Ali und hebt abrupt den Kopf. Er zuckt mit einem Finger, und ich sehe das Drohnenvideo des rückwärtigen Bereichs mit den voranstürmenden Monstern.

„Wie ...?“, sagt Bill. „Wir haben alles abgesucht. Sie können unmöglich dort hinten sein.“

„Keine Ahnung“, sagt Ali kopfschüttelnd.

Capstan erteilt bereits Befehle und teilt die Teams auf, um die hintere Front zu verstärken, während der Rest von uns hier in Stellung bleibt.

„Zangenangriffe sind wohl ihre bevorzugte Taktik“, murmle ich und Ali nickt.

Kurz darauf bleibt uns keine Zeit für weitere Gespräche, da die Frakin sich erneut auf unsere Abwehrstellungen stürzen. Ich lächle grimmig, während ich das Feuer eröffne. Das Verfolgen und Töten von Monstern ist für mich derart zur Routine geworden, dass ich kaum noch einen Gedanken daran verschwende. Falls die Sporen glauben, uns mit einem einfachen Zangenangriff erledigen zu können, haben sie sich allerdings getäuscht.

Unsere Umgebung stinkt nach ionisierter Luft, verbranntem Fleisch und den Ausscheidungen der sterbenden Frakin. Ich sende einen telepathischen Befehl an meinen Helm, all das auszufiltern. Was das Klappern der Klauen auf dem Boden und die Todesschreie der Frakin betrifft, kann ich nur wenig ausrichten. Wir stapeln die Leichen so hoch, dass die anderen Frakin vor einem erneuten Angriff Zeit aufwenden müssen, ihre toten Kameraden herunterzuziehen und zu verschieben.

Vir wechselt des Öfteren die Angriffsmethode und setzt die Magier gegen die Frakin ein, damit wir Munition sparen. Im Gegensatz zu vielen der anderen Frontkämpfer habe ich nur wenige Mana-Akkus dabei und wechsle daher immer wieder zum Magieeinsatz anstelle von Schüssen. Manche betrachten mich daher skeptisch, aber meine Manareserven reichen dafür aus und ich achte darauf, dass der Wert nicht unter 80 % fällt. Das hier ist ein Marathon, kein Sprint, erst recht angesichts der Anzahl der bisher aufgetauchten Feinde.

Wir hämmern auf die Monster ein. Von den bisherigen Varianten zählt die Mehrheit zu normalen und Plasma-Frakin, wobei gelegentlich auch Säurespucker aufgetaucht sind. Das Dauerfeuer von Schüssen und Zaubersprüchen wird nur enden, wenn Vir einen Wechsel anordnet oder die Leichen sich derart hoch stapeln, dass die Frakin sie zerreißen müssen, um den Angriff fortzusetzen. Später sendet die Drohne, die unsere Angreifer überwacht, plötzlich keine Informationen mehr und wir tappen erneut im Dunkeln.

Als die Frakin die nächste Leichenmauer beiseite schieben, erspähe ich etwas Neues – ein grelles Lila – und kneife die Augen zusammen, um es erneut aufzuspüren. Bereits eine Sekunde später erfolgt ein ungewohnter Angriff – lilafarbene Säcke dünnen Materials werden über die Mauer aus Leichen geschleudert. Diese Säcke platzen beim Aufprall; eine grün-lila Flüssigkeit spritzt hervor und erzeugt Dämpfe. Überall um mich herum husten Menschen und halten sich die Hand vors Gesicht. Bill bewegt die Hand nach vorn und zieht eine Gasmaske aus seinem Inventar; andere folgen seinem Beispiel. Die Hakarta sind in ihren Körperpanzerungen in Sicherheit und feuern immer noch. Die Yerick knurren leise und kämpfen trotz der Dämpfe unermüdlich weiter.

Aber während Gasmasken ihren Schutz gegen die Primäreffekte entfalten, machen sich die sekundären Auswirkungen bereits bemerkbar und greifen ungeschützte Körperteile an. Diese Ablenkung zwingt die Yerick dazu, zugunsten vollständiger Körperpanzerung eine Pause einzulegen. Das nachlassende Feuer erlaubt es den Frakin, weiter vorzustoßen. Ich fauche laut und setze Sabres Projektilgewehr im Dauerfeuermodus ein, um die Lücke zu füllen. Schwarze Blitze und Feuerbälle fliegen an meinem Kopf vorbei, da die Magier hinter mir ebenfalls Unterstützung leisten.

Aus dem Augenwinkel sehe ich, wie ein Jäger mit abgelegtem Helm, aber Handschuhen hochspringt und von einem Sack mitten im Gesicht getroffen wird. Dieser platzt auf und die Flüssigkeit ergießt sich über seinen ganzen Körper. Ich sehe, wie die Flüssigkeit seinen Körperpanzer verätzt, während Vir ihn packt und in die hinteren Linien schleudert.

Das kombinierte Feuer der Magier und der Menschen führt schon bald zu einer neuen Pattsituation. Unglücklicherweise war dies noch nicht die letzte Überraschung der Sporen. Nachdem sie zwei Gift-Frakin zur Seite gedrängt hat, stürmt eine silbrige Stahlkreatur auf uns zu. Lichtstrahlen prallen von ihrem Körper ab, verursachen oberflächliche Schäden und sorgen für noch mehr Verwirrung in der Schlacht. Als ich soeben auf dieses Wesen ziele, erscheint ein weiteres überdimensioniertes Insekt, dann noch eines. Sprengpatronen lassen die gepanzerte Haut aufplatzen, eine einzelne Schusswaffe zeigt jedoch keine ausreichende Wirkung. Während die Menschen sich noch vom Schock erholen, greifen diese Kreaturen bereits an.

Ich habe schon fast den Punkt erreicht, an dem ich meine Raketen abfeuere. Fast. Aber bevor ich die Chance dazu erhalte, schießen Steinspeere aus dem Boden, spießen Monster auf und schneiden ihnen den Weg ab. Dies verschafft uns einige Augenblicke, während derer die Magier eine Brise herbeirufen, die einen Teil der Dämpfe wegbläst. Außerdem können die restlichen Menschen ihre Ausrüstung anlegen. Selbst die Yerick nehmen sich nun endlich die Zeit dafür und befestigen ein kleines dreieckiges Pflaster an ihrem Fell, das ein schwaches Abwehrfeld generiert. Ich sage mir, dass ich mir diese Technologie in Zukunft näher ansehen sollte, als ich einen Feuerball in die Höhle schleudere. Vir geht von Gruppe zu Gruppe und modifiziert unsere Schussbereiche, so dass jede Sektion für den Kampf gegen die Monster, die sich hervorwagen, über eine Mischung aus Feuerkraft, Strahlen und Projektilen verfügt.

Als die Behemoth-Frakin die Steinspeere zerbrechen, lassen die hinter uns kauernden Magier weitere erscheinen. Einige schnell abbindende Klebegranaten verwandeln diese in ein neues Hindernis, das die Frakin durchbrechen müssen. Dadurch gewinnen wir Zeit, um uns auszuruhen und zu erholen.

Da unsere Front abgedeckt ist, überprüfe ich mit einem Blick auf die Karte und die Bildschirme, wie es an den anderen Stellen läuft. Ich zucke vor Schreck zusammen. Ich zwinge mich, ruhig zu bleiben, während ich beobachte, wie die roten Punkte im Korridor die blauen überwältigen. Und zwar keine beliebigen blauen Punkte, da Lana, Richard und Mikito zu ihnen gehören. Hinter uns hat das rechtzeitige Eingreifen von Aron und Labashi die Monster lange genug zurückgeworfen, um zumindest der rückwärtigen Linie eine Möglichkeit zur Erholung zu geben.

„Vertrau ihnen, John“, sagt Ali.

Ich nicke wortlos. Auch wenn ich in dieser Sekunde losrennen würde, wäre ich mehrere Minuten von der Gruppe entfernt. Minuten, während derer die Frakin meine Freunde auslöschen könnten. Ich muss einfach darauf vertrauen, dass sie sich durchschlagen. Ich beobachte die Mini-Karte und beobachte, wie eine große Menge roter Punkte plötzlich verschwindet und die blaue Linie sich weiter hinten neu formiert.

„Sie ziehen sich zurück“, murmle ich mit Blick auf die Karte.

Ali nickt zur Bestätigung. Die blauen Punkte ziehen sich weiter zurück, selbst, nachdem die Linie sich neu formiert hat. Die roten Punkte drängen unablässig vorwärts, während meine Kameraden sie mit einem Feuerhagel belegen. Ich blicke nach hinten, als Vir den Magiern befiehlt, eine Pause für die Regeneration ihres Manas einzulegen. Ich beobachte kurz, wie Capstan und Labashi sich eng zusammengedrängt unterhalten, dann muss ich wieder das Feuer eröffnen. Ich habe genügend Zeit mit den Yerick verbracht, um zu erkennen, dass er sich sorgt.

Die beiden neuen Frakin-Typen zwingen uns, unsere Vorräte an Munition, Ausdauer und Mana noch schneller aufzubrauchen. Obwohl sich die letzten beiden Faktoren durch den Einsatz von Tränken beeinflussen lassen, wirken einige der Menschen nun frustriert und besorgt. Die Gesichtsausdrücke der Hakarta sind unter den Masken nicht zu erkennen, aber selbst die Yerick wirken gelegentlich nervös. Wir kämpfen seit Stunden ununterbrochen. Trotzdem erscheinen immer mehr Monster.

Fünf oder zehn Minuten später passen die Frakin erneut ihre Taktik an. Statt Monstertypen getrennt angreifen zu lassen, entsenden die Sporen nun gemischte Gruppen. Was eigentlich keinen Unterschied ausmacht, da wir uns in den Schützenlinien auf das Töten der Gegner in unseren Schussbereichen konzentrieren, statt uns zu fragen, was sie sind. Ich bin ziemlich dankbar, hier erfahrene Kämpfer zu haben. Ansonsten wären wir möglicherweise auf diesen Taktikwechsel hereingefallen.

Dann existiert wieder ein Gleichgewicht, zumindest an den Frontlinien. Ich setze wann immer möglich mein Gewehr ein und lasse Sabre die Projektilwaffe während der dringend benötigten Feuerpausen nachladen, wobei ich auf zusätzliche Munition aus meinem Veränderten Raum zugreife. Wenn möglich wechsle ich meine Aufmerksamkeit zwischen der Front, meinen Kameraden und der Karte hin und her.

An der Front herrscht ein Gleichgewicht. Bezüglich unserer rasch schwindenden Vorräte an Mana und Munition lässt sich kaum dasselbe behaupten.

Der erste Schrei kommt von einem der Yerick, der brüllt: „Keine Munition mehr."

Kurz darauf wiederholt ein Mensch dieselbe Meldung. Dann noch einer, und Waffen verstummen. Vir raunzt einen Befehl, und die mit Erdzaubern ausgestatteten Magier erstellen eine provisorische Blockade, was uns auf Kosten ihres Manas zusätzliche Zeit verschafft. Diese setzen wir dafür ein, um die Front umzustellen, so dass Nahkämpfer und Fernkämpfer und Magier sich abwechseln.

Ich sehe, dass die Nachhut dasselbe tut, während meine Freunde sich weiterhin im Schneckentempo in unsere Richtung zurückziehen. Sie sind noch zu weit entfernt, als dass wir sie direkt per Funk erreichen oder über unsere Drohnen sehen könnten.

„Ali, wie sieht unsere Lage aus?", frage ich.

„Gar nicht gut. Die Drohnen sind fast erschöpft. Die wenigen, die wie hier haben, sehen noch kein Ende dieser Gruppen", meldet er, bevor Capstan mich zu sich ruft.

Ich gehe zu ihm, wo ich auch Bills schattenhafte, schwarzhaarige Freundin und Vir antreffe.

„Sie setzen uns zu sehr unter Druck. Macht ein paar Minuten Pause, dann führen wir Plan F durch", kündigt Capstan an.

Ich schneide eine Grimasse. Plan F – der finale Angriff. Ein Verzweiflungsplan, den wir für den Fall entwickelt hatten, dass die Sporen und die Frakin uns zu sehr bedrängen. Wir drei haben jeweils eigene Methoden, um die vor uns liegenden Horden zu durchdringen. Der Plan ist einfach – während die anderen die Monster zurückhalten, stürmen wir so weit wie möglich nach vorn, um hoffentlich den Boss aufzuspüren und zu erledigen.

„Ist es so schlimm?"

„Ja. Unsere Reserven sind auf dreißig Prozent geschrumpft", erklärt Labashi und ich verziehe das Gesicht.

Ich weiß, dass sich die Lage verschlechtert hat. Aber die Dramatik der Situation war mir noch nicht klar. Das ist das Seltsame an diesem Kampf. Obwohl wir enorm unter Druck stehen, ist bisher noch kein Mitglied unserer Frontlinie gefallen, und niemand blieb lange verletzt. Unsere widernatürlichen Heilfähigkeiten und die Zaubersprüche halten unsere Kampfkraft aufrecht – aber dieser Effekt hält nur so lange an, wie wir über ausreichende Munitions- und Manavorräte verfügen. Gehen die zur Neige, kommt das Ende schnell.

„Wir senden euch jetzt die aktuellsten Daten der Drohnen", meint Capstan. „Mögen die Sterne euch den Weg weisen."

Ali verzieht das Gesicht und starrt auf die neuen Informationen. Er neigt den Kopf, als ich zur Seite trete und meinen Helm öffne, um etwas Essbares herunterzuschlingen. „*Ich gehe zuerst. Ich kann nicht zu weit vor dir bleiben, aber bei vollem Risiko schaffe ich es vielleicht, euch zum Boss zu führen.*"

„*Gute Idee*", antworte ich, während ich hastig kaue.

Ali schwebt davon, stoppt dann und dreht sich noch kurz zu mir um. „*Pass auf dich auf, Junge.*"

Ali gleitet außer Sichtweite, bevor ich darauf reagieren kann. Ich schüttle den Kopf, lächle grimmig und schiele dann zu den beiden anderen. Sie bereiten sich vor – die Dame streckt sich, während Vir einen Trank nach dem anderen schluckt. Bei diesem Anblick huscht ein Lächeln über mein Gesicht, da es mich daran erinnert, meine bisher aufgehobenen Tränke einzunehmen. Die besten von Sallys Regenerationsverstärkern.

„Fertig?", knurrt Capstan.

Wir nicken ihm zu, stehen auf und blicken in Richtung des Korridors. Letzte Chance, letzter Lauf. Verdammt ...

***

„Plan F. Feuerschutz in drei, zwei, eins. Jetzt!", brüllt Capstan. Er hebt seine Axt-Kanone und feuert den Schuss ab, der sich während des Gesprächs mit uns auflud.

Auch die Magier, die sich bisher zurückhielten, eröffnen das Feuer und ein Wirbel vernichtender Energie fegt durch die Monster vor uns. Sobald das Feuer nachlässt, sprinten wir drei nach vorn.

Seitlich von uns blitzt Unterstützungsfeuer auf, als Lenkwaffen und Zaubersprüche die noch lebenden Frakin im Korridor aufs Korn nehmen. Das verschafft uns ein wenig Freiraum, vielleicht einige hundert Meter. Als wir die erste Kurve des Tunnels erreichen, sehen wir Massen von Frakin, die um die Ecke strömen. Vor uns ist Vir, der losstürmt und in einem weißen Nebel explodiert, der dann durch die Gruppe schwebt. In dieser Form bewegt er sich deutlich langsamer, aber die Feinde können ihm nichts anhaben.

Hinter ihm springe ich ab und lande auf einem Frakin, so dass meine Aktivpanzerung das Monster in den Boden stampft. Dann rolle ich vorwärts und pralle gegen den Schwarm. Während ich nach dem Aufprall nach oben geschleudert werde, aktiviere ich bereits den QSM und erhole mich im ultradimensionalen Bereich. Kurz darauf sehe ich, wie Bills

Assassinen/Schurken-Freundin sich tatsächlich in einen Schatten verwandelt und in die Dunkelheit entschwindet.

Die Mini-Karte zeigt mir, dass Ali mit maximaler Geschwindigkeit vorwärts rast. Entdeckt er neue und relevante Monster, wird meine Karte aktualisiert, bevor sie dann wieder verschwinden, nachdem er ihren Bereich verlassen hat. Dieser kurze Zeitraum reicht aus, um mir zu zeigen, wie kritisch die Lage ist – der Schwarm scheint einfach kein Ende zu nehmen.

Ich sprinte los, ohne meine Kameraden zu sehen, da wir uns getrennt durch den Schwarm vorarbeiten. Auch wenn diese Fertigkeiten oder technologischen Spielsachen extrem leistungsfähig sind, ist ihre Einsatzzeit doch begrenzt. Falls ihre Wirkung endet, während wir uns noch im Schwarm befinden, werden wir uns auflösen wie eine Plastiktüte im Feuer. Unsere einzige Hoffnung liegt in der Geschwindigkeit.

Ich donnere durch die Gänge und haste durch schattenhafte Frakin, bis ich etwas bemerke, das mich stutzen lässt. Ohne nachzudenken aktiviere ich den Schalter und springe in die Realität zurück, wobei ich darauf achte, nicht in einem zu dichten Objekt aufzutauchen. Ich programmiere bereits die Drohne und entsende sie auf den Rückflug, während ich lande und herumwirble. Den angesammelten Schwung setze ich dazu ein, den von mir entdeckten Frakin vom Unterleib bis zum Bein aufzuschlitzen. Hierbei handelt es sich um eine monströse Kreatur, die drei Viertel des gesamten Korridors einnimmt. Ihr Panzer ist so hart, dass ich ihn ohne die zusätzlichen Levels meines seelengebundenen Schwerts vermutlich nicht einmal ankratzen würde. Die Frakin reagieren nur langsam, da ihre Sinne von der Krankheit geschwächt wurden – so ist es mir möglich, das Wesen einige Sekunden lang ungestört anzugreifen. Einige Sekunden, um den Körper der Kreatur aufzuschneiden und einige weitere, um eine Granate hineinzustecken. Sobald sich meine Hand im Inneren des Körpers befindet und ich die Granate loslasse, aktiviere ich den QSM.

Ich renne durch das Monster und die drei Sekunden reichen kaum aus, um mich in Sicherheit zu bringen, bevor die Explosion vom Inneren des Monsterkörpers nach außen fegt. Dadurch erhalten die Drohne und meine Freunde etwas Zeit, da die Frakin gezwungen sind, die Leiche aus dem Weg zu schieben. Etwas Zeit, um sich auf die anderen drei Titan-Frakin vorzubereiten, die gleich dahiner stehen. Mir bleibt keine Zeit, um diesen Kampf fortzusetzen – vielleicht war es ohnehin eine schlechte Idee, die Energie des QSM durch das Auftauchen und Verschwinden zu erschöpfen.

Vor mir verzweigt sich der Tunnel und ich nehme die rechte Abzweigung. Ali ist in diese Richtung gegangen. Während des Laufens feuere ich einen Blitz ab, und die Energie des Zaubers hinterlässt Brandspuren an den Wänden. Ich kann nur hoffen, dass dies Vir und dem Schattenmädchen deutlich genug sagt, diesen Tunnel zu vermeiden.

Vier QSM-Minuten später – nun mit knapp dreißig verbleibenden Sekunden – bringe ich endlich die letzten Frakin hinter mich. Ich rase an ihnen und der Höhle vorbei, aus der sie strömen, bevor ich in Deckung rutsche und zum Stillstand komme. Da ich einigermaßen gut verborgen bin, deaktiviere ich den QSM und kehre in meine eigene Dimension zurück. Keuchend atme ich reinen Sauerstoff aus Sabres Tanks ein, erhole mich und hoffe, dass mein Versteck ausreichend gut ist. Das muss es auch, weil ich keine andere Wahl habe. Da ich hinter einer Ecke kauere, kann ich mich nur auf mein Gehör verlassen. Ich versuche angestrengt, etwas aufzuschnappen … irgendeinen Hinweis darauf, dass ich es geschafft habe.

Aber ich höre nur tropfendes Wasser, herumhuschende Insekten und Spinnen sowie das weit entfernte Stapfen der Frakin. Keinerlei Anzeichen einer Verfolgung, keine Signale meiner Freunde. Ich atme langsam aus und bewege mich aus meinem Versteck heraus tiefer in den Dungeon hinein, wobei ich Alis Pfad folge. Ich kann nur hoffen, dass die anderen ebenfalls ihre Aufgabe erfüllen und nach dem Boss suchen.

„Junge, nimm die rechte Abzweigung. Das hier ist eine Sackgasse."

Ich nicke, als ich Alis Anweisung höre, obwohl er mich nicht sieht. Dann wähle ich die entsprechende Abzweigung. Ich sehe, wie Ali aus der Höhle zurückfliegt, die sich als Sackgasse erwiesen hat, um mich wieder einzuholen und seine Funktion als Späher aufzunehmen. Allerdings kann ich es mir nicht leisten, zu warten, da ich weiß, dass meine Freunde hinter mir in einen verzweifelten Kampf verwickelt sind. Ich kann sie weder hören noch sehen – selbst meine Karte wird nicht mehr aktualisiert – aber mir ist bewusst, dass die Zeit knapp wird.

Zeitmangel ... der Gegner, gegen den ich ständig ankämpfe. Ich beschleunige und weiche gelegentlich Frakin aus, die in einer Ecke liegen oder herumwandern, da sie zu krank sind, um von den Sporen gelenkt zu werden. Ich bewege mich derart rasant, dass ich den reglosen Frakin kaum bemerke, der zum Leben erwacht, als ich über ihn springe.

Späher. Oder Wachen. Auf jeden Fall wissen sie nun, dass ich hier bin. Andererseits bedeuten Wachen, dass ich mich wohl auf dem richtigen Weg befinde. Ich halte ein Auge nach Verstärkung offen und bewege mich im Zickzack, während die Frakin hinter mir zerstörerische Lichtblitze abfeuern. Ich umrunde eine Ecke und hoffe darauf, dass mir mehr Ärger bevorsteht. Ärger wäre positiv.

Meine perversen Wünsche werden einige Minuten später erfüllt – ich sehe drei Frakin, die auf der Lauer liegen. Die schnelle Abfolge ihrer Reaktionen ist unkoordiniert, so dass es mir gelingt, ihrem Sperrfeuer auszuweichen. Möchte man Angriffen mit Überschallgeschwindigkeit entgehen, muss man nicht diesen selbst ausweichen, sondern sie antizipieren und den zukünftigen Treffern ausweichen. Körper heben sich vom Boden, Mäuler öffnen sich und glitzernde Zähne reflektieren die zunehmende elektrische Ladung. Ich stelle lediglich sicher, dass ich mich nicht am Zielort befinde. Als ein nicht beim System registrierter Mensch hätte ich derartige Berechnungen nie durchführen können – aber dank meiner verbesserten Fähigkeiten ist es ein Kinderspiel. Zumindest gegen drei dieser Monster.

Ich ziehe mein Schwert und setze einen Klingenhieb ein. Die glänzende Energielinie schlitzt die Frakin auf, als ich mich ihnen nähere. Kurz darauf habe ich sie erledigt, da ich es für besser halte, die Nachzügler sofort zu eliminieren und nicht später. So, wie es aussieht, bin ich ihnen mittlerweile ganz nah.

„*Ali, findest du die anderen?*“

„*Vielleicht. Willst du, dass ich mit dir komme, Junge?*“, antwortet der Geist.

Ich schüttle den Kopf. „*Nein. Es wäre besser, wenn du sie erreichst oder ihnen nahe genug kommst, um eine Nachricht zu überbringen. Man kann nie wissen, auf welche Art von Widerstand ich stoße, und das hier sieht nach dem Weg zum Boss aus.*“

Dabei erwähne ich nicht, dass einer der anderen es schaffen muss, falls ich scheitere.

Als ich weiter hinten im Gang ankomme und mich der nächsten Höhle nähere, mache ich große Augen. Anscheinend haben die Feinde hier mehrere Dutzend Frakin zurückgehalten. Ich komme mit einem Fauchen rasch zum Stehen. Das plötzliche Sperrfeuer bestehend aus Säurekugeln, Plasmablitzen und Strahlen zeigt mir, dass sie mich erwartet haben. Ich ducke mich außerhalb der Sichtlinie, lasse Granaten erscheinen und schleudere sie nacheinander ins Innere. Ich bin mir sicher, die Sporen werden die Frakin früher oder später auf mich losstürmen lassen, sobald ihnen die Lage klar ist. Aber es wird etwas dauern, bis sie es bemerken und noch länger, um die

Befehle an die kranken Kreaturen zu senden. In der Zwischenzeit reduziere ich die Zahl meiner Gegner.

Explosionen fegen aus der Höhle, während ich eine Granate nach der anderen hineinschleudere, Die Detonationen und die verschwindenden roten Punkte zeigen mir alles, was ich wissen muss. Leider gelingt es mir nicht, eine ausreichende Anzahl von Frakin zu töten, bevor sie mich erreichen und über den leicht aufwärts geneigten Höhlenboden zum Korridor traben. Nun kämpfe ich wieder inmitten eines Schwarms. Mein Schwert wirbelt umher und schneidet durch die Luft. Ich werfe es von einer Hand in die andere, während ich mich durch die Monster hacke, schlage und um mich trete. Ich weiß, dass ich keine Pause einlegen darf, daher tanze ich zwischen ihnen herum. Plasmablitze und Säurekugeln fliegen mir um die Ohren. Klauen gleiten an meiner Panzerung ab und stoßen mich in die Gegenrichtung. Nicht anhalten – niemals anhalten.

Ich lasse die Gruppe hinter mir und halte noch zwei Granaten in der Hand. Diese werfe ich ins Zentrum des Schwarms, und die folgende Detonation wird durch die dicht gepackten Körper kaum gedämpft. Ich springe zurück, hebe mein Gewehr und schieße im Dauerfeuer auf die verbleibenden Monster, so dass ich in wenigen Sekunden das komplette Magazin in sie pumpe. Ich lande, mein Schwert erscheint in meiner Hand und schlägt einen Steinstachel beiseite, während ich mir meine Gegner ansehe. Nur noch ein halbes Dutzend, die Mehrheit davon mit relativ schweren Verletzungen.

Ich gehe in die Hocke und springe dann los, um dem ein Ende zu setzen. Es ist an der Zeit, diese kleinen Fische loszuwerden.

***

Danach ist es ein Leichtes, den Boss-Frakin und hoffentlich auch das Zentrum des Sporen-Bewusstseins aufzuspüren. Von hier an gibt es nur einen einzigen Gang. Während ich weiterschleiche, frage ich mich, wie brutal dieses Gefecht wohl werden wird.

Zumindest weiß ich nun, warum die Sporen sich nicht aktiver ausgebreitet haben – der Boss-Frakin ist derart riesig, dass er unmöglich durch die Korridore passen würde. Was natürlich auch erklärt, wie die Sporen derart intelligent geworden sind: Das ist der Körper, den sie für ihr Kontrollbewusstsein übernommen haben.

Acht Beine, ein doppeltes Paar Klauen oberhalb des wulstigen Körpers, drei Stacheln und mehr Zähne, als ich Kugeln habe, vervollständigen das rotbraune Monster. Weitere Frakin wuseln um den Boss herum, vielleicht ein Dutzend davon. Diese Monster sind doppelt so groß wie die normalen Kreaturen. Und um diese haben sich nochmals etwa zwanzig kleinere Frakin versammelt, deren Mischung aus leuchtend grünen, roten und lila Stacheln auf eine Reihe widerwärtiger Fernkampfoptionen hinweisen.

Die Tatsache, dass die Hälfte der Frakin hier meinen Korridor beobachtet und die übrigen auf eine Stelle links von mir blicken, bringt mich dazu, die Höhle genauer zu untersuchen. Einen Augenblick später erkenne ich den Grund dieses Verhaltens – dort gibt es einen weiteren Eingang. Er ist kleiner, enger und weniger gut geschützt als meiner, aber definitiv ein Zugangsweg.

Ich atme tief durch und denke nach. Ich habe es mit einem Schreckensszenario zu tun. Das ist mehr, als ich im Alleingang schaffe. Der Boss ist deutlich größer, als ich je erwartet hätte. Das hier – das ist etwas, das meine gesamte Gruppe angehen sollte.

Andererseits gibt es hier niemanden, der mir helfen könnte. Wenn ich das Biest erlegen möchte, muss ich es selbst tun. Ich beiße mir auf die Lippen und schmiede einen Plan.

Kapitel 22

Fünf Minuten später bin ich damit fertig. Als ersten Schritt habe ich entlang des Wegs, auf dem ich gekommen bin, einige Sensoren platziert. Dadurch würde ich eine Warnung erhalten, falls die Monster von dort angreifen. Theoretisch gesehen könnte ich sie zwar auch über meine Mini-Karte entdecken, aber darauf möchte ich mich in der Hitze des Gefechts nicht verlassen.

Der zweite Schritt besteht darin, ihre Einheiten aufzuspalten. Ich will nicht alle von ihnen bekämpfen, solange es sich vermeiden lässt. Ich hole die in meinen Veränderten Raum gelagerten Gewehre hervor und platziere sie gemeinsam mit weiteren Claymore-Minen hastig an zwei separaten Stellen. Dann schiebe ich sie nach vorn, schalte ihre Zielerfassungs-Software ein und beobachte, wie sie das Feuer auf die Monster unterhalb von mir eröffnen. Ich weiche von der Felskante zurück und gehe in Deckung, da der Feind kurz darauf das Feuer erwidert.

Nach wenigen Sekunden wurden alle der Waffen in Stücke gesprengt, was der Grund dafür ist, dass sie nicht schon früher gegen den Schwarm zum Einsatz kamen. Allerdings haben sie ihren Zweck erfüllt – Aufmerksamkeit zu erregen und die Frakin zu mir zu locken. Sie kommen, und zwar in Massen, da fast die Hälfte der Gruppe heranstürmt, die zuvor meinen Korridor beobachtet hat.

Ich wirke sofort Polarzone und der Zauber friert die Monster ein, so dass sie nur langsam vorankommen. Der Zauber verursacht nur geringe Schäden, ganz im Gegensatz zu den Sprengprojektilen, die ich danach abfeuere. Aber ich gewinne dadurch Zeit und zwinge die Monster dazu, sich zu enger formierten Gruppen zu versammeln. Als die Vorhut an der unmittelbaren Explosionszone vorbei ist, löse ich die Claymores aus.

Leider detonieren nur zwei Drittel davon – anscheinend sind sie nicht für die extrem tiefen, durch meinen Zauber hervorgerufenen Temperaturen konzipiert. Die Druckluft schleudert Tausende von Kugellagern nach außen, und in der Enge des Korridors erhalten selbst jene, die ihr Ziel zuvor verfehlten, eine zweite, dritte oder vierte Chance, etwas zu töten oder zu beschädigen. Natürlich stecke ich selbst auf diese Distanz einige Treffer ein, aber Sabres Panzerung ist stark genug, um einige Querschläger ohne allzu schwere Schäden zu absorbieren.

Sobald die Explosion etwas verebbt, stürme ich in die Gruppe. Ich schneide und schlage und feuere in offene Wunden. Interessanterweise richtet man selbst in dieser verrückten, vom System kontrollierten Welt noch mehr Schaden an, indem man in Wunden schießt, als wenn man einfach herumballert. Was nicht ganz einfach ist – die Frakin-Champions sind wahre Monstrositäten, riesig und robust, und selbst die verwundeten Wesen leisten noch erbittert Widerstand. Am Ende bewege ich mich humpelnd und Sabres Stabilität ist auf zweiundachtzig Prozent gesunken. Während meine Patronen nachgeladen werden, wirke ich einen schnellen Heilzauber, um meine Erholung zu beschleunigen.

Nach Abschluss von Stufe zwei spähe ich vorsichtig um die Ecke und ziehe den Kopf zurück, da Sekunden später Schüsse abgefeuert werden. Das beweist, dass sich nicht viel geändert hat mit Ausnahme der Tatsache, dass die Monster sich dort nun anders verteilen. Ich eile auf eine Seite und strecke meinen Kopf um die Ecke, woraufhin ich bemerke, dass sie mich nicht weiter verfolgen. Meine Vorsichtsmaßnahmen nützen aber wenig, da der Boss beschließt, einen Schuss von seinem Stachel abzufeuern. Die Explosion schleudert mich gegen die Wand und rückwärts in den Korridor. Ich stöhne und sehe Schadenssymbole vor mir blinken.

Daher ist es an der Zeit für Stufe Drei.

Ich wünschte, ich hätte eine geniale, unglaublich intelligente Idee anzubieten. Aber das ist nicht der Fall. Meine Idee ist nicht einmal besonders gut. Ich habe lediglich eine Menge Sprengstoff, meine Zaubersprüche und den Drang, das hier zu beenden. Ich nehme Anlauf und renne zum Eingang der Höhle, während die Frakin gelegentlich feuern. Als ich beinahe dort angekommen bin, setze ich den Versetzungsschritt in die Luft ein und weiche reflexartig dem Feuer aus, das dort auftrifft, wo ich mich bei einer normalen Bewegung nun befinden würde. Dadurch bleibt mir mehr als genug Zeit, um meine erste Raketensalve auf die versammelten Frakin abzufeuern. Ich sehe, wie die Raketen unter mir Flammen, Dreck und Blut hochspritzen lassen. Während meiner Landung wirke ich Polarzone mit einer Hand, mit der anderen schleudere ich Rauchgranaten auf den Boden.

Als ich zur Seite sprinte, drehe ich den Kopf hin und her und markiere Monster über mein Display per Gedankenbefehl, während ich die Temperatur durch Polarzone weiter absenke. Ich muss sie auf Trab halten, sie durch ständig wechselnde Taktiken verwirren, damit ich sie einzeln bekämpfen und ihre Zahl verringern kann. Als die Rauchgranaten die Luft erfüllen, werfe ich mein letztes Spielzeug ins Gefecht – hochmoderne Phosphorgranaten. Diese Granatensprengköpfe schleudere ich in die Luft, wo sie zersplittern und jedes Segment seine vorbestimmten Ziele sucht. Diese Segmente befestigen sich am Ziel und zünden dann den Phosphor, so dass die brennende Substanz auf den Kreaturen 2760 C° oder die Hälfte der Oberflächentemperatur der Sonne erreicht.

Die Frakin geraten in Panik, da die Brandmittel ihre Chitinpanzer durchbrennen und ihre Gesundheit reduzieren. Natürlich verringert das System den tatsächlichen körperlichen Schaden auf Grundlage ihrer Gesundheitspunkte, aber hier geht es in erster Linie darum, Schmerzen zu verursachen.

Aus reinem Instinkt aktiviere ich den Versetzungsschritt. Keinen Augenblick zu früh, da der Stachel des Bosses gegen die Steinsäule kracht, hinter der ich mich versteckt hatte. Nachdem ich wieder erscheine, wirble ich herum und schieße mit meinem Gewehr im Dauerfeuermodus in die Flanke der Kreatur. Der Boss bietet ein seltsames Bild aus Drahtgitterlinien, Infrarotschattierungen und normaler Sicht, da mein Helm die reduzierte Sicht ausgleicht. Ich ziele auf eine bestimmte Stelle – direkt unterhalb des zweiten Beinpaars, wo sich das Herz des Wesens befindet. Falls ich die Panzerung weit genug durchdringe, könnte ich dort ernsthaften Schaden anrichten. Mein Herz klopft schneller und meine Atemzüge beschleunigen sich, als ich an den Stachel denke, aber ich habe nicht genügend Zeit.

Ich bleibe ständig in Bewegung, schieße mit dem Gewehr und meinen Raketen, hacke und schneide mich mit dem Schwert durch Monster, während ich durch die Höhle tanze und stets versuche, mein Ziel im Blick zu behalten. Gelegentlich schleudere ich eine Klebgranate auf ein Monster, das mir zu nahe kommt, um es bewegungsunfähig zu machen. Leider vergesse ich, dass ich gegen eine denkende Kreatur kämpfe. Das macht meine Bewegungen berechenbar.

Als ich soeben einem Champion-Frakin ein Bein abhacke, trifft mich die Klaue des Bosses und schleudert mich gegen eine Wand. Es ist nur der reduzierten Sichtweite und der Krankheit zu verdanken, dass der nächste Schlag des Bosses mich größtenteils verfehlt. Die Klaue trifft mich oben an der linken Seite und zerquetscht Sabres Schild, während ich in eine andere Richtung geschleudert werde. Da habe ich Glück gehabt – ansonsten hätte der nächste, aus dem anderen Stachel abgefeuerte Schuss mir wohl den Rest gegeben.

Mir dröhnt es in den Ohren und ich schmecke Blut, als ich den Blick langsam nach oben richte. Allerdings setzt der Frakin-Boss seinen Angriff fort und stürzt auf mich zu, während ich mich aufrapple. Da ich Zeit brauche, aktiviere ich meinen Manaschild gerade noch rechtzeitig, um den

Schuss eines Plasma-Frakin abzufangen. Ich löse erneut den Versetzungsschritt aus und zucke zusammen, als ich sehe, wie mein Manapool weiter schrumpft.

Ein Blick auf den Boss-Frakin zeigt mir, dass all das nichts bringt. Der direkte Kampf gegen ein solches Monster war von Anfang an ein vergebliches Unterfangen, aber ich hatte ja keine Wahl. Irgendwo dort hinten kämpfen meine Freunde und sterben vielleicht. Ich muss das hier beenden.

Natürlich führt ein Wunsch nicht dazu, dass etwas tatsächlich geschieht, und momentan habe ich nichts als unzählige Wünsche und Träume. Als ich zur Seite haste und mit dem Schwert nach den Monstern schlage, starre ich die blinkenden Symbole an, die mir zeigen, dass ich alles geladen habe, was mir zur Verfügung steht. Nach dem Einsatz all dessen ist Schluss. Dann bleibt mir nichts anderes übrig, als auf den Boss einzuhacken und einzuschlagen.

„*Beschäftige ihn noch eine Minute, Jungchen.*“ Als ich Alis trockenen Tonfall höre, stoße ich beinahe einen Jubelschrei aus.

Ich nicke und sende ihm eine telepathische Bestätigung, während ich die Richtung wechsle und direkt auf zwei anstürmende Champion-Frakin zurenne. Ich erwische einen ihrer Stachel mit dem Schwert, und der Schwung ermöglicht es mir, dem zweiten auszuweichen. Dann springe ich mit dem Versetzungsschritt auf Distanz, als der Blitz aus dem Stachel des Bosses die Champions in knusprig gebratenes Fleisch verwandelt. Die Schockwelle der Explosion erwischt mich und schleudert mich zu Boden. Ich rolle mich ab und wirble herum, wobei ich einen kurzen Feuerstoß abgebe, der den sich vor mir aufbäumenden Säure-Frakin zerfetzt. Warnleuchten blinken auf, als die verdammte Säure sich durch Sabre frisst, aber ich bin schon wieder in Bewegung.

Ich löse den Versetzungsschritt aus und sehe meinen Manavorrat dahinschmelzen, während ich zu einer Stelle flimmere, von der aus das Bossmonster sichtbar ist. Das hoffe ich zumindest, als ich die Raketen abfeuere. Das Monster dreht sich um, genau, wie ich es erwartet hatte. Oder vielleicht sollte ich sagen, dass seine Reaktionen auf meine vorherigen Aktionen berechenbar sind. Auf jeden Fall positioniert sich das Wesen so, dass es eine volle Salve meiner Miniraketen in die Seite bekommt. Jedes dieser winzigen gelenkten Projektile trifft und bohrt sich tiefer und tiefer in den Oberkörper des Bosses.

Das wutentbrannte Monster schlägt mit einer Klaue nach unten, um mich zu zerquetschen und mir bleibt nicht genügend Zeit für eine Ausweichbewegung. Stattdessen beschwöre ich mein Schwert und fange den Hieb damit ab. Ich halte die Klinge mit meiner anderen gepanzerten Hand, als das Gewicht des Monsters mich nach unten drückt. Die servounterstützten Knie geben nach und Schmerzen durchzucken meine Oberschenkel, als ich zusammenbreche. Die zu scharfe Schneide des Schwerts hatte das Chitin des Monsters durchschnitten, so dass der Rest der Klaue auf mich prallt. Auweia ...

Warnsymbole blitzen um mich herum auf und ich wimmere leise, da sich das Dröhnen in meinen Ohren noch deutlich verstärkt hat. Mein noch in der Klaue steckendes Schwert wird in die Luft gehoben, als das Monster seinen Arm hebt, so dass ich wie ein zerschmettertes Kamel am Boden liege. Ich sehe, wie das Monster scheinbar in Zeitlupe seinen leuchtenden, Strahlen abfeuernden Stachel auf mich richtet, während ich versuche, wegzukriechen. Die von der Seite kommende Explosion aus Licht und Schall überrascht uns beide.

Ein roter Lichtstrahl, vermischt mit wirbelnden grünen und weißen Strömen, schießt aus dem zweiten Eingang. Er trifft die Kreatur mit solcher

Gewalt, dass deren eigener Strahl abgelenkt wird und über ein Trio nicht gerade vom Glück begünstigter Frakin schießt, die auf mich zustürmen. Ich rapple mich auf, als der Mahlstrom aus Energie sich in die Seite des Monsters gräbt, einen Stachel sowie zwei Beine abreißt und im Körper des Bosses ein enormes Loch hinterlässt. Die Beine fallen zu Boden und zucken noch, während das Blut und die Gesundheitsanzeige des Bosses wie ein Wasserfall nach unten stürzen. Der Strahl passt sich an und bohrt sich weiter durch das Monster. Der Boss ist auf einem Fünftel seiner Gesundheit, als der Strahl schließlich stoppt, lebt aber noch.

Ich knurre und springe zur Seite, als ein Champion-Frakin auf mich zu stolpert. Ich rufe mein Schwert wieder herbei und schlage gegen seine Klauen. Als sich die Chance bietet, aktiviere ich Spalten, um eine Klaue komplett abzuhacken. Währenddessen läuft mein Gehirn auf Hochtouren und versucht, andere Optionen zu identifizieren, die uns noch bleiben.

„*Ali, wer war das? Und kann er das wiederholen?*“ Schreie ich Ali telepathisch entgegen, während ich versuche, dieses Monster zu erledigen.

„*Vir, und nein, das kann er nicht. Er ist total erschöpft. Hoppla! Sorry, diese Strahlen können sogar mich verletzen – ich muss ihnen ausweichen. Er wechselt zu seinen Gewehren, aber das wird nicht ausreichen.*“

Ich stöhne laut und stoße mein Schwert direkt ins Maul des Monsters. „*Schattenmädchen?*“

„*Die Assassine? Keine Ahnung – ich habe sie nicht gesehen.*“

Scheiße. Wenn sie nicht selbst hierher findet, wird Ali sie unmöglich rechtzeitig aufspüren und mit ihr zurückkehren. Es ist schon ein kleines Wunder, dass er Vir gefunden hat.

Da ich mich zu sehr auf unser Gespräch konzentriere, bewege ich mich etwas zu langsam und der verdammte Frakin beißt mich in den Arm. Er zerquetscht die mich umgebende Panzerung und kaut weiter auf mir herum.

Ich fauche und schleudere Manapfeile direkt in seine Kehle. Der Champion erbebt und schleudert mich mit einer reflexhaften Bewegung von sich, so dass ich auf der Seite lande und einige Sekunden lang weiterrolle.

Ich ziehe mich an einem Stalagmiten in der Nähe hoch und verziehe das Gesicht, als ich meine Handmuskeln bewege. Zum Glück sind der Boss sowie ein Großteil der überlebenden Monster gerade damit beschäftigt, Vir das Leben schwer zu machen. Der Rauch hat sich so weit verzogen, dass die Kreaturen mich nun zunehmend schneller aufspüren. Andererseits ist zumindest das Biest tot, das mich anknabbern wollte. Es ist an den Manapfeilen in seiner Kehle erstickt.

Ich blinzle und starre den Boss an. Ich habe einen Plan, die Sache zu beenden. Er erfordert nur, etwas komplett Verrücktes zu tun. Na ja ... das ist ja nichts Neues.

***

„Hey! Dicker!", brülle ich über die eingebauten Lautsprecher des Mechs, um sicherzustellen, dass er mich hört. Der Boss zögert, daher setze ich einige Klingenhiebe ein, um seine Aufmerksamkeit wieder auf mich zu ziehen und ziele auf die von mir geschlagene offene Wunde. „Genau. Ich bin hier, Hohlkopf."

Der Boss wendet sich mir schließlich zu, und der Strahlenstachel schwingt herum, um mich aufs Korn zu nehmen. Ein gezielter Schuss von Vir trifft den Stachel während des Aufladens und zwingt ihn, höher zu zielen. Ich verschwende keine weitere Sekunde und sprinte auf den Körper der Kreatur zu. Dank ihrer massiven Größe entstehen tote Winkel, die selbst für ihre eigenen Klauen unerreichbar sind – wenn man nahe genug herankommt.

Ich stürme los, feuere den Rest meiner Projektilmunition ab und achte auf den zu erwartenden Angriff. Als die Klaue schwingt, bringe ich mich mit einem Versetzungsschritt nach vorn in Sicherheit. Dann greife ich mit einem weiteren Klingenhieb an und ziele auf die weichere, schwächer gepanzerte Unterseite.

Das reicht nicht aus, um das Monster zu töten, versetzt es jedoch in Rage. Wut ist etwas Positives – sie erlaubt es einem, mehr Schmerzen und Hindernisse als sonst zu ignorieren. Aber sie blendet einen auch, beeinträchtigt die Urteilskraft und zwingt einen zur Wahl der einfachsten, der instinktiven Option. Die Klauen können mich nicht treffen, aber ich bin nahe genug, um gebissen zu werden. Also beißt das Monster zu.

„*Neiiiin!*", schreit Ali, als ich stillstehe und zulasse, dass das Maul sich um mich schließt.

Im letzten Moment stoße ich mich vom Boden ab und springe direkt ins Maul. Ich werfe mich so tief wie möglich hinein, um möglichst vielen Zähnen auszuweichen. Das gelingt mir fast perfekt, allerdings bleibt mein Fuß an der hinteren Zahnreihe hängen und wird aufgerissen.

Hier drinnen ist es ausgesprochen dunkel – dunkel und glitschig. Ich bin extrem dankbar, dass ich dank Sabre und des aktivierten Seelenschilds nichts rieche oder wirklich spüre, was mit mir passiert. Andererseits hat der Boss beschlossen, mich nicht nur ins Maul zu nehmen, sondern auch noch zu verschlucken. Ich werde gegen seinen Schlund geschleudert, und nur ein hastig in seinen Kehlkopf gebohrtes Schwert verhindert, dass ich vollständig hineinrutsche. Meine Reaktion erfordert etwas Herumzappeln und viel harten Druck, aber dann befinde ich mich direkt über der Speiseröhre der Kreatur.

Aber ich kann das arme Biest ja nicht verhungern lassen. Ich werfe die erste der übriggebliebenen Klebegranaten in seinen Schlund und ignoriere die kreischenden Alarmtöne und den erhöhten Druck, als der Boss den Kopf hin und her schwingt, um mich loszuwerden. Die Granate detoniert und bedeckt das Innere seines Schlunds. Sie explodiert tiefer als geplant, aber das spielt keine Rolle, da ich noch mehr davon habe.

Vor dem Beginn dieses wahnwitzigen Plans rannte ich eine Weile in der Höhle herum, hob Leichen und Steine auf und stopfte alles in meinen Veränderten Raum. Jetzt kommt all das wieder zum Vorschein, gemeinsam mit allen anderen Dingen, die ich dort gelagert hatte. Mein Zelt, Drohnenteile, Ersatzpanzerplatten für Sabre, Zeltpflöcke und Hängematten, mein Abendessen. Alles, was sich im Veränderten Raum befand, wird in seine Kehle geworfen, vermischt mit gelegentlichen Klebegranaten. Der Boss schluckt reflexhaft und versucht, mich loszuwerden, damit er wieder atmen kann. Aber ich weigere mich und arbeite stetig weiter daran, seine Kehle und somit auch die Luftröhre zu verstopfen.

Schließlich fällt mein Seelenschild aus, und mir bleibt nicht genügend Mana für eine Reaktivierung. Der Boss schluckt erneut, so dass sich seine Halsmuskeln zusammenziehen. Schmerzen schießen durch meinen Körper, als Sabre zusammengedrückt wird und in den roten Bereich gelangt. Das war‘s dann wohl. Mehr kann ich jetzt nicht mehr tun.

Ich stoße mein Schwert nach unten und öffne die Wunde in seinem Maul, dann aktiviere ich den QSM ein letztes Mal, falle aus dieser Realität und dadurch auch aus seinem Schlund. Ich pralle hart auf dem Boden auf, da die Schwerkraft immer noch auf mich einwirkt, und beobachte den Todeskampf des Bosses. Er wirft sich hin und her und schlägt mit dem Kopf gegen den Boden und die Wände, um endlich seine Kehle zu befreien und wieder zu atmen.

Als ich aufstehe und fliehen möchte, piepst die Manabatterie im QSM, um anzuzeigen, dass sie leer ist. Dadurch werde ich automatisch wieder in die „normale“ Realität geworfen. Ohne zusätzliche Manareserven ist der Übergang brutal und ringt mir einen Schrei ab, als Muskeln, Knochen und Nerven über die Dimensionsbarriere geschleudert werden. Ich wimmere vor Schmerzen am Boden und kann mich nicht bewegen, während der Boss nicht weit von mir entfernt um sich schlägt. Ein Tritt seiner Beine streift mich und schleudert mich gegen eine Wand. Mir wird schwarz vor den Augen.

***

Als ich wieder zu mir komme, herrscht ein wunderbarer Frieden. Mit Ausnahme des Zischens abkühlender Steine und des Tropfens von Wasser ist es völlig still. Da ich nun wach bin und Sabre nicht mehr habe, trifft mich der Gestank der Höhle mit voller Wucht. In seiner Agonie hat der Boss-Frakin den Darm entleert und eine gelbrosa Mischung hinterlassen, die schlimmer riecht als zwei Wochen altes Gammelfleisch und Babywindeln. Ich muss würgen und kotzen und kann mich gerade noch weit genug zur Seite rollen, dass nur die Hälfte des Erbrochenen auf mir landet.

Ich wimmere, da die abrupte Bewegung zwei kreischende Babys in meinem Kopf aufzuwecken scheint. Mein Mana ist aufgebraucht, ich bin körperlich am Ende und habe minimale Gesundheit übrig. Ich frage mich, wo Sabre ist und warum ich keine Panzerung trage, aber vor allem möchte ich wissen, wann der Schmerz endlich aufhört.

„Endlich wach, was?“ Die Stimme durchdringt mein Elend, und der Tonfall drückt hämische Belustigung aus. „Ruh dich fünf Minuten aus, dann sollten wir losgehen. Die Frakin sind immer noch da, und einige kehren langsam zurück.“

Ich öffne die Augen und die verschwommenen Flecken in meiner Sicht verwandeln sich schließlich in das Schattenmädchen. Irgendwann muss ich mir wirklich ihren Namen merken. Neben ihr schwebt Ali und bewundert unauffällig ihren Hintern. Ich würde ja etwas dazu sagen, bin mir aber ziemlich sicher, dass sie es weiß – und entweder hat sie es aufgegeben, den körperlosen Geist zu schelten, oder es ist ihr egal. Neben den beiden entdecke ich Sabres aufgeklappte Form – der Mech muss mich ausgeworfen haben, nachdem die Manabatterie leer war.

„Du bist total irre, Junge. Effektiv, aber irre", sagt Ali und ich zwinge mich zu einem Grinsen.

„Da hast du dir wohl Sorgen gemacht." Ich versuche, mich aufzurichten, aber es gelingt mir nicht. Dann entspanne ich mich, da mein Körper sich mit Unterstützung der zuvor eingenommenen Regenerationstränke allmählich wieder erholt. Die erlittenen Schäden werden bereits repariert.

„Ich muss dem Geist zustimmen", sagt Vir, der dasitzt und den Kopf auf die Arme gelegt hat. Auf seinem Oberkörper ist Blut zu sehen, und ein Arm macht einen relativ zerfetzten Eindruck. Aber er lächelt mich an, wohl um mir zu zeigen, dass es nicht als Kritik gemeint war. Bei der unter normalen Umständen so strengen Wache wirkt dieses Lächeln unheimlich, und es wäre mir lieber, er würde damit aufhören. „Das war keine Taktik, die ich in Erwägung gezogen hätte."

„Im Ernst", sagt die Frau und blickt sich in der Höhle um.

Ich neige den Kopf nach oben und bemerke, dass ihre Statusleiste immer noch leer ist. Verdammt. Es ist frustrierend, ihre Systemdaten nicht lesen zu können.

„Was genau hast du eigentlich getan? Hast du ihn vergiftet?", fragt sie.

Ich muss blinzeln, da mir klar wird, dass sie ja keine Möglichkeit haben, in die Monsterleiche zu blicken. „Habe seine Luftröhre blockiert. Das Biest ist erstickt."

„Aha." Schattenmädchen verzieht das Gesicht.

Ich sehe, wie die Frau ihren Körper leicht bewegt, bevor sie verschwindet und sich einem Frakin nähert, der nun wieder in die Höhle gewandert ist. Einen Moment später kehrt sie zu uns zurück und reinigt ihre Klinge. Hinter ihr kreischt und zuckt der Frakin, dessen Beine auf einer Seite abgeschnitten wurden. Das Monster schäumt aus dem Maul, als das von ihr verwendete Gift seine Wirkung entfaltet.

„Ist jetzt wieder alles in Ordnung?", fragt sie.

Ich blicke auf meine Anzeigen und bewerte meinen körperlichen Zustand, bevor ich antworte. „Fünf Minuten."

„Na schön."

Während ich mich erhole, erzählt Ali mir, was passiert ist, nachdem ich das Bewusstsein verlor. Anscheinend erschien Schattenmädchen neben mir und schleppte meinen Körper außer Reichweite des wütenden Bosses. Dann hat die Frau Vir und mich vor den Resten der Frakin-Garde beschützt, während der Boss starb. Das dauerte nicht lange, danach eliminierte sie die Gruppe. Seitdem haben alle darauf gewartet, dass ich wieder zu mir komme. Ich bin der Dame wohl zu Dank verpflichtet.

Als sie mit dem Reden fertig sind, lese ich die Systembenachrichtigungen, um mich von den pulsierenden Nachrichten abzulenken.

Herzlichen Glückwunsch! Dungeon gesäubert

+10.000 EP

Bonus für die erste Säuberung

Da du den Dungeon zum ersten Mal gesäubert hast, erhältst du zusätzlich +5.000 EP + 1.000 Credits. Bonus für den ersten Erforscher +5.000 EP + 5.000 Credits.

Two-Horn Mountain Dungeon klassifiziert als Level 50 und höher.

System-Quest abgeschlossen (Onlivik-Sporen)

Vernichte die Onlivik-Sporen, von denen die Frakin im Two-Horn Mountain Dungeon befallen wurden.

Belohnung (geteilt): 50.000 Credits, 20.000 EP

Levelaufstieg! * 4

Du hast Level 34 als Erethra-Ehrengarde erreicht. Wertepunkte werden automatisch verteilt. Du darfst 12 Gratis-Attributspunkte und 3 Klassen-Fertigkeitspunkte verteilen.

Ich starre die Nachricht über den enormen Levelaufstieg erstaunt an. Dank der Abschluss- und Kill-Bonuspunkte bin ich in einem einzigen Kampf um eine beeindruckende Anzahl von Levels aufgestiegen. Ich wünschte, es wäre früher geschehen, aber man sollte nicht wählerisch sein.

„Wenn ihr nächstes Mal so eine Mission durchführt, meldet euch bei mir“, sagt Schattenmädchen, als ich zu ihr hochblicke. „Die Erfahrung war verdammt gut.“

Ich schnaube und richte den Blick auf Vir, der nun deutlich besser aussieht.

Er streckt sich, steht auf und zieht ein Gewehr aus seinem Inventar. „Gehen wir?“

***

Auf dem Rückweg kommen wir langsam voran und schaffen es nur, weil die Frakin desorganisiert, verletzt und verwirrt sind. Der Tod des Bosses muss ihr zentrales Bewusstsein gelöscht und die letzten Überreste von Organisation vernichtet haben. Schattenmädchen – deren echter Name Ingrid Starling lautet, wie ich schließlich erfahre – eliminiert jeden Frakin, auf den wir stoßen. Vir und ich bieten hauptsächlich verbale und moralische Unterstützung.

Als wir zwei Drittel des Wegs hinter uns gebracht haben, begegnen wir unserem ersten Rettungstrupp. Unterwegs wurden Signalverstärker aufgestellt, so dass wir allen anderen per Funk mitteilen können, dass wir noch am Leben sind. Die Nachrichten, die sie uns bringen, sind alles andere als optimal und ich schleppe mich auf dem Rückweg im Schneckentempo voran. Ich bin vielleicht ein Feigling, trotzdem würde ich lieber einem weiteren Boss entgegentreten als dem, was uns erwartet.

Bei unserer Ankunft herrscht in der Höhle eine trübsinnige Atmosphäre, und schweigende Gruppen stehen um gefallene Kameraden herum. Es ist ein leises Schluchzen und Stöhnen zu hören, während andere ihren Verlust mit starren Blicken ertragen, weil sie noch nicht trauern können oder möchten. Wir haben gesiegt, aber nicht unbeschadet überlebt. Die Hakarta haben ein Drittel ihrer Leute verloren, da sie einen Großteil der Angriffe auffingen, während die Yerick zwei weitere Verluste beklagen. Auf unserer Seite hat Jim die Hälfte seiner mitgebrachten Leute verloren. Für mich aber verblasst all das im Vergleich zu einem bestimmten angespannten und abgehärmten Gesicht, umgeben von Huskys, die Trost spenden wollen.

Ich gehe zu Lana und schiebe die Hunde sanft beiseite. Mein Magen verkrampft sich und mir kommen beinahe die Tränen, aber ich unterdrücke sie und schotte meine Gefühle ab. Nicht jetzt, nicht ich. Lana schluchzt und hält den reglosen Körper verzweifelt fest. Blut aus den offenen Wunden seiner Leiche befleckt ihre Kleidung. Rachel ergreift Jasons Arm, während sie die Rothaarige wortlos betrachten. Ich gehe neben Lana in die Hocke und lege eine Hand auf ihre Schulter. Lana zuckt leicht zusammen, weicht jedoch nicht zurück. Ich fühle einen Klumpen im Hals und bin unfähig, auch nur ein einziges Wort hervorzubringen. Am Ende kauere ich einfach neben ihr, die Hand auf ihre Schulter gelegt, und warte.

Verdammt, Richard.

Kapitel 23

Es vergeht ein weiterer Tag, bevor der Dungeon völlig geräumt ist. Nachdem die Manapools und Strahlenwaffen wieder aufgeladen sind und die Frakin nicht mehr koordiniert in Gruppen kämpfen, müssen die Teams lediglich ausschwärmen und die Monster eliminieren. Ich bleibe zurück und bewache das Lager und Lana, die nun die Tiere ihres Bruders kontrolliert und dadurch ihre eigenen Verluste ersetzt. Das einzige überlebende Tier Richards, das sie nicht bekommt, ist Orel. Orel verschwand nach dem Verlassen des Dungeons. Da sie ihre Aufgabe erledigt haben, verlassen uns die Hakarta sofort und wir versprechen ihnen, dass sie ihren Sold erhalten werden. Labashi wirft mir beim Gehen einen Blick zu, der mich daran erinnert, dass ich ihm immer noch etwas schulde und bei ihm unter Vertrag stehe.

Es ist für die Welt nach dem System typisch, dass wir sofort nach unserer Ankunft in Whitehorse auf die Mauern müssen, um einen Monsterschwarm abzuwehren. Glücklicherweise erfolgt der Angriff von der Flughafenseite der Stadt, so dass wir nur in Deckung gehen und töten müssen. Einige Monster versuchen, über die Klippen zu gelangen, aber sie sind problemlos zu eliminieren und sie stellen eher ein Ärgernis als eine ernste Bedrohung dar. Wir werden nie erfahren, ob eine Feier geplant war. Nach dem Schwarm helfen alle beim Saubermachen mit. Selbst Bill, obwohl mir auffällt, dass er in etwa gleich viel Zeit mit dem Einsammeln von Beute wie mit der Räumung von Schutt verbringt.

Die Folgen der Dungeonmission werden erst nach und nach deutlich. Rachel hat Whitehorse für immer verlassen und ist zu Jason nach Carcross gezogen. Aiden schwört, sein Klassenzimmer nie wieder zu verlassen. Es gibt sogar Gerüchte, die besagen, dass demnächst eine weitere Gruppe von Einwanderern aus dem System eintrifft.

Als ich endlich Zeit für einen Besuch im Shop habe, verkaufe ich die vom System erzeugte Beute aus meinem Inventar. Die zentrale Sporenmasse und die Plasmageneratoren der Frakin bringen eine Menge Credits ein. Allerdings bin ich momentan nicht in Stimmung für eine Einkaufstour.

Sobald sich Lana beruhigt hat, bittet sie mich darum, Richards Leiche in meinen Veränderten Raum zu stecken, um die Verwesung aufzuhalten. Eine Woche nach seinem Tod gehen wir schließlich zu ihrer ehemaligen Farm, um ihn unter den Überresten des alten Hauses zu begraben. Lana sagt dabei kaum etwas, aber ich glaube, sie empfindet meine und Mikitos Anwesenheit als tröstlich.

Ich sehe, wie sie bei ihrer Menagerie von Tieren steht und das Grab ihres Bruders anstarrt. Dieser Anblick erinnert mich an die erste Nacht in Whitehorse nach unserer Rückkehr aus dem Dungeon, als sie völlig verstört in mein Zimmer kam. Sie drückte mich aufs Bett, setzte sich auf mich und bedeckte mein Gesicht fieberhaft mit Küssen. Ich muss zugeben, dass ich die Küsse eine Weile lang erwidert habe, bevor ich wieder vernünftig wurde und sie von mir schob.

„Warum? Bin ich nicht gut genug für dich?“ Sie weinte und zog ihre geöffnete Bluse mit beiden Händen zu. Ich erinnere mich an den Anblick ihres blassen, glatten Körpers und an ihren berauschenden Geruch.

„Nein, aber du bist in Trauer. Das hier … du bist geistig nicht in der richtigen Verfassung dafür.“

Sie versetzte mir eine Ohrfeige und ging. Seitdem steht eine Mauer zwischen uns. Ich weiß nicht, ob das richtig war und ob ich mich angemessen verhalten habe. Ich will sie, ich mag sie – aber nicht so. Was sie wollte und was sie brauchte, waren zwei unterschiedliche Dinge – und wenn ich sie in jener Nacht ausgenutzt hätte, wäre das vielleicht das Ende unserer Beziehung gewesen. Oder sie hätte sich zumindest auf eine Weise verändert, die mir nicht zusagen würde. Oder vielleicht auch nicht. Vielleicht war ich ein Idiot.

Ich habe keine Ahnung, ob ich die richtige Entscheidung für sie, für uns, für unsere Zukunft getroffen habe. Ich weiß lediglich, dass es in dem Augenblick die richtige Wahl für mich war. Was auch immer passiert, passiert eben.

Lana entfernt sich langsam von dem Grab, das bereits von einer dünnen Schneeschicht bedeckt ist. Sie dreht sich zu uns und nickt einmal, bevor sie zum Truck geht. Etwas an ihren Bewegungen und ihren Blicken hält uns davon ab, sie zu stören.

***

Ich starre ein letztes Mal auf das Grab, nur ein Stück Erde und ein einfaches Steinkreuz. Meine Lippen verziehen sich, als mir klar wird, dass das hier – eine schlichte Zeremonie und ein Grab – viel mehr ist, als die Mehrheit der Bewohner dieses Planeten bekommen hat. Mehr, als die meisten Menschen erhielten, um ihren Tod zu markieren.

Ich schließe die Augen und flüstere Ali zu: „Wie viele?“

„Elf Komma vier Prozent“, antwortet Ali, ebenfalls mit leiser Stimme.

Ich nicke wortlos. Fast neunzig Prozent der Menschheit, unzählige Millionen, sind tot. Für sie kann ich nichts mehr tun. Ich kann nicht einmal den Tod der Überlebenden verhindern, kann den Massenmord an Millionen durchs System nicht aufhalten. Und wir sind nicht die einzigen. Auf allen Planeten des Systems sterben täglich immer mehr.

Unsere Helden sind tot. Die Klugen, die Tapferen und die Guten liegen in unzähligen Gräbern überall auf der Welt verstreut. Ich versuche immer wieder, etwas zu sein, was ich nicht bin, und scheitere dabei. Ich bin kein Held, kein Lancelot oder Superman. Ich tue das nicht, weil ich es für richtig halte oder glaube, dass das menschliche Leben einen immanenten Wert besitzt. Ich tue es, weil ich nicht aufhören kann. Weil ich anscheinend nicht fähig bin, eine andere Wahl zu treffen. Ich tue es, weil sich in mir ein unendliches Meer der Wut aufstaut und ich ein Ziel brauche, um mich abzureagieren.

Was ist, das ist.

Ich kann nicht mehr fliehen, mich nicht mehr verstecken. Die Toten heulen und schreien, die vergessenen Seelen der Welt weinen. Ich werde einen Scheiterhaufen für sie entzünden – für alle, die gestorben sind, die noch sterben werden und für jene, die in diese verfluchte Welt kommen werden. Ich werde ein Feuer entzünden, das sie bis in ihren verdammten Galaktischen Rat sehen werden. Und dann, wenn ich damit fertig bin, brenne ich ihr elendes System nieder.

Ali schwebt zu mir, blickt mich an und neigt kaum merklich den Kopf. Ja. Es ist an der Zeit, sich wieder an die Arbeit zu machen.

###

Ende

Folgen Sie John und Alis weiteren Abenteuern in

Der Preis des Überlebens (Buch 3 der System-Apokalypse)

Hinweis des Autors

Danke, dass Sie meine Werke auch weiterhin lesen und unterstützen. Die System-Apokalypse ist als laufende Serie geplant, die mindestens zwölf Bücher umfassen wird, vielleicht mehr. Der Whitehorse-Teil der Serie wird im nächsten Buch enden. Ich könnte mehr dazu sagen, aber das würde die Handlung verraten. ☺

Wenn Ihnen dieses Buch gefallen hat, dann bewerten Sie es bitte und schreiben Sie eine Rezension. Dadurch fühle ich mich nicht nur bestätigt, sondern das fördert den Umsatz und überzeugt mich davon, weitere Titel in dieser Serie zu schreiben!

Lesen Sie mehr über die Abenteuer Johns und seiner Kameraden in:

- Der Preis des Überlebens (Buch 3)
  https://books2read.com/der-preis-des-uberlebens

Sehen Sie sich bitte auch meine anderen Serien an, Adventures on Brad (traditionellere LitRPG-Fantasy), Hidden Wishes (eine GameLit-Serie im Bereich Urban Fantasy), und A Thousand Li (eine von chinesischen Wuxia- und Xianxia-Romanen inspirierte Kultivierungs-Serie). Hier ist das jeweils erste Buch dieser Serien:

- A Thousand Li: The First Step
  https://books2read.com/atl-first-step
- A Healer's Gift (Adventures on Brad)
  https://books2read.com/healers-gift
- Eines Gamers Wunsch (Verborgene Wünsche)
  https://books2read.com/eines-gamers-wunsch

Sie können mich über mein Patreon-Konto direkt unterstützen:

- https://www.patreon.com/taowong

Interessante Informationen über LitRPG-Serien finden Sie in diesen Facebook-Gruppen:

- LitRPG Society

https://www.facebook.com/groups/LitRPGsociety/

- LitRPG Books

https://www.facebook.com/groups/LitRPG.books/

- Deutschsprachige LitRPG

https://www.facebook.com/groups/deutsche.litrpg/

Über den Autor

Tao Wong ist ein begeisterter Leser von Fantasy und Science Fiction, der im Norden Kanadas wohnt und dort schreibt. Er hat viel zu viele Jahre mit dem Training aller möglichen Kampfsportarten verbracht. Da er sich dabei zu oft verletzt hat, verbringt er seine Zeit nun mit der Erschaffung von Fantasy-Welten.

Informationen über diese Serie und andere Bücher von Tao Wong (sowie besondere Kurzgeschichten) finden Sie auf der Website des Autors: http://www.mylifemytao.com

Oder melden Sie sich bei seiner Mailingliste an:
https://www.subscribepage.com/taowong

Oder besuchen Sie seine Facebook-Seite:
https://www.facebook.com/taowongauthor/

Über den Verlag

Tao Wong ist der alleinige Eigentümer und Betreiber von Starlit Publishing. Dieser Verlag für Science Fiction und Fantasy konzentriert sich auf die Genres LitRPG & „Cultivation". Er will neue, vielversprechende Autoren in diesen Genres fördern, deren Texte die existierenden Stereotypen herausfordern, dabei aber dennoch ein fantastisches Lesevergnügen bieten.

Weitere Informationen über Starlit Publishing finden Sie auf unserer Website!
https://www.starlitpublishing.com/

Sie können sich auch bei der Mailingliste von Starlit Publishing anmelden, um über neue, aufregende Autoren und Bücher informiert zu werden.
https://starlitpublishing.com/newsletter-signup/

Glossar

Fähigkeitenbaum Erethra-Ehrengarde

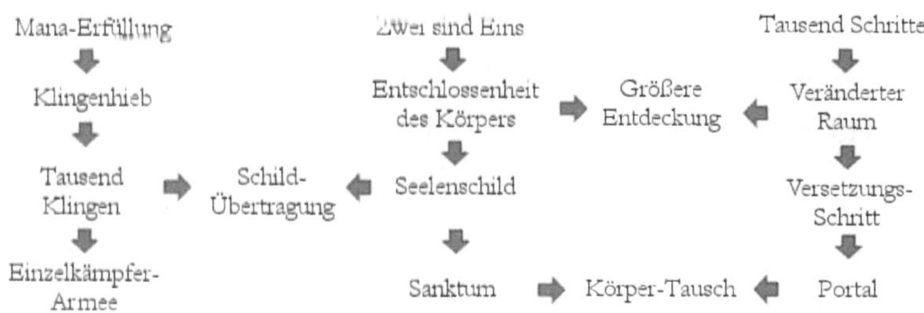

Johns Fertigkeiten

Mana-Erfüllung (Level 1)

Die seelengebundene Waffe ist nun dauerhaft mit Mana erfüllt und bewirkt bei jedem Schlag zusätzlichen Schaden: +10 Grundschaden (Mana). Ignoriert Rüstung und Widerstände. Manaregeneration permanent um 5 Mana pro Minute reduziert.

Klingenhieb (Level 2)

Indem sie zusätzlich Mana und Ausdauer in einen Schlag strömen lässt, trifft die seelengebundene Waffe des Erethra-Ehrengardisten ihr Ziel in bis zu 6 Metern Entfernung.

Preis: 35 Ausdauer + 35 Mana

Tausend Schritte (Level 1)

Solange diese Fertigkeit aktiviert ist, erhöht sich das Bewegungstempo des Ehrengardisten und von Verbündeten um 5 %. Diese Fähigkeit kann mit anderen Bewegungs-Skills kombiniert werden.

Preis: 20 Ausdauer + 20 Mana pro Minute

Veränderter Raum (Level 2)

Der Ehrengardist hat nun Zugang zu einem außerdimensionalen Speicherort mit einem Volumen von dreißig Kubikfuß. Dort gelagerte Objekte müssen berührt werden, um sie herbeizuwünschen. Dies darf keine Lebewesen oder Objekte umfassen, auf die momentan nicht zum Ehrengardisten gehörende Auren einwirken. Manaregeneration permanent um 10 Mana pro Minute reduziert.

Zwei sind Eins (Level 1)

Wirkung: 10 % des Gesamtschadens vom Ziel auf sich selbst übertragen

Preis: 5 Mana pro Sekunde

Entschlossenheit des Körpers (Level 3)

Wirkung: Steigert natürliche Gesundheitsregeneration um 35 %. Laufender Gesundheitsstatuseffekt um 33 % verringert. Ehrengarde kann nun verlorene Gliedmaßen regenerieren. Manaregeneration permanent um 15 Mana pro Minute reduziert.

Größere Entdeckung (Level 1)

Wirkung: Benutzer kann System-Kreaturen nun aus einer Entfernung von bis zu einem Kilometer entdecken. Allgemeine Informationen über die Stärke werden nach der Entdeckung geliefert. Verstohlenheit, Klassen-Fertigkeiten und die Dichte des Mana in der Umgebung beeinflussen die Wirkung dieser Fertigkeit. Manaregeneration permanent um 5 Mana pro Minute reduziert.

Seelenschild (Level 2)

Wirkung: Erzeugt einen veränderbaren Schutzschild, der den Körper des Zauberwirkenden oder des Ziels abschirmt. Der Schild besitzt 1.000 Trefferpunkte.

Preis: 250 Mana

Versetzungsschritt (Level 2)

Wirkung: Sofortige Teleportation über die Sichtlinie hinweg. Kann die Sichtlinie des Geists mit einschließen. Maximale Reichweite – fünfhundert Meter.

Preis: 100 Mana

Raserei (Level 1)

Wirkung: Durch Aktivierung wird der Schmerz um 80 % reduziert, Schaden um 30 % gesteigert und die Ausdauer-Regenerationsrate um 20 % erhöht. Die Mana-Regeneration sinkt um 10 %.

Die Raserei endet erst, wenn alle Feinde getötet wurden. Bei aktivierter Raserei können Benutzer nicht fliehen.

Spalten (Level 1)

Wirkung: Physische Angriffe bewirken einen um 50 % höheren Schaden. Effekt kann mit anderen Klassen-Fertigkeiten kombiniert werden.

Preis: 25 Mana

Sofort-Inventar (Maximiert)

Ermöglicht es dem Benutzer, jedes vom System anerkannte Objekt ins Inventar zu legen oder herauszunehmen, falls genügend Platz vorhanden ist. Inklusive automatischer Verschiebung des Inventarplatzes. Der Benutzer muss Objekt berühren.

Preis: 5 Mana pro Sekunde

Zaubersprüche

Verbesserter schwacher Heilzauber (III)

Wirkung: Verleiht 35 Gesundheit pro Einsatz. Das Ziel muss während der Heilung in Kontakt bleiben. Abklingzeit 60 Sekunden.

Preis: 20 Mana

Verbesserter Manapfeil (IV)

Wirkung: Erzeugt vier Pfeile aus reinem Mana, die auf ein Ziel gerichtet werden können und dieses schädigen. Jeder Pfeil wirkt 15 Schaden. Abklingzeit 10 Sekunden

Preis: 25 Mana

Verbesserter Blitzschlag

Wirkung: Ruft die Macht der Götter herbei, den Blitzschlag. Der Blitz trifft je nach Nähe, Ladung und anderen vorhandenen leitenden Materialien möglicherweise noch weitere Ziele. Bewirkt 100 Punkte elektrischen Schadens.

Der Blitzschlag kann kontinuierlich kanalisiert werden, um den Schaden um 10 weitere Schadenspunkte pro Sekunde zu steigern.

Preis: 75 Mana.

Preis für kontinuierliche Wirkung: 5 Mana pro Sekunde

Blitzschlag kann durch die Elementar-Affinität der elektromagnetischen Kraft verstärkt werden. Pro Affinitäts-Level wird der Schaden um 20 % erhöht

Größere Regeneration

Wirkung: Steigert die natürliche Gesundheitsregeneration des Ziels um 5 %. Auf jedem Ziel kann jeweils nur einer dieser Zauber aktiv sein.

Dauer: 10 Minuten

Preis: 100 Mana

Feuerball

Wirkung: Erzeugt eine explodierende Feuerkugel. Alle innerhalb der Kugel erleiden 150 Punkte Feuerschaden. Die Feuerkugel dehnt sich auf (durchschnittlich) 1,5 Meter Radius aus. Abklingzeit 60 Sekunden.

Preis: 100 Mana

Polarzone

Wirkung: Erzeugt einen Blizzard mit 30 Metern Durchmesser, in dessen Wirkungsbereich sämtliche Ziele einfrieren. Bewirkt 10 Punkte Frostschaden pro Minute und verringert die Geschwindigkeit der betroffenen Personen um 5 %. Abklingzeit 60 Sekunden.

Preis: 200 Mana

Sabre-Ausrüstung

Omnitron III Persönliches Kampffahrzeug der Klasse II (Sabre)

Kern: Omnitron Mana-Maschine der Klasse II

CPU: Klasse D Xylik Core CPU

Panzerstärke: Stufe IV (durch Adaptiven Widerstand modifiziert)

Befestigungspunkte: 5 (5 benutzt)

Software-Anschlüsse: 3 (2 benutzt)

Erfordert: Neuralverbindung für erweiterte Konfiguration

Akkukapazität: 120/120

Attributs-Boni: +35 Stärke, +18 Beweglichkeit, +10 Wahrnehmung

Inlin Typ II Projektilgewehr

Grundschaden: - (der Munition entsprechend)

Munitionskapazität: 45/45

Verfügbare Munition: 250 Standard, 150 panzerbrechende Patronen, 200 Sprengpatronen, 25 Leuchtpatronen

Ares Typ II Schildgenerator

Schildwirkung: 2.000 HP

Regenerationsrate: 50/Sekunde ohne Verbindung, 200/Sekunde mit Verbindung

Mkylin Typ IV Mini-Raketenwerfer

Grundschaden: - (abhängig von den verwendeten Raketen)

Akkukapazität: 6/6

Nachladerate mit internen Akkus: 10 Sekunden

Verfügbare Munition: 12 Standard, 12 Sprengraketen, 12 panzerbrechende Raketen, 4 Napalm

Sonstige Ausrüstung

Silversmith Mark II Strahlenpistole (upgradefähig)

Grundschaden: 18

Akkukapazität: 24/24

Nachladerate: 2 pro Stunde pro GME

Preis: 1.400 Credits

Neuralverbindung Stufe IV

Die Neuralverbindung unterstützt bis zu 5 Anschlüsse.

Momentane Anschlüsse: Omnitron III Persönliches Kampffahrzeug der Klasse II

Installierte Software: Rich'lki Firewall Klasse IV, Omnitron III Klasse IV Controller

Ferlix-Doppelstrahlengewehr Typ II (modifiziert)

Grundschaden: 57

Akkukapazität: 17/17

Nachladerate: 1 pro Stunde pro GME (momentan 12)

Schwert Stufe II (Seelengebundene persönliche Waffe eines Erethra-Ehrengardisten)

Grundschaden: 63

Haltbarkeit: - (persönliche Waffe)

Sonderfähigkeiten: +10 Manaschaden, Klingenhieb

www.ingramcontent.com/pod-product-compliance
Lightning Source LLC
Chambersburg PA
CBHW030627310726
48979CB00003B/915

9781989994016